Jacqueline Montemurri

Der Koloss aus dem Orbit

Für die zwei Exodusse Olaf und René, ohne die diese Story nie das Licht der Bücherwelt erblickt hätte.

Jacqueline Montemurri

Der Koloss aus dem Orbit

PLAN 9

Science-Fiction

Montemurri, Jacqueline: Der Koloss aus dem Orbit. Hamburg, Plan9 Verlag 2021

1. Auflage 2021
ISBN: 978-3-948700-36-2

Dieses Buch ist auch als eBook erhältlich und kann über den Handel oder den Verlag bezogen werden.
ePub-eBook: 978-3-948700-37-9

Lektorat: global:epropaganda Michael Haitel
Korrektorat: Lilly Seidel, Hamburg
Satz: metiTec Satzsystem, me-ti GmbH Berlin
Umschlaggestaltung: Christl Glanz, Agentur Guter Punkt, München
Umschlagmotiv: ©camilkuo/Shutterstock; Bildnummer: 707532811 (Sci-Fi Cube); ©Grandfailure/iStock/Getty Images Plus; Bildnummer: 1264542453 (Strand); ©Grandfailure/iStock/Getty Images Plus; Bildnummer: 655272104 (Mond); ©fbxx/iStock/Getty Images Plus; Bildnummer: 564603986 (Sterne); ©ok-sana/iStock/Getty Images Plus; Bildnummer: 483393397 (Palmen)

Bibliografische Information der Deutschen Nationalbibliothek: Die Deutsche Nationalbibliothek verzeichnet diese Publikation in der Deutschen Nationalbibliografie; detaillierte bibliografische Daten sind im Internet über https://dnb.d-nb.de abrufbar.

Der Plan9 Verlag ist ein Imprint der Bedey und Thoms Media GmbH, Hermannstal 119k, 22119 Hamburg

---

https://www.plan9-verlag.de
Gedruckt in Deutschland

Koloss im Orbit

1.

Das Leben ist beschissen.

Als vor fast zehn Jahren dieses Ding auftauchte, war es mit meiner Karriere steil bergauf gegangen. Ich berichtete aus allen Teilen der Welt über den Koloss, wie sie es nannten. Das Ding war einfach aus dem Nichts aus Richtung Sonne aufgetaucht. Zunächst nahm man an, dass ein Teil des halbjährlichen Mülltransportes zur Sonne aus der Bahn geraten und durch ein Swing-by-Manöver auf einen Rückkehrkurs zur Erde katapultiert worden war. Doch die Bahnanalysen ließen den beunruhigenden Schluss zu, dass dieser Koloss bewusst einen Orbit um unseren Planeten eingenommen hatte.

Ich – Dysti Adams – hatte damals eben erst meine bahnbrechende Operation hinter mich gebracht. Eine glänzende Idee. Dadurch war ich geradezu prädestiniert dafür gewesen, die Berichterstattung über den Koloss aus allen Teilen der Welt zu übernehmen. Manch einer behauptete, dass ich mit meiner kühlen, überlegenen Art und Weise der Reportage maßgeblich dazu beigetragen hatte, eine weltweite Massenpanik zu verhindern. Denn natürlich ging man zunächst von der Invasion einer außerirdischen Rasse aus. Aber der Überfluss an Informationen, der von nun an durch mein Gehirn raste und den ich in Sekundenschnelle verarbeiten konnte, versetzte mich in die Lage, den Menschen einen Eindruck von Normalität zu vermitteln. Und so, wie es bei großen Katastrophen in der Welt schon immer der Fall gewesen war, nahm die Menschheit den Koloss im Laufe der Zeit als etwas Natürliches wahr. Das Interesse an ihm flaute ab, ebenso wie das vor Jahrzehnten nach dem Tschernobyl-GAU, dem Fukushima-Desaster, dem Untergang Kaliforniens durch das Superbeben in der San-Andreas-Verwerfung und den regelmäßigen Pandemien durch neue Viren der Fall gewesen war. All dies wurde nach gewisser Zeit von den Menschen einfach als gegeben hingenommen.

Nur hatte das alles nichts mit mir zu tun gehabt. Diesmal allerdings schon. Denn ich habe mich damit selbst ins Aus geschossen und überflüssig gemacht. Die Sender nahmen meine Reportagen aus dem Programm. Niemand zeigte noch größeres Interesse an dem Koloss im Orbit. Natürlich fühlte ich mich gekränkt und gab an den falschen Stellen die falschen verbitterten Kommentare ab. Damit war es mit meiner Karriere schneller vorbei, als ich es mir je vorgestellt hatte. Aus war es mit meiner kühlen, überlegenen Art und Weise der Reportage, verfluchte Wichser.

Das Leben ist eben beschissen.

Das Meer rauschte und wogte sanft an den weißen Sandstrand. Der Blick auf die azurblauen Wellen und den endlosen Horizont erfüllte mich mit Zufriedenheit. Mein makelloser Körper schwang leicht mit der Hängematte zwischen den Palmen hin und her. Meine sonnengebräunte Haut glänzte im Abendlicht über meinen dezent sportlichen Muskeln. Das lange rote Haar floss wie ein exotischer Wasserfall an der Seite herab. Bald würde die Sonne hinter dem Horizont versinken und das Firmament in die Farbenpracht meines Haares tauchen, wie immer. Ich seufzte erfüllt.

Der Himmel über dem Meer begann unversehens zu flimmern. Ein Strudel sog das Meerwasser nach oben. Es war ein gewaltiger blauer Tornado. Der Boden vibrierte. Entsetzt kippte ich aus der Hängematte und landete unsanft im Sand. Auf allen vieren stierte ich fassungslos dem Weltuntergang entgegen.

»Nein!«, schrie ich mit verzerrter Stimme. Mein Arm streckte sich aus, konnte den herannahenden Wirbel nicht stoppen und wurde hineingesaugt wie ein Gummiband. Mein Körper folgte, flog durch die Luft. Dann begann sich die Welt um mich zu drehen, zu wirbeln. Es wurde schwarz.

Mein Hals war trocken. Ich hustete und riss mir die Elektroden von den Schläfen und der Stirn. Wenn der Chip nicht deaktiviert gewesen wäre, hätte ich dieses Scheißkabelgewirr nicht gebraucht. Meine Augen versagten noch den Dienst, doch mein Hörsinn reagierte schon.

»Dysti Adams?«

Ich nahm dunkles Grau wahr und dann allmählich helle Flecken.

»Verdammte Scheiße!«

Ich riss mir die Kontakte von den Handgelenken. Der Sehsinn setzte ein und der Kopfschmerz. Mein hochfahrender Sehnerv registrierte zwei Männer in dunkelblauen, metallisch glänzenden Anzügen. Sie wirkten in dem grauen schmutzigen Raum, den ich meine Wohnung nannte, deplatziert. Eine Leuchtreklame draußen am Fenster tauchte in regelmäßigen Intervallen die fleckigen Wände abwechselnd in violettes und grünes Licht. Auf dem Boden lag Kleidung verstreut. Das Frühstücksgeschirr der vergangenen Tage zierte den Tisch, dazwischen Monitore, eine antiquarische Tastatur, Kabel, Papierstapel. Letztere hätte ich mittlerweile zu Geld machen können, da Papier jeglicher Art als Rarität galt, aber ich brachte es nicht übers Herz, mich von den alten Zeitungen und Büchern zu trennen.

»Sie sind doch die Journalistin Dysti Adams?«

»Scheiße noch mal.« Ich griff nach dem Glas Wasser, das ich neben der Tastatur zurechtgestellt hatte, und schüttete es in meinen Hals. Vom Cybertravelling bekam ich stets Durst.

Journalistin? Ja, das war ich wohl mal. Doch wer waren diese Idioten? »Sind Sie völlig bescheuert? Wie können Sie einfach die Verbindung kappen? Wollen Sie, dass ich einen Schaden davontrage? Und wieso brechen Sie in meine Wohnung ein?«, blaffte ich sie an.

»Wohnung?« Der Sprecher blickte sich angewidert um, und in mir kroch ein Schatten von Unbehagen auf. »Es tut mir leid, dass wir Sie so unsanft aus Ihren Ferien holen mussten.« Sein Grinsen sagte mir, wie er es wirklich meinte, und meine aufkeimende Wut blendete das Unbehagen wieder aus. »Aber wir müssen mit Ihnen sprechen.«

Ich hatte mich von allen Kabeln und Kontakten befreit und stand auf. Über einem Stuhl hing eine braune Strickjacke, die wie auch ich ihre schönsten Jahre schon hinter sich hatte. Ich streifte sie über meine Arme, die durchaus nicht so sportlich trainiert waren wie die meines Avatars.

»Hören Sie, wir haben einen Job für Sie.«

»Für mich?« Der Kopfschmerz wurde schlimmer. Ich wühlte zwischen ein paar Kabeln, den alten Zeitschriften und vergilbten Büchern und fand einige runde Pillen. Beiläufig warf ich diese in meinen Mund und spülte mit einem Schluck Wasser nach.

»Wer ist der Auftraggeber?«

Der eine der beiden Männer, der bis jetzt das Gespräch geführt hatte, trat näher an mich heran und berührte seine linke Brust mit der Handfläche, als wolle er die Nationalhymne schmettern. Als er die Hand entfernte, blickte ich auf einen flachen Bildschirm, der auf sein Jackett aufgedampft war.

Angeber!

»Conny Industries«, erklärte er. Auf dem Display erschien das Logo des Konzerns. Seine Stimme verkündete: »Morgen früh um acht.« Er überreichte mir eine Karte. Dann verschwanden beide zur Tür hinaus.

Überrascht blickte ich auf das glänzende Ding in meiner Hand, von dem aus mich das Gesicht des Idioten weiterhin angrinste. »Morgen früh um acht«, wiederholte das Hologramm. Ich warf die Karte angewidert zwischen das schmutzige Geschirr. Doch dann atmete ich stoßweise aus. Ein Job wäre jetzt genau das Richtige. Ich konnte nicht ständig nur auf Cyberreise gehen. Irgendwann verblödete man. Zudem nahm das Geld ab und die Kopfschmerzen stetig zu. Manche Pillen waren schon wirkungslos geworden. Deshalb war ich jetzt schon bei Daph gelandet, einem synthetischen Opioid ähnlich dem Heroin, das früher einmal in war. Es ließ nicht nur die Schmerzen in Windeseile verpuffen, sondern durchströmte mich mit einem angenehmen Glücksgefühl, durch das ich mein beschissenes Leben ein wenig vergessen konnte. Und es machte laut Beipackzettel physisch nicht abhängig. Aber natürlich war das nicht der Grund, dass ich diese Pillen schluckte. Sie waren das wirksamste Medikament gegen meinen ständigen Kopfschmerz.

Ob die Schmerzen von dem häufigen Cybertravelling oder von dem Chip stammten, wussten die Ärzte nicht. Doch sie waren der Überzeugung, dass es nicht vom Chip kommen könne, da er deaktiviert worden war, seit Daily News TV mich gefeuert hatte. Ich verfluchte mein damaliges Ego, weil es sich dieses Ding ins Hirn hatte einpflanzen lassen, um seine Karriere voranzutreiben. Damit war ich in jeder Situation online mit dem Studio verbunden gewesen, konnte sogar live Informationen im Internet recherchieren. Nur das Ding wieder loszuwerden, erwies sich dann als zu riskant, da es Synapsen mit meinem Gehirn gebildet hatte. Sie deaktivierten es schließlich irgendwie. Doch es hatte sich wie ein Krebsgeschwür fest in meinem Kopf eingenistet.

Das einzige Problem an einem neuen Job waren die Menschen. Mittlerweile hatte ich mich an meine Abgeschiedenheit gewöhnt. Mein Sozialleben spielte sich ausschließlich in irgendwelchen Chatrooms ab. Richtig rausgehen, unter Leute gehen, war mir inzwischen ein Graus.

Ich sah in den fleckigen Spiegel neben der Tür. Die Frau, die zurückblickte, war einmal schön gewesen. Doch jetzt, Ende dreißig, sprang die ehemals sportliche Figur an einigen Stellen aus der Form, Augenringe und strähnige lange rote Haare. Das Einzige, was ich mit meinem Avatar gemein hatte, waren Haarfarbe und -länge. Bis morgen hatte ich noch viel Arbeit vor mir, um einigermaßen seriös auszusehen.

Unschlüssig stand ich vor der Tür aus Mahagoniholzimitat. Selbst für den Konzern war echtes Holz unerschwinglich. Ich strich die Jacke meines erbärmlich altmodischen Hosenanzugs glatt. In der Eile hatte ich nur diese cremefarbene Kombination finden können, die noch einigermaßen passte. Auf Vorstellungsgespräche dieser Art war ich nicht mehr eingestellt.

Ich atmete tief durch, um meine innere Unruhe zu bekämpfen. Ein Job. Nach Jahren wieder eine Chance. Ich trat ein. Ein großer runder Tisch stand in dem Raum. Ich hatte eine Gruppe dieser herausgeputzten Lackaffen erwartet. Doch da saßen nur drei Männer am Tisch, die das genaue Gegenteil meiner gestrigen Besucher waren. In der

Mitte rang ein junger Mann nervös mit den Händen. Er war dünn und blass, mit strähnigen dunklen Haaren. Seine Augen zuckten, als er flüchtig zu mir aufsah. Der Kerl rechts hatte graues Haar und die Falten in seinem Gesicht verrieten sein fortgeschrittenes Alter. Er blickte mich offen an und nickte mir freundlich zu. Ganz links saß ein weiterer Typ, der schätzungsweise etwas älter als ich war. Kurzer militärischer Haarschnitt. Er hatte die muskulösen Arme vor der Brust verschränkt und sich entspannt zurückgelehnt. Seine Augen musterten mich abschätzig. Ansonsten konnte ich keine Regung in seinem Gesicht erkennen. Er war mir auf Anhieb unsympathisch und ich versuchte, ihn zu ignorieren.

Ich setzte mich auf die rechte Seite des Tisches, ließ allerdings zwei Stühle zwischen mir und dem Grauhaarigen frei. Der Jungspund in der Mitte begann, an den Nägeln zu kauen. Das Schweigen wurde unbehaglich. Ich wollte schon den Mund aufmachen, um irgendetwas zu sagen, als die Tür aufschwang. Ein junger Mann im Anzug, gepflegt und mit wichtigtuerischer Miene, trat ein. Er grüßte betont freundlich, stellte sich als Mike Miller vor und setzte sich links von mir an die unbesetzte Seite des Tisches. Mit einer raschen Handbewegung fuhr er sich durch das strohblonde Haar.

Ich musste bei dem Namen ein Grinsen unterdrücken, da ich ihn genauso wie seine Haarfarbe nicht für echt hielt. Was genau lief hier ab?

»Schön. Wie ich sehe, sind alle erschienen. Nun, dann kann es ja losgehen.«

Der Blonde legte ein Tablet vor sich hin und einen kleinen silbernen Würfel mitten auf den Tisch. Seine Finger wischten auf dem Display des Pads herum. Das hatte zur Folge, dass aus dem Würfel einige dünne Lichtstrahlen schossen. Sie formten sich über dem Tisch zu einem dreidimensionalen Modell des Kolosses. Ich glaubte, dass mir ein leises genervtes Stöhnen entwich, denn alle blickten mich plötzlich an. Dann wurde ihre Aufmerksamkeit wieder von dem quaderförmigen, irgendwie unspektakulären Metallkasten in Beschlag genommen. Die Außenhaut war mit vielen kleinen Details übersät und wirkte auf den ersten Blick wie die aufgedampfte Schaltung einer Platine. Keine Spur von Aerodynamik. Doch das war im Vakuum des Alls auch nicht nötig, hatte ich mich einst belehren lassen. An einer der schmalen Seiten erkannte ich verschiedene Öffnungen. Damals wurde vermutet, dass es Austrittsdüsen eines Antriebssystems wären, aber nähere Details darüber konnten zu jener Zeit nicht erforscht werden.

»Sie alle kennen ja dieses Ding.«

Der Jungspund nickte und sein rechtes Auge zuckte. Ich stützte wie ein gelangweiltes Schulkind den Kopf auf die Hand. Das hätte ich mir auch schon gestern denken können. Diese ganze geheimnisvolle Aktion musste ja mit dem Koloss zusammenhängen. Welche Befähigung hätte ich sonst vorzuweisen gehabt? Der Kopfschmerz breitete sich abermals aus und meine linke Hand suchte in der Jackentasche nach Linderung, fand etwas und warf es in den Mund.

»Wasser?« Der blonde Anzugträger lächelte freundlich, schüttete Flüssigkeit in ein Glas und schob es mir über den Tisch. Kurz streifte mein Blick das Gesicht des Muskelmanns gegenüber und es schien mir, als ob seine Mundwinkel leicht nach oben zuckten. Unbehagen durchfuhr mich, irgendwie war es mir plötzlich peinlich. Ich versuchte, es mir nicht anmerken zu lassen, nahm das Glas wie selbstverständlich in die Hand und spülte die Pillen hinunter.

»Nun gut«, fuhr Miller fort. »Als das Ding vor neun Jahren hier aufgetaucht war, hatte es die Weltöffentlichkeit in seinen Bann geschlagen. Eine Invasion von außerirdischen Lebensformen wurde befürchtet. Doch wie wir alle wissen, passierte …« Er blickte theatralisch in die Runde. »… nichts.« Dabei untermalte er das Wort mit einer Geste seiner Hände, die mich irgendwie an einen Wanderprediger erinnerte.

»Fünf Jahre lang versuchten Politiker – mit wem auch immer – Kontakt aufzunehmen. Vergebens. Null Reaktion. Man hatte den Koloss zwar kontinuierlich nach dem neuesten Stand der Technik untersucht, durchleuchtet und mit allen zur Verfügung stehenden Methoden analysiert, doch er gab sein Geheimnis nicht preis. Etwas Radioaktives musste im Inneren sein und erdähnliche Atmosphäre schien er auch zu beinhalten. Allerdings regte sich der Widerstand einiger Organisationen, die das Geld lieber in irdische Projekte fließen sehen wollten, als in die für sie sinnlose Untersuchung eines Metallklotzes, von dem augenscheinlich weder eine Gefahr ausging noch irgendein Gewinn damit zu erzielen war. So wurden die Forschungen nach und nach eingestellt. Zwar schmiedeten verschiedene Organisationen immer wieder Pläne, dort einzudringen, aber letztendlich wollte keiner die Verantwortung und vor allem nicht die Kosten für ein derartiges Unternehmen tragen. Nun ja, und seit einigen Jahren interessiert sich niemand mehr für den Koloss. Er kreist einfach um die Erde, als wäre er ein kleiner Mond und als wäre es ganz natürlich, dass er da ist.«

Er machte erneut eine Pause und beobachtete uns vier Gestalten der Reihe nach. Ich grübelte, was er denn nun eigentlich wollte, das alles war nichts Neues für mich. Schließlich war ich einmal die Hauptberichterstatterin für dieses Ding gewesen, als die Menschheit sich noch dafür interessierte.

»Um es kurz zu machen: Conny Industries hat die Verwertungsrechte an dem Koloss erworben. Wir planen, dort einzudringen und die Technologie, oder was auch immer wir finden, sicherzustellen und für die Konzernzwecke zu verwerten.«

Ich runzelte die Stirn. »Und welche Rolle spielen wir in dem Plan?«

»Nun, Sie sind das Team, das dort eindringt.« Miller grinste.

Ich lachte laut auf. Das Daph hatte meine Hemmungen erfolgreich unterdrückt. »Wir? … und welche Armee?«

»Nur Sie vier.«

Ich blickte ungläubig die drei Wracks an, die mit mir am Tisch saßen. Der Junge nagte an seinen Fingernägeln. Der alte Mann lächelte vor sich hin und das Muskelpaket saß weiterhin ungerührt mit verschränkten Armen da.

»Sie alle haben spezielle Fähigkeiten, die wir nutzen werden.«

Ich hob überrascht die Augenbrauen. Welche hochtrabenden Qualifikationen mochten das sein? Niemand antwortete darauf. Es war so still in dem Raum, dass ich meinte, eine Uhr ticken zu hören, die es gar nicht gab. Vielleicht waren das die Nebenwirkungen des Daphs. Keine Ahnung. Schließlich regte sich der Jungspund.

»Aber was ist, wenn da eine Armee blutrünstiger Aliens auf uns lauert?« Das Gesicht des Jungen sah zunehmend blasser aus. Mit den eingefallenen Augen wirkte er selbst schon wie ein Alien auf mich.

»Das ist, unserer Meinung nach, nicht zu befürchten. Seit neun Jahren ist da nichts herausgekommen. Wieso also jetzt? Wenn da tatsächlich fremde Wesen drin waren, sind sie wahrscheinlich längst tot.« Der strohblonde Anzugträger blickte in die Runde. »Und falls da trotzdem etwas lauert, ist dafür Xell Verhoeven zuständig. Er hat Kampferfahrung und – durch gewisse Implantate – besondere Fähigkeiten.«

Ich stierte den Muskelmann entgeistert an. »Ein Cyborg?«, entwich es mir.

Der Blick des Mannes am hinteren Tischende änderte sich schlagartig. Seine Augen wurden zu Schlitzen, die mich fixierten, ohne zu blinzeln. Offensichtlich hatte er nicht die Fähigkeit, mit Blicken zu töten, sonst wäre ich jetzt vermutlich nicht mehr am Leben gewesen. Doch er schien zu menschlichen Regungen fähig. Sollte mich das jetzt beruhigen oder eher beunruhigen?

Miller lächelte amüsiert. »Nun, Xell kann mit seinem linken Auge Dinge heranzoomen und im Infrarotbereich sehen. Auch sein linker Arm ist stärker und schneller in der Reaktion als bei einem gewöhnlichen Menschen. Es gibt wahrscheinlich noch ein paar weitere kleinere Modifikationen. Über alles bin ich da jetzt auch nicht informiert. – Wollen Sie etwas dazu sagen, Xell?«

Der Angesprochene reagierte nicht auf die Frage, sondern fixierte mich weiterhin mit seinem Blick. Es begann, mich nervös und wütend zu machen. Was bildete sich der Typ ein?

»Offensichtlich ist er der Sprache nicht mächtig«, stichelte ich. »Hat er auch einen Röntgenblick? Oder was glotzt er mich so an?«

Der Anzugträger stand auf und breitete die Arme aus wie ein Priester. »Freunde. Gewöhnen Sie sich aneinander. Sie sollen im Team arbeiten.«

Ich stand ebenfalls auf und stützte die Hände auf den Tisch. »Was ist, wenn wir gar nicht mitmachen wollen – bei diesem Plan?«

Mike Millers freundlicher Gesichtsausdruck wechselte so schlagartig, dass mir der Gedanke kam, ich hätte einen Schalter betätigt. Im Inneren erschrak ich, versuchte aber, es krampfhaft zu verbergen. Nichts an ihm wirkte noch menschlich. Sein Blick war kalt und niederschmetternd.

»Sie haben überhaupt keine Wahl. Jeder von Ihnen ist ein Wrack, ein Nichts. Diese Aufgabe ist Ihre einzige Eintrittskarte zurück in die Gesellschaft. Wenn einer von Ihnen meint, er könne das ablehnen – bitte, soll er gehen. Aber wohin? In was für ein beschissenes Leben?«

Ich ließ mich in Zeitlupe auf meinen Stuhl zurücksinken. Der Typ hatte mir nun wirklich einen Schlag versetzt. Musste er es so direkt aussprechen?

»Nehmen wir gleich mal hier unsere kleine Journalistin. Dysti Adams. Keine Aufträge. Kein Sender will sie haben. Unkooperativ, drogensüchtig …« An dieser Stelle wollte ich protestieren, doch Millers Blick ließ mich in meinem Stuhl zu einem Häufchen Elend schrumpfen, ohne dass ich etwas dagegen tun konnte. »Ihre einzige Möglichkeit, wieder einen vernünftigen Job zu bekommen, ist, sich hier zu profilieren.«

Ich starrte auf die Tischplatte und rang mit mir. Ich wollte den Blicken der anderen ausweichen. Aber hier gab es nichts, hinter dem ich mich hätte verstecken können. Also warf ich trotzig den Kopf zurück. Mein Blick begegnete wieder dem des Muskelpaketes von gegenüber – Xell Verhoeven, ein Cyborg. Doch diesmal las ich fast schon Mitleid in ihm und das machte mich noch wütender.

»Unser guter Xell«, fuhr Miller fort, »hat auch keine Wahl. Im Kampfeinsatz schwer verwundet, hat ihm Conny Industries neue Körperteile geschenkt. Aber wie dankt er es? Er hat tatsächlich mit Terroristen verhandelt, obwohl er sie eliminieren sollte. Conny Industries lässt sich allerdings nicht von solchen Leuten erpressen. Und schon gar nicht, wenn es um mehrere Millionen geht. Nach dieser Aktion wurde er wie eine veraltete Waffe ausgemustert. Was er im Grunde ja auch ist.«

Wow, das musste gesessen haben. Ich schickte ein dezentes, aber schadenfrohes Grinsen über den Tisch. Xell zeigte keinerlei Reaktion.

Miller schien diesen Teil der Besprechung richtig zu genießen. Er konnte seine Macht und Überlegenheit ausspielen. Ich begann, ihn zu hassen. Er trat gerade nach vier Menschen, die sowieso schon am Boden lagen, und lächelte dabei.

Viel besser war ich in dem Moment allerdings selbst nicht. Ich konnte mir die Schadenfreude gegenüber diesem Xell nicht verkneifen. Schon das Wort *Cyborg* ließ mir einen kalten Schauer über den Rücken gleiten. Den Grund hätte ich nicht in Worte fassen können. Es war eigentlich nur eine vorurteilsbegründete innere Abneigung. Das Wort suggerierte mir, dass dies kein richtiger Mensch war, sondern irgendwas zwischen Mensch und Maschine, irgendetwas Unnatürliches.

»Der Dritte im Bund ist unser ehemaliger Spacepilot Ben Sanders.«

Ich sah, wie der alte Mann weiterhin freundlich Mike Miller anblickte. Bei dem Namen geisterten mir jedoch sofort einige Meldungen über einen verheerenden Unfall im Kopf herum.

»Ben hat die geringste Wahl«, grinste Miller. »Er ist schon weit über sechzig Jahre und, wenn er den Rest seines beschissenen kleinen Lebens nicht auch noch hinter Gittern verbringen will, hat er nur diese eine Chance. Er wird Ihr Pilot sein und Sie – hoffentlich – sicher zum Koloss bringen. Vor einigen Jahren hat er mit seinem Shuttle im Suff das Spacehotel *Earthview* gerammt. Fast fünfzig Menschen aus dem Hotel und dem Shuttle fanden damals den Tod. Er würde eigentlich das Gefängnis nie wieder verlassen. Doch Conny Industries hat Begnadigung für ihn erwirkt, wenn er sich für dieses Unternehmen freiwillig zur Verfügung stellt.«

Wie beruhigend, dachte ich, und der fliegt uns hoch?

»Der Vierte Ihres Teams wäre dann Chuck Risk. Unser Computerspezialist. Nur leider setzte er einige Hundert Millionen des Konzerns in den Sand. Seitdem lebt er mehr schlecht als recht von kleinen Hackerjobs. Conny Industries will ihm eine zweite Chance geben. Wenn er den Job hier gut macht, kann er zurückkommen und seine Schulden abarbeiten. Er wird sich in das System des Kolosses einhacken und Informationen über seine Technologie sicherstellen.«

Mittlerweile fand ich Millers Grinsen unerträglich, und ich musste mich sehr zusammenreißen, um nicht aufzuspringen und ihm eine runterzuhauen. Er war ein Arschloch. Daran bestand kein Zweifel.

»So, ich denke, die Vorstellungsrunde ist beendet. Ich werde mich jetzt empfehlen. Beschnuppern Sie sich ein bisschen. Man wird Ihnen Ausrüstung, entsprechende Kleidung und Schlafgelegenheiten zuweisen. In wenigen Tagen geht die Reise los.«

Miller erhob sich und packte sein Tablet und den Würfel ein. An der Tür drehte er sich noch einmal um.

»Ich lasse Ihnen ein paar Köstlichkeiten bringen, zur Feier des Tages und Ihrer neuen Leben.«

»Oh, wie nett«, murmelte ich missmutig.

Der Anzugträger wandte mir das Gesicht zu. »Ich vergaß: Wenn einer von Ihnen abspringt, fällt die Mission für alle aus, und jedweder Deal ist geplatzt. Also, Sie sind ein Team. Wie ich schon erwähnte.« Die Tür fiel ins Schloss.

Frustriert schlug ich mit der Faust auf den Tisch. »Wenn ich abspringe, bin ich also schuld, dass der Herr Pilot für den Rest seines Lebens weiter hinter Gitter muss? Na, super. Und was ist mit Ihnen?« Ich blickte diesen Cyborg-Xell herausfordernd an. »Verweigern die Ihnen dann die Ersatzteile?«

Der Muskelmann stand auf. Er hatte eine imposante Größe. Ich bereute kurz meinen Kommentar.

»Mm. Daran habe ich noch gar nicht gedacht. Ich bleibe also besser dabei.« Zum ersten Mal sah ich ein richtiges Lächeln über sein Gesicht huschen.

»Oh, es gibt also doch ein Sprachmodul«, knurrte ich.

Sein Blick saugte sich drohend in meinen Augen fest. »Ich frage mich«, begann er mit ruhiger Stimme, »ob der Deal bestehen bleibt, auch wenn nicht alle zurückkommen?«

»Soll das eine Drohung sein?« Ich verdrehte die Augen. Das Daph tat gute Arbeit, aber irgendwo in meinem Hinterkopf flüsterte mir eine Stimme zu, dass ich besser mal den Mund halten sollte. Mahnte mich mein ganz kleiner vernunftorientierter Selbsterhaltungstrieb?

Als hätte er meine Gedanken lesen können, mischte sich Ben in das Gespräch ein. »Möglicherweise könnte die Frau Journalistin eine kurze Pause einlegen? Es bringt gar nichts, wenn wir uns hier streiten. Entweder entschließen wir uns, das gemeinsam durchzuziehen oder nicht. Auf mich muss keiner Rücksicht nehmen.«

»Ich mache das auf jeden Fall.« Chucks Stimme hatte etwas Verlorenes. »Ich brauche mein Leben zurück. Mann, ich bin noch jung. Ich will so nicht weitermachen.«

Was sollte das denn schon wieder heißen? War ich vielleicht alt? Ich sah mir die drei traurigen Gestalten an, und mir wurde bewusst, dass ich eine genauso tragische Figur war. Was hatte ich also zu verlieren? Wie der Typ schon sagte, war unser aller Leben sowieso verkorkst. Ich vegetierte nur ziellos dahin.

»Okay, Leute. An mir soll's nicht liegen. Schauen wir uns diesen Koloss eben mal aus der Nähe an«, lenkte ich ein.

2.

Wenig später hatte man uns vier in ein Appartement mit eigenen Zimmern und einem gemeinsamen Wohn- und Essbereich geleitet. Bevor ich mich jedoch genauer umsehen konnte, kam das von Miller in Aussicht gestellte Essen. Kein Luxusbüfett, doch auf einem Niveau, von dem ich in letzter Zeit nicht einmal mehr geträumt hatte. So wie die anderen das Zeug verschlangen, erging es ihnen offensichtlich ähnlich. Selbst der Cyborg langte kräftig zu und ich wunderte mich über meine eigenen bizarren Vorstellungen. Ich hatte angenommen, dass er kein normales Essen benötigen würde, sondern eine Art Maschinenöl oder etwas Vergleichbares. Bei diesem Bild musste ich unwillkürlich lachen.

»Was ist los, Miss Junkie? Verträgt sich der Wein nicht mit den Pillen?«

Xells Stimme riss mich aus meinen Gedanken und ich bemerkte, dass ich ihn angestarrt hatte. Ich versuchte, den peinlichen Moment zu überspielen, und zuckte mit den Schultern. »Ich würde an Ihrer Stelle den Mund nicht so voll nehmen, Cyborg. Sonst brennt Ihnen vielleicht noch ein Schaltkreis durch.«

Xell prostete mir zu. »Möglich. Also bleiben Sie besser auf Abstand.«

Nach dem Essen bezogen wir unsere versprochenen Schlafgelegenheiten. Mein Zimmer war nicht mit meiner derzeitigen Wohnsituation zu vergleichen. Ich erhielt einen sauberen kleinen Raum mit Südseemotiv auf dem gewaltigen, das Fenster simulierenden Flatscreen. Der einzige Haken war, dass ich mir ein Bad mit Xell teilen musste.

Als ich am späten Abend noch einmal hineinwollte, lauschte ich an der Tür, um zu überprüfen, ob er gerade drinnen war. Doch ich hörte nichts. Also drückte ich die Tür langsam auf. Es war Licht in dem Raum und ich hielt in meiner Bewegung inne. Mein Blick fiel durch den Spalt der Tür auf den Spiegel: Xell stand davor und ließ ein kleines Gerät über seinen linken Arm gleiten.

Meine Aufmerksamkeit galt allerdings seinem entblößten Oberkörper. Der war ein echter Hingucker, das konnte ich nicht leugnen. Nichts deutete darauf hin, dass er ein Cyborg war, eine Maschine oder etwas Ähnliches. Ich hatte mir vorgestellt, dass irgendwelche Kabel oder Geräte an ihm sichtbar sein müssten. Er sah jedoch aus wie ein gewöhnlicher Mensch. Okay, nicht wirklich gewöhnlich, das musste ich zugeben, denn seine Muskeln waren durchaus beeindruckend. Um das linke Schulterblatt zog sich eine dünne Narbe. Wahrscheinlich war sie der Hinweis auf seine Modifikationen.

Irgendwie empfand ich plötzlich Mitleid mit ihm. Was bedeutete es schon, ein Cyborg zu sein? Fast jeder dritte Mensch war heutzutage einer, je nachdem, wie man das Wort definierte. Selbst ein simpler Herzschrittmacher machte einen im Grunde dazu. Denn der Begriff hatte keine andere Bedeutung, als einen Menschen zu benennen, der durch irgendeine Art von Maschine modifiziert worden war. Künstliche Gliedmaßen waren nichts Besonderes mehr. Ich fand nur die Vorstellung abstoßend, dass nicht die Erhaltung der Mobilität und Lebensqualität im Vordergrund stand, sondern die technische Aufrüstung, um einen Supermenschen, oder schlimmer noch, einen Supersoldaten wie Xell zu erschaffen. Das schreckte mich ab.

Als ich ihn so ansah, tat er mir wirklich leid, denn im Grunde war er nur ein Krüppel, der mit künstlichen Körperteilen geflickt worden war. Bedauernswert … aber er war auch in höchstem Maße anziehend. Mein Blick glitt über seine Arme, den Rücken … und im Spiegel über sein Gesicht, zu der Narbe auf der linken Wange bis zu seinen Augen, die mich jetzt anstarrten.

Erschrocken zog ich hastig die Tür zu und lehnte mich peinlich berührt gegen die Wand. »Scheiße.« Ich kicherte leise wie ein Teenager.

Die Tür ging auf und Xell schob den Kopf zu mir herein. »Habe nur meine Systeme gecheckt. Ist Vorschrift bei Robotern vor dem Kampfeinsatz.« Er blickte mich eine Weile düster an, dann verschwand er.

Das Adrenalin schoss mir durch den Körper und das Blut in den Kopf. Ich war sicher rot geworden und wünschte mir, es möge sich ein Loch im Boden auftun, in dem ich verschwinden könnte. Doch da das nicht geschah, würde ich ihm in Kürze wieder begegnen müssen. So ein Mist. Verzweifelt kramte ich nach einem Stückchen Würde, das ich mir überstülpen konnte.

Am nächsten Morgen achtete ich peinlich genau darauf, dass die beiden Türen zum Bad gut verschlossen waren, bevor ich es wagte, unter die Dusche zu schlüpfen. Wobei dieses einfache Verriegelungssystem sicher kein ernsthaftes Hindernis für ihn darstellte. Aber er ließ mich unbehelligt.

Ich warf mir eine Ladung Daph ein und fühlte mich gleich in gehobener Stimmung. Die Wände des Appartements färbten sich vor meinen Augen in pastellfarbenen Tönen und meine Füße schienen kaum den Boden zu berühren. Beim Frühstück und den weiteren Vorbereitungen würdigte Xell mich keines Blickes und ich war mir nicht sicher, ob ich darüber glücklich sein sollte. Denn ich konnte mich nicht erwehren, ihn des Öfteren von der Seite zu mustern. Möglichst unauffällig, wie ich hoffte.

Schließlich bekamen wir unsere Ausrüstung: Schwarze Kampfanzüge, verschiedenen Kram, mit dem ich nicht viel anfangen konnte, und Xell erhielt eine Waffe.

Er blickte finster drein, untersuchte das Zeug und war sichtlich verärgert. Als er uns vier unter uns wähnte, verkündete er: »Ich will euch nicht beunruhigen, aber der ganze Kram ist Schrott. Die Anzüge sind sinnlos. Sie haben nicht einmal eine beschusshemmende Verstärkung. Gegen was soll das schützen?«

Ehrlich gesagt war mir das gerade völlig egal. Was hatte ich mit Kampfanzügen am Hut? »Vielleicht absorbieren sie Alienschleim.« Ich kicherte albern.

»Ich finde das schon irgendwie beunruhigend.« Chuck zuckte nervös mit den Augen. »Wenn wir beschossen werden, geht das einfach durch den Anzug hindurch?«

»So ist es.«

»Ich schätze, wir haben kein Reklamationsrecht«, meinte Ben lakonisch.

»Wahrscheinlich nicht.« Xell steuerte abrupt auf mich zu und zischte mir ins Ohr: »Hör mal, wenn du irgendeinen von uns oder die ganze verfluchte Mission in Gefahr bringst, weil du meinst, dich mit irgendwelchem Scheiß zukiffen zu müssen, kannst du Gift drauf nehmen, dass ich die Schrottwaffe an dir teste. Ist mir scheißegal, ob du eine Frau bist.« Er blickte mich nicht an, ließ aber irgendwas an der Waffe geräuschvoll einrasten.

Mir stellten sich die Nackenhaare auf und meine Atemfrequenz stieg an. Ich wusste selbst nicht, warum ich heute diese Pillen geschluckt hatte, denn der Kopfschmerz war nicht aufgetreten. Mein Hochgefühl war nun mit einem Mal wie weggeblasen. Fast so, als hätte mich jemand unter eine kalte Dusche gestellt. Ich versuchte ein spöttisches Lächeln und hoffte, dass es nicht meine Verlegenheit widerspiegelte.

In den nächsten Tagen bekamen wir verschiedenste Einweisungen. Meist wurde jeder von uns einzeln abgeholt und in irgendwelchem technischen Kram unterrichtet. Vor allem Ben war oft abwesend, da er Flugsimulationsstunden für die Steuerung des Shuttles absolvierte. Während der letzten Jahre, die er in Haft verbracht hatte, war der technische Fortschritt schließlich nicht stehen geblieben. Des Weiteren wurden wir alle medizinisch durchgecheckt, um die Mission ins All zu bestehen.

Ich ließ das Prozedere fast kommentarlos über mich ergehen. Sie pappten mir zahlreiche Elektroden an die Stirn und auf den Kopf, um die Aktivitäten in meinem Gehirn zu messen. Erfreut stellte ich fest, dass die Kopfschmerzen beinahe völlig verschwunden waren. Die Ärzte hatten aber keinerlei Erklärung dafür. Der Chip in meinem Hirn war zwar mit dem Gewebe verwachsen und konnte nicht entfernt werden, ohne meine Denkfähigkeit zu beschädigen, doch er war tot. Darüber waren sie sich einig und ich darüber froh.

Miller hatte mir allerdings eine Packung Daph in die Hand gedrückt. »Hier, für Sie, Frau Adams. Damit Sie nicht schlappmachen.« Er grinste mich bedeutungsvoll an.

Ich war innerlich über seine Dreistigkeit empört. Was hatte das zu bedeuten? Hatte er mich überwacht? Woher wusste er von meiner Vorliebe? Fragen mochte ich ihn nicht, da ich das ungute Gefühl hatte, die Antwort nicht wirklich wissen zu wollen.

Hin und wieder schluckte ich tatsächlich einige der Pillen, obwohl ich keinerlei Beschwerden bezüglich der Kopfschmerzen mehr hatte; ich nahm sie einfach gegen das Unbehagen und die Nervosität. Denn die gesamte Situation gefiel mir immer weniger.

Ich fühlte mich erpresst und hatte außer meiner schnippischen Art nichts entgegenzusetzen, und die traf dann, wie meistens, den Falschen. Ben zum Beispiel, der sich an einem Abend allein mit mir im Appartement aufhielt. Er saß auf der Couch und stierte in das Display eines Tablets. Auf dem Tisch stand ein Glas mit bernsteinfarbenem Inhalt.

»Ein Glas Whiskey, um das Ziel zu treffen?« Dabei lächelte ich ihn sarkastisch an.

Er blickte auf, schaute mich eine Weile forschend an, nahm das Glas und trank es in einem Zug leer. »Etwas dagegen?«, fragte er herausfordernd.

»Ich würde gern lebend dort oben ankommen und nicht gegen diesen Koloss prallen«, erwiderte ich wahrheitsgemäß.

»Dann sollten Sie Ihr loses Mundwerk zügeln. Ich könnte mir vorstellen, dass Sie sonst noch gegen etwas oder jemand anderen prallen werden.«

Ich verdrehte die Augen. »Oh, vielen Dank für die Warnung. Wenn Sie Xell meinen, dann müssen Sie sich nicht sorgen. Er hat sicherlich irgendwo einen Ausschalter für den Notfall.«

»Sinnvoller wäre es, wenn Sie einen Schalter hätten«, konterte Ben und blickte wieder auf sein Tablet.

Ich knirschte mit den Zähnen. »Sie müssen sich nicht angegriffen fühlen, Herr Pilot. Doch ich kenne Ihre Akte. Ist es dann nicht ganz natürlich, dass ich mir Sorgen mache?«

»Ich kann Sie beruhigen. Es wird nichts schiefgehen«, antwortete er ruhig, ohne aufzublicken.

»Das hoffe ich. Aber Sie haben fünfzig Menschenleben auf dem Gewissen, weil Sie betrunken das Spacehotel mit einem Shuttle gerammt haben.«

»Ich kenne meine Akte ebenso. Sie müssen mich nicht daran erinnern.«

»Doch, ich denke schon.« Ich griff nach seinem Glas und hielt es ihm bedeutungsvoll unter die Nase. Was hatte mich geritten, dass ausgerechnet ich den Moralapostel spielte? Es war Angst, das musste ich zugeben. So langsam machte mich diese Mission nervös.

»Nur Apfelsaft«, erklärte er, ohne mich anzusehen.

Ich lachte laut auf. »Genau. Nur Apfelsaft und ich nehme nur Vitamintabletten.« Ich roch an dem leeren Glas und zuckte zusammen. Ein säuerlich fruchtiger Geruch stieg mir in die Nase: Apfelsaft. Ich stutzte und verharrte in meiner Stellung wie eine Statue. Es war zu peinlich. Schon wieder war ich in ein Fettnäpfchen getreten.

»Ich …«, begann ich unschlüssig zu stottern. Dann atmete ich geräuschvoll aus. Schließlich unterließ ich es, irgendeine sinnlose Entschuldigung herauszuwürgen. Es würde nichts besser machen. Stattdessen holte ich mir ebenfalls ein Glas und goss eine bernsteinfarbene Flüssigkeit ein. Diesmal war es tatsächlich Whiskey.

Als Xell und Chuck von ihren Lehrgängen – oder was zum Henker sie so machten – zurückkamen, begannen die Wände des Appartements bereits bedenklich um mich herum zu kreisen. Der Alkohol zeigte Wirkung. Chuck verkroch sich sofort in seinem Zimmer und auch Ben verschwand. Xell dagegen stand mit verschränkten Armen vor mir und blickte auf mich herab. Sein Gesicht wirkte düster.

»Was ist los, Junkie? Geht dir der Arsch auf Grundeis wegen morgen?«

»Hör auf, mich so zu nennen«, blaffte ich zurück. »Sonst ziehe ich deinen Stecker raus.« Ich war mir nicht sicher, ob die Worte meinen Mund wirklich so verlassen hatten, denn meine Zunge fühlte sich wie ein zäher Klumpen Teig an.

Xell lachte entspannt und setzte sich neben mich auf die Couch.

»*Dysti* hört sich nicht besser an als *Junkie*. Dysti Adams …«, sinnierte er, »… klingt wie ein Pornostar.«

Ich hob die Hand, um ihm eine Ohrfeige zu verpassen, aber er war schneller und hielt mein Handgelenk fest. »Nicht so voreilig mit dem Steckerziehen«, sagte er und grinste belustigt.

»Natürlich ist Dysti nicht mein korrekter Name«, murmelte ich und riss meine Hand aus seinem Griff.

»Nein? Passt doch prima«, antwortete er. »Wie lautet denn dein richtiger Name?«

»Was geht's dich an?«, fauchte ich. »Du kannst mir ebenso wenig weismachen, dass du tatsächlich Xell Verhoeven heißt.«

»Stimmt. Den Namen hat man mir nach den Operationen gegeben, um mich immer daran zu erinnern, dass …«

»Scheiße! Wirklich?« Ich prustete schlagartig los, als hätte ich mich verschluckt, nur spuckte ich nichts Festes aus, sondern lautes Lachen. »RoboCop? Nicht wahr, oder?« Ich machte große Augen und kicherte kindisch.

Er zuckte mit den Schultern und betrachtete die Flasche auf dem Tisch und mein Glas. Dann nahm er Letzteres in die Hand und nippte daran. »Nicht übel.« Abrupt wandte er mir das Gesicht zu. »Den Stecker also?«

Ich nickte und grinste albern. Wow, irgendwie sah er verdammt sexy aus, wenn er so böse guckte.

»Ich denke, ich sollte jetzt *deinen* Stecker ziehen. Wir haben morgen einen anstrengenden Tag. Vielleicht ist es unser letzter Tag. Du solltest schlafen.«

»Was?«, lallte ich. »Unser letzter Tag? Danke für die aufmunternden Worte.«

Ich wollte aufstehen, doch der Raum schwankte so stark, dass ich zurückkippte und auf Xells Schoß landete. Er packte mich und erhob sich mit mir in seinen Armen.

»Lass mich los, du Cyborg! Du Roboter!« Ich verspürte jetzt Panik. Sein Griff war so fest, dass ich mich nicht wehren konnte. Zudem drehte sich alles um mich herum und der Gedanke, dass wir morgen sterben könnten, fraß sich plötzlich in mein Gehirn wie eine Raupe in einen Salatkopf.

Xell trug mich in mein Zimmer und ließ mich unsanft auf das Bett fallen. Dann gingen mir die Lampen aus, als hätte tatsächlich jemand meinen Stecker gezogen.

Ich erwachte von einem Lichtschein, der sich schmerzhaft durch meine geschlossenen Lider bohrte. Zudem wummerte der Kopfschmerz wieder in meinem Gehirn wie ein Hammer auf einem Amboss. Stöhnend schlug ich die Augen auf. Das Licht kam aus der geöffneten Badezimmertür und in dem Durchgang stand Xell, nur mit einem Handtuch um die Hüften bekleidet. Ich zuckte zusammen und zog die Bettdecke bis zur Nase hoch. Dabei spürte ich, dass ich darunter nur einen Slip anhatte.

Schockiert blickte ich den Cyborg an. »Du hast doch nicht ...?«

Er grinste. »Du meinst, ob wir ...?« Sein Gesicht verzog sich zu einem anzüglichen Lächeln. »Du überschätzt deinen Charme, Junkie.«

»Was?« Ich war verwirrt.

»Keine Panik, Frau Journalistin. Ich habe Ihre missliche Lage nicht ausgenutzt. Sie sind nicht mein Typ.«

Ich war einerseits erleichtert und andererseits gekränkt. Mir wurde zudem bewusst, dass ich mich gestern danebenbenommen hatte. Damit konnte ich allerdings umgehen.

Schließlich hatte ich mit so etwas Erfahrung. Schlimmer war die Vorstellung, dass dieser Roboter mich ... Vielleicht log er aber auch. Bei dem Gedanken wurde mir noch übler, als mir dank meines Katers schon war.

»Ja, das will ich glauben, dass ich nicht dein Typ bin. Zu wenig Metall vermutlich«, warf ich ihm entgegen.

Xell schnaubte missmutig, schüttelte kaum merklich den Kopf und verschwand.

Ich fühlte mich schlecht. Mein Schädel drohte zu zerspringen, meine Entgleisungen wurden allmählich unangenehm peinlich und die überlegene, arrogante Art dieses Monsters machte mich wütend. Aber Zeit, um in Mitleid zu versinken oder auf eine Cyberreise zu gehen, wie es sonst meine Art war, um Probleme zu verdrängen, blieb mir nicht. Ich vermied es, in den Spiegel zu schauen, weil ich mich vor mir selbst schämte. Doch dann sagte ich mir, dass Xell vielleicht recht hatte und alles heute enden könnte. Ich wollte meine letzten Stunden nicht in Selbstmitleid verbringen und so zog ich mich an und setzte eine, wie ich hoffte, selbstbewusste Miene auf.

Miller erschien wenig später und drängte zum Aufbruch. Er stand wieder da in seinem schillernden Anzug, wie ein Priester, der die Gemeinde segnen wollte. Nicht, dass ich viele Erfahrungen mit Priestern gehabt hätte, außer durch meine Reportagen über den Koloss. Natürlich haben irgendwelche Spinner auch gleich eine Religion dazu gegründet. Und wie einer dieser verrückten Prediger kam mir Miller vor.

»Also, Team«, begann er seine Abschiedsrede. »Ich habe viel riskiert, damit Sie sich hier beweisen können. Ich erwarte, dass Sie diese Chance nutzen. Denken Sie daran, dass Sie ein Team sind und nur gemeinsam gewinnen können. Ich hoffe, ich sehe Sie in wenigen Tagen wohlbehalten wieder und Sie haben dann ein besonderes Geschenk für mich.«

Ich hoffe, dich trifft unterdessen der Schlag und ich sehe dich nicht wieder, dachte ich grimmig.

3.

Der Flug mit dem Shuttle in den Orbit des Kolosses dauerte keine fünf Stunden. Ben erwies sich als erfahrener Pilot, was mich nach diesem grausigen Vorfall, der ihn ins Gefängnis gebracht hatte, verwunderte. Wir hockten alle angeschnallt in unseren Sitzen und besonders ich kämpfte mit der Übelkeit, die die ungewohnte Schwerelosigkeit nach der Beschleunigungsphase verursachte. Möglicherweise tat zudem der Kater, den ich verspürte, sein Übriges. Ein paar Pillen Daph wären jetzt schön gewesen, aber ich hatte sie im Appartement liegen gelassen.

Ich wagte nur selten einen Blick aus den Fenstern. So faszinierend war die Aussicht nicht. Die Erdoberfläche wurde größtenteils von einer grauen Dunstglocke verschleiert. Nur über den Ozeanen gab es einige blau leuchtende Stellen, die die Herkunft des Namens *Blauer Planet* erahnen ließen. Auf der Nachtseite des Globus waren die Landmassen durch die Dauerillumination der grenzenlosen Städte unter der Wolkenschicht eindeutig zu identifizieren. Ich war froh, dass das Ding unterhalb des dichten Space-Debris-Gürtels kreiste, der die Erde zwischen sechshundert und tausendfünfhundert Kilometern umschloss. So ein Shuttle konnte in diesem Bereich Gefahr laufen, von einem größeren Brocken Weltraummüll getroffen zu werden, und dann hieße es »Adiós, muchachos«.

Das bedeutete jedoch nicht, dass ich keine anderen Flugobjekte sehen konnte. Es waren zahlreiche glänzende Punkte zu erblicken. Die meisten waren wahrscheinlich die Starlink-Satelliten, die das Internet weltweit und lückenlos verbreiteten, eine Zeit lang sogar bis in mein Gehirn. Ich strengte mich an, das Spacehotel *Earthview* zu sehen, doch hatte ich keine Ahnung, wo es sich momentan befand. Es konnte genauso gut auf der anderen Seite des Globus herumschweben.

Auf dem letzten Stück des Weges war die Aussicht komplett von dem Koloss ausgefüllt. Wie die Computersimulation schon gezeigt hatte, war er ein gewaltiger stählerner Kasten. Er wirkte zwar metallisch, glänzte aber schwarz. Die Oberfläche war mit unüberschaubar vielen Details übersät, deren Funktionen sich mir nicht erschlossen. Und obwohl ich jahrelang über dieses Ding berichtet, Interviews mit Wissenschaftlern aus aller Welt durchgeführt hatte, mit esoterischen Spinnern, Politikern, besorgten Bürgern und auch Leuten, die das alles für einen Fake hielten, gesprochen hatte, wurde mir bewusst, dass ich im Grunde nichts über den Koloss wusste.

In den letzten Jahren hatte die Firma den Koloss genauestens studiert, wie uns Mike Miller mitgeteilt hatte. Dabei kristallisierte sich eine Stelle heraus, die nach einhelliger Expertenmeinung die Einstiegsluke darstellen musste. Und diese Stelle peilten wir nun an.

Das Andockmanöver führte Ben computergestützt durch. Das Shuttle setzte sanft auf der Oberfläche des Dings auf. Es zischte. Nun waren wir mit dem Koloss hermetisch verbunden. Wir benötigten, laut Millers Aussage, keine Sauerstoffgeräte. Messungen hätten ergeben, dass die innere Atmosphäre fast zu hundert Prozent der Zusammensetzung der Erdatmosphäre entsprach. In mir kam in diesem Moment die Frage auf, wer diese Messungen durchgeführt haben sollte und mit was, wenn angeblich bis jetzt niemand hier oben gewesen war. Vielleicht unbemannte Sonden, redete ich mir schließlich ein, um mich zu beruhigen.

Ich atmete tief durch. »Danke …« Ich lächelte verlegen, denn ich war wirklich froh, dass wir heil hier heraufgekommen waren. »… für die sichere Landung.«

»Gern geschehen. Was hast du denn erwartet, Frau Journalistin? Dass ich das Ding ramme?« Ben sah sich zu mir um. Sein Ausdruck war freundlich wie immer. Ich verstand ihn nicht. Ich hatte ihn gestern derart beleidigt und er schluckte es einfach herunter.

»Nun … so etwas in der Art ging mir durch den Kopf, ja«, sagte ich offen und lächelte zurück. Zumindest hoffte ich, dass ich es tat.

»Da hatten wir wohl echtes Glück … Okay, mein Part dieses Trips ist erledigt. Nun, Chuck, dann öffne mal die Blechbüchse.« Ben nahm alles offensichtlich gelassen hin. In mir dagegen brodelte es.

Der Junge machte sich mit dem Tablet und einigem Zubehör an die Arbeit. Xell assistierte ihm wortlos, reichte ihm Werkzeug oder schraubte selbst an irgendetwas herum. Es war still. Selbst ich unterließ meine bissigen Kommentare. Ich lauschte dem Summen des Akkuschraubers.

Schließlich glitt tatsächlich eine Luke auf. Es zischte kurz. Ich war überrascht, dass es so einfach gewesen war, diesen Koloss zu öffnen und ein kalter Schauer strich mir über den Rücken. Wurden wir erwartet?

Xell hingegen schien daran keinen Gedanken zu verschwenden. Ohne zu zögern, schwebte er hinein. Wir anderen warteten gespannt. Nach einiger Zeit tauchte er wieder an der Öffnung auf.

»Nichts Verdächtiges auszumachen. Keine Lebenszeichen. Ihr könnt reinkommen. Seid allerdings nicht überrascht, wenn ihr gleich auf den Boden fallt.«

Interessanterweise kroch der sonst so ängstliche Chuck als Erster hinter Xell ins Innere des unbekannten Flugobjektes. Ben und ich folgten. Wie angekündigt wurden wir vom Boden des Kolosses angezogen. Nach dem Schließen der Luke baute sich die künstliche Schwerkraft in bekannter irdischer Stärke auf. Es war angenehm und ich atmete erleichtert auf. Die Übelkeit dauerte noch geraume Zeit an. Aber ich hatte meine Sprache wiedergefunden. Vielleicht auch, weil wir lebend angekommen waren, ohne gegen den Koloss zu prallen, und weil uns momentan noch keine schleimigen Aliens überfallen hatten.

»Was nun, Cyborg?« Ich grinste.

Er drehte sich schneller um, als ich erwartet hatte. Die Prothese schoss vor, krallte sich um meinen Hals und drückte mich unsanft gegen die Wand. Der Aufprall meines Körpers erzeugte ein dumpfes Geräusch. Ben und Chuck beobachteten die Szene, wagten aber nicht, einzugreifen. Meine Finger umschlossen Xells Handgelenk. Doch zu mehr war ich nicht in der Lage.

»Du hast ein reichlich großes Maul für einen Junkie! Und wie ich sehe, geht es dir wieder gut.«

Ich spürte das Stahlskelett der Hand unter seiner Haut. Die Servos summten leise, als er weiter zudrückte. Mir blieb die Luft weg.

Wieso rastete er jetzt so aus? War da nicht gestern Abend etwas zwischen uns gewesen? Ein kleiner Funke?

Ich blickte ihm trotzig in die Augen. Sie waren blau. Wenn ich es nicht gewusst hätte, wäre mir kaum ein Unterschied der beiden Augen aufgefallen. Das Linke sollte künstlich sein, erinnerte ich mich. Eine Narbe zog sich senkrecht davon über seine Wange.

Verzweiflung bemächtigte sich meiner und ich versuchte, ihn mit der linken Hand von mir wegzudrücken.

»Was ist los, Junkie? Suchst du den Schalter?«

»Lass mich los, du …«, fauchte ich röchelnd.

»… du was?«

Er verzog den Mund zu einem Lächeln.

Ich rang nach Luft. Im Augenwinkel sah ich Chuck nervös mit den Augen zucken und Ben hatte die Arme vor der Brust verschränkt. Von ihnen war also keine Hilfe zu erwarten. Ich zwang die anrollende Panik zurück.

Der Druck in meinem Kopf wuchs. Obwohl ich an die Terroristen dachte, die er gegen seinen Befehl nicht eliminiert hatte, und ich mir sicher war, dass er mir nur Angst machen wollte, kam mein Knie zu einem anderen Entschluss und fuhr hoch.

Abrupt ließ die Hand los. Der Cyborg krümmte sich und ging in die Knie.

Ich sog japsend die Luft ein und hustete sie aus, als meine Lungen den Betrieb wiederaufnahmen.

»Da scheint ja wirklich noch etwas echt zu sein. Oder hab ich den Ausschalter erwischt?«, stichelte ich und lachte.

Allerdings nicht lange. Er hatte sich verblüffend schnell von dem Schmerz erholt, und als er jetzt aufblickte, war purer Hass in seinem Blick. Xell wollte sich wieder auf mich stürzen. Diesmal ging Ben dazwischen und legte ihm die Hand auf die Schulter.

»Hey, könnt ihr mit eurem Liebesspiel jetzt mal aufhören?«, sagte er bedächtig ruhig. »Genau aus diesen Zwistigkeiten entwickeln sich Katastrophen. Davon könnte ich euch ein Lied singen, aber dafür ist keine Zeit. Wir haben hier Wichtigeres zu erledigen.«

»Ja«, meldete sich auch Chuck mit zitternder Stimme. »Wir könnten hier jeden Moment von schleimigen Aliens angegriffen werden, und ihr streitet euch wie ein altes Ehepaar.«

Xell entspannte sich. Ich beobachtete, dass er tief durchatmete und dann wieder sein Pokerface aufsetzte. Ich hielt mir weiterhin den Hals. Diese Roboterhand hatte unnatürliche Kraft. Der Mann, dem sie gehörte, schob Ben beiseite und kam ganz dicht an mich heran.

»Nenn mich nicht noch einmal Cyborg!«, zischte er in mein Ohr.

»Und ich bin kein Junkie«, knurrte ich zurück.

»Gut.« Er drehte sich um, nahm das Gewehr vom Rücken und prüfte die Kontrollanzeigen. »Dann lasst uns mal nachsehen, ob jemand zu Hause ist.«

Während meine sich wie Gummi anfühlenden Beine mechanisch den Männern folgten, untersuchten meine Augen systematisch die metallenen Wände des nur dürftig beleuchteten Gangs. Ringsum registrierte ich Rohrleitungen und Kabel. Es waren keine Türen oder Verzweigungen auszumachen. Das spärliche Licht tauchte das Innere des Kolosses in gespenstisches Blau. Xell ging voran, dann folgte Chuck. Ich hielt respektvollen Abstand zu dem Cyborg. Die Nachhut bildete Ben.

Ich hoffte, dass keiner von ihnen bemerkte, dass meine Hände immer noch zitterten. Die Tatsache, dass Xell die einzige Waffe besaß, machte es nicht besser. Und ich wagte zu bezweifeln, dass er sie einsetzen würde, um ausgerechnet mich zu verteidigen.

»Hey, Leute. Wartet mal.« Ben war zurückgeblieben und betrachtete interessiert etwas an der Wand.

Xell drehte sich um. »Was ist los?«

»Wenn das hier ein Alienraumschiff ist, bin ich der Kommandant.« Ben zeigte auf ein kleines gelbes Schild. Darauf stand in bekannter irdischer Schrift *Radioaktiv*. Darüber war das entsprechende Symbol und darunter einige Zahlencodes abgedruckt. Mir lief es kalt den Rücken herunter. Auch Xell und Chuck standen ratlos davor.

»Wieso hast du das nicht mit deinen Supersinnen entdeckt?« Ich blickte Xell fragend an.

Er runzelte die Stirn und ich hatte das Gefühl, so etwas wie Verlegenheit in seinem Gesicht zu erkennen. »Touché!«, murmelte er.

Das nahm mir den Wind aus den Segeln und eine unerklärliche Angst kroch durch meine Eingeweide, die nichts mit Xell zu tun hatte.

Der Cyborg kontrollierte abermals seine Waffe. »Ich habe das ungute Gefühl, dass wir hier verladen werden.«

»Da muss ich dir ausnahmsweise einmal zustimmen«, entgegnete ich und blickte mich unsicher um.

Unsere Schritte hallten durch den Gang. Weiterhin waren weder Türen noch Abzweigungen zu erkennen. Wir wanderten stundenlang ins Nichts. Die Beleuchtung war so dürftig, dass ich nur wenige Meter vorauszuschauen vermochte. Vor uns herrschte einfach nur Dunkelheit. Ich hielt mich nun enger an Xell, denn die unbekannte Gefahr, die hier lauern könnte, machte mir mehr Angst als der Cyborg. Schließlich hatte er mich nie von sich aus angegriffen, sondern nur auf meine verbalen Attacken reagiert. So ein Arsch war er also gar nicht. Im Grunde war ich der Arsch.

»Ich brauche eine Pause«, sagte ich irgendwann und stoppte meinen Lauf.

Die anderen blieben ebenfalls stehen. Xell drehte sich zu mir um, musterte mich kurz und dann nickte er.

Ich setzte mich auf den Boden, zog die Wasserflasche aus einer Tasche meines Alienschleim absorbierenden Superduper-Kampfanzugs und nahm einige Schlucke.

»Was glaubst du, was das mit den Schildern bedeutet?«, fragte Chuck und blickte dabei Xell an.

»Keine Ahnung.« Auch der Cyborg hatte sich hingehockt und trank aus seiner Flasche. »Entweder haben die

Aliens unsere Schrift geklaut oder dieses Ding ist ein menschengemachtes Produkt. Aber warum dann diese Aktion? Wieso die Heimlichkeit?«

»Das ist eine wirklich interessante Frage«, murmelte Chuck.

»Womöglich sind wir so was wie Versuchskaninchen«, entgegnete Ben. »Überlegt doch mal! Wer sind wir?«

»Ein Haufen entbehrlicher Arschlöcher«, antwortete ich mechanisch.

Xell warf mir erneut den kalten Blick zu. »Vielleicht hätte ich mich ein wenig gewählter ausgedrückt ... aber ja. Damit hast du durchaus recht. Wir sind niemand. Eventuell so eine Art Kanonenfutter.« Sein Gesichtsausdruck wurde plötzlich freundlich.

»Oder Alienfutter.« Chuck lachte. Es klang beinahe hysterisch. »Vielleicht züchten sie hier irgendwas Illegales.«

»Finden wir es heraus.« Xell erhob sich, nahm die Waffe in Anschlag und schritt forsch weiter voran.

Wir anderen drei folgten ihm wie Gänseküken der Mutter.

Nach Stunden gelangten wir endlich an das Ende dieses sinnlos wirkenden Metallkastens. Die Wand vor uns schien eine Tür zu sein.

Xell tastete sie mit der linken Hand ab. »Chuck, hast du eine Idee?«

Der Junge begann, die Tür zu untersuchen.

Ich weiß nicht, was mich ritt, aber ich schob ihn zur Seite. »Vielleicht sollten wir einfach mal klopfen.« Ich schlug mehrmals mit der Faust dagegen.

Xell lachte herzlich amüsiert. »Ich glaube, du hast heute wirklich ein paar Pillen zu viel genommen, Dysti.«

Ein Zischen ließ ihn herumfahren. Ich trat ebenfalls überrascht einen Schritt zurück. Xell nahm automatisch das Gewehr an die Wange. Ben und Chuck drängten sich hinter ihm in den Schutz der Waffe. Die Tür öffnete sich. Licht quoll heraus. Es blendete mich einen Moment.

Im Gegenlicht erkannte ich eine Gestalt, aber es war kein schleimtriefender Alien. Es war ein Mann, hager und nicht bedrohlich wirkend. Sein Anzug schien um Nummern zu groß. Wirres langes Haar und ein zerzauster Bart umrahmten ein schmales Gesicht. Seine großen dunklen Augen blickten freundlich. Er lächelte uns an, blieb aber abwartend auf Abstand.

Xell senkte langsam die Waffe und trat ein. Er ging im Raum umher und durchsuchte ihn. Ich nahm an, dass er irgendwelche Systeme hatte, mit denen er Waffen oder Überwachungsgeräte oder sonst etwas aufspüren konnte. Schließlich legte er sein Gewehr auf ein Pult und baute sich vor dem Fremden auf.

Der blickte ihn furchtlos an. »Ich bin Samuel Stuard.«

»Ich finde, er sieht nicht sehr außerirdisch aus.« Ich folgte Xell und reichte Samuel entschlossen die Hand.

»Nein, in der Tat«, gab Xell zu.

»Ich bin ein ganz gewöhnlicher Mensch. Aber erst einmal: willkommen.« Der Fremde erwiderte meinen Händedruck.

»Dysti Adams. Das ist Xell Verhoeven. Die beiden hier sind Chuck Risk und unser Pilot Ben Sanders.«

Der Angesprochene nickte allen begrüßend zu.

»Dann erzählen Sie mal, Samuel«, forderte Xell den Mann auf.

»Was soll ich erzählen? Dass das kein Alienraumschiff ist, wissen Sie ja schon.«

»Ja, der Verdacht ist uns gekommen«, gab Xell zu.

»Es ist eine Zeitmaschine.«

»Eine Zeitmaschine?« Xell machte ein ungläubiges Gesicht. »Verrückt. So etwas gibt es tatsächlich? Habe ich mir immer irgendwie anders vorgestellt. Eher so als riesige Kugel in einem Labor.«

Samuel lachte amüsiert. »Ja, oder als DeLorean.«

Jetzt musste auch ich lachen.

»Aber das ist nur in Büchern oder Filmen so«, erklärte Samuel. »In der Realität sieht so ein Ding anders aus. Nur der gigantische Reaktor in Kombination mit der Sonnengravitation kann eine derart hohe Geschwindigkeit erzeugen, dass ein Zeitsprung möglich ist, und zudem ein inneres Gravitationsfeld aufbauen, damit der Reisende durch die Beschleunigung nicht wie eine Tomate zerquetscht wird. Dafür braucht man Platz. Sehr viel Platz. Das geht also nur im All, nicht in einem Labor.«

»Wow«, stieß ich immer noch verblüfft hervor. »Sie kommen also wirklich aus einer anderen Zeit?«

»Ja«, bestätigte Samuel. »Aus der Vergangenheit, um genau zu sein. Aber das wissen Sie doch schon längst.«

Xells Augen wurden schmal. »Nein, wir hatten keine Ahnung, was uns hier erwartet. Wir wurden ausgesandt, um die Technologie eines Alienraumschiffes sicherzustellen.«

Samuel strich sich über den Bart. »Den Quatsch erzählen die also immer noch. Habe das in letzter Zeit nicht mehr so verfolgt. Uninteressant.« Er machte eine herablassende Handbewegung. »Ganz schön mutig, mit einer Handvoll Leute ein Alienschiff zu kapern.«

»Eher verzweifelt«, murmelte ich.

»Ja, genau. Eher verzweifelt. Wir machen das nicht ganz freiwillig«, bestätigte Xell.

»Oh, verstehe. Sie wurden ausgewählt.«

»So in der Art«, erwiderte Xell. »Jeder von uns sollte seine besonderen Fähigkeiten einbringen … Etwas geistert mir dabei schon die ganze Zeit im Kopf herum«, begann Xell laut zu denken und drehte sich zu mir um.

Aus einem unerfindlichen Grund begann ich zu schwitzen.

»Ben ist unser Pilot«, sagte Xell nachdenklich. »Ich soll für die Sicherheit sorgen. Chuck soll sich in das System loggen. Ich frage mich die ganze Zeit, was deine Aufgabe bei der Sache ist, Dysti? Deine besondere Fähigkeit?« Seine Augen schienen sich in mein Gehirn zu bohren. Hatte er vielleicht doch einen Röntgenblick?

»Um ehrlich zu sein, frage ich mich das auch schon die ganze Zeit«, gestand ich vorsichtig.

»Nun, da kann ich möglicherweise zur Aufklärung beitragen.« Chuck stand neben dem Zeitreisenden mit dem Rücken zu uns und drehte sich nun vom Steuerpult um, auf das er wie hypnotisiert gestarrt hatte.

Ich bemerkte, dass sein linkes Auge zuckte. Er hielt etwas in der Hand. Es war eine Pistole, mit der er auf uns drei Teammitglieder zielte. Und bevor ich oder die anderen die Situation begriffen, bellten zwei Schüsse auf. Ben und Xell prallten getroffen zu Boden. Keiner hatte eine Chance gehabt zu reagieren. Nicht einmal der Cyborg. Dies hier kam völlig unerwartet.

Ich wollte aufschreien, aber ich war unfähig, einen Laut hervorzubringen. Ich stierte ungläubig auf die zwei toten Männer vor meinen Füßen. Die Einschusslöcher waren mitten im Brustkorb. Es gab kaum Blut. Sie mussten auf der Stelle tot gewesen sein.

Mein Blick wanderte zurück zu Chuck. Wo hatte er plötzlich diese Waffe her? Niemand von uns besaß eine – außer Xell. Chuck war der Computerspezialist und doch kein Soldat! In meinem Kopf begann es zu hämmern und zu rauschen. Ich konnte keinen klaren Gedanken fassen. Selbst der Zeitreisende glotzte nur verwirrt auf die toten Männer am Boden.

Mein Blick wanderte zurück zu Xell. Als ich den Cyborg da so liegen sah, stiegen mir Tränen in die Augen.

Seltsamerweise hatte ich geglaubt, dass er so etwas wie unsterblich wäre oder wenigstens nicht so leicht zu töten. Diese Verletzlichkeit, diese Vergänglichkeit seines Lebens kam mir unwirklich vor. Und irgendwie hatte ich ihn gemocht. Das wurde mir nun klar. Zu spät. Wut stieg in mir hoch und verdrängte die lähmende Schockwirkung.

»Du verfluchter Wichser!«, brüllte ich und wollte mich auf Chuck stürzen.

Er hielt mich zitternd mit der Waffe auf Abstand.

»Warum?«, kreischte ich ihm ins Gesicht.

»Der Auftrag. Sie haben ihre Arbeit getan.«

»Was soll das heißen?«

»Das heißt, dass sie nicht mehr gebraucht werden. Schlicht und einfach.«

»Nicht mehr gebraucht?« Ich blickte noch einmal zu Xell und mir wurde übel. »Scheiße. Nicht mehr gebraucht? Ich kann das nicht glauben.«

Samuel – der Zeitreisende – saß mit dem Rücken zum Steuerpult und stierte verstört auf die zwei Leichen. Sein verfilzter Bart zitterte. Chuck stand neben ihm, beachtete ihn jedoch nicht. Er starrte nur mich an. Dann nahm er die Waffe herunter. Seine eingefallenen Augen wirkten dunkel und bedrohlich.

»Aber was ist mit mir?«, fragte ich und versuchte, die Tränen wegzublinzeln.

»Du bist der Sender«, antwortete der Junge.

»Was?«

»Du überträgst alles. Bild und Ton. Schon die ganze Zeit.«

»Was?« Mein Hirn weigerte sich, die Worte zu verstehen.

»Kapierst du nicht? Dein Chip war nie deaktiviert, du dumme Nuss. Meinst du, die bauen dir so ein teures Ding ein und nutzen es dann nicht? Bist du einfältig!«

»Ich bin die ganze Zeit online? Aber wieso merke ich nichts davon? Wieso empfange ich nichts?« Schockiert hielt ich beide Hände an den Kopf. Das konnte nicht sein!

»Sie haben die Download-Funktion abgeschaltet. Deshalb spürst du es nicht. Doch du uploadest die ganze Zeit.«

»Das kann ich jetzt nicht glauben. Und weshalb Bilder? Davon war nie die Rede.« Ich griff mir an die Schläfen, als könnte ich meinen Kopf dadurch gegen einen Zugriff abschirmen. »All die Jahre?« Das konnte nicht sein!

Der Junge grinste mich belustigt an. »Du bist wirklich dämlich.« Von seinem nervösen Zucken war nichts mehr zu sehen.

»Was ist mit Xell? Hatte er keinen Chip?«

»Nein.«

Ich schüttelte verständnislos den Kopf. »Aber er war Soldat. Ein Cyborg.«

»Genau. Die Ethikkommission für Militärtechnik hatte vor einiger Zeit beschlossen, dass humanoide Kampfmittel keine zentrale Steuereinheit mehr bekommen dürfen. Der Grund war allerdings weniger ethisch, sondern einfach praktisch: Die Gegenmaßnahmen konnten viel einfacher gehandhabt werden, um ein ganzes Bataillon außer Gefecht zu setzen. Durch einen Störsender zum Beispiel. Die Wirkung wäre viel verheerender als durch jede Bombe.«

»Ethikkommission für Militärtechnik?«, schnaubte ich verächtlich. Wer denkt sich so einen Irrsinn aus? Durch meinen Kopf rauschte eine Magnetschwebebahn und zerrte meinen Verstand mit sich.

Chuck verzog amüsiert den Mund. »Die Menschheit hat sich mit einer Einigung auf die Regeln der Kriegsführung schon immer leichter getan, als sich auf gemeinsame Gesetze zum Umweltschutz, gegen Armut, den Welthunger oder solche Themen zu verständigen. Kaum einer wagt es, auf einen Soldaten mit weißer Flagge zu schießen. Viel einfacher ist es, einem bettelnden Kind in den Kopf zu ballern.«

»Und dein ständiges Gefasel über blutrünstige, schleimige Aliens …«

»… war nur dazu da, um euch Idioten abzulenken. Natürlich habe ich von Samuel gewusst.«

Vor meinen Augen begann die Welt, sich zu drehen. Bunte Lichtblitze flackerten auf, als hätte ich gerade eine Ladung Daph geschluckt. Ein unbändiges Hassgefühl überkam mich. In Ermangelung des passenden Gegenübers – das in meinem Wunschdenken Mike Miller gewesen wäre – entlud ich meine Wut an dem Nächstbesten. Und das war Chuck. Meine Faust traf ihn genau auf die Nase und ich spürte, wie sein Knochen knackte wie eine saftige Karotte.

Er taumelte mit einem entsetzten Schrei zurück. Mit der Hand wischte er sich das Blut ab, aber es war nicht zu stoppen. Er richtete wieder die Waffe auf mich. Es kümmerte mich nicht. Mir war es scheißegal. Nichts hatte noch einen Sinn. Sollte er doch verflucht noch mal abdrücken. Xell war tot. Ich war ein Computer. Ein verdammter …

»Hey, Cyborg. Haben sie deinen Lebenserhaltungstrieb abgeschaltet?« Xell stand plötzlich neben mir und grinste mich an, hatte Chuck in Sekundenschnelle entwaffnet und in einem Würgegriff unter Kontrolle gebracht.

»Xell. Du lebst!« Die Erleichterung, die ich beim Anblick des Mannes verspürte, war mir fast schon unangenehm. Ich hatte das Bedürfnis, ihm um den Hals zu fallen, aber ich unterdrückte es.

Er grinste und strich mir eine Träne aus dem Augenwinkel. »Wer hätte gedacht, dass du so sentimental werden kannst. Ich fühle mich geradezu geehrt, dass jemand um mich weint. Noch dazu du.«

Ich wischte ruppig seine Hand aus meinem Gesicht. »Ich heul doch nicht um einen Cyborg.«

Er legte den Kopf schief wie ein Hund.

»Aber … Wie ist das möglich, dass du das überlebt hast?«

Er schlug sich mit der flachen Hand auf die Brust. »Die kleinen Modifikationen. Ein kevlarbeschichtetes Brustbein kann Wunder wirken.«

Ich schüttelte den Kopf und lachte erleichtert. »Aber du blutest.«

»Nur das Gewebe darüber. Nichts Bedrohliches.« Er pulte sich mit der freien Hand ein gestauchtes Projektil aus der Wunde, hielt es mir zur Begutachtung unter die Nase und schnippte es verächtlich in den Raum.

»Ich habe mich tot gestellt, um zu erfahren, was diesen Scheißkerl zu seinem Verrat bewogen hat.« Er ließ Chucks Hals los und drückte ihn auf einen Stuhl. »Da hast du wohl einen Fehler gemacht, Chuck. Haben sie dir nicht gesagt, dass du auf meinen Kopf zielen sollst? Und selbst da musst du schon genau wissen, welche Stellen geeignet sind, um mich auszuschalten. Dummer Junge.« Er gab ihm einen derben Klaps gegen die Stirn. Chuck begann leise zu wimmern. Der Schmerz in seiner gebrochenen Nase wallte wohl erneut auf.

»Was sollen wir mit ihm machen?«, fragte ich. »Mann, er hat Ben ermordet. Und dich beinahe auch.«

»Ich könnte ihm das Genick brechen. Mit links.« Demonstrativ bewegte Xell die Finger der kybernetischen Hand. »Aber erst möchte ich ein paar Antworten.«

»Und ich will diesen Chip ausgeschaltet haben. Ich sende denen die ganze Zeit alles zu. Was kann ich tun?«

»Du kannst nichts tun, außer dir eine Kugel in den Kopf zu jagen«, konterte der Hacker wütend.

Xell packte ihn erneut an der Kehle und zog ihn hoch. »Was soll diese ganze Sache hier?«

»Lass mich los!« Chucks Stimme war ungewohnt hart.

»Wird der kleine Junge jetzt bockig?« Xell blickte Chuck fest in die Augen. »Erst will ich ein paar Antworten.«

»Lass mich los!«

Xell gab seinen Hals frei. Chuck blickte ihn triumphierend an. Doch der Cyborg packte ohne Vorwarnung seinen Arm. Als ich das Knacken des Knochens hörte, verspürte ich innere Befriedigung, aber Chucks Gebrüll ließ fast mein Trommelfell bersten.

»Okay, ich sag euch alles! Ich sag's ja! Die wissen schon die ganze Zeit, dass das kein Raumschiff von irgendwelchen Aliens ist. Die haben einfach nur die Aufmerksamkeit der Welt in eine falsche Richtung gelenkt, weil sie die Kontrolle über ihre Zeitmaschine wiederhaben wollen – und das möglichst unauffällig. Niemand sollte von dem Projekt erfahren. Schließlich bedeutet Wissen über die Zukunft Macht. Nur leider war das Experiment gescheitert und es gab kein Wissen über die Zukunft. Sie haben allerdings auch nicht gewusst, warum das Projekt fehlschlug, warum Samuel sich nicht gemeldet hat und was aus ihm geworden war. Also entschlossen sie sich, euch Idioten hochzuschicken, um nachzusehen. Für den Fall, dass er durchgedreht ist und eventuell Amok läuft, haben sie Xell mitgeschickt. Schließlich sitzt Samuel hier auf dem größten Kernspaltungsreaktor der Welt. Er hätte eine Katastrophe auslösen können. Da er allerdings friedlich wirkte, wurde der Soldat überflüssig. Also habe ich …«

»… deinen Auftrag ausgeführt und Ben und mich erledigt.«

Ich blickte kurz zu dem toten Piloten am Boden. Sein Gesichtsausdruck war friedlich, als würde er schlafen. Ich musste unwillkürlich schlucken. Dann packte ich Samuel – den verwirrten Zeitreisenden, der auf Abstand gegangen war – und zerrte ihn näher heran. »So, jetzt Sie!«

»Ich sollte ein Jahr lang Beobachtungen durchführen und dann zurückkehren in meine Zeit. Aber ich sah keinen Sinn darin, zurückzukehren. Ich merkte, dass hier in der Zukunft keiner etwas von meiner Rückkehr wusste. Also bin ich nie zurückgekehrt und werde es nie.«

»Verstehe ich nicht«, gestand ich. »Sie könnten doch jetzt zurückreisen.«

»Aber dann wäre ich ja schon in der Vergangenheit angekommen. Davon müsste Conny Industries etwas wissen – jetzt, in dieser Zeit.«

Ich begriff nichts. Auch Xell blickte reichlich verwirrt.

»Begreifen Sie das nicht?«

»Nein«, gestand Xell.

»Also, wenn ich morgen zurückkehren würde, oder auch erst in zehn Jahren, dann wüsste Conny Industries in diesem Moment, dass ich in meiner Zeit vor fünfzig Jahren wieder angekommen bin. Demnach wäre diese ganze Aktion hier sinnlos. Da ich aber nie in meiner Zeit wiederaufgetaucht bin, haben sie – so gesehen – auf mich gewartet. Um jedoch nicht preisgeben zu müssen, dass sie im Besitz einer Zeitmaschine sind, haben sie die Geschichte mit dem Alienraumschiff in die Welt gesetzt. Und Frau Journalistin hat ihnen fleißig geholfen.«

»Ich hatte keine Ahnung.«

»Nein, wahrscheinlich nicht«, gestand mir Xell zu.

»Mir drängt sich jedoch die Frage auf: Warum sind Sie nicht zurückgekehrt?«, fragte ich.

Samuel verdrehte die Augen. »Sie haben es immer noch nicht begriffen, Dysti. Ich bin nicht zurückgekehrt, da ich doch sowieso nicht angekommen bin. Wäre ich zurückgekehrt und angekommen, hätte ich davon erfahren. Ich habe hier die beste Technik. Ich bin besser ausgerüstet als mancher Spionagesatellit. Also habe ich es gar nicht erst versucht.«

»Aber warum sind Sie nicht angekommen?«, fragte ich dümmlich weiter. Die ganze Zeitangelegenheit wollte nicht in meinen Kopf.

»Nun, da fallen mir drei Möglichkeiten ein. Erstens: Ich bin einfach nie zurückgekehrt. Ich schwebe hier ewig rum. Zweitens: Irgendwas ist schiefgegangen und das ganze Ding hat sich … aufgelöst, zerstört … keine Ahnung. Ich bin also tot. Drittens: Die Everett-Interpretation hat sich bestätigt.«

»Was ist diese Everett-Interpretation?«, fragte Xell.

»Reisen in die Zukunft sind prinzipiell möglich. Wie man an mir sieht, sogar praktisch durchführbar. Doch mit den Reisen in die Vergangenheit ist das so eine Sache. Ein Herr Everett hat da mal so eine Viel-Welten-Theorie aufgestellt. Die besagt, dass man nie auf dem gleichen Zeitstrahl zurückreisen kann.«

»Ah, verstehe«, erwiderte Xell.

Ich blickte ihn beeindruckt an, denn ich kapierte gar nichts.

»Sie haben befürchtet, dass Sie entweder bei dem Versuch zurückzureisen sterben werden oder in einer Parallelwelt landen«, fügte der Cyborg hinzu.

»Genau. Und beides schien mir nicht erstrebenswert. Keiner hat eine Vorstellung davon, wie so eine Parallelwelt aussehen könnte. Ich habe mir das eigentlich nie so spektakulär vorgestellt. Das Gruselige daran war für mich die Vorstellung, dass es kaum einen Unterschied geben würde. Ich lande in einer Welt, die wie meine ist. Doch ich hätte dann immer das Gefühl, dass alle Menschen nicht mehr die sind, die ich verlassen habe, sondern so eine Art Schatten oder Projektion ihrer selbst. Diese Vorstellung machte mir Angst. Und wahrscheinlich würde ich dann in einem Irrenhaus landen. Denn ich könnte mir nie sicher sein, ob ich in meiner echten Welt oder in einer Parallelwelt wäre. Wie sollte ich das erkennen?«

»Aber das wäre mir schlichtweg egal, wenn ich es sowieso nicht unterscheiden kann«, meinte ich.

»Wäre das wirklich so unerheblich? Ich hatte als Kind mal einen Hamster.«

Scheinbar machte ich große Augen, denn er fühlte sich zu einer Erklärung veranlasst.

»Ja, damals waren Haustiere noch legal«, warf der Zeitreisende verstehend ein. »Jedenfalls war es so: Als ich auf Klassenfahrt war, ist er gestorben und meine Eltern haben heimlich einen Neuen gekauft, damit ich es nicht merke. Der Hamster hatte die gleiche Farbe und Größe und ich habe den Unterschied zunächst nicht bemerkt. Doch nach einigen Tagen kam mir sein Verhalten seltsam vor. Ich habe mich nicht mehr mit ihm verbunden gefühlt. Verstehen Sie das? Ich habe gespürt, dass etwas nicht richtig war. Schließlich äußerte ich meinen Verdacht und sie erzählten mir die Wahrheit. Wer jedoch könnte mir in einer Parallelwelt die Wahrheit erzählen?«

»Wen interessiert es, wenn man eh keinen Unterschied feststellen kann?«, meinte ich.

»Ich glaube allerdings, dass man es kann. Man spürt, dass etwas nicht stimmt.« Er machte eine resignierte Geste mit der Hand. »Letztendlich ist das alles nur eine Vermutung.«

»Aber Sie können doch nicht den Rest Ihres Lebens in einer Umlaufbahn um die Erde verbringen, nur weil Sie Angst vor einer Theorie haben. Sind Ihre Ressourcen denn nicht irgendwann aufgebraucht?«, fragte Xell.

»Ja, das ist das Problem. Die Nahrungsmittelvorräte sind praktisch auf null. Ich habe zwar verschiedenste Stoffe reproduziert, dupliziert und gestreckt. Über kurz oder lang ist aber Schluss. Aus nichts kann man auch nichts machen. Ich hatte erwartet, dass hier mal jemand auftaucht. Ich habe mir vorgestellt, dass sie mich mit zur Erde nehmen und ich dann dort weiterleben könnte. Doch jetzt scheint mir das unrealistisch. Ich denke, Conny Industries will nur ihre Technik bergen und unliebsame Zeugen beseitigen. Und schließlich könnte ich mir vorstellen, dass sie nicht besonders gut auf mich zu sprechen sind, da ich ihr Experiment versaut habe.«

Xell drehte sich zu Chuck um, presste seine linke Hand auf dessen Brustkorb und drückte ihn damit gegen die Stuhllehne. »Ist das so?«

Chuck verzerrte schmerzerfüllt das Gesicht und nickte. »Aber was wird jetzt geschehen? Was werdet ihr mit mir machen?« Seine Augen begannen wieder, heftig zu zucken. Ansonsten wagte er nicht, sich auf dem Stuhl zu rühren. »Ich bin auch nur ein Handlanger«, versicherte er mit dünner Stimme. Er hielt sich den gebrochenen Arm. Sein Gesicht sah aschfahl aus. Die Augen waren noch tiefer eingefallen. Ein getrockneter Blutstrom zog sich von der Nase bis zum Kinn.

»Ich habe nicht wenig Lust, dir das Genick zu brechen.«

»Aber … was hätte ich denn tun sollen?«

»Uns einweihen?«, mischte ich mich ein.

»Es tut mir leid. Sie haben mir ein neues Leben geboten.«

Xell ließ von ihm ab und blickte zu Ben hinüber. »Dafür hast du jetzt eins auf dem Gewissen.«

»Hey, Leute«, meldete sich Samuel. Er hantierte an den Apparaturen seines Kontrollpultes herum. »Hier sind einige Objekte im Anflug.«

Xell wandte sich wieder Chuck zu. »Was bedeutet das?«

»Ich schätze, das ist Plan B. Alles, was wir sagen und alles, was sie sieht …« Er zeigte auf mich. »… sehen und hören die auch. Sie ist die ganze Zeit online. Wahrscheinlich sehen sie die Mission als gescheitert an und rücken mit dem Sturmtrupp vor.«

»Scheiße!« Ich klopfte mir mit der Faust an den Kopf. Verzweiflung breitete sich in mir aus. »Habe ich Kameras in meinen Augen?«

»Ach, Quatsch.« Trotz seiner Angst und der Schmerzen entlockte meine inkompetente Theorie Chuck ein kurzes Lachen. »Die zapfen deinen Sehnerv an.«

»Wann treffen die hier ein?«, fragte Xell.

»In zwei Stunden schätzungsweise«, antwortete Samuel.

Xell untersuchte erneut die Waffe und schleuderte sie schließlich frustriert quer durch den Raum. »Wir haben keine Chance. Mit dem Ding kann ich gegen keine Armee antreten.«

Ich zuckte zusammen, als das Gewehr zu Boden krachte. Xells Worte machten mich wütend. »Was ist los? Haben die jetzt *deinen* Selbsterhaltungstrieb ausgeschaltet?« Ich fing an, mit den Fäusten auf ihn einzuhämmern. Er stand da, regungslos wie bei unserer ersten Begegnung vor ein paar Tagen, und ließ es über sich ergehen. »Willst du jetzt einfach aufgeben?«, brüllte ich ihn an.

Seine Stimme war ruhig. »Die haben uns verarscht. Wir sind genau das, was Miller gesagt hat: Wracks, ausgemustert. Zu nichts mehr nütze.«

»Nein! Ich will das nicht! Ich werde mich denen nicht einfach ausliefern.«

»Vielleicht schicken sie dich in dein Leben zurück.« Er legte mir eine Hand auf die Wange und sah mich aufmunternd an. »Oder du bekommst einen neuen Job von ihnen.

Mit dem Chip im Kopf bist du sicher weiterhin nützlich für sie, zumindest finanziell nicht wertlos.«

»Und was ist mit dir?«

Er zuckte mit den Schultern. »Ein ausgemustertes humanoides Kampfmittel«, murmelte er resigniert. »Ich schätze, sie werden mir die Ersatzteile verweigern.« Er grinste schief.

»Hey«, vernahm ich Samuels Stimme. »Ich hätte da eine Idee.«

Eine Stunde später hatten wir den toten Ben und den verletzten Chuck ins Shuttle befördert. Samuel hatte ein kleines Fahrzeug, um die großen Distanzen im Koloss für Wartungsarbeiten schneller überbrücken zu können. So konnten wir die Luke, an der das Shuttle angedockt war, in wenigen Minuten erreichen. Chuck schaffte es tatsächlich nach kurzen Instruktionen, das Shuttle vom Koloss abzukoppeln und trieb unkontrolliert dem Plan-B-Team entgegen.

Samuel, Xell und ich standen wieder vor dem Steuerpult. Der Zeitreisende startete das Aggregat. Der Koloss begann zu vibrieren.

»Wo beziehungsweise wann soll's denn hingehen?«, fragte er lächelnd.

Xell legte die Stirn in Falten. »Was ist mit deinen Befürchtungen bezüglich der Parallelwelt?«

Samuel schien kurz zu überlegen. Dann zuckte er mit den Schultern. »Jetzt bin ich nicht allein. Ich denke, das Abenteuer gehe ich lieber ein als dieses da.« Er nickte zum Monitor hin, der die herannahenden Objekte anzeigte. »Also, wohin?«

Xell legte den Arm um meine Schulter. »Was meinst du, Cyborg?«, grinste er mich an.

Ich blickte zu ihm auf und legte den Arm um seine Taille. »Überrasche mich.«

Koloss aus dem Orbit

4.

Das Meer rauschte und wogte sanft an den weißen Sandstrand. Der Blick auf die azurblauen Wellen und den endlosen Horizont erfüllte mich mit Zufriedenheit. Mein Körper schwang leicht mit der Hängematte zwischen den Palmen hin und her. Mein verträumter Blick folgte der Wasserlinie. Grün bewachsene Inseln, an denen sich in weißer Gischt die Wellen brachen, wuchsen aus der Wasseroberfläche empor. Ein Schwarm bunter Vögel zog meinen Blick auf sich und leitete ihn zu einem schwarzen schroffen Eiland. Es war ein quaderförmiges Gebilde mit unscharfen Kanten aus geschmolzenem und neu erstarrtem Metall, welches aus den Fluten ragte, gewaltig wie ein Bergmassiv. An einer Seite klaffte ein schwarzes Loch. Dieses *Ding* passte nicht in diese paradiesische Landschaft.

Ich zuckte zusammen. Jetzt bemerkte ich, dass es keine Landfläche in der Ferne war. Es war der Koloss. Also war dies auch keine meiner geliebten Cyberreisen, sondern die Realität.

»Verdammte Scheiße!«

Ich kippte aus der Hängematte und landete auf einem schwarzen Kampfanzug, der unter mir im Sand lag. Entsetzt blickte ich an mir herab. Ich war nur spärlich mit BH und Slip bekleidet. Mein Körper war nicht makellos wie der meines Cyberavatars und auch nicht besonders sportlich. Zudem wies er zahlreiche blaue Flecken auf. Peinlich berührt zog ich den Anzug vor mich und starrte auf den Strand hinter mir. Dort waren Menschen. Sie gingen gemächlich irgendwelchen Beschäftigungen nach und beachteten mich nicht. Außer einem. Ein junger hagerer Mann in bunten Boxershorts und mit nacktem Oberkörper kam zielstrebig auf mich zu. Er hatte langes, gewelltes Haar und einen sorgsam gestutzten Bart.

»Dysti, du weilst wieder unter den Lebenden«, rief er überschwänglich.

»Samuel?« Ich starrte den Mann vor mir entgeistert an. Es war Samuel, der Zeitreisende aus dem Koloss im Orbit, jedoch irgendwie gepflegter, als ich ihn bisher kennengelernt hatte. Und so wirklich kannte ich ihn auch gar nicht. »Was ist geschehen? Du siehst aus wie ... wie Jesus.«

Samuel brach in schallendes Lachen aus.

Ich wischte mir mit der linken Hand über die Augen und fühlte mich wie in Trance. Mit der Rechten hielt ich noch immer den Kampfanzug vor mich. »Wo sind wir? Sind wir tot? Ist dies das Paradies? Verdammte Scheiße! Das Paradies ist eine Hippiekommune?«

»Keine Panik, Dysti. Es ist alles in Ordnung. Wir haben den Absturz der Zeitmaschine überlebt. Aus irgendeinem Grund sind wir bei dem Sprung nicht wieder im Erdorbit gelandet, sondern auf die Oberfläche gestürzt. Vielleicht hat sich die Erdbahn in den letzten Jahrhunderten leicht verändert. Keine Ahnung, was die Ursache gewesen ist. Ist ja auch völlig egal. Ich konnte jedenfalls mit den Aggregaten den Absturz in letzter Sekunde abbremsen. So wurden wir nicht zerschmettert und lösten auch keine Tsunamikatastrophe in dieser exotischen Inselwelt aus. Xell hat ein Stück der Außenwand gesprengt und so wurden wir in den Ozean geschleudert.«

Ich hörte Samuel gespannt zu und versuchte, mich zu erinnern. Dabei schlüpfte ich geschwind in den schwarzen Kampfanzug, damit ich mir nicht mehr so nackt vorkam. Doch die Erinnerung wollte sich nicht einstellen. Das Letzte, was mein Gehirn gespeichert hatte, war die ganze absurde Geschichte vor dem Zeitsprung. Besonders Bens Tod und Chucks Verrat hallten in mir nach und die bescheuerte Idee, sich mit einem Sprung durch die Zeit vor dem Plan-B-Team in Sicherheit zu bringen. Nun … anscheinend war der Zeitsprung gelungen, doch die Landung fehlgeschlagen.

»Hunger?« Samuel hielt mir ein schlankes helles Brot entgegen. »Oh, verflucht, wie habe ich richtiges Essen vermisst«, seufzte er.

Ja, ich hatte Hunger, und wie. Meine Hand zitterte leicht, als ich das Brot entgegennahm. Ob das vom Hunger oder dem ausgebliebenen Pillennachschub für meinen Körper kam, wusste ich nicht einzuordnen. Gierig biss ich in das Brot. Es schmeckte gar nicht so übel. Ein wenig süßlich.

»Ist mit Gemüse«, fügte er hinzu.

Ich kaute und schluckte. »Wo – oder besser – wann sind wir, Samuel?« Ich hatte noch einen Bissen im Mund, während ich sprach.

»Das ist schwer zu sagen, da ja nun nicht alles nach Plan verlaufen ist. Ich schätze, wir sind ungefähr zweihundertfünfzig Jahre in die Zukunft geschleudert worden.«

Bei dieser Auskunft versagten meine Beine den Dienst. Ich ließ das Brot fallen und sank auf die Knie.

»Zweihundertundfünfzig Jahre?« Mir wurde übel. »Das ist eine unvorstellbare Zahl. Das ist, als wären wir in einer anderen Welt oder auf einem anderen Planeten gelandet.« Ich hatte Mühe, nicht in Tränen auszubrechen.

Samuel hockte sich vor mir nieder. »Hey, beruhige dich. Was soll's? Du lebst und dafür solltest du dankbar sein.«

»Aber es gibt keinen einzigen Menschen mehr auf der Welt, den ich kenne.«

»Das ist letztlich egal, Dysti. Du kennst mich. Und es gibt wenigstens noch Menschen hier, die zudem äußerst freundlich und friedfertig sind. Es hätte uns schlimmer treffen können.«

Ich hörte gar nicht richtig zu, was Samuel da quasselte. »Aber dich kenne ich gar nicht wirklich«, murmelte ich und griff mir an die Schläfen, denn der Kopfschmerz, den ich nur allzu gut kannte, flammte wieder auf. War der Chip in meinem Hirn weiter aktiv? Was sendete er und wohin?

Samuel legte mir eine Hand auf die Schulter. Als hätte er meine Gedanken gelesen, sagte er: »Es ist alles gut, Dysti. Hier gibt es nichts, womit dein Chip kommunizieren könnte. Hörst du? Es ist eine andere Welt. Eine friedliche Welt.«

»Was?« Ich vernahm Samuels Stimme wie durch einen dichten Nebel. Die Situation kam mir wie ein Cyberspiel vor, in dem gerade *Game Over* aufblinkte.

»Das hier ist ein Garten Eden. Es gibt keine Maschinen. Die Menschen leben im Einklang mit der Natur.«

Ich erhob mich. Der Kopfschmerz ebbte allmählich ab. Ich blickte mich um. Ja, dies schien wirklich das Paradies zu sein. Am Saum eines Waldes standen einfache Hütten aus Holzstämmen, Blättern, Zweigen und irgendeinem Geflecht. Kinder spielten dazwischen ausgelassen Fangen und lachten fröhlich. Leicht bekleidete Frauen und Männer gingen gemächlich irgendwelchen Tätigkeiten nach. Sie kochten über offenem Feuer oder besserten gemeinsam etwas an einer Hütte aus. Sie lagerten im Schatten der Palmen oder schaukelten in Hängematten. Nichts wirkte gefährlich oder gar bedrohlich. Hatten die Menschen endlich den richtigen Weg gefunden? Ich lächelte versonnen beim Anblick dieser Idylle.

»Komm mit!« Samuel zog mich auf die Beine und hinter sich her.

Er kam mir plötzlich sehr fremd vor. War das verwunderlich? Er *war* schließlich ein Fremder für mich. Ich hatte ihn erst vor ein paar Stunden das erste Mal gesehen. Wie in Trance stolperte ich hinter ihm her. Sein Haar wehte im Wind. Eine Frau in meinem Alter saß an einem Gegenstand, der mich an einen antiken Webstuhl erinnerte. Ein Mann formte Schalen aus Ton auf einer mechanisch angetriebenen Töpferscheibe. Überall begegneten mir freundlich lächelnde Gesichter. Dieser Friede ringsum zerstreute meine Bedenken, fast als hätte ich mir etwas Daph eingeworfen.

»Das ist Sulali«, stellte mir Samuel eine schlanke, wohlgeformte Frau vor. »Sie ist meine Gefährtin.«

Die blonde Frau lächelte mich stumm an. Sie war sehr jung, fast noch ein Mädchen.

Ich runzelte die Stirn. »Wie lange sind wir denn schon hier?«

»Vier Tage.«

»Das ging aber schnell.«

Samuel grinste. »Sei nicht so sarkastisch, Dysti. Siehst du nicht, wie perfekt diese Welt ist? Eine real existierende egalitäre Gesellschaft.«

Ich ließ meinen Blick über das Dorf wandern. Ja, diese Welt war perfekt. Die Menschen sahen alle schön, gesund und jung aus. Die Kinder waren fröhlich.

Samuel und Sulali führten mich durch die Siedlung und die Gärten, die sich dahinter anschlossen. Über einen schmalen Pfad erklommen wir einen Hang und erreichten ein Plateau, auf dem sich kleine Felder bis zu einem dunklen Wald ausdehnten. Die Menschen, denen wir begegneten, nickten mir freundlich zu. Ich beobachtete ihre friedfertige Art und wie liebevoll sie miteinander umgingen. Sie halfen sich gegenseitig beim Bau der einfachen Hütten, beim Kochen des Essens, beim Anbau und der Ernte von Früchten und Gemüse. Sie lachten und scherzten. Es gab offensichtlich keine Probleme, keine Sorgen, keinen Neid und keinen Konflikt, den ich erkennen konnte. Trotzdem, oder vielleicht gerade deswegen, überkam mich ein ungutes nervöses Gefühl.

»Ich weiß nicht, Samuel. Das scheint mir alles zu perfekt zu sein. Fast wie bei den Eloi. Möglicherweise kommen des Nachts die Morlocks aus dem Dschungel.«

»Ach, Dysti.« Er schüttelte verständnislos den Kopf. »Ich habe keinen Schimmer, von was du da redest. Komm, ich stelle dich Belau und seinen Beratern vor. Sie sind die Mentoren. Sie wachen über die Gemeinschaft.«

Ich folgte ihm in Richtung einer großen offenen Hütte. Darin saß ein Mann. Er war kaum älter als ich, schätzte ich. Sein Haar war lang und gewellt, fast wie das des Zeitreisenden. Im Gegensatz zu Samuel trug er jedoch keinen Bart.

Mit einer freundlichen Geste winkte er mich zu sich. Wie ein braves Hündchen folgte ich der Einladung in die offene Hütte. Eigentlich war es mehr ein überdachter Platz, der mit Kissen gepolstert war. Neben dem Mann saßen zwei Frauen und zwei weitere Männer. Sie waren, wie alle hier, nur leicht bekleidet, und begrüßten mich mit einem freundlichen Lächeln.

»Willkommen, Fremde. Wie ist dein Name?«

»Dysti Adams«, antwortete ich, verwundert darüber, dass diese Menschen meine Sprache sprachen, wenn auch mit ungewöhnlichem Akzent, und ich setzte mich vor den fünf im Schneidersitz in die Polster.

»Woher kommst du, Dysti Adams?«

Was sollte ich sagen? Was hatte Samuel ihnen erzählt? »Von demselben Ort, aus dem Samuel kommt.«

»Samuel kann sich leider an nichts erinnern. Vielleicht kannst du uns erleuchten? Dieses Ding dort draußen im Meer fiel vom Himmel und kurze Zeit später wurdet ihr am Strand angespült. Leider fällt hin und wieder Müll vom

Himmel, den vorherige Generationen dort hingeschafft hatten.«

Ich schüttelte den Kopf mit gespielter Unwissenheit. »Leider kann ich mich ebenso wenig an irgendetwas erinnern.«

»Seid ihr mit einem Boot auf dem Meer gewesen?«

Ich zuckte mit den Schultern. Offenbar zogen diese Menschen nicht in Betracht, dass wir aus dem Koloss stammen könnten, also wollte ich ihnen das auch nicht auf die Nase binden. Wie hätte ich so etwas erklären können? Zeitreise! Ich fühlte mich selbst noch völlig überrumpelt von dieser Situation.

»Nun, Dysti, was ist dein Lebensinhalt?«

»Hä? ... Ich meine: wie bitte?«

»Nach was strebst du im Leben?«

Ich blickte den Mann verständnislos an. Darüber hatte ich nie richtig nachgedacht. Eine seltsame Frage. Ich könnte jetzt wirklich etwas Daph gebrauchen.

»Keine Ahnung«, begann ich zögerlich. »Ich weiß gar nicht mehr, was ich getan habe. Aber mein Gefühl sagt mir, zuerst war es Erfolg und Ruhm, wonach ich strebte. Dann einfach Ruhe und am Ende habe ich nur ans Überleben gedacht«, resümierte ich mein bisheriges Leben wahrheitsgemäß.

»Bei uns wirst du keinen Ruhm und keinen Erfolg finden. Vielleicht auch nicht deine Erinnerung. Aber Ruhe – innere Ruhe – und Harmonie können wir dir bieten.«

»Oh«, antwortete ich. Ruhe und Harmonie waren sicher erstrebenswerte Ziele. Kein Krieg, kein Leid, kein Konkurrenzkampf unter Kollegen. Ja, das wäre wirklich eine schöne Welt.

Doch in meinem tiefsten Inneren konnte ich nicht daran glauben. Ich hatte das Gefühl, dass ich etwas sehr Wichtiges übersehen hatte. Irgendetwas fehlte hier. Vielleicht war ich auch noch nicht wieder ganz bei mir, nach dem Absturz aus dem Orbit.

»Harmonie ist unser höchstes Gut. Wer unsere Harmonie stört, wird aus der Gemeinschaft ausgeschlossen.«

Aha, dachte ich grimmig. Da war es wieder. Das Spiel der Macht. So perfekt und egalitär war diese Gesellschaft also doch nicht.

»Nun, dann werde ich mich bemühen, die Harmonie nicht zu stören«, antwortete ich in feierlichem Ton. Der Mann lächelte milde. So ein arroganter Arsch, dachte ich.

»Sei uns willkommen«, hauchte eine der Damen an seiner Seite. »Wie auch dein Freund Samuel uns willkommen ist. Er hat sich schon erfreulich in unsere Gesellschaft eingefügt und fühlt sich bei uns wohl. Ich hoffe, du ebenfalls.«

Ich nickte ihnen freundlich zu, und zeigte ihnen in Gedanken den Mittelfinger. Dann stand ich auf und entfernte mich aus dem Haus der Mentoren. Samuel hatte in einiger Entfernung auf mich gewartet.

»Siehst du, Dysti. Hier herrschen Friede und Harmonie.«

»Ach, er heißt Friede und sie Harmonie? Ich dachte, der heißt Belau.«

»Dysti, dein Sarkasmus ist unangebracht.«

»Wenn hier alles so perfekt im Einklang funktioniert, für was ist dann dieser Belau da?«

Samuel zuckte mit den Schultern. »Er überwacht, dass alles funktioniert. Irgendeine Leitfigur braucht jede Gesellschaft.«

»Ist das so?«, murmelte ich nachdenklich.

»Ich verstehe nicht, was dir hier nicht gefällt. Wir sind in Sicherheit.«

»Ja, Miller wird bestimmt blöd aus der Wäsche geguckt haben, als sein wertvoller Koloss im Nirvana verschwunden ist.« Ich lachte kurz auf, als ich mir sein dummes

Gesicht vorstellte, und wurde wieder ernst. »Aber ich habe so ein komisches Gefühl, dass das hier alles nicht richtig ist. Vielleicht sind wir tatsächlich tot.« Mir wurde schwindelig bei dem Gedanken.

»Und wenn, dann wäre es mir egal. Ich bin zufrieden mit dieser Welt – und *Nirvana* trifft es ganz gut. Das bedeutet schließlich, dass man sich loslöst von der gängigen Vorstellung des Daseins. Wenn man all den unnötigen Luxus, die Gier und das ständige Denken an sich selbst zurücklässt. Hier gibt es nichts weiter als Liebe und Gemeinsamkeit. Der Einzelne ist nicht wichtig.«

Ich verdrehte die Augen. Ein Hippie-Jesus mit Buddhaweisheiten. Das hatte mir zu meinem Glück tatsächlich gefehlt. »Ich will aber wichtig sein und mir sind einzelne Menschen in der Tat wichtig.«

Samuel schüttelte verständnislos den Kopf. »Schau dich um. Was kann man mehr vom Leben erwarten?«

Ich blickte mich um. Ja, überall Friede und Harmonie. Keine Aggressionen. Aber zwischen all diesen friedlichen Gefühlen, die sich beim Anblick dieser wundervollen Welt einstellten, breitete sich ein schwarzes Loch in meinem Bauch aus. Und mit einem Mal wusste ich, was ich vermisste.

»Wo ist Xell?«, brachte ich hervor. Wieder begannen meine Hände zu zittern und ich hatte das unstillbare Bedürfnis, mir eine meiner Pillen einzuwerfen. Aber hier gab es keine.

Samuel blickte mich mit einem seltsamen Dackelblick an. »Ich weiß es nicht. Ich habe ihn zwei Tage lang am Strand gesucht, während du in der Hängematte vor dich hin gedöst hast – in der Hoffnung, dass er irgendwo angespült worden war so wie wir. Doch vergebens. Ich denke …«

»Was?« Meine Stimme hatte einen fast hysterischen Ton angenommen.

»Ich denke, er ist tot.«

»Nein, das kann nicht sein. Nein!« Ich schüttelte energisch den Kopf, fast wie ein bockiges Kind, das etwas Gegebenes nicht wahrhaben will.

»Überleg doch mal! Er war verdammt schwer. Das ganze technische Zeug in seinem Körper. Meinst du, dass er damit diese Strecke schwimmen konnte?« Er zeigte mit ausgestrecktem Arm zu den Überresten des Kolosses weit draußen im Meer.

»Sieh mich an, Samuel. Ich bin keine Sportskanone. Wie habe *ich* das denn geschafft? Er ist nicht tot! Nein! Er ist ein Supersoldat. Er hat Kraft ohne Ende. Sicher kann er diese Strecke mit Leichtigkeit überwinden. Ich akzeptiere nicht, dass er tot ist.« Es fehlte nicht viel und ich hätte mit dem Fuß aufgestampft.

»Vielleicht wurde er bei der Explosion, die er herbeigeführt hatte, verletzt.«

»Nein. Das glaube ich nicht. Er lebt.«

»Wie du willst, Dysti. Dann suche ihn. Ich habe ihn nicht finden können. Er war sicher ein netter Kerl – oder so etwas Ähnliches. Aber ich kannte ihn kaum. Ich denke, dass er tot ist. Ich bin überzeugt davon und damit ist für mich die Sache erledigt.« Samuel drehte sich um und wollte gehen. Doch ich hielt ihn am Arm zurück.

»Die Sache erledigt? Xell ist keine Sache, du kleiner Wichser. Er hat dich aus deiner Scheißblechbüchse befreit!«

»Aggression ist hier unangebracht, liebe Dysti. Xell war ein Soldat, ein Supersoldat, ein Cyborg, irgendwie eine Maschine. Er hätte nicht hierher gepasst. Sieh dich um. Hier herrschen Friede und Harmonie. Leg deine Sorgen ab und lass dich in dieser wunderbaren Welt einfach treiben.«

Ich blickte ihn bestürzt an. »Bist du auf Drogen oder was?«

»Dysti, das ist nicht mein Stil. Vielleicht deiner?« Diesmal zitterte sein Bart nicht. Samuel hatte sich völlig gewandelt.

»Was soll dann dieses Gefasel? Ich werde hier keinen auf Friede, Freude, Eierkuchen machen, solange ich nicht weiß, was mit Xell passiert ist.«

»Nun, dann wünsche ich dir viel Erfolg bei der Suche nach deinem Cyborg. Du musst mich verstehen, ich saß neun Jahre lang in dieser Blechdose, wie du es nennst. Ich habe die letzte Zeit kaum noch etwas zu essen gehabt, meine aufbereitete Pisse getrunken und war einsam. Hier habe ich alles, was ich begehre: Freundliche Menschen, eine Frau, köstliches Essen und nichts bedroht meine Existenz. Ich habe ein Zuhause gefunden. Und wenn du schlau bist, nimmst du die Situation für dich an und lebst ein schönes Leben.«

Samuel löste sich sanft aus meinem Griff, lächelte mich freundlich an und schritt in Richtung der Hütten davon.

»Ein schönes Leben!« Ich stand mit meiner Ratlosigkeit und Verzweiflung allein am Strand und wünschte mir eine Handvoll Daph.

Die Sonne brannte erbarmungslos vom Himmel. Der Anzug war eindeutig nicht das richtige Kleidungsstück für diese Gegend. Wo war ich eigentlich? Ich hatte nicht den blassesten Schimmer, wo ich mich befand, in welchem Land und nicht einmal auf was für einem verfickten Kontinent. Obwohl es definitiv zu heiß war, konnte ich mich trotzdem nicht mit Bikini und Baströckchen anfreunden. Also durchsuchte ich die Taschen meines Alienschleim absorbierenden Anzugs und fand einen der Ausrüstungsgegenstände, die ich für die Mission erhalten hatte. Es war ein Multifunktionsmesser.

Erstaunt darüber, dass Conny Industries uns sogar etwas Nützliches mitgegeben hatte und nicht nur Schrott, klappte ich einige der Werkzeuge aus. Schließlich fand ich eine Schere. Damit bearbeitete ich die Ärmel und Beine des Anzugs und hatte bald ein luftigeres Gewand an. Die Stoffabschnitte steckte ich vorsorglich in eine der Taschen. Hier schien mir so etwas Mangelware zu sein.

5.

Wo sollte ich nach Xell suchen? Hatte Samuel wirklich schon den gesamten Strand abgesucht, oder war das nur eine Ausrede gewesen, weil ihm Xell völlig egal war? Es gab hier so viele Inseln. Er könnte wer weiß wo gestrandet sein.

Vielleicht hatte Samuel recht und Xell war tot. Bei diesem Gedanken schnürte es mir die Kehle zu. Aber dann müsste irgendwo seine Leiche zu finden sein. Oder war er tatsächlich so schwer, dass er nun auf dem Grund des Ozeans lag? Die Angst, dass Xell einfach für immer weg sein könnte, fuhr durch mich hindurch. Wie die Brandung des Meeres dort draußen gegen die Felsen donnerte, prallte sie gegen meine Selbstsicherheit und versuchte, mir die Füße wegzureißen. Ich bemühte mich, sie wegzuatmen und ihr durch mechanisches Laufen zu entrinnen.

Mittlerweile hatte ich mich schon ein ganzes Stück von den Hütten entfernt. Links hob sich das Land in mehreren Stufen an. Ich konnte Palmen erkennen und dahinter freie Flächen. Vielleicht waren es zusätzliche Felder. Noch weiter in der Ferne erblickte ich einen dichten olivgrünen Dschungel. Vor mir verlief der weiße Strand in sanften Buchten. Aus dem Meer ragten Felsen und grün bewachsene Inseln. Ein Schwarm Vögel flog von einem der Eilande auf und einige der Tiere landeten auf dem Wasser. Ihr Gefieder schillerte blau und türkis. Sie tauchten unter und kamen nach kurzer Zeit mit silbrigen zappelnden Fischen in ihren Schnäbeln an die Oberfläche zurück. Mein Herzschlag beruhigte sich.

Das sandige Ufer wand sich zwischen Felsen dahin. Eine Schildkröte kroch gemächlich dem Saum des Meeres entgegen. Ihr Rückenpanzer glänzte in verschiedenen Rottönen. Ich folgte mit dem Blick der Wasserlinie, in der Hoffnung, irgendwo den angespülten Cyborg zu finden. Doch vergebens.

In einer kleinen Bucht bemerkte ich plötzlich eine Person. Es war ein junger Mann, der mit einem Speer in der Hand reglos im flachen Wasser stand. Schlagartig spannten sich seine Muskeln, der Speer schoss vor und Sekunden später zappelte ein Fisch daran. Ich näherte mich dem Mann und musste mit Erstaunen feststellen, dass er noch ein Junge war. Er mochte so um die fünfzehn Jahre alt sein.

Ich hob die Hand und rief: »Hallo!«

Der Junge drehte sich zu mir um. In seinen Augen konnte ich Furcht erkennen. Aber er floh nicht, sondern wartete, bis ich ihn erreicht hatte.

»Störe ich die Harmonie? Bin ich zu nah?«, fragte er in demütiger Weise.

Ich runzelte die Stirn. »Nein, du störst mich nicht. Warum auch? Ich finde ja eher diese Harmonie nervtötend.«

»Ach, du bist die Neue.« Erleichterung lag in seinem Blick. »Sie haben dich aus dem Meer gefischt, nachdem das *Ding* vom Himmel gefallen war. Hat es dich aus deinem Boot geworfen?«

Ich dachte kurz nach, ob ich ihm die Wahrheit sagen sollte, dass ich aus diesem *Ding* selbst gekommen war. Doch ich entschied mich für die Lüge. »Ja, aus dem Boot gefallen.«

Am Rand des Strandes, gleich dort, wo ein Palmenhain begann, bemerkte ich eine Art Unterstand. Ein Feuer brannte daneben. »Und was ist mit dir? Warum lebst du abseits der anderen?«

Der Junge schaute mich schief an. Dann hob er seine linke Hand. Mir lief ein Schauer über den Rücken. An der Stelle, wo seine Hand sein sollte, war nur ein Stumpf.

»Das passt nicht in die Harmonie.«

»Was soll das heißen? Haben diese Wichser dich deswegen verstoßen?«

Der Junge sah mich irritiert an.

»Ich meine«, verbesserte ich mich, »ob die Mentoren dich wegen deiner Verstümmelung verstoßen haben?«

»Nicht direkt. Aber wer der Gemeinschaft nicht mehr voll und ganz dienen kann, wer krank, verletzt oder alt ist, ist angehalten, nach *Helheim* zu gehen. Das ist ganz natürlich«, erklärte der Junge.

»Und du bist nicht dorthin gegangen?« Ich hatte keine Ahnung, was *Helheim* bedeutete.

Er schüttelte nur den Kopf, deshalb bohrte ich vorerst nicht weiter.

»Ich heiße Dysti«, stellte ich mich vor und hielt ihm die Hand hin.

Er lächelte verhalten und erwiderte die Geste mit seiner verbliebenen Hand.

»Silas.« Der Fisch an seinem Speer zuckte nochmals wild auf. »Ich würde dich zum Essen einladen. Allerdings habe ich nur das hier. Wertvolles Gemüse anzubauen, habe ich allein leider nicht geschafft. Deshalb muss ich nehmen, was mir das Meer schenkt.«

»Das ist okay für mich«, antwortete ich. »Fisch ist ein gesundes Essen.«

»Ach wirklich? Du musst von sehr weither gekommen sein. Wir ernähren uns hier nur von Pflanzen. Alles andere wird als unrein betrachtet.«

»Oh.« Ich war erstaunt. Der Junge weckte mein Interesse. Er war aus der Friede-Freude-Eierkuchen-Gesellschaft ausgeschlossen, weil er verstümmelt war. Aber er schien nicht aufzugeben.

Silas weidete den Fisch geschickt mit der einen Hand aus und spießte ihn erneut auf den Speer. Ich folgte ihm mit seiner Beute zum Unterstand. Er legte den Speer in eine hölzerne Gabel neben dem Feuer. Der Fisch konnte in dieser Position in der Hitze unweit der Flammen garen.

Mittlerweile war die Sonne dem Horizont schon sehr nah und im Begriff, in einer wahren Farbenflut hinter dem Dschungel zu versinken. Es war wie in meinen Cyberreisen, aber diesmal konnte ich die Schönheit des Sonnenuntergangs nicht genießen. Ich blickte stumm in das Feuer.

»Wie ist das passiert?«, fragte ich schließlich.

Silas verteilte den gebratenen Fisch auf zwei Blätter.

»Das mit deiner Hand«, hakte ich nach.

»Ein Unfall vor ein paar Jahren. Ich wollte mir den Friedhof der Maschinen anschauen. Da gibt es so wunderbare Sachen zu entdecken. Aber es ist verboten, sich dort aufzuhalten. Ich war damals noch ein kleines Kind und sehr neugierig und habe die Regel gebrochen. Die Strafe folgte auf dem Fuß und ich habe mir die Hand in einer Maschine eingeklemmt. Die Mentoren waren der Ansicht, dass der Verlust meiner Hand eine gerechte Bestrafung für den Ungehorsam sei.«

»Was ist mit deinen Eltern?«

»Ich kenne sie nicht. Mein Vater soll weggegangen sein, vor meiner Geburt, und meine Mutter Nelli ist gestorben, als ich noch sehr klein war. Ich erinnere mich nicht.«

»Das tut mir leid.«

Silas antwortete nichts. Er begann, den Fisch zu verzehren. Auch ich aß mit Genuss. Beim Essen merkte ich, wie ausgehungert ich war.

»Hör mal, Silas. Ist noch jemand angespült worden? Ich vermisse einen Freund.«

Der Junge schluckte und schaute aufs Meer. Die Wellen brandeten sanft an den Strand. »Ja«, antwortete er und blickte mir nun direkt in die Augen.

»Wo ist er?«

»Es war kein Mensch.«

»Was sonst?«

»Es war eine Maschine.«

»Eine Maschine?«

»Sie sah allerdings einem Menschen sehr ähnlich. So etwas habe ich noch nie gesehen.«

Ich hörte auf zu kauen.

»Hat diese Maschine ausgesehen wie ein Mann?«

»Ja, wie ein Mann. Die Mannmaschine hatte Haut und ein Gesicht und gleichzeitig einen Arm aus Metall.«

Mein Puls schoss hoch und ich sprang auf. »Das ist Xell. Wo ist er?« Ich spürte, wie mein Herz bis in den Hals pochte.

»Die Mentoren haben dieses Ding auf den Maschinenfriedhof gebracht. Es ist jetzt sicherlich schon kaputt.«

Ich packte Silas an den Schultern. »Wo ist das? Kannst du mich hinführen?«

Der Junge wirkte eingeschüchtert. Ich hatte ihn mit meiner Reaktion erschreckt. »Bitte«, fügte ich deshalb leise hinzu.

»Gut, ich werde dich hinbringen. Doch ich bin ihnen gefolgt und habe beobachtet, wie sie die Maschine zerstört haben. Sie wird nicht mehr funktionieren.«

In meinem Kopf hallten die Worte des Jungen wider. Kaputtgemacht? Zerstört? Was hatten sie Xell angetan?

»Schnell, wir müssen Xell finden.« Ich riss Silas auf die Beine.

»Morgen«, antwortete er ruhig und löste sich aus meinem Griff. »Morgen werde ich dich hinführen. Es wird jetzt dunkel. Da können wir nicht durch den Dschungel gehen. Das ist zu gefährlich.«

Ich blickte mich Hilfe suchend und verzweifelt um. Fremde Geräusche drangen aus dem fernen Wald zu mir.

Ich musste an meine Theorie über die Morlocks denken. Was konnte ich tun? Nur der Junge wusste den Weg und er würde mich morgen hinführen. Ich musste Geduld haben. Es gab keine andere Möglichkeit.

Silas verkroch sich in seinem Unterschlupf und ich legte mich vor dem Eingang nahe dem Feuer nieder. An Schlaf war nicht zu denken und ich wälzte mich hin und her.

Schreckliche Bilder durchrauschten meinen Kopf, wie die Mentoren Xell in Stücke schnitten und innen drin war er kein Mensch, sondern ein Roboter. Und dann versank ich doch noch in einem Traum. Es war ein beruhigender Traum, so still und idyllisch. Ich verwandelte mich darin in einen der blauen Wasservögel und flog über den Himmel, so leicht und unbeschwert. Ich segelte über eine Wüste zu einer riesigen Stadt. Die Stadt war von einem Urwald überwuchert und schon seit Jahrzehnten oder Jahrhunderten unbewohnt. Mittendrin stand ein gewaltiges Hochhaus. Aus einem der Fenster blickte mich Mike Miller an und winkte mich zu sich.

Schweißgebadet erwachte ich. Es war tiefste Nacht.

Kaum lugten die ersten Sonnenstrahlen über den Horizont des Meeres, stand ich auf. Ich rüttelte an Silas' Schulter. »Komm, wir müssen los.«

Der Junge rieb sich die Augen, nickte verschlafen und erhob sich. Er packte ein paar Sachen in ein Bündel und lief los. Ich folgte ihm mit innerer Unruhe.

Silas führte mich durch den Palmenhain einen Hang hinauf. Ich konnte von dieser erhöhten Position aus die Siedlung der Harmonie betrachten und ich erkannte Samuel. Er stand am Strand und blickte zu mir hoch. Eigentlich waren wir Fremde füreinander, andererseits war er der einzige Mensch, den ich in dieser Welt wenigstens ein bisschen kannte. Seine Gleichgültigkeit gegenüber Xell war mir jedoch zuwider. Plötzlich fühlte ich mich einsam und verlassen, fast so, als wäre ich in einer dieser Parallelwelten gelandet, die Samuel im Koloss so eindrücklich beschrieben hatte.

Ich folgte Silas durch Gemüse- und Getreidefelder, über einen weiteren Abhang nach oben und schließlich in den Dschungel. Die Sonne stieg schnell und begann heiß zu brennen. Der Schatten der Bäume tat gut. Die Luft war angenehm kühl in dem dichten Wald.

»Ist es gefährlich hier? Gibt es irgendwelche Tiere?«, fragte ich und blickte mich ängstlich um.

»Nur in der Dunkelheit. Deshalb bleiben wir dem Dschungel nachts fern«, antwortete er.

Ich war angespannt. Ich hatte es nie gemocht, in wilder Natur herumzukriechen. Der Stadtpark war mir immer grün genug und die fiktiven Cyberreisen Abenteuer genug gewesen. Doch nun war ich an einem unbekannten Ort in einer unbekannten Zeit mit möglicherweise gefährlichen Tieren oder unheimlichen Morlocks und ohne irgendeine Waffe. Ich bedauerte, dass ich den Speer nicht mitgenommen hatte. Deshalb suchte ich mir einen langen Stock. Damit fühlte ich mich nicht mehr ganz so schutzlos. Bei Gelegenheit könnte ich mit dem Taschenmesser eine Spitze am Ende schnitzen, plante ich.

Am meisten beunruhigte mich der Gedanke, dass diese Maschine, die aussah wie ein Mensch, Xell sein musste. Schon jetzt konnte jede Hilfe für ihn zu spät kommen. Nach Samuels Auskunft hatte ich vier Tage in der Hängematte gelegen. Ich hatte einen Tag vergebens nach dem Cyborg gesucht, und nun war schon der sechste Tag, an dem er sich verletzt und ohne Wasser und Nahrung auf diesem Schrottplatz befände. Womöglich auch kaputt, zerstört, tot.

Der Weg nahm kein Ende und meine Füße brannten. Ich hatte mir gar keine Gedanken darüber gemacht, dass meine Kampfstiefel verschwunden waren. Auf dem Strand war das Barfußgehen angenehm gewesen. Doch hier im Dschungel begannen meine Fußsohlen gegen die ungewohnte Arbeit zu rebellieren. Ich fluchte leise vor mich hin. Silas ignorierte meine geflüsterte Schimpftriade.

Wir rasteten nur einmal, um einen Teil des Brotes zu essen, das der Junge dabeihatte. »Ein Geschenk von Marte«, erklärte er kauend. »Sie versteckt ab und zu Brot oder Gemüse für mich. Sie ist die Schwester meiner Mutter.«

Ich war dankbar für die Mahlzeit. Auf mich allein gestellt, wäre ich nicht in der Lage gewesen, hier etwas Essbares zu beschaffen. Eigentlich war diese Abhängigkeit von anderen eine ungewohnte Erfahrung für mich. Stets hatte ich mein Leben im Alleingang gemeistert. Hier funktionierte das plötzlich nicht mehr und ich war auf fremde Menschen angewiesen.

»Gibt es keine weiteren Siedlungen?«, fragte ich. »Du könntest dich einer anderen Gemeinschaft anschließen.«

»Das weiß ich nicht. Ich habe davon gehört, dass hin und wieder Menschen unser Dorf verließen, um das herauszufinden, aber sie kehrten nie zurück. Du müsstest das doch besser wissen. Wo ist denn deine Siedlung?«

Ich räusperte mich verlegen. »Sehr weit weg und sie ist nicht wirklich schön und lebenswert gewesen.«

Silas nickte verstehend. »Also hat man euch ebenfalls verstoßen?«

Ich dachte nach. »So könnte man sagen«, antwortete ich.

Die Pflanzen und Bäume waren mir nicht vertraut. Entweder gab es neue Arten oder ich befand mich auf einem anderen Erdteil. Außerdem hatte ich in meiner Zeit nie so viele Bäume an einer Stelle gesehen. Das dichte Unterholz bestand aus riesigen Farnwedeln und Büschen mit exotischen Blüten. Sie dufteten süß. Auch Früchte leuchteten in verschiedenen Farben an Zweigen, aber ich wusste nicht, ob diese essbar waren. Hin und wieder sah ich Tiere in den Baumkronen springen oder Vögel vorbeifliegen. Auch Insekten schwirrten in großer Zahl umher.

Die wenigen Sonnenstrahlen, die einen Weg durch das Blätterdach des Waldes fanden, standen schon in einem flachen Winkel. Es musste bald Abend sein. Ich beschleunigte meine Schritte ungeachtet meiner zerschundenen Füße.

»Warum rennst du so?«, keuchte der Junge hinter mir her.

»Xell wird sterben, wenn wir uns nicht beeilen.«

»Wie kann die Maschine sterben? Sie ist aus Metall.«

»Nein, das ist keine Maschine. Xell ist ein Mensch.«

Ich blieb stehen, um Atem zu schöpfen. Diese Art sportlicher Betätigung war ich nicht gewohnt, und der Gewaltmarsch hatte mich angestrengt.

Der Junge blickte mich skeptisch an. »Aber ich habe selbst gesehen, dass sie aus Metall besteht. Da …« Er zeigte auf seinen linken Unterarm. »… war keine Haut. Es war ein schwarzer Maschinenarm. Und hier …« Er klopfte sich mit der flachen Hand aufs Brustbein. »… war er auch aus Metall oder etwas Ähnlichem.«

»Glaub mir, Silas. Er ist keine Maschine. Er war verletzt und mit diesen Teilen wurde sein Körper … *repariert«*, hätte ich beinahe gesagt. Doch das letzte Wort konnte ich mir gerade noch verkneifen. »… mit diesen Prothesen konnte er weiterleben«, korrigierte ich mich.

Silas blickte versonnen seinen Stumpf an.

Der Wald lichtete sich. Ich konnte nun auf eine tiefer liegende Ebene blicken. Was ich sah, raubte mir den Atem. Die untergehende Sonne tauchte das schier unendlich wirkende öde Land in gleißendes Orange. Der Übergang von

Himmel und Erde war kaum auszumachen. Abendlicher Nebel stieg aus Senken, oder vielleicht waren es Krater. Auf einer weiten Fläche lagen verwitterte Schiffe, gewaltige Ozeanriesen, Segler, Containerschiffe, Eisenbahnzüge und Flugzeuge herum. Die Spanten ihrer Rümpfe ragten wie die Rippen gigantischer Skelette in den Himmel. Dazwischen erkannte ich Autowracks und Bagger, Traktoren und jede Menge Nutzfahrzeuge. Alle Maschinen waren verrostet, zerteilt oder lagen auf der Seite. Das musste der Maschinenfriedhof sein. Dahinter erstreckte sich eine Wüste bis in das Farbenspiel des Sonnenuntergangs hinein.

Vorsichtig kletterten wir beide einen Abhang hinunter und ließen den Wald hinter uns. Ich folgte Silas durch das Gewirr metallener Streben und Platten. Kühlschränke, TV-Geräte, Computerteile und alle möglichen Küchengeräte bedeckten den Boden. Vieles war bis zur Unkenntlichkeit verrottet. Ich hatte das Gefühl, durch die Trümmer einer zerbombten Großstadt zu wandern. Es wirkte dystopisch. Statt Hochhäuser ragten Baggerschaufeln, Schiffsrümpfe oder Kranarme in den roten Abendhimmel. Und im Gegenlicht des Sonnenuntergangs erkannte ich eine menschliche Gestalt an solch einem Kranausleger hängen.

Ich blieb stehen und schirmte die Augen mit den Händen ab. Fast setzte mein Herz aus. »Xell!«, brüllte ich.

Wie von Sinnen rannte und stolperte ich über den Schrott, der den Boden bedeckte, bis ich schließlich an einem Autokran ankam. Splitter bohrten sich in meine Fußsohlen. Aber ich beachtete es nicht. Mein Herz klopfte bis in den Hals. Am Ausleger des Kranwracks, der kaum ausgefahren war, hing der Cyborg. Seine Handgelenke waren mit Ketten umwickelt und am Kranarm befestigt. Wie Silas berichtet hatte, war das kybernetische Skelett seines linken Arms freigelegt. Die Haut hing in Fetzen herab.

Auch auf seiner Brust klaffte eine große Wunde und ließ den Blick auf sein kevlarbeschichtetes Brustbein frei.

Ich registrierte keinerlei Lebenszeichen. Sein Kopf hing vornüber. Die Augen waren geschlossen. Ich konnte keine Anzeichen von Atmung beobachten. Überall auf seinem Körper sah ich getrocknetes Blut.

Ich versuchte, ruhig zu atmen und den Schock und die Panik zu bekämpfen, die in mir wütete. Ich blickte mich Hilfe suchend um. Xell hing unerreichbar für mich mindestens fünf Meter über dem Boden. Die Ketten konnte ich nicht mit meinem Messer zerschneiden, und all diese Maschinen hier funktionierten nicht mehr.

»Komm, Silas. Wir klettern dort hoch und versuchen, ihn zu befreien.«

»Dysti, er sieht aber nicht lebendig aus«, meinte Silas ängstlich. »Und wie soll ich das schaffen?« Er hob demonstrativ seinen Arm, an dem die Hand fehlte.

»Ich helfe dir, hochzuklettern und du hilfst mir, ihn loszumachen.«

Silas zuckte mit den Schultern. »Na gut. Wenn er dir so viel bedeutet, dann helfe ich dir.«

Der Junge begann, sich am Gestänge des Kranarms hochzuziehen. Ich blieb hinter ihm und unterstützte ihn, wenn er durch den Verlust der Hand nicht weiterkam. Doch Silas war sehr geschickt und hielt sich mit der Armbeuge an den Sprossen fest. Wir schafften es tatsächlich bis ganz vorn zum Ausleger.

Jedes Handgelenk von Xell war mit einer eigenen Kette befestigt. Deshalb war er chancenlos gewesen, die Fessel eigenständig zu zersprengen, selbst wenn seine Kraft das zugelassen hätte. Da die Kettenenden einfach mit einigen Gliedern auf dem Ausleger über hervorstehende Schrauben gestülpt waren, erschien mir die Befreiung nicht allzu schwierig. Ich stemmte mich mit den Beinen gegen eine Strebe des Kranarms und zog mit aller Kraft an der ersten Kette, um die Spannung herauszunehmen. Der Cyborg war verdammt schwer, aber ich schaffte es. Silas hakte das Glied von der Schraube. Damit befreiten wir den einen Arm. Mit dem Zweiten verfuhren wir genauso.

Kaum war die Fesselung nicht mehr fixiert, zog Xells Gewicht seinen Körper nach unten. Ich konnte die Kette gerade noch loslassen, sonst hätte die Reibung meine Hände verbrannt. Dumpf schlug der Cyborg auf dem Boden auf.

Ich kletterte mit Silas eilig wieder hinab. Der Junge blieb in einigem Abstand stehen. Ich dagegen rannte zu dem am Boden liegenden Mann. Hastig tastete ich seinen Hals ab, konnte aber keinen Puls spüren. Seine Haut fühlte sich jedoch warm an, nicht kalt, nicht tot.

»Xell«, rief ich, während ich die Ketten von seinen Handgelenken wickelte. Der bionische Arm schien intakt zu sein, doch das Gewebe, welches ihn vorher umspannt hatte, war aufgerissen und hing blutverkrustet daran herab. Einer der Finger streckte sich. Leise summten die Servos.

»Xell, du lebst. Komm zu dir.« Ich gab ihm ein paar Ohrfeigen. Seine Lider zuckten.

Er schlug die Augen auf. »Dysti? Träum ich?«, hauchte er.

»Nein, du träumst nicht.«

Er schloss die Augen wieder.

Ich legte meine Hände auf seine Wangen und hob seinen Kopf ein kleines Stück an. »Hey, du humanoides Kampfmittel, bring deine Systeme in Gang«, bellte ich in militärischem Ton.

»Okay«, antwortete er matt. »Geh auf Abstand.«

Ich rutschte ein wenig von ihm weg. Plötzlich verkrampfte sich sein Körper wie unter einem gewaltigen

Stromschlag, und noch ein zweites Mal. Dann saugte er geräuschvoll Luft in seine Lungen und hustete sie wieder aus. Ich wollte ihm helfen, wusste aber nicht, was ich tun sollte. Seine Roboterhand bedeutete mir, mich fernzuhalten. Er verzog das Gesicht, schrie kurz auf und wand sich eine Weile auf dem Boden wie in wahnsinnigem Schmerz. Dann lag er still da. Ich kroch zu ihm zurück, befühlte seinen Hals und war erleichtert. Ich spürte einen kräftigen Puls.

»Der Defibrillator hat meinen Herzschlag wieder normalisiert«, murmelte er. »Ich brauche Wasser.«

Silas reichte mir den Wasserbeutel und ich flößte Xell die Hälfte des Vorrats ein.

»Lass mir ein paar Minuten Zeit, bis alle Systeme rebootet und wieder hochgefahren sind.«

»Du solltest dich mal reden hören. Wie ein Roboter. Furchtbar.« Ich boxte ihm leicht in die Seite. Eigentlich eher aus Erleichterung, dass ich ihn gefunden hatte und er lebte.

Er schlug die Augen auf und grinste mich an. »Was hast du erwartet?«

Ich zuckte mit den Schultern. »Einen Menschen?«

»Ein Mensch wäre jetzt tot«, antwortete er und zwinkerte mir zu.

Silas war nun näher gekommen. »Siehst du, Dysti. Das ist eine Maschine«, raunte er.

Xell erhob sich langsam. »Wer ist das?«, fragte er mit Blick auf den Jungen.

»Das ist Silas. Er hat mir geholfen, dich zu finden.«

Xell streckte ihm seine kybernetische Hand entgegen. Erschrocken trat der Junge einen Schritt zurück. Der Cyborg überlegte kurz und hielt ihm die menschliche Hand hin.

»Danke, Silas.«

Der Junge zögerte, gab ihm aber schließlich seine Hand.

»Und?«, fragte ich amüsiert. »Fühlt sich das nach einer Maschine an?«

Silas schüttelte den Kopf. In seinem Gesicht konnte ich allerdings seine Furcht lesen. Unverwandt blickte er Xell an, der nun groß und muskelbepackt vor ihm stand. Das Oberteil seines Anzugs hing von seinen Hüften herab. Auf seiner Brust klaffte eine Wunde, die ein nichtmenschliches Skelett erkennen ließ und das menschliche Gewebe um den linken Arm war zerstört.

Xell betrachtete seinen zerfetzten Arm. »Mm«, murmelte er missmutig. »Mit dem *Sexiest Man Alive* wird das wohl jetzt nichts mehr. Aber vielleicht können wir es wieder ein bisschen aufhübschen. Hat jemand Nähzeug dabei?«

»Leider nicht«, sagte ich und schaute frustriert auf Xells Verletzungen. »Oder vielleicht doch. Warte.« Ich durchsuchte meine Taschen und fand das Multifunktionsmesser. In einer Kerbe steckte eine Nähnadel. »Wir brauchen nur etwas Garn.« Triumphierend hielt ich die Nadel hoch. Mit der anderen Hand holte ich die Stoffreste meines Anzugs aus einer der Taschen. »Wir könnten das aufdröseln.«

Xell lachte. »Ich habe gewusst, dass du zu was nütze bist, Junkie.«

Ich boxte ihn gespielt beleidigt in den Magen.

»Wir sollten uns einen Unterschlupf suchen und ein Feuer anzünden. Wegen der Tiere«, warf Silas plötzlich ein.

Jetzt bemerkte ich, dass die Nacht hereingebrochen war. Der Mond stand hoch am Himmel und beleuchtete den Maschinenfriedhof mit diffusem Licht.

Wir wanderten eine Weile über den Schrottplatz. Ich meinte, ein paar Schatten vorbeihuschen gesehen zu haben. Vielleicht waren das verwilderte Hunde, mutmaßte ich. Wir fanden einen Campinganhänger, dessen eine Seite ausgerissen war. Xell untersuchte den Wagen. Mit ein bisschen Fantasie war er ganz gemütlich.

Davor entzündete Silas flink und geschickt ein Feuer. Er verteilte den Rest des Brotes und beobachtete mit augenscheinlicher Verwunderung, dass Xell – die vermeintliche Maschine – das Brot aß.

Ich hatte inzwischen einen kleinen Vorrat Garn aus dem Gewebe der Stoffreste extrahiert und fädelte eine Faser durch das Nadelöhr. Dann zögerte ich.

Xell bemerkte es. »Mach dir keine Gedanken. Ich werde nichts spüren.«

Zögerlich begann ich, Xells Brust zuzunähen. Er sah dabei zu und zuckte mit keiner Wimper. Ich selbst musste innerlich sehr mit mir kämpfen. Ich war keine Ärztin oder Krankenschwester und hatte nie mit solchen Dingen zu tun gehabt. Um mich abzulenken, fragte ich: »Ich kann mich an den Absturz nicht mehr erinnern. Wieso sind wir nicht gestorben?«

»Samuel hatte das Gravitationsfeld der künstlichen Schwerkraft so gepolt, dass wir im Raum schwebten. Durch die Antriebsaggregate hat er den Fall so weit abgebremst, dass der Koloss keinen Tsunami auslöste. Sonst wäre dieses Paradies dort am Strand jetzt ausgelöscht. Ich habe kurz vor dem Aufprall mit einem gezielten Schuss in das Sauerstoffdrucksystem ein Stück der Außenhülle abgesprengt, und wir wurden ins Meer hinausgeschleudert. Von da an erinnere ich mich auch nicht mehr. Ich bin erst wieder aufgewacht, als mich diese Naturburschen gefesselt zu diesem Schrottplatz schleiften und dort festgekettet haben.«

Xell blickte düster vor sich hin. Dann biss er erneut in sein Stück Brot und kaute bedächtig.

»Wieso konntest du sie nicht überrumpeln? Sie haben doch keinerlei Kampferfahrung.«

»Ich war ausgeknockt und das haben sie natürlich ausgenutzt. Ich bin kein Supermensch.«

»Ach, nein?« Ich grinste belustigt.

»Ich musste erst wieder richtig zu mir kommen. Wahrscheinlich bin ich auf einen Felsen geprallt. Keine Ahnung. Aber mein linker Unterarm sah ziemlich mitgenommen aus und dadurch haben sie meine Modifikationen entdeckt. Das hat ihnen offenbar Angst gemacht. Sie haben mich gefesselt und stundenlang durch den Dschungel bis zu diesem Platz geschleppt. Dann haben sie mich an den Kran gekettet und begonnen, mich zu untersuchen. Und ich habe ungewollt einen Fehler begangen.«

»Wieso? Was hast du getan?«

»Was ich jetzt gerade auch mache. Ich verhielt mich nicht besonders menschlich. Ich habe mein Programm abgespult, das mir durch jahrelanges Training eingeimpft worden war. Große Schmerzen gleich Folter, gleich Foltermodus. Als sie anfingen, mich aufzuschneiden, hätte ich als normaler Mensch anfangen müssen, zu schreien und um Gnade zu winseln. Doch stattdessen habe ich den Schmerz einfach ausgeschaltet und nicht mehr reagiert. Das hat sie natürlich in der Annahme bestätigt, dass ich eine Maschine sei. – Scheiße, wenn ich das so erzähle, glaube ich schon selbst, dass ich ein Roboter bin.«

»Xell, du bist keine Maschine. Du wurdest nur getrimmt und trainiert.«

»Nein, Dysti, das ist nicht alles. Mein Körper ist voll mit Nanobots.«

»Was ist das?« Ich hatte die Arbeit an seiner Brust beendet und blickte ihm interessiert in die Augen.

»Mikroskopisch kleine Computer oder Roboter – wie du willst. Sie dienen zum Beispiel als Schnittstelle zu meinen Prothesen. So kann ich sie steuern, wie du deine Muskeln, einfach durch meinen Willen. Genauso ist es mit dem Schmerz. Bei länger anhaltenden großen Schmerzen wird der entsprechende Nerv von ihnen einfach abgeschaltet. Meine Wunden heilen wesentlich schneller durch die kleinen Viecher, und Blutungen können sie auch stoppen, solange keine großen Gefäße verletzt sind.«

»Wow. Das ist echt krass. Und ich wette, es war nicht dafür vorgesehen, dass du als Mensch einen Vorteil davon hast, sondern dass du als halb zerfetzter Soldat einfach weiterkämpfen konntest.«

»Besser hätte ich es nicht ausdrücken können. Aber auch Zivilisten haben damals von dieser Technik profitiert. Schmerzpatienten zum Beispiel, die sich diese Neuromodulatoren leisten konnten, waren ihre Schmerzen los.«

»Also bist du nicht nur ein Supersoldat, sondern auch ein medizinisches Superversuchskarnickel.« Ich lachte.

Er zuckte mit den Schultern und warf ein Stück Holz ins Feuer. »Wo ist die Grenze? Ich weiß nicht mehr, wer oder was ich bin. Maschine oder Mensch.«

Ich lehnte mich an seine Brust und strich über die Naht. »Ich kann dein Herz hören. Sei unbesorgt. Du bist ein Mensch.«

»Ich weiß nicht, Dysti. Ab wann überschreitet man die Grenze vom Menschsein zur Maschine? Wie viele synthetische Teile oder Funktionen sind dazu notwendig? Passt sich die Seele – falls es so etwas gibt – der Künstlichkeit an? Ich bin überzeugt, dass ich nicht mehr derselbe wie vor diesen ganzen Modifikationen bin. Ich habe mich innerlich mit ihnen arrangiert und verhalte mich völlig anders als früher. Als die Mentoren zum Beispiel mit mir fertig waren, mich nach oben zogen und mich auf diesem Friedhof der Technik zurückließen, um zu sterben – oder, wie sie es nannten, um meine Energieversorgung leerlaufen zu lassen –, da habe ich fast so etwas wie Verzweiflung empfunden. Das wäre ja sogar richtig menschlich gewesen. Ich war bewegungsunfähig, verletzt und ohne Wasser und Nahrung. Ich hatte keine Hoffnung mehr. Jeder normale Mensch hätte sich den Frust aus der Seele geschrien. Doch ich bin stumm geblieben. Da ich nicht in der Lage war, mich zu befreien, wechselte ich in den Stand-by-Modus und verfiel in eine Art Bewusstlosigkeit, damit mein Körper auf Sparflamme schaltete, Atmung und Herzschlag auf ein Minimum reduzierte, und ich das Verdursten länger hinauszögern konnte.«

»Mann, Xell. Jetzt hörst du dich wirklich wie ein Roboter an. Stand-by-Modus.«

»Siehst du!«

»Aber angesichts deiner Lage war das auch irgendwie menschlich. Du hast Hoffnung gezeigt.«

»Hoffnung?«

»Ja«, antwortete ich. »Du hattest Hoffnung, gerettet zu werden. Sonst hättest du schließlich auch einfach deine Systeme ausschalten können.«

Xell überlegte. »Mag sein, dass ich Hoffnung hatte, dass du überlebt hast und mich findest. Ich weiß es nicht.« Er stocherte mit einem Metallstab im Feuer herum. Funken lösten sich aus den Flammen und schwebten wie Glühwürmchen in den Himmel.

Ich betrachtete die lange Narbe, die sich von seinem synthetischen linken Auge quer über die Wange nach unten zog. Noch vor wenigen Tagen, nach meiner inneren Zeitrechnung, waren sie und eine weitere Narbe auf seinem Rücken das einzige Zeichen dafür gewesen, dass er künstliche Ersatzteile besaß. Nun jedoch war offensichtlich, dass er kein normaler Mensch war, da das Innenleben seines linken Arms freilag.

»Wo ist eigentlich Samuel. Hat er überlebt?« Xell blickte mich fragend an.

»Ja, ihm geht es gut. Er hat sich wunderbar in die Harmonie dieser Hippiekommune eingefügt.« Ich grinste belustigt, als ich an diesen Jesus denken musste. Dann wurde ich ernst. »Und er hatte keinerlei Interesse daran gehabt, dich zu finden.«

»Du hast mich gefunden. Das reicht mir vollkommen.«

Ich begann nun, das Gewebe um seinen Arm wieder zu verschließen. Die Zerstörung war allerdings beträchtlich.

»Das hat wohl keinen Sinn. Da ist schon zu viel abgestorben. Das bekommen selbst die Nanobots nicht mehr hin«, meinte Xell resigniert. »Gib mir dein Messer.«

Ich reichte ihm das Taschenmesser und er entfernte das Gewebe bis zum Ellbogen.

»Sieht scheiße aus«, grummelte er.

»Das ist gruselig«, meinte ich.

»Was? Der Roboterarm?«

»Nein. Dass du keine Schmerzen spürst.«

»Wäre es dir lieber, dass ich den ganzen Schrottplatz hier zusammenschreie, während du an mir rumoperierst?«

»Nein, aber …« Ich umwickelte den Rand des Gewebes mit Stoffstreifen meines Anzugs. »Ein paar Regungen täten gut. Dein ganzes Gerede über Maschine oder Mensch verwirrt mich. Und im Moment verhältst du dich wahrhaftig wie ein Roboter.«

Xell zog sich das Oberteil seines Anzugs über, welches nur an wenigen Stellen beschädigt war. Der kybernetische Arm verschwand hinter schwarzem Stoff. Nur die Hand schaute daraus hervor. Er legte seinen rechten Arm um mich und betrachtete das Innenleben der linken bionischen

Hand. Das schwarze Skelett glänzte im Schein des Lagerfeuers. Er öffnete die Finger und schloss sie wieder. Die kleinen Servos summten leise.

»Kannst du mir auch so eine Hand machen?«, fragte Silas.

Ich hatte die Anwesenheit des Jungen fast vergessen. Er musste unser Gespräch gehört haben, sagte dennoch nichts dazu. Ich war mir aber sicher, dass er nun wissen musste, dass wir nicht aus einem Boot gefallen waren. Da er jedoch keine Fragen stellte und sich auch sonst nicht zu dem Thema äußerte, ließ ich es ebenfalls darauf bewenden.

Xell lächelte. »Leider nicht, Silas. Selbst wenn ich dir eine derartige Hand bauen könnte, wäre ich nicht in der Lage, sie an deine Nerven und deine Muskeln anzuschließen, damit du sie benutzen kannst.«

Der Junge blickte enttäuscht auf seinen Stumpf.

Xell legte eine Hand auf seine Schulter und der Junge zuckte kurz zusammen. »Wie ist das passiert?«

»Ich war neugierig und habe mir diese interessanten Sachen hier angeschaut. Dabei habe ich mich verletzt.«

»Das tut mir leid«, antwortete Xell.

»Und was ist mit dir passiert?« Silas blickte den Cyborg fragend an.

»Ich wurde auch verletzt. Allerdings von einer Granate. Und das nicht, weil ich neugierig war, sondern weil ich Menschen getötet habe.«

Silas bekam große Augen, blieb aber neben Xell sitzen.

»Ich war Soldat und habe in einem Krieg gekämpft, von dem ich nicht einmal richtig wusste, um was es ging.«

»Aber warum hast du das dann getan?«

Xell zuckte mit den Schultern. »Das weiß ich selbst nicht so genau. Ich habe nach einem Sinn in meinem Dasein gesucht und mich für das Militär entschieden. Anfänglich ist es spannend gewesen. Stets neue Länder sehen, mit Uniform rumlaufen und einen gewissen Respekt genießen. Aber schnell ist es zum Albtraum mutiert.«

»Warum bist du nicht gegangen? Du bist doch ein Mensch mit freiem Willen, oder? Ich sollte nach Ansicht der Mentoren nach *Helheim* gehen, aber ich entschied mich, allein am Strand zu leben.«

»Das war sehr mutig von dir, Silas. Ich hatte nicht wirklich die Wahl oder nicht den Mut zu wählen. Als mich die Granate zerfetzt hatte, war ich völlig entstellt. Sicher hätte ich weiterleben können, doch ich wollte so nicht dahinvegetieren. Dafür hat mir der Mut gefehlt. Also habe ich den Pakt mit dem Teufel geschlossen und sie machten aus mir wieder einen kompletten Menschen, zumindest äußerlich, wie du ja nun weißt. Als Gegenleistung musste ich eine Menge grässlicher Dinge für sie ausführen, habe vielen Menschen unrecht getan.«

»So böse wirkst du nicht auf mich«, entgegnete der Junge.

»Danke.« Xell lächelte. »Ich habe versucht, es wiedergutzumachen und eine Mission in eine ganz andere Richtung als gewünscht laufen zu lassen. Darüber waren sie nicht erfreut und hätten mich liebend gern zur Hölle geschickt. Aber ich bin eben ein zu teures humanoides Kampfmittel gewesen, sodass sie sich entschieden, mich lieber bei einer sinnlosen Operation zu verheizen.«

»Aber wir sind ihnen entkommen«, warf ich ein.

»Das stimmt. Hierher werden sie uns bestimmt nicht verfolgen.«

Das Feuer knisterte und ich drückte mich fröstelnd an Xell. Ich glaubte erneut, dass Schatten uns umkreisten. War mir aber nicht sicher, ob das real war oder nur in meinem Kopf stattfand.

Silas verkroch sich im Wohnwagen. Der Cyborg drehte sich auf einmal zu mir um und ich rutschte auf den Boden. Sein Gesicht näherte sich mir langsam, bis seine Lippen meine berührten und er mich zu küssen begann. Sein Mund fühlte sich warm und menschlich an und ich schloss die Augen und ließ ihn gewähren.

Plötzlich ließ er wieder von mir ab und blickte mich an. Der Schein des Feuers spiegelte sich fast unheimlich in seinen Pupillen, als würden darin kleine Lämpchen leuchten. Er wartete und ich wusste nicht, auf was. Bis mir klar wurde, dass Xell eine Reaktion von ihr verlangte, ob ich dasselbe wollte, wonach ihm jetzt war. Ja, ich wollte es und zog seinen Kopf zu mir heran.

6.

Als ich am nächsten Morgen erwachte, war das Feuer niedergebrannt. Silas lag zusammengerollt in einer Ecke des Wohnwagens. Xell war nicht zu sehen. Das war ein seltsames und zugleich bekanntes Gefühl für mich. Ich hatte schon einige Liebhaber gehabt, die am Morgen danach verschwunden waren, zu Zeiten, als ich noch die berühmte Journalistin gewesen war. Natürlich hatten sie stets einen wichtigen Termin gehabt, doch mir war klar gewesen, dass sie mich nur benutzt hatten. Hatte Xell auch einen Termin?

Ich setzte mich an das erloschene Feuer und begann, meine zerschundenen Füße mit den verbliebenen Stoffresten zu umwickeln. Da erschien der Cyborg zwischen den Schrottbergen und hielt etwas in die Höhe. Es war eine kybernetische Hand. Ich spürte Erleichterung in mir aufsteigen.

»Ein Ersatzteil?«, fragte ich provozierend.

»Nein. Ein Geschenk.« Xell lächelte und zwinkerte mir zu.

In diesem Moment kam Silas aus dem Wohnwagen gekrochen und rieb sich verschlafen die Augen. Xell versteckte die Hand hinter dem Rücken.

»Mach die Augen zu«, forderte ich den Jungen auf.

Er blickte mich unschlüssig an.

»Hab keine Angst. Vertrau Xell«, fügte ich hinzu.

Silas setzte sich neben mich und schloss die Augen. Xell machte sich an seinem Armstumpf zu schaffen und fixierte die metallene Hand mit Riemen und Schnallen daran. Als Silas die Augen wieder öffnen durfte, stierte er erfreut auf seine Prothese.

»Leider kannst du sie nicht gebrauchen. Aber vielleicht finden wir dafür irgendwann eine Lösung«, meinte Xell.

Silas lächelte ihn mit strahlenden Augen an. »Danke«, flüsterte er. Er begann, mit seinen menschlichen die kybernetischen Finger zu bewegen. Beugte und streckte sie und erfreute sich sichtlich daran.

»Was sollen wir jetzt tun?«, fragte ich.

»Auf jeden Fall keine unüberlegten Bewegungen!«, donnerte eine Stimme.

Silas und ich zuckten erschrocken zusammen. Xell war aufgesprungen und hatte Kampfstellung eingenommen.

Ich erkannte Belau, seine Mentoren, Samuel und weitere der Siedler. Die Frauen und Männer hatten uns eingekreist und richteten Speere auf uns. Belau hielt eine Art Haistock in den Händen und berührte mich mit der Spitze am Arm. Der Stromschlag, der durch meinen Körper jagte, ließ mich aufschreien und auf die Knie sinken. Es roch nach verbranntem Fleisch und mein Oberarm schmerzte unerträglich. Ich wollte ihm eine Beleidigung an den Kopf werfen, doch Belau griff mir ins Haar und richtete die Spitze nun auf meinen Hals, ohne mich jedoch zu berühren. Entsetzt rührte ich mich nicht mehr.

»Samuel ist ein guter Lehrer«, knurrte er.

»Du Wichser«, fauchte ich den Zeitreisenden an, um meine Angst zu verdrängen.

Dieser richtete einen ähnlichen Stock auf Xell.

»Damit kannst du mich nicht aufhalten. Wenn ich wollte, könnte ich dir in Sekundenschnelle das Genick brechen und deinen Freunden dazu«, drohte Xell.

»Versuch es, Cyborg, und Dysti wird geröstet werden«, entgegnete Samuel mit spöttischer Freundlichkeit. »Es ist äußerst amüsant gewesen, euch Turteltauben in der Nacht zuzusehen.«

Die Vorstellung, dass Samuel und diese Harmoniesiedler mich und Xell beobachtet hatten, war mir zutiefst unangenehm. Ich hätte ihm dafür gern meine Faust ins Gesicht geschickt, so wie Chuck. Aber Belaus Elektrostock flößte mir zu großen Respekt ein.

»Wieso habt ihr uns dann nicht einfach im Schlaf erledigt?«, fauchte der Cyborg. Seine Augen blickten wachsam auf Belau, der mich in Schach hielt.

»Wir sind keine Mörder. Wir töten keine Menschen«, antwortete Belau. »Dich hätten wir gern zerstört. Da du kein Mensch bist. Aber wir sind auch nicht dumm und wissen, dass du uns überlegen bist. Deshalb bedurfte es Samuels Künsten.«

»Samuels Künsten?« Xell lachte verächtlich. »Du hast auf dem Schrottplatz ein paar Elektrostöcke zusammengeschustert. Das ist wirklich prima, Samuel. Aber widerspricht das nicht der Lebensweise dieser Leute? Diese Dinger sind schließlich eine Art Maschine.«

»Das mag sein. Aber wir müssen uns vor dir schützen«, erwiderte Belau für Samuel.

»Ihr braucht keine Angst vor Xell zu haben«, mischte sich nun Silas ein. »Wir werden hier weggehen und eure Harmonie nicht stören.«

»Ja«, antwortete Belau, »das werdet ihr, und zwar nach *Helheim*.«

»Tut das nicht!«, flehte Silas. »Wir schaden euch doch nicht.«

»Sieh dich an!«, schrie Belau und blickte auf Silas' Prothese. »Er hat vor, sogar aus dir eine Maschine zu machen.«

Silas schüttelte den Kopf. Tränen füllten seine Augen. »Das ist nicht wahr. Ich bin keine Maschine und Xell ist auch keine.«

»Das könnt ihr beweisen, wenn ihr in *Helheim* einen menschlichen Tod sterbt. Du und die Maschine. Dysti darf leben, wenn der Maschinenmann freiwillig mitgeht und niemanden verletzt.«

»Scheiße, du Monster!«, brüllte ich Belau verzweifelt an.

Seine Hand mit dem Elektrostock zuckte kurz, aber er beherrschte sich.

»Gut«, gab Xell nach und hob die Handflächen. »Ich werde keinen Widerstand leisten. Macht mit mir, was euch gefällt, aber lasst Dysti und Silas gehen.«

»Silas wird mit dir sterben, Maschinenmann. Denn du hast ihn schon zu deinesgleichen gemacht.«

Xell presste seine Lippen aufeinander und ballte die Hände zu Fäusten.

Ich sah nur eine Chance. »Mach sie platt, Xell!«, schrie ich.

Der Cyborg blickte mich eine Weile an, als würde er über diesen Vorschlag nachdenken. Seine Muskeln waren gespannt. Er war zum Sprung bereit … Unerwartet entspannte er sich jedoch.

»Nein«, antwortete er stoisch. »Wenn ich sie jetzt alle töte, bin ich genau das Monster, das sie in mir sehen wollen. Das will ich aber nicht sein. Nicht schon wieder.«

Samuel nickte einigen der Männer zu und Xell ließ sich von ihnen ohne Gegenwehr die Hände auf dem Rücken fesseln.

»Dein Trick wird dir nichts nützen, Maschine. Du kannst uns nicht täuschen«, knurrte Belau.

Er zog mich auf die Beine und schob mich vorwärts. Xell war von Männern und Frauen umringt, die ängstlich ihre Speere auf ihn richteten. Einige hatten Silas eingekreist und stießen ihn vor sich her. So wurden wir von dem Trupp zurück auf den Weg Richtung Dschungel dirigiert.

Belaus Griff war noch immer in meine Haare gekrallt und sein Elektrostock drohte, mich am Hals zu verbrennen. Seine Aufmerksamkeit galt jedoch dem Cyborg.

»Du willst ein Mensch sein?«, fragte er ihn in abwertendem Ton. »Nun, dann sollst du sterben wie ein Mensch. Diese Chance hattest du sogar schon. Kein normaler Mann hätte diese Tage auf dem Maschinenfriedhof überlebt.«

»Das ist wahr, Belau. Kein normaler Mann. Es stimmt, dass ich kein normaler Mann bin. Aber was ist verdammt noch mal *normal*? Trotzdem bin ich ein Mensch.«

»Ich sehe in dir keinen Menschen. Wir sind nicht aus Metall, aus leblosem Material. Wir bestehen aus Fleisch und Blut – eben aus lebenden Zellen. Du jedoch ... schau dich an!« Belau blickte mit unverhohlenem Grimm auf Xell.

»Die Grenze zwischen Mensch und Maschine ist wirklich schwierig zu erfassen. Da gebe ich dir recht. Ja, ich habe mich selbst schon oft gefragt, was ich bin«, entgegnete Xell ruhig. »Aber in unserer Zeit hat es viele Menschen gegeben, die mit synthetischen Organen oder Gliedmaßen gelebt haben.« Die Augen des Cyborgs streiften mich kurz, zogen dann jedoch zu Belau weiter. »Ab welchem Anteil anorganischen Materials ist man kein Mensch mehr? Wie viele Modifikationen machen aus dem Menschen eine Maschine? Reicht ein Herzschrittmacher aus? Eine künstliche Hüfte? Macht mein bionischer Arm mich zu einer Maschine? Oder ein Chip im Kopf?« Dabei blickte er mich bedeutungsvoll an. »Allerdings habe ich gar keinen Chip im Kopf.« Er grinste.

Ich hätte gern gelacht, doch war meine Kehle wie zugezogen. Ich spürte, dass Xell aufgegeben hatte. Er würde sich doch nicht von diesen Leuten fertigmachen lassen?

»Ich verstehe nichts von diesen Dingen. Ich weiß nichts von Chips, Herzschrittmachern oder künstlichen Hüften. Die Natur ist der Baumeister aller Lebewesen. Was nicht von ihr stammt, kann kein Lebewesen sein.« Belau blickte Xell verächtlich an. »Macht eine Maschine mit einer menschlichen Hand diese zu einem Menschen?«, fragte er schließlich zurück.

»Ich weiß es nicht«, gab Xell zu.

Der Schrott und die Wracks des Müllplatzes lichteten sich allmählich. Der Weg führte uns wieder die Böschung hinauf in den Wald.

»Eine Hand macht sicher aus einer Maschine keinen Menschen«, sagte Xell. »Vielleicht ist es auch nicht das Material, was bestimmt, ob jemand ein Mensch, ein Lebewesen ist oder nicht. In unserer Zeit hatten wir angefangen, Daten nicht mehr auf anorganischen Chips, sondern auf der DNA von Bakterien zu speichern. Bakterien sind Lebewesen oder nicht? Wo ist da die Grenze zwischen Lebewesen und Computer gewesen?«

»All das, was du sagst, ist für uns unverständlich«, gestand Belau. »Das zeugt nur noch mehr von deinem Maschinenwesen.«

»Dass du all die Dinge nicht kennst, liegt daran, dass sie vor langer Zeit existierten und nicht, weil ich eine Maschine bin. Ein Mensch ist mehr als ein Haufen lebender Zellen, und ein Haufen lebender Zellen muss nicht unbedingt ein Mensch sein, wie man an dir sieht.«

Belau grinste verächtlich. Er schritt neben Xell in einem sicheren Abstand und hatte mich weiterhin im Griff.

Wir erklommen einen Hang und traten in das diffuse Licht des Waldes ein.

Der Dschungel hatte den Menschentrupp eingeschlossen. Belaus Leute schoben die Blätter des Unterholzes beiseite.

Sie zerhackten sie nicht mit Macheten, wie ich es erwartet hatte. Fast liebevoll gingen sie mit den Pflanzen um.

Mir lief der Schweiß von der Stirn und das nicht nur wegen der steigenden Hitze des Tages. Belau hielt den Elektrostab noch immer sehr nah an meinem Hals. Ich überlegte, ob ich ihm zwischen die Beine treten sollte. Doch der Mann hatte mich so eng an sich gezogen, dass ich keine Chance hatte, ihn dort zu treffen, wo er empfindlich war. Und als könne er meine Gedanken lesen, sagte er an Xell gewandt: »Menschen können sich fortpflanzen. Sie zeugen oder bekommen Kinder. Maschinen nicht.«

»Nun, dann bin ich eindeutig ein Mensch.« Xell grinste seinen Peiniger an. »Denn in dieser Hinsicht bin ich voll funktionsfähig.«

»Das werden wir nie erfahren.« Belau erwiderte das Grinsen.

»Aber auch Maschinen können sich reproduzieren«, erklärte der Cyborg.

Mir war bewusst, dass sie kaum etwas von dem begriffen, was er sagte. Und Xell war es das sicher ebenso. Es war ihm offenbar egal. Im Grunde sprach er zu sich selbst. Ich war mir sicher, dass er nur das Bedürfnis hatte, sich selbst zu beweisen, dass er ein Mensch war. Die Angst, ein Roboter zu sein, schlummerte schon geraume Zeit in ihm, wie er immer wieder andeutete. Schon als er damals die Mission versaut und mit den Terroristen verhandelt hatte, tat er es offenbar, um sich selbst zu bestätigen, dass er zu eigenständigen Entscheidungen fähig war.

»Es gab bei uns in abgelegenen Gebieten auf der Erde, auf Asteroiden, dem Mars oder auf Raumstationen 3D-Drucker, die jedes Bauteil erstellen konnten, das benötigt wurde, einschließlich ihrer eigenen Bauteile. So konnten sich die Maschinen selbst reparieren oder bei Bedarf auch neue Maschinen bauen. Macht sie das deshalb zu einem Menschen oder überhaupt zu einem Lebewesen?«

Belau zuckte mit den Schultern.

»Und wenn du unfruchtbar wärst, würde es dich deshalb zu einer Maschine machen?«, fragte Xell weiter.

»Du bist gut programmiert, Maschinenmann. Du hast auf alles eine Antwort.«

Das war Samuel. Ich hörte es an seiner Stimme, da ich nicht wagte, den Kopf zu wenden.

Xell blickte ihn verwirrt an. Offenbar verstand er genau so wenig wie ich, warum sich dieser Wichser gegen uns stellte und mit diesen Leuten kooperierte. Hatte ihm die jahrelange Einsamkeit in seiner Zeitmaschine das Gehirn zermatscht?

Wir erreichten eine Lichtung. Der Geruch, der davon ausging, war unbeschreiblich. Ich kämpfte mit Würgreiz. Was ich sah, ließ mir zudem den Atem stocken. Vor uns breitete sich eine Grube, oder besser, ein Krater im Waldboden aus. Darin lagen unzählige Skelette – Skelette von Menschen, dazu Leichen in verschiedensten Stadien der Verwesung.

Am hinteren Rand des Kraters saß jemand. Ich meinte, eine alte Frau in der Gestalt zu erkennen. Ob sie noch lebte, konnte ich nicht beurteilen.

Belau drückte mich auf die Knie. Ich gehorchte unwillkürlich und ein kalter Schauer lief mir über den Rücken. Ich hatte mich die ganze Zeit vor Morlocks in dem Dschungel gefürchtet, und jetzt entpuppten sich diese Eloi als die wahren Morlocks.

»Verdammt, was ist das?«, hörte ich Xell. Seine Stimme hatte einen für ihn ungewöhnlich heiseren Klang – den Klang des Entsetzens.

»Das ist *Helheim*«, antwortete Silas.

Ich blickte mich zu ihm um, da der Elektrostock ein wenig von mir abgerückt war.

Der Junge stand ganz nah bei Xell, fast so, als suche er dort Schutz. Er stierte mit feuchten Augen in die Grube. »Jeder, der nicht mehr dienlich für die Gemeinschaft ist, weil er alt, krank, verletzt, missgestaltet oder verkrüppelt ist, wird angehalten, sich hierher zu begeben und zu sterben. Ich habe es nicht geschafft, mir selbst hier das Leben zu nehmen. Sie haben mich schließlich abseits ihrer Siedlung geduldet.«

»Und das nennt ihr menschlich?«, stieß ich hervor.

»Sicher ist es das. Die Gemeinschaft geht vor«, antwortete Belau. Er gab Samuel einen Wink, der Xell daraufhin die Fesseln durchschnitt.

»Und nun, Maschinenmann, mach es kurz und schmerzlos für Silas.«

Xell blickte Belau fassungslos an, dann Silas. Der Junge stand neben ihm mit Tränen in den Augen. Xell legte seinen menschlichen Arm um dessen Schulter.

»Habt ihr gar keine Gefühle? Wie könnt ihr so etwas von mir verlangen?«, fragte er Belau. Dabei schüttelte er verständnislos den Kopf.

»Nun will die Maschine uns also menschliche Gefühle vorspielen. Das ist wirklich witzig«, verkündete Belau lachend. »Du willst uns lehren, was Mitgefühl ist? Was Emotionen sind? Wir haben gesehen, wie gefühllos du bist. Du bist zu keinerlei Regungen fähig gewesen. Du hast weder Schmerz noch Angst verspürt.«

»Du kannst Gefühle nicht sehen. Du kannst nur mein Handeln sehen und leitest daraus etwas ab, was dir gerade in den Kram passt«, entgegnete Xell wütend. »Ich kann deine Gefühle auch nicht sehen. Du kannst mir genauso gut etwas vorspielen, was in dir programmiert wurde. Kannst du mir beweisen, dass du empfindungsfähig bist? Was ich hier sehe, das lässt mich daran zweifeln.«

In diesem Moment sprang Xell nach vorn, packte Belau mit der kybernetischen Hand an der Kehle und entwand ihm mit der anderen den Elektrostock. Er drückte ihn mir in die Hand und ich hielt ihn schützend vor mich. Samuel und die anderen Siedler stießen erschrockene Schreie aus. Ängstlich richteten sie die Speere auf uns. Wir drei standen mit unserer Geisel am Rand der Todesgrube.

Belau war in die Knie gegangen und japste nach Luft. Ich wusste genau, wie er sich jetzt fühlte. Auch ich hatte Xells Hand schon einmal an meiner Kehle gespürt. Diesem Arschloch gönnte ich das Gefühl von Herzen.

»Nun, dann töte mich, du Maschine«, presste Belau grimmig hervor.

»Ich weiß nicht, wo die Grenze zwischen Mensch und Maschine liegt. Doch ich weiß, wo die Grenze zwischen Recht und Unrecht liegt. Was ihr hier tut, ist Unrecht. Es ist auf keinen Fall menschlich. Vielleicht seid ihr ja selbst keine Menschen.«

»Töte mich oder stirb selbst. Eine andere Wahl hast du nicht, Maschine!« Belau ging hörbar die Luft aus. Er keuchte und verdrehte die Augen.

»Hab ich nicht?« Xell schien unschlüssig. »Möglicherweise bin ich eine Maschine. Mag sein. Und vielleicht wurde mir der Selbsterhaltungstrieb auch nur einprogrammiert. Ich weiß es nicht. Doch ich verspüre gerade keine wirkliche Lust zu sterben. Und ich will ebenso wenig, dass Dysti oder Silas von euch getötet werden.«

»Du kannst mit deinen Worten niemanden retten. Aber ich bin beeindruckt, dass du es tatsächlich versuchst«, japste Belau. »Oder ist das irgendein Maschinentrick?«

»Ein Trick? Zu welchem Zweck? Falls ich wirklich nur eine leblose Apparatur bin und nur so programmiert wurde, dass ich mich selbst erhalten soll und bei Bedrohung meiner Existenz reagiere, ist das doch auch nichts anderes, als was du in der Situation machen würdest. Das Gefühl nennt ihr beim Menschen Angst. Können Maschinen also Angst haben? Ich zumindest habe gerade Angst. Ob das ein Indiz dafür ist, dass ich ein Mensch bin, weiß ich nicht.«

»Du siehst aber nicht ängstlich aus«, keuchte Belau.

»Ich kann mich nicht entscheiden, was ich tun soll: Euch alle töten, um mich und meine Freunde zu retten und mich dadurch zum Monster zu machen oder mich selbst töten, damit ihr in Ruhe weiterleben könnt? Nun, diese Ratlosigkeit nennt man beim Menschen wohl Verzweiflung.«

Mir wurde ganz schwindelig im Kopf. Ich hatte auf einmal tatsächlich Angst, dass Xell die falsche Entscheidung treffen würde.

»Dann töte mich endlich, Maschine!« Belau ächzte und krallte sich mit beiden Händen an Xells kybernetischem Arm fest.

Plötzlich ließ Xell seine Kehle los. »Ich könnte dich und deine Leute mit Leichtigkeit umbringen, Belau. Aber ich tue es nicht. Ich will hier kein Blutbad anrichten. Lasst uns einfach ziehen.«

Mir wurde fast schwarz vor Augen. Doch ich war bereit, mich zu verteidigen, falls die Siedler uns angreifen sollten. Belau hielt die Hand an seine Kehle gepresst und hustete. Umständlich rappelte er sich auf und schleppte sich zu seinen Verbündeten.

»Bist du verrückt, Cyborg? Hast du deinen Selbsterhaltungstrieb schon wieder abgeschaltet?«, zischte ich und hielt kampfbereit den Elektrostock hoch.

Silas drückte sich verängstigt hinter Xell. Der Cyborg stand gelassen da und fixierte Belau mit seinen Augen. Der Mentor stierte wütend zurück. Sein Brustkorb hob und senkte sich unter den schweren Atemzügen. Seine Lippen waren aufeinandergepresst. Dann nickte er plötzlich Xell zu, gab seinen Leuten ein Zeichen, drehte sich um und verschwand mit ihnen im Dschungel.

Nur Samuel stand noch vor uns. Er warf seinen Elektrostock zu Boden. »Manchmal muss man sich im Leben für eine Seite entscheiden«, murmelte er, fast entschuldigend.

Xell nickte nur zur Antwort und der Zeitreisende eilte den Siedlern hinterher.

Sprachlos blickte ich den abziehenden Leuten nach. Samuel war mit ihnen im Dickicht verschwunden. Er hatte mich keines weiteren Blickes gewürdigt. Vielleicht war es Scham, dachte ich. Er hatte uns verraten, um in dieser Harmoniegemeinschaft Fuß zu fassen. Anscheinend war er zu lange in dem Koloss allein gewesen, sodass ihm nun jedes Mittel recht war, irgendwo dazuzugehören. Er musste sich eben für eine Seite entscheiden, wie er sagte.

Xell hockte sich auf den Boden und stierte in die Todesgrube. »Ich frage mich, wie mein Skelett aussieht, wenn das Organische an mir verrottet ist.«

Ich legte ihm eine Hand auf die Schulter. »Lass dir von denen nichts einreden. Mittlerweile ist mir völlig egal, was du bist.«

»Mir auch«, sagte Silas. »Ich denke, du bist ein guter Freund und nur das ist wichtig.«

Xell drehte sich um. »Ich danke euch. Wirklich.« Dann stand er entschlossen auf. »Aber ich will hier ganz schnell weg.«

»Wo sollen wir jetzt hin?«, fragte ich mit noch immer zittrigen Knien. »Das Leben ist wirklich beschissen.«

»Nicht so pessimistisch, Cyborg«, antwortete Xell und nahm meine Hand.

»Kommt mit!«, rief Silas und lief voraus. Xell folgte dem Jungen und zerrte mich hinter sich her.

Der Wald lichtete sich und wir standen am Rand einer Klippe. Von hier oben hatten wir einen weitreichenden Blick. Vor uns lag die Ebene mit dem Maschinenfriedhof in westlicher Richtung. Nach Süden hin folgte lange nichts, nur wüstes, leeres Land. Doch am Horizont war etwas zu sehen, nur schemenhaft. Aus der Ferne konnte es ein Gebirge sein oder auch Ruinen.

»Was ist das, Xell? Kannst du es heranzoomen?«, fragte ich.

»Ich könnte schon. Aber will ich?«

»Bist du nicht neugierig?«

»Doch, Dysti, ich bin neugierig. Aber ich lasse mich auch gern einmal überraschen, du nicht?«

»Nein, die letzte Überraschung ist ziemlich in die Hose gegangen.«

»Was ist mit dir, Silas? Hast du Lust auf ein Abenteuer?«

Silas blickte den Cyborg erfreut an. »Ja, ich habe Lust auf ein Abenteuer. Ein Abenteuer mit euch. Denn ich bin nicht mehr allein und da schreckt mich auch das Unbekannte nicht.«

Xell hielt weiterhin meine Hand, während wir am Rand des Abhangs standen. »Was meinst du, Cyborg, was es ist?«, grinste er mich an.

Ich blickte zu ihm auf und legte den Arm um seine Taille. Ich spürte seine kybernetische Hand an meiner Seite, als er die Geste erwiderte. »Verrate es mir, Maschinenmensch!«, antwortete ich und grinste ihn verschmitzt an.

Xell lächelte geheimnisvoll.

Koloss in der Wüste

7.

»Bevor wir uns auf den Weg machen, sollten wir Wasservorräte aufnehmen und Essbares suchen.« Silas stand dicht neben Xell und wies zurück in den Dschungel.

»Du hast recht. Ein Abenteuer bedeutet nicht, dass wir uns unvorbereitet ins Unglück stürzen. Kannst du uns zeigen, wo es Wasser gibt?«

»Ja, ich kenne eine Quelle im Wald.«

»Und was kann man hier essen? Ich habe jetzt schon richtigen Hunger.« Fragend blickte ich den Jungen an.

»Es gibt einige Früchte im Wald, die essbar sind. Wir könnten uns jedoch auch an den Waldrand schleichen und ein bisschen von dem Gemüse …«

»Lieber nicht, Silas«, fiel ich ihm ins Wort. »Ich möchte die Siedler nicht erneut provozieren. Wir sollten uns schnellstens von hier fortbewegen.«

»Ja, Silas, Dysti hat recht. Ich bin froh, dass alles ohne Blutvergießen abgegangen ist. Ich will einfach nur weg hier.«

Der Junge nickte dem Cyborg zu und führte uns durch das Dickicht. Die Sonne stand schon senkrecht. Es duftete nach exotischen Blüten. Leises Summen von nicht sichtbaren Insekten erfüllte die Luft. Hier und da erscholl ein Rufen von einem Tier – vielleicht ein Vogel, vermutete ich. *Helheim* mit seinem Gestank und dem Grauen hatten wir weit hinter uns gelassen.

Nun, da die Bedrohung nicht mehr real war, konnte ich dem undurchdringlichen Grün eine gewisse Schönheit abgewinnen. Die Strahlen der Sonne durchdrangen wie weiße Bindfäden die Lücken des Blätterdachs und beleuchteten spotartig den Waldboden. Hier erhellten sie einen violetten Pilz und dort einen rosafarbenen Blütenkelch. Es war wirklich wie im Paradies.

Ein schillernder Käfer kroch an der Blüte empor und gelockt vom süßen Duft, wagte er sich in den Kelch hinein. Geräuschlos, aber als tödliche Falle, klappte ein Deckel zu und das kleine Tier war nun Beute der Pflanze. Kein Schrei drang in den Wald, kein Hilferuf, nur ein gedämpftes Brummen verzweifelter Flügelschläge, das allmählich verstummte.

Das Paradies hatte also weiterhin seine dunklen Seiten. Auch wenn der Konflikt mit den Siedlern beigelegt schien. Vielleicht war das sogar eine wichtige Seite am Paradies. Der Mensch kann das Leben mit seiner Schönheit nicht schätzen, wenn er nicht zugleich das Vergängliche und Düstere vor Augen hat.

»Wartet«, flüsterte Silas und holte mich damit aus meiner Verträumtheit. »Wenn wir uns anschleichen, wären wir eventuell in der Lage, ein Tier an der Quelle aufzustöbern.«

»Ich könnte es erlegen«, meinte Xell. »Dann hätten wir Wegproviant.«

»Das ist mein Plan«, gestand der Junge mit verschmitztem Lächeln.

Ich sah ihn überrascht an. »Aber ich dachte, dass du kein Fleisch isst?«

»Ich hatte keine Wahl. Ich musste das ab und zu machen. Die Fischschwärme sind nicht immer so nah am Ufer und, wie ich dir schon sagte, war mein Gemüseanbau nicht erfolgreich. Ich glaube, einige der Siedler haben meine kleinen Felder nachts zerstört, um mich zu vertreiben. Wenn ich nicht verhungern wollte, hätte ich stets bei ihnen stehlen müssen. So habe ich hin und wieder ein Tier getötet. Marte hatte mir einst erzählt, dass das die Menschen vor langer Zeit so machten, um sich zu ernähren.«

Xell nickte verstehend.

So schlichen wir drei durch das Unterholz zur Quelle. Sie entpuppte sich als kleiner Waldteich von vielleicht zehn Metern im Durchmesser. Die Ufer waren von dichtem krautartigen Bewuchs, sodass der Übergang zum Wasser fließend erschien. In nordwestlicher Richtung bahnte sich das Wasser einen Weg durch den Dschungel zum Meer. Das Flüsschen diente den Siedlern vermutlich zur Bewässerung ihrer Felder. In der Mitte des Sees standen zwei Vögel auf langen Beinen. Um die Tiere nicht zu verschrecken, duckten wir uns im hohen Farn.

»Gib mir dein Messer«, flüsterte Xell und ich kramte es wortlos aus einer Tasche meines Anzugs. Der Cyborg schlich hinter uns in den Wald. Wenig später kam er mit zwei Speeren zurück. Er gab mir das Taschenmesser wieder und drückte Silas einen Speer in die Hand.

»Kannst du damit umgehen?«, fragte er den Jungen.

Silas nickte.

»Kannst *du* denn damit umgehen?«, fragte ich amüsiert. »Das ist schließlich kein Gewehr.«

»Oh, du würdest überrascht sein, was ich alles kann. Ich musste mich natürlich auch beim Verlust meiner Waffen verteidigen können.« Xell grinste mich an und wog den Speer in der offenen Hand.

»Okay, dann beeindruckt mich doch bitte beide mit euren Jagdkünsten.«

In der Tat war ich überrascht, mit welcher Geschicklichkeit, Lautlosigkeit und Kaltblütigkeit die beiden Männer die Vögel erlegten. Sie sprachen sich ohne Worte ab, was von einer Art Vertrautheit der beiden miteinander zeugte. Obwohl sie sich erst vor wenigen Stunden kennengelernt hatten, war schon ein Band zwischen ihnen gewachsen.

Zugleich war ich von so viel Realität angewidert. Mein Essen hatte ich nie selbst töten müssen, ja noch nicht einmal eins der Tiere gesehen, die sich sonst in meinen Mahlzeiten befunden hatten. Als dann aber das Fleisch über dem Feuer briet, roch es verlockend.

Nachdem wir uns gestärkt und den Rest der gebratenen Tiere in Blättern und meinen Stoffresten verpackt hatten, zeigte uns Silas eine Blütenart, die der tödlichen Falle, die ich beobachtet hatte, nicht unähnlich, jedoch bei Weitem größer war. Der Junge stellte aus einigen dieser Kelche Beutel für das Wasser her. Xell ließ sich von Silas in diese Kunst einweisen, denn in unserer Zeit hatte es diese Pflanzen nicht gegeben. Das damit transportierbare Wasser würde für zwei Tage genügen.

Als wir erneut den Rand des Hochplateaus erreichten, stand die Sonne schon tiefer. Wir würden an diesem Tag nicht mehr weit kommen. Aber andererseits war die Hitze in dieser Wüste nun weniger extrem als zur Mittagszeit.

Vorsichtig suchten wir uns einen Weg hinunter. Wurzeln, die aus dem Abhang heraus ins Leere griffen, nutzten wir zum Festhalten. Das Gestein war bröckelig und löste sich leicht unter unseren Schritten. Schließlich erreichten wir die Ebene.

Zunächst führte der Weg über den Maschinenfriedhof und ich bereute ein wenig, dass ich die Elektrostöcke an der Todesgrube zurückgelassen hatte. Deshalb suchte ich nach einer Waffe, mit der ich mich notfalls verteidigen konnte. Ein dünnes Rohr in der Länge meines Unterarms erschien mir gut geeignet. Silas und Xell hatten ihre Speere behalten, an denen nun die Wasserbeutel und einige Früchte baumelten. Auch hielt ich nach Schuhen Ausschau, konnte aber nichts dergleichen in den Schrottbergen erblicken. Derlei Dinge hatten die lange Zeit offenbar nicht überstanden.

Die lange Zeit … ich seufzte.

»Silas, was ist eigentlich passiert? Hat es eine Katastrophe gegeben, die die menschliche Gesellschaft zerstört hat?«

Der Junge war ein Stück vorausgegangen und blickte sich nun zu mir um. »Ich weiß nicht. Für mich hat es nie etwas anderes als die Siedlung gegeben. Und die Mentoren haben kaum über die vergangene Zeit gesprochen. Ich weiß nur, dass sich die Menschen früher von den Maschinen abhängig gemacht hatten und dass die Mentoren und auch schon unsere Vorfahren diesen Fehler nicht mehr begehen wollten. Die Menschen sollen im Einklang mit der Natur leben.«

»Keiner hat je darüber berichtet? Nichts über einen Krieg, eine Naturkatastrophe, eine schlimme Krankheit oder Ähnliches erzählt?« Meine Fantasie lief auf Hochtouren.

Silas zuckte mit den Schultern. »Nein, und es war mir auch nie wichtig, was früher war. Ich habe den Maschinenfriedhof zwar immer sehr faszinierend gefunden, konnte mir unter diesen Dingen jedoch nicht viel vorstellen, zu was das alles nütze gewesen sein soll. Nur das hier …« Er hob die künstliche Hand empor. »Das macht mich jetzt glücklich. Und ich glaube inzwischen, dass nicht die Maschinen böse waren, sondern eher die Menschen, die mit den Maschinen Böses machten.«

»Da könntest du recht haben, Silas«, stimmte Xell zu.

»Trotzdem wüsste ich gern, was die Veränderung der Welt, so wie wir sie kannten, hervorgerufen hat.«

»Antworten finden wir möglicherweise woanders«, meinte Xell nachdenklich.

»Ihr kommt gar nicht aus einer Siedlung jenseits des Meeres, stimmt's?« Silas blickte nun abwechselnd zu mir und Xell. »Ich habe nicht alles verstanden, was ihr gestern

Nacht gesprochen habt. All diese fremden Wörter. Aber ich denke, dass ihr nicht von hier seid und auch nicht von jenseits des Meeres. Ihr seid aufgetaucht, als dieses riesige Ding vom Himmel fiel.«

Ich atmete tief durch. »Ja. Wir sind mit diesem Koloss hierher gekommen, der draußen im Ozean liegt.«

»Und woher? Von den Sternen?«

»Nein, von der Erde. Aber aus einer anderen Zeit. Aus der Vergangenheit«, sagte Xell und musterte Silas aufmerksam.

Der Junge war nicht am Rande eines Nervenzusammenbruchs, sondern nahm es gelassen hin. »Aus einer vergangenen Zeit«, murmelte er. Dann blickte er mich an. »War diese Zeit besser? Waren die Menschen besser? Ihr seid gute Menschen, und wenn alle so waren wie ihr, muss diese Zeit wirklich schön gewesen sein.«

Xell versuchte, ein Lachen zu unterdrücken.

»Die Welt war noch beschissener als jetzt«, antwortete ich. »Und nein, wir sind keine guten Menschen, glaub mir.«

»Da muss ich Dysti recht geben. Ich zumindest bin kein guter Mensch. Ich habe viele schlimme Dinge getan und auch viele Menschen getötet.«

Silas blickte zu Xell auf. »Das ist vergangen, wie du selbst gesagt hast. Ich kann dich nicht nach dem beurteilen, was du in einer anderen Zeit getan hast, nur nachdem, was du jetzt tust.«

»Irritiert dich das Gerede über Zeitreisen nicht?«, fragte ich.

»Es verwirrt mich genauso wie die Dinge auf dem Maschinenfriedhof und wie Xell. Aber es macht mir keine Angst. Ich kann mir darunter nicht wirklich irgendetwas vorstellen und mir fehlt die Fantasie, darin etwas Furchtbares zu sehen.«

»Mir fehlt leider nie die Fantasie, darum macht es mich nervös, wenn ich nicht weiß, was mit der Welt passiert ist«, gestand ich.

»Da kann ich dir leider nicht weiterhelfen. Könnt ihr nicht mit eurer Zeitreisemaschine zurückfahren und nachschauen?«

»Ich befürchte, dass sie nicht mehr funktioniert«, antwortete Xell. »Außerdem ist Samuel derjenige gewesen, der sich damit auskannte. Wir waren quasi nur seine Gäste.«

»Also könnt ihr nicht zurück?«

»Nein, wir sind hier gestrandet, verflucht«, murmelte ich.

Ich war frustriert, sah jedoch ein, dass ich durch Silas nichts über die Zwischenzeit erfahren würde. Ich musste Geduld haben, denn die Welt war groß und bis jetzt hatte ich nicht viel von dieser Zukunft kennengelernt. Wahrscheinlich würde ich hier noch einiges sehen, denn – das wurde mir nun aus Silas Fragerei schmerzlich bewusst – ich konnte nicht nach Hause zurück. Ich war mir nicht sicher, ob ich darüber betrübt sein sollte oder nicht. Ein Teil von mir war es, aber der andere Teil war neugierig auf diese Welt.

Als die Sonne den Horizont berührte, färbte sich der Himmel erneut in strahlendes Orange. Das Plateau mit dem Wald, das sich zwischen der Wüste und dem Meer erstreckte, war nur noch ein dunkler Schattenstreifen in der Ferne.

Vor uns senkte sich das Land ab. Es wurde zunehmend schwieriger, sich darauf fortzubewegen, denn in der Nähe der bewaldeten Hochebene war das Ödland steinig und mit festem Grund gewesen. Nun jedoch wurde es sandig und die Füße versanken im weichen Boden. Dünen hoben und senkten sich wie Wellen eines gewaltigen Meeres, so weit das Auge reichte. Die tief stehende Sonne ließ daraus ein faszinierendes Licht- und Schattenspiel entstehen. Das, was Xell vom Hochplateau aus gesehen hatte, war in der Ferne nun nicht mehr zu erkennen. Wir bewegten uns auf zu niedrigem Terrain, sodass die Erdkrümmung das Objekt verschluckte.

Das Laufen strengte mich an, allerdings schmerzten meine Fußsohlen weniger, da der Boden weich war. Trotzdem begannen meine Beinmuskeln zu rebellieren. Ich geriet ins Taumeln, während wir auf einem sandigen Grat wanderten, und rutschte plötzlich den Abhang hinab. Dabei stürzte ich auf die Seite, überschlug mich und kullerte in die dunkle Senke. Eine Wolke aus Sand umhüllte mich.

»Dysti? Ist alles in Ordnung?«, hörte ich die besorgte Stimme des Cyborgs.

Mühsam rappelte ich mich auf und blickte mich um.

»Scheiße. Ja, ich bin unverletzt«, fluchte ich.

Sobald sich die Augen an das Dämmerlicht der schattigen Mulde gewöhnt hatten, erkannte ich vor mir einen Wald. Er bestand aus locker nebeneinander aufgereihten Bäumen. Aber diese Pflanzen lebten offensichtlich nicht mehr, sondern waren nur silbergraue, in sich verdrehte Skelette.

Ich hörte das Abrutschen von Sand, ausgelöst von Xell und Silas, die nun ebenfalls die Düne hinabkamen, um zu mir aufzuschließen.

»Anscheinend hast du einen guten Lagerplatz für die Nacht entdeckt«, neckte Xell.

»Ja, sieht ganz so aus. Ich brauche sowieso ein wenig Erholung«, antwortete ich genervt, während ich auf die Bäume zuging. Die Stämme waren halb vom Sand verschüttet. Einige Äste ragten wie anklagende Finger in den Himmel. Einer der Bäume war umgestürzt und ich setzte mich erschöpft auf den Stamm.

»Ich brauche unbedingt Schuhe«, stöhnte ich.

Xell blickte auf meine in Stofffetzen gewickelten Füße. »Lass mal schauen.« Er löste den Stoff und nun sahen wir, dass meine Füße furchtbar zerschunden waren. Die Haut war mit Blasen und Abschürfungen bedeckt.

»Ich bin dieses Rumgerenne nicht gewohnt. Schon gar nicht barfuß.«

Silas zeigte seine nackten Zehen. Sie sahen völlig in Ordnung aus. »Mir macht das nichts.« Er grinste verschmitzt.

»Na, du bist auch dein ganzes Leben so unterwegs. Ich dagegen …« Ich stöhnte.

Xell schüttete etwas von dem Wasser über die Verletzungen. »Du kannst meine Stiefel anziehen, wenn wir morgen weiterziehen.«

»Danke. Sie sind mir sicher zu groß, aber ich werde das Angebot annehmen.«

Silas hatte inzwischen aus einigen der trockenen Äste, die es hier gab, ein Feuer entfacht. Da die Sonne nun schon unter den Horizont gewandert war, wich die Hitze des Tages einer beißenden Kälte. Wir rückten eng an die Flammen, um uns zu wärmen. Ich legte den Kopf an Xells Schulter und blickte nach oben.

Der Nachthimmel bot einen wunderbaren Anblick: Sterne, so zahlreich, dass mir fast schwindelig wurde. Einige bewegten sich auf geraden Bahnen relativ schnell über das Firmament und ich nahm an, dass es Satelliten waren.

So tief hatte ich noch nie ins All blicken können, selbst als wir auf dem Flug zum Koloss waren nicht. Da hatte mich nur der Anblick der Erde in den Bann geschlagen, der damals allerdings nicht besonders schön gewesen war. Es kam mir vor, als läge das Jahre zurück, dabei war das erst vor einigen Tagen gewesen.

Der jetzige Ausblick zu den Sternen sagte mir, dass die Atmosphäre wieder sauber sein musste. Also war es tatsächlich Jahre, sogar Jahrzehnte oder Jahrhunderte her, dass wir uns zu dem Quader im Orbit aufgemacht hatten. Die Zeit war ein seltsames Phänomen.

Mitten in meinen Gedanken vernahm ich mit einem Mal ein Knurren. Ich zuckte zusammen und suchte mit den Augen die dunkle Umgebung ab. Hinter dem niedrigen Lagerfeuer funkelten zwei kleine Punkte. Xell sprang auf und packte einen der Speere. Die Lebensmittel, die am Tage daran befestigt waren, lagerten neben mir am Baumstamm. Der Cyborg richtete die Speerspitze in Richtung der glühenden Augen. Silas hielt seinen Speer ebenfalls umklammert und ich hatte meine Metallstange gepackt.

Das Knurren kam näher und in den Lichtkreis des Feuers trat langsam und zähnefletschend ein Tier. Es mochte ein Hund oder Wolf gewesen sein. So genau konnte ich das nicht unterscheiden. Beide Tierarten gab es in meiner Vergangenheit kaum noch.

Xell machte ein paar Geräusche, die das Tier verscheuchen sollten und er wedelte mit dem Speer herum. Doch der Wolf knurrte nur umso lauter. Die Lefzen waren hochgezogen und entblößten riesige Fangzähne. Sein Nackenfell war gesträubt.

»Keine Angst«, hörten wir plötzlich eine Stimme. »Nero tut nichts. Er fürchtet sich bestimmt mehr vor euch als ihr euch vor ihm.«

Ich erkannte einen Mann, der hinter dem Tier auftauchte.

»Platz, Nero!«, befahl dieser.

Das Tier kam dem Kommando nach und legte sich nieder. Die Augen blieben weiterhin an Xell haften. Der Cyborg richtete jetzt den Speer gegen den Fremden. »Wer bist du? Was willst du von uns?«

Der Mann näherte sich vorsichtig. Er war in Lumpen gehüllt, die durch einen langen geflickten Mantel ergänzt wurden, und trug einen großen Rucksack.

»Erlaubt ihr, dass ich mich ans Feuer setze? Ich habe keine Waffen und will euch nichts Böses.«

»Erlaubst du, dass ich mich davon überzeuge?«, erwiderte Xell und senkte den Speer.

»Wenn du dich dann besser fühlst. Bitte.« Der Fremde setzte den Rucksack ab und hielt die Arme vom Körper weg.

Xell ging zu ihm hin und begann, ihn abzutasten und zu durchsuchen. Die Kleidung des Mannes war verschlissen und mit Flicken ausgebessert. Beim Abtasten klimperte und klapperte es. Als Xell die Mantelteile aufschlug, waren darin unzählige Fläschchen, Tuben und Flakons zu erkennen, die in Taschen wie in kleinen Regalen aufgereiht waren.

Der Wolf knurrte erneut, als der Cyborg seinen Herrn berührte und der Fremde gab ihm mit einem Zischen zu verstehen, dass er still sein sollte. Das Tier beruhigte sich und legte den Kopf auf seine Vorderpfoten.

»Was ist das?«, fragte Xell.

»Nichts Bedrohliches. Ich nenne es Apotheke.«

Xell betrachtete die Fläschchen einen Moment und ich überlegte, ob er sie scannte und feststellen konnte, ob es sich um Sprengstoff oder Gift handelte.

»Okay, du kannst dich zu uns setzen«, erlaubte Xell dem Alten, nachdem er die Leibesvisitation beendet hatte. Ich war mir sicher, dass der Cyborg dabei eins seiner antrainierten Programme abgespult hatte. Aber ich sagte nichts, um ihn nicht schon wieder auf den Gedanken zu bringen, dass er ein Roboter sei.

»Du bist aus der Stadt, nicht wahr?«, fragte ihn der Mann und zog seine Kapuze vom Kopf, während er sich neben dem Wolf ans Feuer setzte. Zum Vorschein kam ein fast kahler Schädel mit vereinzelten grauen Haaren darauf. Auch der Bart, den ich nun in seinem Gesicht erblickte, war von weißen Strähnen durchzogen.

»Aus welcher Stadt?«, fragte Xell.

Der Alte wies nach Süden. »Der Dschungelstadt. Ich selbst war vor einigen Tagen dort, um ein paar Dinge zu besorgen.« Dabei klopfte er auf seinen Rucksack und seinen Mantel. »Das mache ich öfter und ich muss mich stets vor Leuten wie dir in Acht nehmen. Aber ich bin schlau und kenne genug Verstecke, um denen zu entwischen.«

»Nein, wir kommen nicht von dort.« Xell blickte nachdenklich ins Feuer.

»Ich dachte nur, weil du so aussiehst.« Der Alte nickte in Richtung Xells bionischer Hand.

»Es gibt da Menschen wie mich?«

»Weiß nicht, ob ich die Menschen nennen würde. Aber ja, es gibt dort Kreaturen, die so aussehen wie du.«

»Xell ist ein Mensch und keine Kreatur«, knurrte ich.

»War nicht böse gemeint. Jeder darf sein, was er will. Geht mich auch nichts an. Ich bin auf dem Weg nach Hause und da habe ich euer Feuer gesehen. Ein bisschen Gesellschaft kann ja nichts schaden, dachte ich mir. Solange die Gesellschaft friedlich ist. Aus wem sie besteht, ist mir völlig egal, stimmt's, Nero?«

Das Tier hob den Kopf und spitzte die Ohren.

»Wir sind friedlich«, beteuerte Silas.

»Das ist alles, was mich interessiert.« Der Alte grinste. »Eins noch: Habt ihr etwas Essbares bei euch?«

Wir sahen uns betreten an.

»Ich bezahle auch dafür.«

»Mit Geld können wir in der Wüste nichts anfangen«, erwiderte Xell.

»Was ist Geld?«, fragte der Alte. »Ich hätte Medizin zum Tausch. Vielleicht etwas für deine Füße?« Dabei schaute er mich gespannt an.

Xell warf erst mir und dann Silas einen fragenden Blick zu. Der Junge nickte und auch ich machte eine zustimmende Geste mit der Hand.

»Gut, wir geben dir ein Stück von unserem Fleisch.«

Der Alte lächelte dankbar und schlug eine Mantelhälfte zurück, um den Inhalt der Taschen zu inspizieren. Dann warf er mir eine Tube Salbe zu. »Das sollte helfen.«

Silas reichte ihm einen Teil des gebratenen Vogels, den wir als Proviant mitgenommen hatten, und der Mann riss ein Stück Fleisch ab, um es dem Wolf hinzuwerfen. Das Tier verschlang es gierig.

»Du heißt also Xell? Ich bin Ruhl«, stellte er sich schließlich vor. »Und das ist Nero.«

»Ich bin Dysti.«

»Und ich Silas.«

»Wenn ihr nicht aus der Stadt kommt, dann sicher von der Siedlung am Meer.«

»Ja und nein«, antwortete ich. »Silas ist aus der Siedlung. Man hatte ihn dort verstoßen. Wir kommen von weiter weg und sind nur zufällig auf die Siedler der Harmonie gestoßen.«

»Harmonie?« Ruhl zog die Stirn in Falten. »Einmal war ich dort, um Handel zu treiben. Aber meine Medikamente waren unerwünscht.«

»Wir waren ebenfalls unerwünscht«, erwiderte Xell und hielt demonstrativ seine bionische Hand hoch.

»Verstehe. Und wo wollt ihr hin?«

»Ich glaube, die Stadt, die du erwähnt hast, habe ich vom Plateau aus gesehen. Sie ist unser Ziel. Aber im Übrigen sind wir recht ziellos unterwegs.«

»Wenn ihr wollt, könnt ihr mit mir nach *Oasis* kommen.« Der Alte knabberte an dem Fleisch und blickte uns über das Feuer hinweg geheimnisvoll an.

»Was ist *Oasis*?«, fragte Silas.

»Eine wahre Oase in der Wüste. Es wird euch gefallen. Wir haben Strom und Wasser und es gibt Pflanzen.«

Ich blickte Xell an und der zuckte mit den Schultern. »Wieso nicht?«, erwiderte er. »Ich habe keinen Termin. Und du, Cyborg?«

Ich verdrehte die Augen. »Nein, ich wäre einem Quäntchen Luxus gegenüber nicht abgeneigt.«

»Was meinst du, Silas?«, fragte Xell den Jungen.

»Ich würde die Oase gern sehen.«

Ich tastete mich durch die Finsternis. Irgendwo musste eine Tür sein.

»Chuck, hast du eine Idee?«, fragte Xell.

Der Junge begann, die Tür zu untersuchen.

»Vielleicht sollten wir einfach mal klopfen.« Ich schlug mehrmals mit der Faust dagegen.

Xell lachte herzlich amüsiert. »Ich glaube, du hast heute wirklich ein paar Pillen zu viel genommen, Dysti.«

Ein Zischen ließ ihn herumfahren. Im Gegenlicht sah ich den Schatten eines Mannes. Er breitete die Arme aus und rief: »Ihr habt überhaupt keine Wahl! … Keine Wahl!«

Ich schreckte auf, während die Stimme in mir nachhallte. Es war hell und ich lag neben dem verdörrten Stamm eines Baumes aus vergangenen Zeiten. Xell stand vor mir und blickte überrascht zu mir herunter.

»Was ist los, Cyborg? Hast du von schleimtriefenden Aliens geträumt?«

Ich erhob mich umständlich, dabei setzte der Kopfschmerz so spontan ein, dass ich mich an dem Baumstamm abstützen musste.

»Was ist los?«, fragte Xell erneut und legte seine Hand auf meine Schulter.

Der Schmerz ebbte ab.

»Ich habe tatsächlich schlecht geträumt«, gestand ich. »Miller kam in meinem Traum vor. Schon wieder.«

»Ach, da bin ich jetzt enttäuscht. Ich hatte gehofft, du hättest von mir geträumt.«

Xell lachte wie gerade in meinem Trugbild. Und für einen Moment war ich mir nicht sicher, ob ich überhaupt wach oder weiterhin in der Traumwelt gefangen war. Doch dann erkannte ich Ruhl und den Wolf. Silas hockte vor dem Tier und kraulte es am Kopf. Nero schien es zu genießen. Ich war also in der Realität.

Aber was hieß das schon? Mein Leben war vollkommen absurd geworden. Vor wenigen Tagen hatte ich mich mit einem Haufen zwielichtiger Gestalten in den Weltraum aufgemacht, um ein Alienraumschiff zu kapern. Nun saß ich zweihundertfünfzig Jahre später in der Zukunft fest, ohne eine Perspektive zurückzukommen. Wollte ich das überhaupt? Miller echote in meinem Kopf: »In was für ein beschissenes Leben?«

»Warum sollte ich von einem Maschinenmann träumen?«, antwortete ich.

»Weiß nicht.« Xell zwinkerte mir zu. »Vielleicht wäre das weniger gruselig gewesen, als von diesem Arschloch zu träumen.«

»Beim nächsten Mal.«

»Und der Maschinenmann leiht dir seine Schuhe.« Er hielt mir die Stiefel hin.

Gestern Abend hatte ich meine wunden Füße mit der Creme versorgt. Die Schmerzen waren kaum noch vorhanden. Ich umwickelte die Füße erneut mit den Stoffstücken und schlüpfte dann in Xells Stiefel. Natürlich waren sie viel zu groß, aber der Stoff füllte den Raum so weit aus, dass ich kaum darin herumrutschte.

Xell ergriff seinen Speer, an dem nun wieder der Wasservorrat baumelte und hielt mir seine menschliche Hand entgegen. »Komm! Ruhl meint, es sei nicht weit bis zur *Oasis*.«

Ich ergriff Xells Hand und dann machte sich unser kleiner Trupp auf, die Düne zu erklimmen. Wir ließen die verdörrten Baumskelette in der schattigen Senke zurück. Im Osten stieg gerade die Sonne über den Horizont. Ich nahm einige Schlucke aus meinem Wasserbeutel, der am Gürtel hing, und betrachtete die Landschaft. Da war nichts, woran sich das Auge festhalten konnte. Sand wellte sich bis in die Unendlichkeit.

Ich konnte mir nicht vorstellen, wo dort draußen diese Oase sein sollte. Ob Ruhl uns in eine Falle lockte? Aber weswegen? Meine Fantasie ratterte auf Hochtouren und ich begann, mir die wildesten Geschichten auszudenken.

»Was ist, wenn Ruhl uns nur als Frischfleisch braucht«, flüsterte ich.

Xell blickte mich nachdenklich an. »Du meinst, er lügt, was die Oase betrifft?«

»Ist doch möglich. Schau dich mal um. Wo soll hier so etwas sein?«

»Na, falls er uns verspeisen will, bin ich aus dem Schneider. An mir ist nicht viel Essbares dran.« Xell wackelte mit den Metallfingern vor meinem Gesicht herum.

»Scheiße«, murmelte ich.

»Aber ich glaube nicht, dass er falschspielt.« Xell blickte dem Alten nachdenklich hinterher. »Und falls doch, werde ich mit ihm fertig. Keine Angst. Er sieht nicht so aus, als hätte er eine Armee hinter der nächsten Düne versteckt.«

Ich war nicht wirklich überzeugt und behielt meine Hand stets an der Metallstange, die in meinem Gürtel steckte. Zudem blieb ich immer ein paar Schritte zurück, um alle im Blick zu behalten.

Gegen Mittag wurde die Hitze unerträglich. Ich wünschte mir einen Hut, um ein wenig Schatten zu haben. Die Sonnenstrahlen begannen, mich müde und apathisch zu machen. Außerdem brannte meine Haut. Unerwartet reichte mir Ruhl eine Tube Sonnencreme. Als ich die Hand danach ausstreckte, zog er die Tube zurück.

»Das kostet dich ein paar Schlucke Wasser für Nero.«

Ich nickte und bekam die Tube. Schnell cremte ich mir Gesicht, Nacken und alle unbedeckten Hautstellen ein, bevor Ruhl es sich wieder anders überlegte. Dann nahm ich den Wasserbeutel vom Gürtel und blickte den Alten fragend an.

»Er trinkt aus der Hand.«

Ich riss erschrocken die Augen auf. »Aus meiner?«

»Keine Bange. Er ist nicht doof und wird nicht die Hand beißen, die ihn füttert.«

Xell beobachtete die Szene argwöhnisch, bereit, einzuschreiten, falls der Wolf anders reagieren sollte als vorgesehen. Ich setzte all mein Vertrauen in seine Reflexe, schluckte die Furcht vor dem Wilden herunter und hockte mich nieder. Vorsichtig schüttete ich etwas Wasser in die hohle Hand und das Tier leckte es sofort auf. Die raue

Zunge strich über meine Haut. Ich war erleichtert, denn Nero zeigte keinerlei Aggression. So wiederholte ich das Spiel, bis der Wolf genug hatte und davonlief.

»Siehst du? Er ist harmlos. Gestern Abend seid ihr fremd für ihn gewesen, deshalb hat er sich gefürchtet und geknurrt.«

»Ist das eigentlich ein echter Wolf oder ein Hund?«, fragte ich, während ich den Wasserbeutel wieder am Gürtel befestigte.

»Schwer zu sagen. Wölfe wie auch Hunde gelten schon lange als ausgestorben. Vor Jahren habe ich ihn eines Tages in der Stadt getroffen, als ich meine Besorgungen machte. Er ist mir gegenüber friedlich gewesen und ich habe seine Gesellschaft gemocht. Da haben wir uns zusammengetan. Aber er mag nicht jeden. Du …« Dabei blickte Ruhl Xell an. »… solltest ihn besser nicht anfassen.«

»Warum? Was ist mit mir?«

»Solche wie dich gibt es viele in der Stadt und die sind nicht besonders freundlich.«

»Ja, das sagtest du schon.« Xell hob den kybernetischen Arm. »Solche also?«

»Genau. Künstliche Menschen, Soldaten, Killer, Roboter, Androiden … oder was weiß ich, wie man euch nennt. Aber jeder soll sein, wie er will. Ich halte mich nur von denen fern, die mir schaden könnten.«

»Ich habe nicht vor, dir oder sonst wem zu schaden«, antwortete Xell.

»Ich glaube dir das, anderenfalls hätte ich dich nicht mitgenommen.«

Ruhl ging erneut voraus. Ich musterte Xell, der nachdenklich auf seinen Arm stierte.

»Was mögen das für Leute sein, die er meint?«, fragte ich.

»Keine Ahnung. Wir sind schließlich weit in der Zukunft und da könnte mittlerweile so einiges passiert sein. Vielleicht sind es tatsächlich Soldaten wie ich. Möglicherweise aber auch Roboter oder Androiden, die keine Menschen sind. Ich weiß es nicht.«

»Aber es beunruhigt dich.«

Xell blickte mich an und lachte spontan. »Hey, warum soll es mich beunruhigen? Wer ist hier der wahre Cyborg?«

Irgendwann gegen Nachmittag bemerkte ich, dass Ruhl, der Wolf und Silas auf einem Dünenkamm stehen blieben. Xell schloss zu ihnen auf und die drei Männer schienen etwas in der Ferne anzustarren. Dann drehte sich der Cyborg zu mir um und winkte mich heran. Als ich den sandigen Hang erklommen hatte, fiel mein Blick auf eine weite flache Senke. Und dort stand, halb im Sand vergraben, ein gewaltiges Schiff. Es war ein riesiger Koloss in der Wüste, der völlig deplatziert wirkte. Die Außenhaut des ehemaligen Ozeanriesen war rostig und fleckig. An der Seite konnte ich ein Stück eines verwitterten Schriftzuges erkennen und darin die Buchstaben *Oasis*. Jetzt kapierte ich, dass Ruhl keine wirkliche Oase gemeint hatte, sondern dieses einstige Kreuzfahrtschiff mit Namen *Oasis irgendwas*. Der Rest war nicht mehr zu entziffern.

Der Ozeanriese war gewaltig. Aus dem Sand ragten mindestens sieben Decks heraus und darüber befanden sich Aufbauten, Schornsteine und Dächer, die im Gegensatz zum verrotteten Rumpf in der Sonne glänzten. Ein großer Teil des Hecks war derart zerfallen, dass es wie ein zerklüfteter Felsen oder ein Steinbruch wirkte.

»Scheiße, was ist das?«, entfuhr es mir.

Ruhl lachte »Ein Schiff.«

»Ein Schiff mitten in der Wüste? Das ist wie aus einem Gemälde von Salvador Dalí!« Ich schüttelte fassungslos den Kopf.

»Ist das die Oase, in der du wohnst?« Silas war spürbar fasziniert von dem verwitterten Ungetüm.

»Ja, wir haben uns dort eine kleine Stadt eingerichtet. Unsere *Oasis*. Es wird euch gefallen.«

»Wir?«, fragte Xell.

»Glaubst du, ich lebe allein hier? Es gibt da eine Menge Leute.«

»Wie viele leben dort drin?«

Ich bekämpfte meine Bestürzung. Was hatte ein Kreuzfahrtschiff mitten in der Wüste verloren? Ich kniff die Augen zusammen und versuchte, etwas auf dem Schiff zu erkennen. Aber es war noch zu weit entfernt und zu gewaltig, als dass ich irgendeine Menschenseele an Bord ausmachen konnte.

»Hunderte. Bestimmt über tausend oder mehr. Ich habe sie nicht gezählt.«

»Und ihr habt Wasser und Nahrung für so viele Leute in dieser Wüste?«, fragte Xell.

Ich blickte mich um und sah weiterhin nur ein kristallines Meer, einen Ozean aus Sand. Ockerfarbene Dünen, so weit mein Blick reichte. Kein Baum, kein Strauch, kein Tier war irgendwo zu erspähen und ich konnte nicht verstehen, warum mitten in dieser Ödnis ein Schiff lag.

Ruhl begann, den sanften Abhang hinunterzugehen, fast zu gleiten. Der Wolf folgte an seiner Seite. Seine Pfoten hinterließen runde Abdrücke im Sand, die nach kurzer Zeit wieder verschwanden. Silas, Xell und mir blieb nichts anderes übrig, als dem Alten zu folgen.

»Ja, Wasser«, verkündete er fast wie ein Wanderprediger. »Wir haben Pumpen und holen uns das Wasser tief aus der Erde. Wir bauen Früchte an und Gemüse und halten Hühner. Deshalb gibt es auch Fleisch und Eier. Alles, was das Herz begehrt.«

Ruhl versprühte nicht nur Begeisterung, sondern wartete plötzlich mit ungeahnter Sportlichkeit auf und eilte mit dem schweren Rucksack auf dem Rücken hurtig dem Schiffswrack entgegen. Sein Mantel erzeugte dabei eine gläserne Melodie von all den klingenden Behältnissen darin.

Wir erreichten den versandeten Ozeanriesen vom Heck her, das uns wie ein gewaltiger Wasserfall aus Geröll entgegenfloss. Ruhl und Nero folgten einem für mich unsichtbaren Pfad durch die Trümmerteile nach oben. Silas eilte dem Mann und dem Wolf hinterher. Xell blieb neben mir.

Fluchend mühte ich mich ab, den Schrotthaufen zu erklimmen. Ich war froh, dass ich Xells Stiefel trug, denn die Wrackstücke waren durchaus scharfkantig. Ich versuchte, mein schlechtes Gewissen zu unterdrücken, da schließlich Xell nun ohne Schuhe in dem Schrott herumlaufen musste. Doch schien es ihm nichts auszumachen, weil er wahrscheinlich den Schmerz ausschaltete.

Zwischendurch musste ich hin und wieder verschnaufen. Dabei blickte ich nach oben und sah, dass der Weg ins Innere des Schiffes führte. Wie eine riesige Höhle öffnete sich ein Schlund, der links und rechts von Fassaden gesäumt war. Es wirkte wie die Straßenschlucht einer Großstadt, an der sich hohe Häuser reihten. Auch hier waren bei einigen Decks die Fronten mit Fenstern und Balkon bestückt. Das Glas war teilweise zersprungen oder fehlte. Und ich bemerkte sogar Grün. Pflanzen wuchsen auf Galerien, die sich auf manchen Etagen erstreckten. Zudem registrierte ich Menschen.

»Wer seid ihr?«, rief eine Stimme aus einer Kluft am Rand unseres Weges.

»Ich bin es. Ruhl.«

Nero bellte nervös und der Alte mahnte ihn, still zu sein.

»Ach du, Ruhl. Wen bringst du da mit?«

»Ich habe sie in der Wüste getroffen. Sie sind in Ordnung«, antwortete der Alte.

Nun traten drei Personen aus dem Schatten der Trümmer. Es waren eine Frau und zwei Männer.

»Der da ist nicht willkommen.« Der eine Mann war fast genauso groß und breit wie Xell und blickte den Cyborg verächtlich an.

Xell trat einen Schritt auf den Fremden zu, aber Ruhl gab ihm einen Wink, dass er sich vorerst zurückhalten sollte. Xell blieb stehen und überließ dem Alten das Feld.

»Wer sagt das?« Ruhl stellte sich mit verschränkten Armen vor den Fremden.

»Ich. Maddox. Heute habe *ich* hier Wache und heute sage *ich*, dass er nicht willkommen ist.«

»Aber heute bringe *ich* ihn mit. Und *ich* sage, er ist uns sicher nützlich. Ich kann auch bis morgen warten, bis jemand anderes Wache hat.« Ruhl blickte diesem Maddox ruhig in die Augen.

Während Maddox einen eher kupfernen Hautton aufwies und mich an meinen ehemaligen südamerikanischen Kameramann Pedro erinnerte, hatte der andere auffällig helle Haut und langes weißblondes Haar. Er flüsterte Maddox etwas zu.

Dieser nickte. »Die Dinger da bleiben aber hier. Wir sind friedliebend und mögen keine Waffen auf der *Oasis*«, sagte er dann an Xell gewandt.

Xell und Silas nahmen ihr Gepäck von den Speeren und legten sie nieder. Widerwillig warf ich meine Eisenstange zwischen die Trümmer.

»Sei vorsichtig mit diesen Leuten. Er könnte Schaden anrichten«, mahnte Maddox daraufhin Ruhl. »Da du unser bester *Besorger* bist, will ich deinem Gespür vertrauen. Wenn er jedoch Schaden anrichtet, musst du die Wiedergutmachung auf dich nehmen.«

»Ja, verstanden.« Ruhl winkte Silas, Xell und mir zu und wir vier und der Wolf passierten die drei Bewacher unbehelligt.

»Was ist ein *Besorger?*«, fragte Silas.

»Jemand wie ich, der Dinge besorgt. Ich wandere oft in die Stadt im Süden oder zum Maschinenschrottplatz im Norden, um Sachen zu besorgen, die wir hier benötigen. Medikamente und Ersatzteile und manchmal auch Kleidung. In diesen verlassenen Stätten findet man so allerlei.«

Silas nickte und blickte auf seine künstliche Hand.

Xell sah sich nochmals zu den Wachen um, die nun wieder im Schatten eines Schrottberges verschwanden. »Und warum haben sie uns passieren lassen? Sind diese Leute so etwas wie die Anführer hier?«

»Wir haben keine Anführer. Jeder kann sein, wie und was er will. Jeder macht sich nützlich nach seinen Fähigkeiten. Ich kann gut Dinge besorgen und Maddox und sein Freund Kilian können sich gut wichtigmachen.« Ruhl lachte, während er den oberen Rand des Pfades erreichte. »Maddox spielt gern die Wache, obwohl es nichts gibt, gegen was er uns hier beschützen müsste. Manchmal ein Sandsturm. Die wilden Tiere dagegen sind längst ausgestorben oder abgewandert aus diesem Wüstenloch. Und wer hierher kommt und mit uns leben möchte, der muss auch nichts erobern. Wir haben genug Platz. Jeder ist willkommen, der sich ein wenig nützlich machen kann. Ich kann euch helfen, passende Aufgaben hier zu finden. Aber das eilt nicht. Zuerst werden wir eine Wohnstätte für euch suchen.«

»Es gibt keinen Anführer, keinen Chef, Boss, König, was weiß ich?« Ich war erstaunt.

»Nein. Das brauchen wir nicht. Es funktioniert auch so.«

»Aber wie koordiniert ihr eure Gemeinschaft?«

»Es gibt nicht viel zu koordinieren. Einige kennen sich gut mit Technik aus und kümmern sich um die Wasserpumpen und die Solaranlagen. Die Gruppen regeln unter sich, was zu tun ist und geben ihr Wissen an die Jüngeren weiter. Genauso die Gemüsegruppe und die Tierpflegegruppe. Wir haben auch Leute, die sich mit Verletzungen auskennen – unsere *Medis* – oder wieder andere, die meinen, man müsse etwas bewachen. Ich wiederum handle mit Dingen, die ich besorgt habe.«

Ich legte den Kopf in den Nacken. Ein Dach wölbte sich über der schluchtartigen Straße. Wahrscheinlich war es mit Solarzellen bestückt, um den Strom zu erzeugen, der hier benötigt wurde. Zumindest ließ der Anblick der glänzenden Außenflächen von der Düne aus die Vermutung zu. Weiter vorn war das Dach offen und Tageslicht drang ein. Dort wuchsen auf Plattformen auf den verschiedenen Decks Bäume und Sträucher. Unten auf der Hauptstraße, auf der wir nun weiterschritten, war ebenfalls eine Art Park zu erkennen.

»Das hört sich nach einer guten Gemeinschaft an«, meinte ich. »Aber die Harmoniesiedlung war ähnlich strukturiert und letztendlich wurden dort die Alten, Kranken und Unnützen verstoßen.«

»Wir haben viele Alte hier. Manche sind sogar aus der Siedlung am Meer gekommen, um hier zu leben. Jeder ist willkommen. Selbst du.« Ruhl sah Xell an.

Der Cyborg hielt dem Blick des Alten stand, antwortete jedoch nichts. »Was ist mit Regeln?«, fragte er schließlich. »Gibt es keine Gesetze?«

»Das erste Gesetz ist, dass man sich nicht in die Angelegenheiten anderer einmischt. Jeder hat das Recht, zu tun, wonach ihm ist. Keiner ist verpflichtet, irgendetwas für *Oasis* zu machen. Doch wer hier leben will, hat schließlich ein Bestreben, dass *Oasis* funktioniert, deshalb bringt sich jeder irgendwie ein. Aber man lässt sich in Ruhe.«

Wir waren mittlerweile an einer Treppe angelangt und der Wolf sprang die Stufen hinauf.

»Hier kann man etwas essen«, erklärte der Alte und führte uns in eine Art Restaurant.

»Und wie bezahlt man das?«, fragte ich.

»Ihr stellt seltsame Fragen. Das muss ich schon sagen. So altmodischen, antiquarischen Kram habe ich lange nicht gehört.« Ruhl lachte. »Jeder kann essen und trinken, was er will. Auch könnt ihr irgendwo wohnen. Assa wird euch ein schönes Zuhause zeigen. Sie weiß immer am besten, welche der Kabinen zu wem passen. Nur mit dem Wasserverbrauch für Duschen müsst ihr sparsam sein. Unsere Solaranlage und die Wasserpumpen sind nicht die Neuesten. Die Ersatzteile sind leider nicht mehr so leicht zu beschaffen und das Steuersystem würde ebenfalls ein paar neue Teile benötigen. Wir arbeiten an dem Problem. Die Techniker sagen mir, was sie brauchen und ich schleiche mich in die Stadt und besorge die Teile. Manchmal ist es schwierig, denn dort streunen die seltsamsten Gruppen herum und beschießen und töten sich gegenseitig. Aber diesmal habe ich gute Sachen gefunden, die nützlich sein werden.«

»Man muss für nichts bezahlen?« Ich runzelte die Stirn.

»Na gut. Erwischt. Für ein paar Luxusgüter, wie deine Wundsalbe, verlange ich einen Tauschartikel. Das ist nur gerecht, oder?« Ruhl zwinkerte mir zu.

Ich nickte. »Kannst du mir Schuhe besorgen?«

Der Alte geleitete uns an einen Tisch. An der Wand gab es eine lange Tafel mit einem Buffet. Früchte lagen in Schalen darauf, Suppe dampfte in Töpfen und es roch sehr verlockend.

»Ich schau mal, was sich machen lässt. Kleidung gibt es hier ausreichend in irgendwelchen Kabinenschränken. Aber Schuhe sind tatsächlich rar. Nun esst erst einmal etwas und ich hole Assa.«

Das Essen war einfach und doch auf seine Art köstlich. Ich fühlte mich wohl, denn niemand belästigte uns oder warf uns seltsame Blicke zu, obwohl es einige weitere Gäste gab. Eigentlich schien sich überhaupt keiner außer Ruhl für uns zu interessieren, und das empfand ich als beruhigend. Der Alte war nun ebenfalls verschwunden, aber Nero, der Wolf, lag schlafend unter unserem Tisch.

»So übel ist es hier gar nicht«, fand Xell und löffelte Suppe in sich hinein.

Ich zuckte mit den Schultern. »Wenn du meinst, Cyborg.« Ich spürte mit einem Mal wieder die Kopfschmerzen und überlegte, ob Ruhl wohl auch Pillen hätte, die diese bescheuerten Schmerzen zum Erlöschen brachten.

8.

Assa war kaum jünger als ich. Sie trug ein Kleid, das ihre zierliche Figur betonte. Die dünne Frau musterte uns eine Weile mit ihren großen blauen Augen. Dann nickte sie. »Folgt mir.«

Da wir mit dem Essen fertig waren, kamen wir der Aufforderung nach und standen auf.

Ruhl trat auf mich zu und hielt mir ein paar ausgetretene Stiefel vor die Nase. »Probier mal.«

Ich zog Xells Stiefel aus und schlüpfte in die dargebotenen Schuhe. Sie passten, was mir ein erfreutes Lächeln ins Gesicht zauberte.

»Was willst du dafür? Meine Seele?«

Ruhl lachte. »Ich weiß noch nicht. Irgendwann fällt mir vielleicht etwas ein.«

»Dann bedanke ich mich dafür und werde bezahlen, sobald der Preis feststeht.«

Der Alte nickte mir lächelnd zu und pfiff, woraufhin sich der Wolf unter dem Tisch erhob und zu ihm lief. Dann verschwand er mit seinem Tier die Stufen hinunter.

Assa geleitete uns dagegen über breite Treppen auf ein höheres Deck und oben dann Richtung Schiffsbug. Hier gab es geräumige Suiten mit mehreren Zimmern. In eine dieser Räumlichkeiten führte uns die Frau. Es war fast wie eine kleine Wohnung in meiner Zeit. Sie bestand aus einem Wohnzimmer mit einer großen Couch, einem Tisch mit vier Stühlen, einigen Schränken sowie einem weiteren Raum mit einem Doppelbett und einem Bad mit Dusche und WC. Obwohl alles alt und verwohnt wirkte, lugte der ehemalige Luxus daraus hervor. Eine breite Tür, deren Glas noch erhalten war, führte auf einen kleinen Balkon mit Blick in die unendliche Sandwüste.

»Hier könnt ihr es euch gemütlich machen. Entschuldigt, falls nicht zu jeder Zeit Wasser aus der Dusche kommt. Wir haben momentan ein Problem mit den Pumpen.«

»Danke, Assa. Ruhl hat uns schon darauf aufmerksam gemacht. Wir werden nicht zu viel Wasser verbrauchen«, antwortete ich. »Und wo ist dein Zuhause?«

»Ein paar Kabinen Richtung Heck. Ich teile es mir mit K.«

»K?«, fragte ich.

»Ich kenne seinen wirklichen Namen nicht und da er oft K gestammelt hat, habe ich ihn so genannt. Er ist hier vor sehr vielen Jahren eingetroffen, hat sich lange Zeit für sich gehalten. Doch als sein Geist nach und nach versiegt ist, kam er nicht mehr allein klar. Seitdem kümmere ich mich um ihn, denn er hatte ja hier sonst niemanden. Deshalb muss ich jetzt auch zurück. Wenn ihr Fragen habt oder etwas benötigt, könnt ihr gern zu mir kommen. Kabine 523 dort hinten.« Assa wies nach achtern des Schiffs.

»Danke, Assa. Wir werden sicher darauf zurückkommen«, erwiderte Xell.

Die Frau verschwand aus der Suite und schloss die Tür hinter sich.

»Ich könnte vor Freude Luftsprünge machen«, gestand ich überschwänglich. »Eine Dusche? Mir ist gerade echt egal, ob das Wasser hier knapp ist. Ich brauche jetzt unbedingt eine Dusche. Oh, wie habe ich so etwas vermisst. Das ist noch besser als unser Domizil bei Conny Industries.«

Silas konnte meine Begeisterung nicht teilen, sondern beäugte die fremde Umgebung misstrauisch. »Ich habe niemals zuvor in einem solchen Haus gewohnt«, sagte er, während er sich prüfend umsah.

»Das ist ein Schiff«, erwiderte Xell.

»Ein Schiff?«

»Damit sind die Leute früher auf den Ozeanen herumgefahren«, erklärte der Cyborg und ging mit Silas auf den Balkon.

»Jetzt ist es hier in einem Ozean aus Sand«, sinnierte der Junge.

»Wirklich seltsam, das stimmt. Aber es scheint mir eine gute Behausung zu sein.« Die beiden kamen in den Wohnraum zurück. Ich beobachtete sie fast ein wenig eifersüchtig. Ihre Beziehung vertiefte sich zusehends und Xell schien es zu genießen, so etwas wie ein Mentor – oder gar Vater? – zu sein.

Vorsichtig befühlte Silas das Sofa. So etwas hatte er bestimmt noch nie gesehen, höchstens auf dem Schrottplatz. Ein Lächeln huschte über sein Gesicht, er setzte sich auf die weichen Polster und wippte eine Weile auf und nieder. Schließlich streckte er sich der Länge nach aus und schloss die Augen. Xell nahm eine Decke von einer Stuhllehne, schüttelte den Staub aus und legte sie fürsorglich über den schlafenden Jungen.

»Hat er Vatergefühle in dir geweckt, Cyborg?« Ich boxte ihm scherzhaft in die Rippen.

»Er ist ein netter Junge. Du musst nicht überall irgendwas hineininterpretieren.«

»Okay. Wenn du meinst. Ich gehe jetzt jedenfalls duschen. Wahrscheinlich musst *du* dich – so als elektronisches Gerät – vom Wasser fernhalten, um keinen Kurzschluss zu bekommen.« Ich lachte.

Xell packte mich mit der bionischen Hand an der Kehle und blickte mich böse an. »Du scheinst dich hier wohlzufühlen, denn du blühst zur alten Form auf.«

Ich umfasste sein Handgelenk. Für einen Moment war ich verunsichert, der Griff seiner Hand war allerdings locker und schnürte mir nicht die Kehle zu.

»Lass mich los, Cyborg«, fauchte ich trotzdem.

Er löste die Finger von meinem Hals und legte den Arm in meinen Nacken. Seine Gesichtszüge entspannten sich. »Bist du sicher, dass ich dich loslassen soll?«

Ich schloss die Augen und ließ mich von ihm küssen. Er nahm mich auf den Arm und trug mich in das angrenzende Zimmer auf das Bett.

»Zieh die Vorhänge zu«, flüsterte ich und zog eine Decke über mich.

Er kam der Aufforderung nach und der Raum wurde in verhüllendes Dämmerlicht getaucht. Xell ließ seine Kleidung unweit des Betts auf den Boden fallen und verharrte eine Weile daneben. Dabei beobachtete er mit amüsierter Miene, wie ich mich umständlich unter der Decke auszog.

»Schämst du dich vor mir?«, fragte er und setzte sich neben mich.

»Mag sein. Du bist so perfekt … und ich bin so …«, stotterte ich.

»Perfekt? Ich?« Er betrachtete den kybernetischen Arm und strich dann über die schon auffällig gut verheilte Wunde auf der Brust.

»Trotz alledem.«

»Aber es ist nicht echt. Ich wurde so geschaffen. Du dagegen bist echt.«

»Ich kann nicht verstehen, was du an mir findest. Ich habe keine Modelfigur, bin auch nicht mehr jung, bin zickig und …«

Er beugte sich vor und unterbrach meine Rede mit einem Kuss. »Hör auf, an dir zu zweifeln.«

»Das fällt mir schwer.« Ich seufzte.

»Wenn es dir hilft: Ich will nur mit dir schlafen, um zu beweisen, dass ich keine Maschine bin. Besser so?«

»Du Scheißkerl«, fluchte ich und stieß ihn weg.

»Das war ein Scherz, Dysti.«

»Ein dummer Witz. Zumal du noch gestern genau dies mit Belau diskutiert hast.« Ich wusste nicht recht, ob er es ernst meinte oder mich nur ärgern wollte.

»Ja, ein blöder Scherz. Aber du forderst mich stets zu solchen Dingen heraus.«

Ich verdrehte die Augen. »Ich habe wirklich ein Talent, Beziehungen mit Zukunft einzugehen.« Geräuschvoll stieß ich die Luft durch die Nase aus.

»Ab und zu solltest du einfach den Mund halten«, flüsterte er und kroch ebenfalls unter die Decke. Ich strich über die Naht auf seiner Brust und dann über seinen Arm bis zum Metall, welches unter dem Ellbogen hervorschaute.

»Spürst du meine Berührung?«

»Nein. Dort nicht. Die Berührungssensoren saßen in der Haut. Nur in den Fingerspitzen und dem Handballen sind direkt Sensoren integriert, sodass ich meinen Griff auch im Fall einer Verletzung der Haut weiterhin steuern und dosieren kann. Wie jetzt.«

Er strich demonstrativ liebevoll über meinen Körper und alle meine Härchen stellten sich auf.

Ich schloss die Augen und genoss seine Liebkosungen. Selbst die kybernetische Hand fühlte sich nicht kalt an. Die Erregung, die mich durchlief, ließ mich vergessen, dass wir völlig verdreckt und verschwitzt waren. Xell zeigte die natürlichen Regungen, die ich hin und wieder vermisst hatte, und sein Körper reagierte vollkommen menschlich auf meine Berührungen. Ich wusste nicht, ob er all seine synthetischen Systeme ausgeschaltet hatte oder ob er das in so einer Situation gar nicht nötig hatte. Ich hinterfragte es nicht. Das Glücksgefühl, das mich durchströmte, war um ein Vielfaches schöner als das, welches die Pillen hervorriefen. Ich wollte es so lange wie möglich festhalten.

Als er sich über mich rollen wollte, drückte ich ihn zurück. Er wehrte sich ein wenig, das spürte ich, schließlich lag ich aber auf ihm wie eine Gewinnerin.

»Es ist ein Zeichen von Aufgabe, sich auf den Rücken zu legen und die Kehle dem Gegner darzubieten. Das ist gegen …«

»… gegen deine Programmierung?« Ich küsste ihn auf den Hals, genau da, wo der Kehlkopf lag, und er legte ergeben den Kopf zurück.

»Ich habe keinen Chip. Also nennen wir es lieber Training«, murmelte er.

»Gut. Dann trainiere ich dich jetzt um, auch wenn ich nicht dein Gegner bin«, flüsterte ich erregt. Als ich ihn in mich eindringen ließ, stöhnte ich leise. »Nennen wir es Vertrauenstraining.«

Als ich erwachte, hörte ich das Rauschen von Wasser. Ich stand auf und folgte dem schwachen Lichtschein, der aus dem Türspalt schimmerte. Xell stand mit den Händen an die Wand gelehnt unter der Dusche. Ich schlich zu ihm hin, schlang die Arme um seinen Brustkorb und legte den Kopf auf seinen Rücken. Das warme Wasser prasselte angenehm auf mich herab. Er hatte bei der ersten Berührung kaum merklich gezuckt. Also war es durchaus möglich, ihn zu erschrecken. Der Gedanke gefiel mir, denn das machte ihn menschlich. Ich zeichnete mit dem Finger die Narbe nach, die über dem linken Schulterblatt verlief.

»Hätte ich mich anders entscheiden sollen? All diese Modifikationen ablehnen sollen?«

»Ich weiß nicht. Das kann ich dir nicht sagen. Wahrscheinlich hätte ich mich genauso entschieden, um wieder ein kompletter Mensch zu sein. Ich war schließlich sogar bereit, mir ohne medizinischen Grund dieses Ding ins Hirn pflanzen zu lassen.«

»Das stimmt. Das war ziemlich bescheuert«, murmelte er und drehte sich zu mir um.

»Ja. Das war es.«

»Andererseits sieht es niemand und außer mir weiß es hier keiner. Das ist dein Vorteil.« Er strich mir das nasse Haar aus dem Gesicht.

»So sollte es auch bleiben.«

Xell blickte mir in die Augen und nickte.

Ich streichelte ihm über die Wange. Mitten in der Bewegung hielt ich inne. »Bist du ganz sicher, dass du kein Roboter bist?«

»Was?« Xell zog irritiert die Augenbrauen zusammen.

»Wir sind jetzt schon über eine Woche hier in dieser ziemlich beschissenen Zukunft und deine Haare sind keinen Millimeter gewachsen. Du hast ein glatt rasiertes Gesicht, obwohl du dich nie rasierst.«

»Gewohnheit. Ich kann das steuern. Das Haarwachstum.«

»Wie verrückt ist denn so was?«

»Eigentlich nur praktisch. Wenn du in den Krieg ziehst, musst du dir keine Gedanken über eine Rasur oder deine Frisur machen. Aber ich kann das ändern, wenn du willst.«

»Das ist ziemlich bescheuert. Kannst du die Fäden in deiner Brust auch auflösen oder muss ich sie ziehen?«, fragte ich und strich über die Naht.

Er lachte plötzlich.

»Was hast du?«, fragte ich verwirrt.

»Du schaffst es immer auf die seltsamste Art, mich von Grübeleien abzuhalten.«

»Du bist ein Cyborg, ein Supersoldat. Du bist allen überlegen. Also warum solltest du über irgendetwas grübeln?«

»Du hast recht. Ich sollte das lassen. Ein depressiver Robotermann. Das passt nicht.«

»Stimmt.« Jetzt musste auch ich lachen. »Wir sind wirklich echt verkorkste Existenzen. Miller hatte recht.«

»Und eigentlich hat er uns einen Gefallen getan. Wir können hier neu beginnen. Wir müssen es nur zulassen.«

Ich öffnete den Schrank im Schlafzimmer. »Hey, Xell, schau dir das an. Hier gibt es Klamotten. Meinst du, wir können die benutzen?«

Xell trat aus dem Bad, nur mit einem Handtuch um die Hüften. »Ich denke schon. Niemand hat etwas Gegenteiliges gesagt.« Er schob die Sachen, die auf Bügeln an einer Kleiderstange hingen, hin und her. »Für mich ist da nichts Passendes dabei.«

Ich öffnete eine weitere Schranktür. »Schau mal hier.«

»Diese Größen sind tatsächlich geeignet.« Xell wühlte in den Sachen herum.

Ich fand eine Hose mit Seitentaschen, ein T-Shirt und eine Jacke mit Kapuze. Nachts war es in der Wüste kalt und selbst am Tag konnte mich die Kapuze gegen die erbarmungslose Sonne schützen.

Xell hatte sich ebenfalls eine Hose mit allerlei Taschen herausgesucht, ein langärmliches Hemd und eine funktionale Weste.

»Ich werde meinen Alienschleim absorbierenden Anzug vermissen.« Ich grinste schelmisch, während ich den Inhalt der Taschen entleerte und alles in der neuen Kleidung verstaute.

Die nächsten Tage flossen geruhsam dahin. Ich hatte ein regelrechtes Urlaubsgefühl, auch wenn hier alles verfallen wirkte. Das Äußere mochte nicht so schön sein wie das

Paradies in der Siedlung am Meer. Aber mir gefiel das Innere. Ich fühlte mich hier nicht allein und gleichzeitig nicht von einer Gesellschaft erdrückt. Die Menschen grüßten sich freundlich in den Gängen des Schiffs oder beachteten sich nicht besonders. Jeder hatte eine kleine Aufgabe, die er erfüllte, um diese *Oasis* am Leben zu erhalten, aber sie war nicht verzehrend wie die Jobs in meiner Zeit damals. Das Leben hatte etwas Geruhsames und ich verbrachte viel Zeit mit Xell und Silas oben auf dem ehemaligen Sonnendeck mit dem wasserlosen Pool, in dem einige Obstbäume wuchsen. Xell hatte einen Fitnessraum entdeckt und dort einige Geräte repariert, die er nutzte. Ich lag dagegen lieber in einem Liegestuhl und beobachtete, wie Xell trainierte oder Silas in Verteidigungstechniken unterwies.

Der Junge genoss die Zeit mit ihm sichtlich. Offenbar hatte ihm eine derartige Bezugsperson in seinem Leben gefehlt.

»Wieso hast du Belau und seine Leute nicht einfach überwältigt?«, fragte er und trank Wasser aus einer Flasche, die neben meinem Liegestuhl stand.

»Ich wollte nicht, dass dir oder Dysti etwas passiert. Außerdem habe ich in meinem Leben schon zu viele Menschen getötet. Ich bin es leid.«

»Aber manchmal muss man sich oder seine Freunde beschützen.«

Xell nickte. »Deshalb bringe ich dir ein paar Techniken bei, wie du einen Angreifer abwehren kannst, ohne ihn gleich töten zu müssen.«

Ich beobachtete also, wie der Cyborg Silas unterrichtete und wie gut sich beide verstanden. Mir war das allerdings fast zu viel Idylle. Ich war mir sicher, dass solche Momente wieder zerplatzen würden, denn die Welt ringsum war nicht wirklich paradiesisch. Und geplatzte Träume waren das Letzte, was ich gebrauchen konnte. Deshalb versuchte ich stets, mir die Realität vor Augen zu halten, um mich vor Enttäuschungen zu bewahren. Die Realität war aber eher frustrierend, denn ich hing unwiderruflich in der Zukunft fest und fühlte mich irgendwie ziellos.

Hin und wieder überkamen mich die furchtbaren Kopfschmerzen und mir schien, als würden sie von Mal zu Mal stärker. Auch träumte ich oft von Miller oder von einem Hochhaus in einer gewaltigen Stadt. Auf dem Dach des Gebäudes befand sich eine gläserne Pyramide, die das Sonnenlicht reflektierte.

So war ich ganz froh, als jeder von uns schließlich eine kleine Aufgabe auf der *Oasis* fand, die uns ablenkte. Xell hatte sich angeboten, bei den Solaranlagen zu unterstützen, denn diese mussten regelmäßig vom Sand befreit werden. Silas war täglich ein paar Stunden in einem der Restaurants, um beim Zubereiten des Essens zu helfen, und ich begleitete Assa, die so eine Art *gute Seele* des Schiffs war. Sie hatte ein offenes Ohr für alle möglichen Probleme.

So lernte ich auch K näher kennen, der die meiste Zeit in Assas Kabine verbrachte. Er war ein Mann in ihrem Alter, der nie etwas sagte, sondern ständig nur aus dem Fenster hinausschaute. Manchmal huschte ein Lächeln über sein Gesicht, als hätte er irgendetwas Schönes da draußen in der Wüste gesehen, obwohl dort nichts war. Meistens jedoch saß er nur reglos da.

»Es wird immer schlimmer mit ihm«, erzählte Assa leise. »Als er vor ungefähr fünfzehn oder sechzehn Jahren hier angekommen ist, erschien er mir völlig normal. Er hat zwar kaum mit jemandem gesprochen, konnte sich jedoch selbst versorgen. Ich habe zuerst wenig Notiz von ihm genommen, da er einfach einer unter vielen war. Mit der Zeit habe ich allerdings bemerkt, dass er in seiner damaligen Kabine verwahrloste und dann fast verdurstet wäre, da er sich um nichts mehr zu sorgen schien. Ich glaube, sein Geist ist allmählich davongedämmert. Ich brachte es nicht übers Herz, ihn einfach sterben zu lassen, und nahm ihn bei mir auf.«

»Du hast ein gutes Herz, Assa.«

»Danke, Dysti. Aber es passt nicht in die *Oasis*. Unser Prinzip ist, dass wir uns nicht in die Angelegenheiten anderer einmischen. Damit laufen wir ganz gut, denn es gibt fast keine Konflikte.«

»Es ist friedlich hier, in der Tat. Allerdings war es in der Siedlung am Meer ebenso einträchtig und harmonisch. Zumindest oberflächlich, denn der Preis, der dafür gezahlt wurde, war unmenschlich.«

»Hier bezahlen wir keinen Preis dafür. Jeder ist gleichwertig und willkommen. Doch muss jeder auch für sich selbst sorgen, da wir uns nicht einmischen wollen. Die *Oasis* zu erhalten, ist kein Zwang, aber die wenigsten verweigern eine Mithilfe, denn schließlich sägt keiner gern den Ast ab, auf dem er sitzt. Ich freue mich, dass ihr drei etwas gefunden habt, wo ihr euch einbringen könnt. Wobei meine Gesellschaft nicht unbedingt zu deinem Ansehen beitragen wird.«

»Warum? Ich hatte den Eindruck, dass jeder dich mag und du sehr vielen geholfen hast, mit Problemen fertigzuwerden.«

»Das schon. Aber ich weiß auch zu viel über die einzelnen Menschen hier, was einigen nicht behagt. Ich weiß, dass Kathleens Kind nicht von ihrem Mann war und es auf seltsame Weise verschwand, dass Karl von seiner Frau geschlagen wird, es aber niemandem sagt, um sein Gesicht nicht zu verlieren. Ich weiß von einer Gruppe, die sich versteckt und nichts zu *Oasis* beiträgt, dafür aber manchmal stielt. Ich weiß so vieles, was die Leute mir anvertrauen, um sich auszusprechen, was sie dann wiederum bereuen. Nicht jeder liebt mich hier, selbst wenn ich ihm irgendwann einen Gefallen getan habe. Das liegt daran, dass ich mich sehr wohl in Dinge einmische, die mich nichts angehen sollten.«

»Das ist mir egal. Mich hat auch noch nie jemand geliebt für das, was ich getan habe. Ich für meinen Teil mag dich jedenfalls sehr.«

Assa lächelte. »Xell liebt dich mit Sicherheit. Und Silas auch. Das kann ich sehen.«

»Silas mag eine Mutterfigur in mir sehen. Aber das bin ich nicht. Ich war nie eine Mutter und werde nie eine sein. Das passt einfach nicht zu mir und meine biologische Uhr tickt nicht nur, sie kreischt quasi im Dauerton.«

Assa lachte. »Jeder kann das sein, was er will. Du musst nicht Mutter werden, um ein guter Mensch zu sein. Wer will denn eigentlich Kinder in so eine Welt setzen? Silas ist ja auch so ein armes Wesen, das lange Zeit niemanden hatte, der sich um ihn scherte. Obwohl er für seine jungen Jahre schon äußerst selbstständig ist, kann keiner übersehen, wie er diese Geborgenheit, die ihr ihm gebt, genießt. Wo sind seine biologischen Eltern?«

»Das weiß ich nicht. Er erzählte mir, dass sein Vater vor seiner Geburt die Siedlung verlassen hätte. Seine Tante Marte kümmerte sich wohl hauptsächlich um ihn, da seine Mutter …«

»Nelli«, hörte ich plötzlich K sagen.

»Was?« Ich stand auf und ging zu ihm hin. Der Mann saß wie immer in seinem Sessel und starrte auf die Wüste.

»Nelli?«, fragte ich leise.

K reagierte nicht.

»Wer ist Nelli?«, fragte Assa und stellte sich hinter K. Sie legte ihre Hände auf seine Schultern.

»Silas erzählte mir, dass seine Mutter so hieß.«

»Bestimmt ein Zufall.«

Ich schüttelte den Kopf. »Ein Zufall, dass ein verwirrter Mann den Namen ausspricht, den ich gerade sagen wollte?«

Assa zuckte mit den Schultern. »Woher sollte er ihn wissen?«

»Vielleicht ist K aus der Harmoniesiedlung gekommen?«

»Ja, das könnte durchaus möglich sein.«

»Nelli«, wiederholte K und ein Lächeln huschte über sein Gesicht.

Ich blickte Assa fragend an.

»Erzähl mir von Nelli«, flüsterte Assa und strich K liebevoll über den Kopf.

Ks Augen bekamen einen feuchten Glanz. »Nelli«, wiederholte er versonnen.

»Nelli hat eine Schwester«, sagte ich.

»Marte«, sagte K und blickte weiter auf die Wüste.

»Er kennt sie, hörst du, Assa?« Ich war aufgeregt und ein Schauer durchfuhr mich.

»Mag sein. Aber er wird dir nicht weiterhelfen können. Ich denke, diese Frage hätten wir ihm vor drei oder vier Jahren stellen müssen. Da hatte er häufig klare Momente, in denen ich mich mit ihm unterhalten konnte. Von seiner Herkunft hat er jedoch nie etwas erzählt. Nun ist es zu spät. So einen Augenblick hatte er schon lange nicht mehr. Wir sollten ihn in Ruhe lassen.«

Ich nickte einverstanden, aber in meinem Inneren war ich unzufrieden.

Abends in unserer Kabine fragte ich: »Wie hieß eigentlich dein Vater, Silas?«

»Warum fragst du das?« Der Junge saß auf dem Sofa neben Xell. Sie blätterten in einem der Bücher, die sie in den Schränken gefunden hatten. Xell hatte sich daraufhin vorgenommen, Silas Lesen und Schreiben beizubringen.

»Nur aus Neugier.«

»Ich glaube Kale.«

»K … Kale«, wiederholte ich nachdenklich.

»K«, sagte Xell. »Siehst du, Silas? Das ist ein K.« Sofort waren die beiden wieder in ihr Buch versunken.

Ich bohrte nicht weiter, legte mich grübelnd aufs Bett. Schließlich stand ich auf und genoss die Dusche. Das Wasser war so angenehm nach dem heißen Tag, dass ich gar nicht mehr aus dem künstlichen Regenschauer herauswollte. Zudem formte sich in meinem Kopf die Idee, dass K Kale und somit Silas' Vater sein könnte.

Eine schwarze Roboterhand umschlang mich plötzlich von hinten und strich mir zärtlich über die Brust. Ich drehte mich um.

»Hey, Cyborg. Du wirst doch nicht etwa zu einem Lustmodell mutieren?«

»Warum nicht? Stört es dich?«

»Nein, ich denke, ich könnte mich daran gewöhnen.« Ich schmiegte meine Wange an seine. »Du pikst.«

»Wie du es dir gewünscht hast. Ein perfekter Dreitagebart.«

Ich schüttelte missbilligend den Kopf. »Wo ist da der Unterschied? Du steuerst es. Ich hatte mir Normalität gewünscht.«

Er grinste. »Damit kann ich leider nicht dienen. Sorry.«

»Du Scheißkerl.« Ich boxte ihm in die Rippen.

»Du bist so romantisch.« Er zog mich zu sich heran und wollte gerade zu einem Kuss ansetzen, als schlagartig der Wasserstrom versiegte.

»Ach, schon wieder«, stöhnte ich. »Das häuft sich in letzter Zeit beängstigend.«

»Ja, das stimmt. Ich habe gehört, dass Ruhl sich vor ein paar Tagen zur Stadt aufgemacht hat, um Ersatzteile für die Pumpen zu organisieren.«

»Vielleicht hätten wir ihn begleiten sollen«, meinte ich.
»Wir könnten ihm das für das nächste Mal vorschlagen.«

Es war schon dunkel und durch die Öffnung über dem Schlund der Decks konnte ich unzählige Sterne sehen.

»Was sollte die Frage zu Silas' Vater heute?« Xell hatte seinen menschlichen Arm um mich gelegt und wir schlenderten auf der nächtlichen Galerie entlang. Ich blickte über das Geländer hinunter auf die Hauptstraße. Der Park war mit einigen Laternen beleuchtet und sein schimmerndes Grün wirkte anziehend. Einige Decks darüber streckten Orangenbäume ihre Zweige aus. Die Früchte schienen im Dunkeln zu leuchten. Was sie natürlich nicht taten, doch sie reflektierten das Licht der Laternen.

»Lass uns da runter gehen.«

»Okay, wenn dir danach ist. Aber du weichst meiner Frage aus.«

»Einfach aus dem Grund, dass ich selbst nicht weiß, was ich denken soll. Vielleicht spinnt mir nur meine Fantasie etwas zusammen.«

»Und das wäre?«

»Dass K Silas' Vater sein könnte.«

»Mm«, murmelte Xell. Wir näherten uns der Treppe zu den unteren Decks. Es war so ruhig, als wären wir die einzigen Menschen an Bord.

»Was heißt *Mm?*«

»Selbst wenn K Silas' Vater sein sollte, was würde es dem Jungen bringen?«

Ich zuckte mit den Schultern.

»Ich denke, es ist besser, diese Theorie nicht weiter zu verfolgen.«

»Bis du eifersüchtig, Cyborg? Siehst du deine Beziehung zu Silas in Gefahr?«

»Nein!« Xells Stimme hörte sich entrüstet an. »Aber warum den Jungen mit so einer unbewiesenen Theorie belasten? Was hätte er davon? Zum einen weißt du es nicht wirklich und zum anderen kann K nichts dazu sagen. Ich finde, dass Silas genug durchgemacht hat, und wünsche ihm einfach ein sorgenloses Leben.«

»Ein schöner Wunsch, Xell. Aber es gibt kein sorgenloses Leben.«

»Ich weiß. Ich bin ja nicht blöd. Trotzdem müssen wir ihn nicht mit deiner Theorie belasten. Selbst wenn K Silas' Vater sein sollte, hätte der Junge nichts von dieser Information. Manchmal muss man nicht alles wissen.«

»Ich habe stets das Bedürfnis, alles wissen zu wollen. Du nicht?«

»Nein.«

»Stellst du dir zum Beispiel nie die Frage, wie die Welt so wurde, wie sie jetzt ist?«

»Es interessiert mich nicht. Wenn wir leben wollen, müssen wir sie so annehmen, wie sie ist. Wir können nicht in der Vergangenheit unser Heil suchen, sondern nur in der Zukunft. Und die wünsche ich mir für Silas als etwas Schönes.«

»Aber hier ist nichts schön. Alles ist ziemlich scheiße.«

Xell zuckte mit den Schultern. »Findest du? Ich nicht. Ich bin hier frei. Mir reicht das.«

Ich stöhnte genervt. »Ich war frei, als ich noch meine Cyberreisen machen konnte.«

»Als du deine Pillen hattest, die dir glückliche Momente bescherten?«

»Ja. Das auch.«

»Trauerst du wirklich diesem beschissenen Leben nach?«

»Ich hasse Veränderungen.«

»Leben heißt aber Veränderung. Stillstand ist der Tod.«

»Wow. Wie poetisch.« Ich grinste.

In diesem Moment hörten wir ein Poltern, gefolgt von einem Schrei. Xell ließ meine Schulter los und spurtete davon, als hätte jemand an ihm einen Schalter umgelegt. Ich verdrehte die Augen, folgte ihm jedoch. Wir rannten die Treppe hinab, blieben dann stehen und lauschten.

»Was auch immer hier vorgeht. Das geht uns nichts an, Xell«, murmelte ich schwer atmend.

Wieder klirrte etwas. Ich wollte Xell am Arm fassen, aber er riss sich los und rannte weiter.

»Wir sollen uns nicht einmischen. Hast du das vergessen?«, rief ich ihm nach.

Er reagierte nicht auf meine Worte, sondern steuerte auf eine Tür zu, die einen Spalt offen stand. Ein Lichtstrahl schien heraus, Kampfgeräusche waren zu hören. Ich hatte ihn eingeholt und der Cyborg stieß die Tür mit dem Fuß auf wie ein polizeiliches Überfallkommando. Drinnen stand Maddox mitten in dem kleinen Raum, nur mit einer Unterhose bekleidet. Er hatte eine junge Frau am Arm gepackt. Sie schien verwundet, denn ein Blutrinnsal lief aus ihren dunklen Haaren ihre Wange herunter. Ihre Kleidung war an einer Stelle aufgerissen wie nach einem Kampf. Auf dem Boden lag Kilian, der ebenfalls verletzt wirkte und sich mühsam hochstemmte.

»Helfen Sie mir«, flehte die Frau und blickte Xell aus ängstlichen Augen an. Sie war ungefähr Mitte zwanzig, hatte sehr helle Haut, was bei dieser Wüstenlage ungewöhnlich war, und machte einen verletzlichen Eindruck.

Der Cyborg schoss vor. Sein bionischer Arm krachte auf Maddox' linken Unterarm. Ich hörte das Knacken eines Knochens und Maddox ließ die Frau mit einem Schmerzensschrei los. Sofort hechtete diese Richtung Tür, doch Kilian, der auf allen vieren am Boden hockte, brachte sie mit einem Griff um ihr Fußgelenk zu Fall. Die Frau stürzte zu Boden und wand sich kurze Zeit in Schmerzen.

»Verfluchter Wichser!«, stieß sie hervor.

Ich überlegte nicht lange, sondern trat Kilian in die Rippen, der daraufhin mit einem Stöhnen zusammenbrach. Die fremde Frau rappelte sich auf, packte einen Rucksack, der unweit der Tür herumlag, und stürmte nach draußen, ohne sich zu bedanken. Nachdenklich starrte ich ihr hinterher, bis mich ein gurgelndes Geräusch zurückschauen ließ.

Xell hatte Maddox in einen Würgegriff genommen und der Mann röchelte hilflos.

»Lass ihn los!«, brüllte Kilian.

Der Cyborg lockerte den Griff, woraufhin Maddox in die Knie sackte und sich krümmte. Stöhnend presste er seinen Arm gegen die Brust.

»Du dämlicher Hund hast ihn mir gebrochen«, keuchte er. Hustend schnappte er nach Luft.

Verwirrt beobachtete ich, wie Kilian zu Maddox hinüber schwankte, sich neben ihn hockte und ihn liebevoll in den Arm nahm. Ich war erstaunt, denn ich hatte nicht erwartet, dass die beiden auf diese Weise verbunden waren. Irgendwie hatte ich angenommen, dass sie nur eine Art Kampfgefährten seien.

»Warum hast du dich eingemischt?«, fauchte Kilian Xell an, der einige Schritte zurückgetreten war und mit offensichtlicher Ratlosigkeit auf das Paar am Boden blickte.

»Ich habe angenommen, dass ihr diese Frau vergewaltigen wolltet«, antwortete Xell offen.

»Sehen wir für dich aus wie Frauenvergewaltiger?« Kilian war außer sich. Er half Maddox auf die Beine und führte ihn zu einem Sessel.

Xell wirkte hilflos. »In dem Augenblick … die Situation … sie hat keinen anderen Schluss für mich zugelassen.«

»Dein einprogrammiertes Beuteschema scheint mir arg veraltet zu sein«, knurrte Maddox und drückte sich den gebrochenen Arm gegen den Leib. Der Mann war in seiner Statur Xell ebenbürtig, doch in diesem Moment wirkte keiner von beiden wie ein überlegener Kämpfer.

»Sie war eine *Bug*, ein Fehler, eine von den Scheißwanzen, die sich hier im Untergrund verstecken. Tief im Schiff in dem Labyrinth der ehemaligen Laderäume, Treibstofflager und Maschinenräume. Sie überfallen nachts friedlich schlafende Bewohner, um Dinge zu stehlen, die sie benötigen. Denn sie haben beschlossen, nichts für *Oasis* zu tun und trotzdem von ihr zu profitieren.«

Kilian stieß verächtlich die Luft aus. Er angelte sich einen Gummiring vom Boden und band damit sein blondes Haar im Nacken zusammen.

»Sie hat uns beklaut, verstehst du?«, blaffte er Xell an. »Und als ich sie erwischt habe, hat sie mich niedergeschlagen. Zum Glück wurde Maddox von unserem Kampf wach, sonst hätte sie mich wahrscheinlich abgestochen.« Er zeigte auf ein blutverschmiertes Küchenmesser mit blauem Plastikgriff, das am Boden lag. »Ich konnte das abwehren, weil Maddox sie sich schnappte.«

Jetzt erst registrierte ich, dass Kilian an der Schulter blutete.

»Entschuldige. Das tut mir leid.« Xell stand mit hängenden Armen da und schüttelte leicht den Kopf.

»Ruhl hat euch bestimmt in unsere Gesetze eingewiesen. Man mischt sich nicht in die Angelegenheiten anderer ein!« Kilian hatte die Hände in die Hüften gestemmt.

»Er sagte gerade, dass es ihm leidtut«, bekräftigte ich.

»Ich scheiße auf *leidtun*«, fauchte Maddox. »Die Regel wurde ja nicht grundlos aufgestellt. Damit haben wir schon viele Konflikte verhindert.«

»Durch Wegschauen?«, fragte Xell.

»Durch Nichteinmischen«, entgegnete Kilian. »Du hattest keine Ahnung, was hier passiert ist, hast dich eingemischt und dadurch noch mehr Unglück über uns gebracht.«

»Das ist wahr. Ich habe einen Fehler gemacht«, gestand der Cyborg. »Aber trotzdem glaube ich nicht, dass man immer und überall wegschauen sollte.«

»Ist mir völlig egal, was du glaubst, Roboter. Du hast ihm den Arm gebrochen und das musst du wiedergutmachen.«

Xell ignorierte Kilians Beleidigung, aber seine Miene versteinerte.

»Wir werden dich entschädigen, Maddox«, bestätigte ich.

»Ja, genau. Das werdet ihr«, zischte Kilian.

»Ich kann deinen Arm richten und schienen«, bot Xell an. »Er wird sicher wieder heilen.«

»Auf keinen Fall rührst du, verfluchter Roboter, Maddox noch einmal an.«

»Warum nicht, Kilian? Das wäre eine sinnvolle Wiedergutmachung«, meinte nun Maddox versöhnlich.

»Du bist nicht bei Sinnen. Der reißt dir glatt den Arm noch vollständig ab. Wir gehen lieber zu den *Medis*. Die machen das.«

»Gut, wenn du meinst, Kilian.« Maddox hatte ein schmerzverzerrtes Gesicht.

»Verschwindet jetzt!«, blaffte Kilian Xell und mich an.

Xell wirkte unschlüssig und ich versuchte, ihn mit mir zu ziehen.

»Es tut mir wirklich leid und ich bin zu jeder Wiedergutmachung nach eurem Gesetz bereit«, versicherte er erneut.

Ich zerrte Xell zur Tür hinaus und schloss sie.

»Du Idiot!«, fauchte ich ihn an. »Ich habe doch gesagt, wir sollen uns nicht einmischen.« Meine Stimme klang wie das Zischen einer Schlange.

»Ja, verflucht. Aber es sah so aus, als wollten die zwei die Frau vergewaltigen.«

»Dem war aber nicht so. Scheiße noch mal.«

»Ja, dem war nicht so. Ich hatte keine Ahnung, dass sie ein Paar sind und dass sie gar nicht auf Frauen stehen.«

»Jetzt sind wir schlauer.« Nun musste ich lachen. »Das kommt davon, wenn man sich von Vorurteilen leiten lässt. Ich hatte auch nicht gedacht, dass das zwei nette Kerle sein könnten. Sie kamen mir von Anfang an irgendwie verdächtig vor.«

»Und auf mich wirkte die Frau hilflos«, gab Xell zu. »Da habe ich mich wohl ziemlich verarschen lassen.«

Ich verdrehte die Augen. »Stimmt. Mich hatte sie mit ihrem Dackelblick auch überzeugt.«

»Was machen wir denn jetzt?«, fragte Xell.

Er tat mir plötzlich leid in seiner Hilflosigkeit. »Keine Ahnung. Wir sollten morgen Assa fragen, wie wir am besten vorgehen, um uns zu entschuldigen.«

»Wow.« Assa runzelte die Stirn, nachdem sie meinem Bericht gelauscht hatte. Sie hatte gerade einen morgendlichen Rundgang hinter sich, als wir sie auf der Treppe abpassten. »Du hast es gut gemeint, das ist wahr. Aber genau dadurch noch mehr Schaden angerichtet.«

»Ja, ich habe das jetzt verstanden«, beteuerte Xell. »Ich werde in Zukunft wegschauen, egal, ob vor mir einer abgestochen wird.«

Assa schüttelte mit Unverständnis den Kopf. »Offenbar hast du gar nichts verstanden, sonst würdest du jetzt nicht derart beleidigt reagieren.«

»Okay. Entschuldige, Assa. Ich werde versuchen, mich den hiesigen Gesetzen anzupassen und zukünftig besonnener agieren. Aber was kann ich jetzt tun?«

»Ich weiß auch nicht, was das Beste ist. Ich denke, ihr wartet einfach ab, was Maddox als Wiedergutmachung verlangt.«

»Was kann er schon verlangen? Wohl kaum meinen Kopf«, meinte Xell.

»Nein, das ist nicht angemessen. Ein gebrochener Arm …?« Assa schien nachzudenken und dann lachte sie. »Vielleicht eine gebrochene Nase?«

»Meinetwegen«, brummte Xell. »Das wäre mir egal.«

»Ach, Quatsch. Eine Wiedergutmachung ist keine Rache, sondern sollte einen Sinn haben. Wahrscheinlich lässt er die Sache auf sich beruhen. Wir haben hier kein Bedürfnis nach Vergeltung oder dergleichen«, fügte sie ernst hinzu.

»Kilians Reaktion kann man auch anders interpretieren«, meinte ich.

»Eigentlich spielt Maddox sich immer nur auf, ist aber ein friedlicher Mensch. Bei Kilian dagegen wäre ich tatsächlich vorsichtiger.«

»Ist Silas durch mich jetzt in Gefahr?«, fragte Xell besorgt.

»Nein«, erwiderte Assa. »Wenn Maddox eine Wiedergutmachung verlangen sollte, dann nur von dir. Der Junge hat nichts mit der Sache zu tun. Kilian geht das eigentlich auch nichts an.«

Während wir sprachen, hatten wir Assas Kabinentür erreicht. Sie drückte die Klinke herunter, aber die Tür öffnete sich nicht. Verdutzt blickte sie auf die Nummer am Türblatt. Sie war korrekt. Assa klopfte. »K, mach auf!«, rief sie.

Es folgte keine Antwort.

»Kommt das öfter vor, dass er sich einschließt?«, fragte ich.

Assa schüttelte den Kopf. »Das hat er noch nie getan.« Sie klopfte nun mit den Fäusten dagegen. Aber eine Reaktion von innen blieb erneut aus.

»Darf ich mich einmischen?«, fragte Xell mit sarkastischem Unterton.

Assa presste die Lippen aufeinander und nickte verhalten.

Xell fackelte nicht lange und trat in Höhe der Klinke gegen die Tür. Das poröse Holzimitat splitterte und das Türblatt sprang auf. Assa hastete sofort hinein, doch die Kabine war leer.

»Wo kann er nur sein?«, fragte sie verzweifelt.

Xell inspizierte den kleinen Raum, dann das Bad. Am Spiegel klebte ein Zettel.

»Danke, Assa, für alles. Ich gehe jetzt zu Nelli«, las er laut vor.

Assa setzte sich resigniert auf einen Stuhl. »Ich verstehe das nicht.«

Ich legte meine Hand auf ihre Schulter. »Vielleicht hatte er kurz einen klaren Moment und dann ist ihm Nelli eingefallen. Jetzt habe ich ein schlechtes Gewissen, weil ich ihn erst auf diesen Gedanken gebracht habe.«

Assas Augen wurden feucht. »Meinst du, er ist zurück zur Siedlung? Er wird sich verlaufen in der Wüste.«

»Zuerst sollten wir das Naheliegende in Erwägung ziehen. Wir suchen ihn zunächst hier auf dem Schiff. Möglich, dass er irgendwo sitzt und nicht mehr weiterweiß«, schlug Xell vor.

9.

Wir drei schauten in verlassenen Kabinen nach, befragten Bewohner, die wir antrafen, suchten in Gemüsegärten, Obstplantagen, Essensausgaben, Kleiderkammern und der Medistation. Doch nirgends war K zu finden, noch war er von jemandem gesehen worden. Die meisten kannten ihn gar nicht und waren recht uninteressiert an seinem Schicksal.

Irgendwann am Abend war Assa so resigniert, dass sie in ihre Kabine zurückging. Xell und ich machten uns auf den Weg zu den unteren Decks, wo sich Lagerräume und ehemalige Maschinenräume aneinanderreihten.

Die Hoffnung, ihn zu finden, schwand allmählich. Falls er sich wirklich in die Wüste aufgemacht hatte, um zurück zu Nelli zu gelangen, war er verloren. In seinem verworrenen Zustand würde er die Siedlung nie erreichen und ohne Wasservorräte waren seine Überlebenschancen gleich null. Ihn dort zu suchen und zu finden war ein aussichtsloses Unterfangen. Die Wüste erstreckte sich von Horizont zu Horizont als gewaltiges todbringendes Sandmeer. Mit einer Drohne hätten wir vielleicht eine Chance gehabt, ihn aus der Luft ausfindig zu machen. Aber so etwas gab es hier nicht.

Ich folgte Xell eine schmale Treppe hinunter, die uns zu den tiefer liegenden Decks unter der Hauptstraße brachte. Eine schwere Metalltür, von der die graue Farbe abblätterte, versperrte uns den Weg. Mit einem Ruck seines kybernetischen Arms öffnete der Cyborg diese. Dahinter war ein weiterer Niedergang. Die gitterartigen Metallstufen führten in eine spärlich beleuchtete Ebene.

Ich hatte ein mulmiges Gefühl hier unten. Es gab keine Fenster und die Luft roch abgestanden. Die Türen und

Durchgänge an den verzweigten Gängen führten in verschieden große Räume. Überall lag Gerümpel herum, alte Maschinenteile und jede Menge Müll. Rohrleitungen verliefen an den Wänden und Decken entlang. Fast fühlte ich mich eingesperrt wie in dem Koloss im Orbit. Nur hatte Xell damals ein Gewehr dabeigehabt. Diesmal waren wir unbewaffnet. Den Cyborg schien das nicht zu beunruhigen. Zügig schritt er von Raum zu Raum, aber wir trafen auf keine Menschenseele.

Plötzlich hörten wir Geräusche. Es klang wie erstickte Schreie und Metallgegenstände, die irgendwo herunterfielen. Xell blieb stehen und lauschte.

»Warte hier. Ich will nur nachschauen, was das ist.«

»Nein«, entgegnete ich erschrocken. »Ich bleibe hier nicht allein. Ich komme mit. Du weißt doch, was Kilian erzählt hat. Hier unten verstecken sich diese *Bugs*.«

»Okay. Wir schauen nach und verschwinden dann wieder.«

Vorsichtig lugten wir um eine Ecke. Hinter der Wand erstreckte sich eine weitläufige Halle mit Hochregalen. Vielleicht war das ein ehemaliger Lagerraum. Im Halbdunkel sah ich zwei Gestalten am Boden hocken, vor denen ein lebloser Körper lag. Leises Schluchzen drang zu mir herüber, fast wie das Säuseln des Windes im Harmoniewald.

»Hey!«, rief Xell.

Die zwei Personen drehten sich erschrocken zu uns um. Als sie Xell und mich erblickten, sprangen sie auf und liefen in verschiedenen Richtungen davon. Xell machte keine Anstalten, sie zu verfolgen, sondern steuerte auf den am Boden liegenden Körper zu. Ich folgte ihm und erstarrte. In einer Blutlache lag die junge Frau, die wir in Maddox' und Kilians Kabine angetroffen hatten. Ihre

Augen stierten ins Leere und in ihrer Brust steckte ein Messer.

»*Bugs*«, flüsterte ich und sah mich ängstlich um. »Sie haben sie getötet.«

Xell hockte sich nieder. »Ich glaube nicht, dass die *Bugs* sie umgebracht haben. Mir scheint eher, dass sie getrauert haben.« Er schloss behutsam die Augen der Frau und befühlte ihren Hals. »Sie ist noch warm. Es muss gerade erst geschehen sein. Aber *die* waren es sicher nicht.«

»Wie kommst du darauf?«

Bevor Xell antworten konnte, wurden wir von schlurfenden Schritten abgelenkt. Ein Lichtstrahl tanzte aus einem Nebengang zu uns heran, und ein bedrohliches Knurren näherte sich.

»Was macht ihr hier?« Es war Ruhl. Er leuchtete Xell mit der Taschenlampe ins Gesicht und schaltete sie schließlich aus.

Xell erhob sich. Nero kam zu uns gerannt und beschnüffelte den Cyborg und mich. Dann setzte sich der Wolf neben den Alten.

»Das könnte ich dich genauso fragen«, erwiderte Xell.

»Ich war in der Stadt und habe ein paar Ersatzteile für die Pumpen mitgebracht und diese gerade abgeliefert. Kommt, wir sollten hier verschwinden. Das ist ein schlechter Ort, um ein Schwätzchen zu halten.« Sein Mantel klirrte leise bei jeder Bewegung.

»Aber was geschieht mit ihr?« Xell nickte zu der Leiche hinunter.

»Geht uns nichts an. Die *Bugs* werden sich schon um sie kümmern.«

»Weiter nichts?« Xell war empört.

Ruhl winkte Nero zu sich und ging langsam davon. »Nein. Weiter nichts«, murmelte er.

Xell blieb dem Alten auf den Fersen. »Aber er hat sie umgebracht.«

»Von wem sprichst du?« Ruhl blieb stehen und musterte den Cyborg nachdenklich.

»Ja, wen meinst du?«, fragte ich.

»Ich meine Kilian.«

Ruhl schüttelte den Kopf. »Wie kommst du denn auf so was? Ich glaube, die *Bugs* hatten untereinander Streit.«

»Nein. Er war's.«

»Und wenn schon.« Ruhl zuckte mit den Schultern und ging weiter.

»Und wenn schon? Er wird nicht bestraft? Er kann einfach so weiterleben, ohne dass es Konsequenzen hat?«

»Was würdest du denn mit ihm tun?«

»Ihm das Genick brechen.«

»Was sollte das bringen, Xell?«

»Vergeltung. Rache. Er würde bestraft werden für das, was er getan hat. Er löschte grundlos ein Leben aus.«

»Ja, ein Leben wurde ausgelöscht«, gestand Ruhl. »Den Grund kennen wir nicht. Aber unser Rechtsempfinden ist nicht auf Bestrafung aus.«

»Was dann?«

»Das Opfer kann Wiedergutmachung verlangen. Das weißt du mittlerweile.«

Xell lachte bitter auf. »Das Opfer ist verdammt noch mal tot.«

»Genau. Deshalb kann es keine Wiedergutmachung geben.«

»Aber er muss dafür sühnen. Er kann doch nicht einfach ungestraft jemandem das Leben nehmen!«

»Was soll Strafe bewirken? Bringt es das Leben von dieser Frau zurück?«

»Nein, aber …« Xell presste wütend die Lippen aufeinander.

»Die Zeit der Götter ist vorbei.« Ruhl blickte fast mitleidig auf den Soldaten.

»Was?« Xell sah Ruhl verständnislos an.

»Sühne ist ein Relikt aus den alten Religionen. Wusstest du das nicht? Wir bevorzugen eine Wiedergutmachung oder gar nichts.«

»Ich kann dieses Wort nicht mehr hören.« Xell ballte die Hände zu Fäusten. »Sie war ein Mensch. Und Kilian hat sie getötet. Vermutlich selbst aus Rache.«

»Wie kannst du das wissen?«

»Weil das verfluchte Messer in ihrer Brust steckt. Das mit dem blauen Griff.«

»Woher kennst du es denn?«

»Gestern hatten wir diese Frau bei Maddox und Kilian angetroffen. Ich hatte angenommen, dass sie ihr etwas antun wollten, und habe …«

»*Du* hast also Maddox den Arm gebrochen!«

»Ja, und es tut mir wirklich leid. Aber das hier geht zu weit. Kilian hatte ihr dieses Messer abgenommen und jetzt steckt es in ihrem Herzen.«

»Das war nur eine *Bug*. Die gehört hier sowieso nicht hin und unterliegt nicht dem Schutz unserer Gesetze. Maddox aber schon.« Ruhl wirkte nachdenklich. »Das hat er also gemeint …«

»Was hat er gemeint?«

»Ich hatte ihm vorhin einige Ersatzteile für die Pumpen gegeben. Er sagte, wenn sie nichts taugen, würde er Wiedergutmachung verlangen. Ich habe nicht verstanden, worauf sich das bezog. Aber nun glaube ich, dass er dich meinte.«

»Wahrscheinlich«, gestand Xell.

»Aber was könntest du besitzen, was für die Pumpen von Nutzen wäre?«

Xell zuckte mit den Schultern und sah sich fragend zu mir um. Ich hatte ebenso wenig eine Antwort und starrte nachdenklich die Metalltür zu den oberen Decks an, die wir wieder erreicht hatten.

»Ihr habt mir immer noch nicht gesagt, was ihr hier unten zu suchen hattet«, sagte Ruhl, während er durch die Tür ging, die Xell für uns aufhielt.

Mir war klar, dass der Alte das Thema absichtlich wechselte. Wir stiegen die breite Treppe in die Wohnetagen hinauf. Der Wolf sprang geschickt von Stufe zu Stufe vor uns her.

»Wir waren auf der Suche nach K«, berichtete ich. »Er ist aus Assas Kabine verschwunden.«

»Oh, das tut mir leid für Assa. Warum ist er weg?«

»Ich glaube, das ist meine Schuld. Ich habe versehentlich seine Erinnerung an die Vergangenheit aktiviert.«

»Hat er irgendwas erzählt?«

Wir hatten einige Decks erklommen und Ruhl steuerte durch eine Schwingtür auf einen Außengang zu. Die Nacht war hereingebrochen und nur eine dünne Mondsichel stand am Himmel. Unzählige Sterne funkelten in der klaren Luft.

»Nein. Er hinterließ jedoch eine Nachricht, dass er zu Nelli wolle«, erklärte Xell. »Dysti hatte die Theorie aufgestellt, das K Silas' Vater sein könnte, der vor Jahren ihn und seine Mutter verlassen hat. Die Mutter hieß Nelli.«

Die Nachtluft war kühl und ein leichter Wind wehte. Er erzeugte surrende Töne in irgendwelchen Seilen, die in der Dunkelheit verborgen blieben. Fast konnte ich mir vorstellen, wie das Schiff auf einem Ozean die Wellen durchpflügte. Die kalte Brise strich mir angenehm durchs

Haar und ich lehnte mich neben Ruhl über die Reling, um in die Tiefe zu schauen. Doch die Wüste unter uns war unsichtbar wie schwarzes Wasser.

»Habt ihr dem Jungen das alles erzählt?«

»Nein«, antwortete Xell. »Ich will das nicht. Er soll nicht durch so etwas belastet werden. Wir haben keine Beweise. Die Nachricht mit dem Namen Nelli kann auch einfach nur ein Stück seines verwirrten Geistes gewesen sein.«

Unvermittelt begann Nero zu knurren. Er stand da und starrte in die Finsternis des Außengangs außerhalb des Lichtscheins, der durch das Fenster der Schwingtür einen kleinen Bereich beleuchtete. Seine Lefzen waren hochgezogen und die Fangzähne entblößt. Aus dem Dunkel lösten sich zwei Schatten. Der eine hatte auffällig weißblondes Haar. Es war Kilian. Daneben tauchte Maddox auf, den Arm geschient und in einer Schlinge fixiert.

Xell trat sofort einen Schritt auf Kilian zu. »Warum hast du sie getötet? War das notwendig?«

Kilian blickte zunächst irritiert, dann lächelte er. »Scheinbar habe ich dich unterschätzt. Nun gut. Sie wurde immer dreister und hat schon am hellen Tag die Leute beklaut. Außerdem versuchen diese *Bugs* ständig, Wasser aus unserem System abzuzweigen. Früher haben wir das toleriert, aber nun stehen wir vor dem Problem, bald selbst keins mehr zu haben, weil die Hardware der Pumpensteuerung den Geist aufgibt. Es war ein Denkzettel nötig.«

»Ein Denkzettel? Sie ist tot. Es hätte gereicht, sie vom Schiff zu verstoßen«, knurrte Xell wütend.

»Ich glaube nicht, dass du das beurteilen kannst. Und es geht dich auch nichts an.«

»Ach so? Es geht mich nichts an?« Xell trat ungehalten näher an Kilian heran. Der Mann war einen halben

Kopf kleiner als er und zudem wesentlich schmaler in der Statur.

Maddox trat nun ebenfalls dicht an ihn heran, als wolle er Kilian beschützen. In der gesunden Hand hielt er ein Bündel.

»Ich habe hier etwas Interessantes für dich«, hauchte er in Xells Ohr, klemmte den Sack mit seinem gebrochenen Arm fest und zog mit dem Gesunden etwas heraus. Zum Vorschein kam ein Kopf, ein menschlich wirkender Kopf.

»Tu das nicht, Maddox«, flehte Ruhl.

Der Cyborg blinzelte verwirrt und taumelte schockiert zurück. Sein Antlitz war blass geworden und er schnappte deutlich nach Luft. Der Kopf in Maddox' Hand war von einem Mann, hatte militärisch kurz geschnittene Haare und das Gesicht war mir sehr vertraut. Er sah exakt aus wie Xell. Der Cyborg war sichtlich entsetzt und ging weiter rückwärts, bis die Reling in seinem Rücken ihn zum Stehen brachte. Plötzlich würgte er, drehte sich um und übergab sich über das Geländer.

Kilian begann, höhnisch zu lachen. »Ein kotzender Roboter. Das ist neu.«

»Was ist los, Superman? Entsetzt dich dein eigener Anblick so sehr?« Maddox wedelte lachend mit dem Körperteil herum, als wäre es ein Spielball.

Wie paralysiert stierte ich auf Xells abgeschlagenen Kopf. Ich konnte nicht fassen, was ich sah. Wie war das möglich?

Als sich der erste Schock allmählich legte und mein Verstand wieder zu arbeiten begann, bemerkte ich, dass es kein menschlicher Kopf, sondern der eines Androiden war. Jemand hatte die Schädeldecke an der Seite geöffnet und ich konnte in der Öffnung allerlei Kabel und Platinen in irgendeinem Gel erkennen.

»Scheiße. Was ist das?« Meine Gedanken schwirrten wirr durcheinander, um eine Erklärung zu finden.

»Dein Mitbringsel hat uns leider wenig genutzt, Ruhl. Die Platine ist nicht für die Pumpen zu gebrauchen. Sie ist beschädigt.« Maddox winkte weiterhin mit dem Kopf herum.

»Das ist nicht mein Problem«, antwortete Ruhl. »Es gibt keine Garantie, dass alles sofort funktioniert. Ich kann euch beim nächsten Mal bestimmt einen Neuen mitbringen.«

»Warum beim nächsten Mal? Hier ist doch schon ein geeignetes Modell.« Kilian zeigte auf Xell, der immer noch mit dem Rücken zur Reling stand und fassungslos seinen Kopf anstarrte.

»Das ist nicht das Gleiche, Kilian. Das da war kein Mensch.«

»Das dort ebenso wenig, Ruhl. Er hat Maddox den Arm gebrochen. Wir nehmen ihm die Steuereinheit als Wiedergutmachung. Den Rest von ihm kannst du behalten.«

»Aber er hat keinen Chip im Kopf.« Ich stellte mich schützend vor Xell.

Kilian sah mich verächtlich an. »Das werden wir ja sehen.« Dann wandte er sich erneut Ruhl zu. »Du hast selbst gesagt, dass er uns nützlich sein würde.«

Ruhl nickte. »Aber da glaubte ich noch, dass er einer von denen sei.«

»Ist er das nicht? Er sieht genauso aus. Das gleiche Modell.«

»Ich weiß nicht«, murmelte der Alte. Dann blickte er den Cyborg eine Weile an.

Xell lachte plötzlich. »Das war also von vornherein dein Plan gewesen? Du hast mich nur auf dieses Schiff mitgenommen, weil du dir ein paar Ersatzteile von mir erhofft hast? Aber ich muss dich enttäuschen, Ruhl. Ich bin ein sehr antiquarisches Modell ohne eine zentrale Steuereinheit.«

»Das werden wir herausfinden.« Kilian hob eine Hand und aus dem Schatten des Gangs traten zwei weitere Personen. Es war die Frau, die zu Maddox' und Kilians Wächtertruppe gehörte und ein mir unbekannter Mann. Die beiden schwangen Ketten in ihren Händen.

»Kilian, das ist nicht rechtens«, rief Ruhl.

Nero wurde nervös und stellte sich vor seinen Herrn, bellte und knurrte die vier Menschen an, die bedrohlich näher kamen.

»Ich hätte auf dich hören sollen, Dysti. Deine Intuition hat dich nicht getäuscht, als du geglaubt hast, dass Ruhl uns in eine Falle locken würde.«

»Nein, Xell, das wollte ich nicht. Nicht so«, erwiderte Ruhl.

Maddox steckte den Kopf zurück in den Sack, den Kilian für ihn aufhielt. Dann ging er zur Seite, um den zwei Kettenschwingern und Kilian Platz zu machen.

»Verschwinde, Ruhl! Und nimm deinen Köter mit. Das geht dich nichts mehr an«, forderte Maddox den Alten auf.

Ruhl sah unsicher zu Xell.

»Geh!«, gebot ihm der Cyborg. »Kümmere dich um Silas, falls …« Er brach ab und konzentrierte sich auf die Angreifer.

»Komm, Nero!« Ruhl drückte sich an die Wand und schlich zögernd einige Schritte seitwärts.

»Tut das nicht! Ich möchte euch ungern verletzen«, sagte Xell an Kilian gerichtet.

»Du überschätzt dich.« Der Blonde grinste siegessicher.

Kilians Worte wirkten bedrohlich auf mich und ich glaubte ihm. Schnell zog ich mein Taschenmesser hervor und hielt die Klinge abwehrend in Richtung der drei Angreifer.

Ruhl ging nun langsam weg von dem Geschehen und der Wolf blieb knurrend an seiner Seite. Scheinbar wollte Ruhl mit dem weiteren Verlauf tatsächlich nichts zu tun haben.

Die Angreifer verteilten sich im Halbkreis um Xell und mich. Der Fremde schlug mit den Ketten geräuschvoll auf den Boden. Ebenso die Frau.

Eine Ablenkung, dachte ich. Aber von was?

Im selben Moment krachte etwas in meinen Rücken und ich stürzte zu Boden. Es war Xell, der auf mich gefallen war. Doch ich spürte, dass er sogleich wieder aufsprang. Ich wälzte mich herum und erkannte einen Kranarm, der hinter dem Cyborg über die Reling ragte. Wahrscheinlich war er für das Abfieren von Rettungsbooten gedacht. Er wurde absichtlich von Kilian oder einem seiner Kumpane gegen Xell geschwenkt. Doch der Aufprall hatte ihm nicht viel anhaben können.

Maddox verfiel in lautes Kriegsgeschrei und die anderen drei stimmten mit ein. Sie stürzten sich auf Xell, schlugen mit den Ketten auf ihn ein. Einer der Metallstränge wickelte sich um seinen bionischen Arm. Xell zog mit einem Ruck an und die Frau flog zur Seite. Reglos blieb sie neben mir liegen. Xell warf die Kette Richtung Kilian, der ihr nur knapp ausweichen konnte.

Ich mühte mich hoch, um Xell beizustehen. Er stand mit dem Rücken zur Reling und wehrte eine Attacke des fremden Mannes ab. Die Kette erwischte er diesmal nicht. Maddox hielt sich zurück, denn mit dem gebrochenen Arm konnte er gegen den Cyborg nicht viel ausrichten.

Plötzlich spürte ich einen furchtbaren Schmerz im Oberschenkel. Ich schrie auf und sah nach unten. Die Frau war wieder zu sich gekommen und hatte mir das Taschenmesser ins Bein gerammt, das mir wahrscheinlich bei meinem Sturz aus der Hand geglitten war. Reflexartig trat ich nach ihr und traf sie im Gesicht. Das Messer steckte in meinem Oberschenkel. Entsetzt zog ich es heraus und ließ es aus meinen zitternden Fingern zu Boden fallen.

Die Kampfgeräusche lenkten jedoch erneut meine Aufmerksamkeit auf das Geschehen an der Reling. Mein Schrei beim Eindringen der Klinge in mein Bein hatte Xell für einen Moment abgelenkt, sodass einer der Männer ihm die Kette um den Hals hatte winden können. Mit einem kühnen Sprung schaffte er es nun, die Kette am Haken des Krans zu fixieren. Ich sah Maddox an einem Panel am Pfeiler der Reling herumwerkeln. Sein Tun brachte den Kran dazu, nach außen zu schwenken.

Xells war mit dem Hals in der Kette gefangen und baumelte mehrere Decks hoch über der Wüste. Ich sprang ungeachtet meiner Schmerzen in Maddox' Richtung. Weit kam ich allerdings nicht, denn das verletzte Bein verweigerte den Dienst. Ich fiel vor Maddox auf die Knie und musste hilflos mitansehen, wie Xell gegen die drohende Strangulation ankämpfte. Mit der Kraft seines bionischen Arms schaffte er es, die Kette zu zerreißen. Vergebens versuchte er, mit der menschlichen Hand nach dem Kranarm zu greifen, verfehlte ihn jedoch. Lautlos stürzte er außerhalb des Schiffs in die dunkle Tiefe.

»Du Scheißkerl!«, brüllte ich Maddox an. Doch bevor ich eine Reaktion von ihm erkannte, krachte etwas gegen meine Schläfe und es wurde schwarz.

Zuerst spürte ich die Schmerzen im Bein, dann im Kopf und schließlich registrierte ich, dass ich auf dem Boden saß und meine Hände irgendwo festgebunden waren.

»Scheiße«, fluchte ich leise und öffnete blinzelnd die Augen. Das Licht blendete mich für einen Moment, obwohl es nicht sehr hell war. Die Stichwunde am Bein war verbunden und das Tuch, das als Verband diente, blutgetränkt. Meine ausgestreckten Arme konnte ich nicht bewegen. Ich wandte den Kopf nach links und rechts oben und erkannte, dass ich mit den Handgelenken an Rohren gefesselt war, die an der Wand über mir entlangliefen. Es waren simple Stricke, die meine Gelenke umwickelten.

An der gegenüberliegenden Wand entdeckte ich Xell. Er stand aufrecht. Hand- und Fußgelenke waren an irgendeinem großen Kasten fixiert. Vielleicht ein ehemaliges Teil des Schiffsmotors. Xell lebte, stellte ich erleichtert fest, aber er registrierte mich nicht, sondern starrte in eine andere Richtung. Als ich seinem Blick folgte, erkannte ich den Androidenkopf auf einem Tisch. Er war offenbar absichtlich so drapiert, dass er den Cyborg aus seinen toten Augen ansah.

»Xell!«, rief ich mit gedämpfter Stimme.

Er reagierte nicht und wirkte wie in Trance.

»Xell, verdammte Scheiße, sieh mich an!« Ich wurde energischer.

Der Cyborg drehte mir langsam das Gesicht zu.

»Du hast den Sturz überlebt.« Ich konnte meine Erleichterung darüber nicht verbergen.

»Ja«, erwiderte er seltsam desinteressiert.

»Was ist los? Bist du verletzt?«

Jetzt schien er allmählich zu sich zu kommen. Wie aus einem Traum erwachend antwortete er: »Nein, ich war kurz ausgeknockt und deshalb bin ich jetzt in dieser beschissenen Lage. Aber ich bin weitgehend unverletzt. Im Gegensatz zu dir.«

»Kannst du dich befreien? Die Fesseln wirken nicht besonders stark.«

»Nein. Diese Leute sind nicht blöd. Wenn ich versuche, mich loszureißen, würde ich mir durch diese Drähte die Hände und Füße abtrennen.« Xell zog demonstrativ mit dem rechten Arm etwas an der Schlinge.

Ich bemerkte die blutigen Striemen an den Stellen.

»Ich habe es versucht. Die Dinger sind einfach zu dünn und fest. Sehr schlau von denen, meine Kraft gegen mich selbst einzusetzen.«

»Was ist mit dem Roboterarm?«

»Natürlich könnte ich diese Drähte leicht mit meiner Linken zerreißen. Das war ihnen bewusst, deshalb haben sie die Fessel der Prothese mit einem Sprengsatz gekoppelt. Er würde mir die Brust zerfetzen.« Demonstrativ richtete er den Blick auf ein kleines viereckiges Ding, das auf seinem Shirt befestigt war. »Danach ist mir im Moment nicht so wirklich.«

Gereizt ruckte ich nun an meinen eigenen Fesseln. Ich zog mit ganzer Kraft daran, in der Hoffnung, die Halterungen der Rohre aus der Wand zu reißen. Das war jedoch Wunschdenken und nicht zu bewerkstelligen. Zudem schmerzte mein Bein unerträglich. Ich biss die Zähne aufeinander und versuchte, die Tränen zurückzuhalten und bei kühlem Verstand zu bleiben. Forschend sah ich mich um. Es gab nichts in Reichweite, das auf irgendeine Art hilfreich für meine Befreiung gewesen wäre.

»Bist du sicher, dass der Sprengsatz echt ist?«

Xell sah nachdenklich auf seine Brust. Das kleine unscheinbare Kästchen verriet nichts durch eine Beschriftung. Einige Drähte führten von ihm zu der Fessel an seiner Handprothese.

»Nein.« Er schüttelte den Kopf. »Meine Sensoren schlagen nicht an. Kann alles oder nichts bedeuten. In den letzten zweihundertfünfzig Jahren könnten die sonst was erfunden haben, was ich nicht aufspüren kann.«

»Aber es muss doch eine Möglichkeit geben, verflucht.«

Erneut zerrte ich an meiner Fesselung. Diesmal schon verzweifelter. Die Rohre knarzten, gaben jedoch nicht nach.

Einige Meter links von mir öffnete sich in diesem Moment eine Tür und Maddox erschien. Er hatte einen kleinen schwarzen Gegenstand in der Hand und steuerte zielstrebig auf Xell zu. Das Ding sah aus wie eine langläufige Pistole, an der vorn ein Miniparabolspiegel angebracht war.

»Was ist das, Maddox? Ein Laser, um meinen Kopf abzutrennen?« Xell blickte den Mann provozierend an.

»Nein, noch nicht. Das ist nur ein *Non-Linear Junction Detector*. Damit kann ich Halbleiterübergänge aufspüren, also jede Art von Chips, die in dir verbaut sind.«

Maddox hielt das Rohr auf Xells Kopf gerichtet und wartete eine Weile.

»Enttäuscht?«, fragte der Cyborg.

Maddox antwortete nicht, sondern bewegte das Gerät in engen Bögen weiter an Xells Körper abwärts. Es summte leise.

»Seltsam. Entweder hast du einen wirklich guten Abschirmmechanismus oder …«

»… oder keinen Chip. Wie ich schon sagte.«

Maddox lachte skeptisch. »Irgendwas ist hier aber.« Er drehte sich im Kreis und das Gerät schlug plötzlich in einer völlig anderen Richtung an. Es zeigte genau auf mich. Ungläubig kam Maddox näher und schwenkte das Rohr vor mir hin und her. Der Ton schwoll an und ab.

»Du?«, fragte er fassungslos.

»Ich!«, antwortete ich trotzig.

»Aber du bist ein Mensch. Du hast ganz normal geblutet und hattest kein Gel in dir wie diese Androidendinger.«

»Ja, ich bin ein stinknormaler Mensch. Aber ich habe einen Chip in meinem verfluchten Hirn.«

»Warum?« Maddox hielt das Gerät immer noch auf mich gerichtet. Der Dauerton schmerzte in den Ohren. Schließlich fiel es ihm auf und er schaltete den *Detector* ab.

»Wieso hast du so was in deinem Schädel?« Maddox schüttelte verständnislos den Kopf.

Ich zuckte mit den Schultern, soweit das die Fesselung zuließ. »Weil ich mir davon Vorteile erhofft habe, die jedoch nie eingetreten sind.«

»Du musst bescheuert sein.«

»Dem kann ich nicht widersprechen.«

»Was sollten das für Vorteile sein?«

»Das war in einer anderen Welt zu einer anderen Zeit. Ich kann dir das jetzt nicht glaubhaft erklären.«

»Das befürchte ich ebenfalls.« Maddox stieß unschlüssig die Luft aus. »Ich will das auch gar nicht wissen.«

»Und nun?« Ich fühlte mich unwohl und spürte, wie ich zu schwitzen begann.

Der Mann blickte nachdenklich zu dem Androidenkopf auf dem Tisch, dann zu Xell und zurück zu mir.

»Die Pumpen sind das Wichtigste, was wir hier haben«, erklärte er. »Wasser ist unverzichtbar. Ohne das Wasser aus der Tiefe können wir keine Lebensmittel produzieren, haben nichts zu trinken und können die Hygiene nicht gewährleisten, was sicherlich Krankheiten zur Folge hätte. Es ist einfach lebensnotwendig für alle, die hier in der *Oasis* leben.«

Mir wurde zunehmend heißer. Eine Welle der Angst durchschwappte mich. »Was willst du mir damit sagen?«

»Das weißt du ganz genau. Es gibt nur die Wahl zwischen deinem Leben und dem von den über tausend Bewohnern der *Oasis*.«

»Wage es nicht, Dysti etwas anzutun!«, zischte Xell.

Maddox blickte mich unschlüssig an. »Die werden nicht lange fackeln. Manchmal muss es Opfer geben, damit die Mehrheit weiterleben kann.«

»Und ich dachte, wir hätten euch unrecht getan und ihr wärt nette Kerle.«

»Wir sind nette Kerle, Dysti.«

»Ihr seid Arschlöcher.«

»Du musst nicht gleich ausfallend werden. Das hat alles weder was mit deiner Person zu tun noch mit Xell, mir oder Kilian. Wir versuchen nur, die *Oasis* am Leben zu halten.«

»Und dafür tötet ihr?« Ich war mir nicht sicher, ob sich meine Stimme überschlug, doch die Panik, die in mir aufwallte, konnte ich kaum noch kontrollieren.

Maddox zuckte mit den Schultern. »Was würdest du denn an meiner Stelle tun? Ich sehe keine andere Möglichkeit. Wir haben wenig Ahnung und auch nicht die technischen Mittel, um Chips, Platinen oder sonstige Hardware herzustellen. Kilian kann aber gebrauchte Hardware nutzen, um unsere Pumpensoftware darauf zu installieren und das System am Laufen zu halten.«

»Gebrauchte Hardware? Du spinnst doch.« Ich verzog das Gesicht vor Schmerz, als ich nach ihm treten wollte.

»Maddox, denk nach, was du da sagst!« Xells Stimme hallte in dem weitläufigen Raum wider.

»Das wird sicher unschön und eine riesige Schweinerei. Die Androidenköpfe, die Ruhl mitbringt, sind schließlich nicht von uns getötet und abgetrennt worden. Das sind die Auswirkungen von irgendwelchen Konflikten in der Stadt, mit denen wir nichts zu tun haben wollen. Bei dir wird das anders sein.« Er hockte sich vor mir nieder.

»Maddox!« Meine Stimme hatte einen leicht hysterischen Ton. »Überlege, was du da sagst! Du kannst nicht ernsthaft in Erwägung ziehen, einen Menschen zu töten. Mich zu töten!«

»*Ich* werde das mit Sicherheit nicht machen. Ich bestimmt nicht. Aber Kilian, Sam und Lucy haben da ganz gewiss weniger Skrupel. Es geht schließlich um das Überleben vieler.«

»Maddox, das könnt ihr nicht tun!« Xell riss an seinen Fesseln. Die Drähte schnitten weiter in seine Gelenke.

»Warte, Roboter! Sonst jagst du uns noch alle in die Luft.« Maddox sprang auf. »Was sollte es bringen, wenn du den Sprengsatz zündest?«

Xell gab auf und brüllte stattdessen ohrenbetäubend seine Verzweiflung heraus, dass ich zusammenzuckte. Seine Reaktion der Ohnmacht verstärkte meine Angst umso mehr.

Maddox eilte zu ihm hinüber und presste ihm den Unterarm auf den Mund. »Das war jetzt taktisch unklug, du Idiot.« Er nahm den Arm zurück und klopfte mit dem *Detector* auf Xells Brust neben dem Sprengsatz. »Das Ding sprengt dich in Stücke und uns mit, wenn du nicht ruhig bleibst.«

»Was sollte mich das kümmern?«, brüllte Xell aggressiv.

»Du willst doch, dass Dysti lebt, oder?« Ängstlich blickte Maddox Richtung Tür. Dann ließ er den *Detector* aus seinen Händen gleiten. Er hüpfte klirrend auf dem Boden auf und ab. In dem Sensorschirm bildete sich ein kleiner Riss. Der Mann bückte sich und hob ihn gelassen wieder auf.

»Was ist los, Maddox? Wolltest du schon ohne uns anfangen?«

»Kilian«, entgegnete Maddox nervös.

Zur Tür kam sein Partner mit dem anderen Mann und der Frau herein, deren Gesicht ein blau unterlaufenes Auge zierte. Bestimmt aufgrund meines Tritts in ihr Gesicht. Wahrscheinlich waren das Sam und Lucy, von denen Maddox gesprochen hatte.

»Er ist nutzlos«, sagte Maddox und ging auf die Ankömmlinge zu. »Völlig unnütz, das Ding. Er hat nicht gelogen, als er gesagt hat, dass er ein veraltetes Modell ohne Steuereinheit ist.«

»Das ist purer Blödsinn. Wie sollte er denn sonst funktionieren?« Kilian riss Maddox den *Detector* aus der Hand und näherte sich mit nachdenklichem Gesichtsausdruck Xell. Verärgert hielt er das Gerät gegen den fixierten Cyborg gerichtet, aber ein Signal blieb aus. Er scannte Xells Kopf, dann die Brust, doch das Gerät blieb still. Seine Miene verfinsterte sich zunehmend.

Xell dagegen grinste ihn an. »Du solltest dich nicht von Äußerlichkeiten blenden lassen. Seh ich so aus, als hätte ich was Elektronisches im Kopf?« Er lachte provozierend.

»Halt dein Maul, Roboter.« Kilian schüttelte das *Detector*-Rohr. »Das Ding ist kaputt. Das ist alles.«

Xell blickte zu dem Kästchen auf seiner Brust. Er schloss die Augen, als müsse er sich konzentrieren oder eine weitreichende Entscheidung treffen, die ihm nicht leicht fiel. »Mag sein oder auch nicht«, flüsterte er und starrte Kilian entschlossen an. Spontan riss er den bionischen Arm frei und den potenziellen Sprengsatz von seinem Körper.

»In Deckung!«, brüllte Maddox, der neben mir stand und sich nun auf den Boden warf.

Xell blickte irritiert auf das Kästchen in seiner Roboterhand, dann schleuderte er es in eine Ecke der Halle. Die Detonation presste mich schmerzhaft gegen die Wand.

Metallfetzen der Wände, Stücke von Rohrleitungen und jede Menge Staub flogen durch den Raum. Kilian wurde umgerissen, ebenso die Frau und der Mann, die gegen Maschinenteile prallten. Xell riss die Kabel ab, die ihn an dem Aggregat fixierten, und rannte zu mir herüber. Er befreite mich von den Stricken.

Ich hustete und versuchte aufzustehen. Er stützte mich. »Scheiße! Warum hast du das riskiert, du Idiot?«, blaffte ich ihn an.

»Um ehrlich zu sein, war ich selbst erschrocken über Maddox' Reaktion.« Er lachte verlegen. »Da der *Detector* nicht ausgeschlagen hat, auch nicht, bevor Maddox ihn fallen gelassen hat, habe ich geglaubt, der Sprengsatz wäre nur eine Attrappe. Schließlich hätte er auch eine Steuereinheit haben müssen. Habe ich zumindest gedacht.«

»Falsch gedacht.« Maddox mühte sich neben uns auf die Beine. »Hätte ich nicht eins der Kabel vorhin gelöst, und somit die Auslösezeit verzögert, wärst du jetzt tot.«

»Danke, Maddox. Womit hab ich das verdient?«, sagte Xell.

»Sicher nicht dadurch, dass du mir den Arm gebrochen hast. Ich habe es nicht für dich gemacht. Auch nicht für Dysti. Ich will nur nicht, dass Kilian sich eine derartige Schuld auflädt. Denn wenn er herausfinden würde, dass sie einen Chip besitzt, der eventuell unser Pumpsystem retten könnte, würde er nicht zögern …«

Während er sprach, ging er zu Kilian hinüber, der durch die Detonation auf den Boden geschleudert worden war. Xell stützte mich, da ich mein Bein kaum belasten konnte, und wir folgten ihm. Maddox hockte sich hin und drehte Kilian um. Einige kleine Metallsplitter hatten sich in seine rechte Wange gebohrt und ein größeres Stück ragte aus seinem Oberarm heraus.

Xell befühlte den Hals des Mannes. »Er ist nur bewusstlos. Die Verletzungen sind nicht lebensbedrohlich.«

Maddox strich Kilian liebevoll über die unverletzte Gesichtshälfte und zog dann mit einem Ruck das Metall aus seinem Arm. Kilian stöhnte, kam aber nicht völlig zu sich.

»Verschwindet jetzt lieber, bevor er aufwacht. Versteckt euch hier unten irgendwo, geht nicht in eure Kabine zurück und verlasst die *Oasis*, sobald Dysti dazu in der Lage ist.«

»Nicht ohne Silas«, antwortete Xell.

»Dem Jungen wird nichts geschehen. Wenn ihr geht, könnt ihr ihn mitnehmen. Ich werde dafür sorgen, dass euch dann niemand behelligt.«

Xell nickte. »Okay. Ich vertraue dir.« Er reichte Maddox seine menschliche Hand.

Maddox starrte die Hand an, dann Xells Gesicht. »Und du bist wirklich keiner von diesen Androiden?«

»Nein«, antwortete der Cyborg. »Ich denke ... ich glaube ... nicht. Ich wusste bis jetzt nicht einmal, dass es sie gibt.«

Er blickte auf die Stelle, wo der Tisch mit dem Kopf gestanden hatte. Durch die Explosion des Sprengsatzes war dort nur Verwüstung geblieben. Von dem Androidenkopf gab es keine Spur mehr.

»Ist auch egal«, meinte Maddox. »Verschwindet.«

Xell zog die abgelehnte Hand zurück und erhob sich. Ich stand neben ihm und fühlte mich plötzlich schlecht. Als Xell mich stützen wollte, knickten meine Beine ein. Er packte mich und hob mich hoch.

»Nicht schlappmachen, Cyborg«, flüsterte er.

Mir wurde schwindelig, möglicherweise vom Blutverlust und wohl auch von der abfallenden Anspannung der gerade durchlebten Todesangst. Der Schmerz im Bein tat sein Übriges und eine innere Hitze durchflutete mich. Matt legte ich meinen Kopf an Xells Schulter und schloss die Augen.

10.

Ich kämpfte gegen die drohende Ohnmacht an. Meine Augen ließ ich geschlossen und ich lauschte dem Takt, den Xells Stiefel vorgaben. Der Cyborg trug mich durch dunkle Gänge. Im Rhythmus seiner Schritte schoss auch der Schmerz durch mein Bein. Selbst wenn ich die Augen für einen kurzen Moment öffnete, sah ich nur Schwärze. Er konnte sich jedoch zielgenau orientieren, und ich erinnerte mich, dass sein künstliches Auge in der Lage war, im Infrarotbereich zu sehen. Möglicherweise besaß es zudem einen Restlichtverstärker.

Alle Ereignisse der letzten Zeit erschienen mir in diesem Moment surreal. Vielleicht war ich auf einem Horrortrip im Cyberspace, weil ich zu viel Daph geschluckt und sich nun mein Geist in der virtuellen Welt festgesaugt hatte. So etwas soll schon vorgekommen sein. Die Leute hockten tagelang verkabelt vor ihren Computern, ohne zu essen und zu trinken, und waren kaum noch von ihren Geräten zu trennen. Beim Versuch, diese Menschen in die Realität zurückzuholen, verloren die meisten ihren Verstand. In der Community ging das Gerücht um, dass deren Geist in die Cyberwelt abgedriftet sei und dort nun auf ewig weiterlebte. Ein reizvoller Gedanke, wenn die Welt da drinnen schön und paradiesisch wäre. Aber hier im Bauch eines in der Wüste gestrandeten Ozeanriesen mochte ich nicht für immer verweilen. In Xells Armen dagegen schon.

»Da ist jemand«, murmelte der Cyborg plötzlich.

Ich kehrte in die Realität mit meinen Schmerzen im Bein und Fieber in meinem Kopf zurück. Das Leben war also doch beschissen!

»Bleib stehen oder du wirst es bereuen!« Die Stimme kam irgendwo aus der Dunkelheit einer Halle, denn ein Echo schwang mit.

Der Cyborg hielt inne. »Ich bin unbewaffnet«, rief er. »Und ich benötige eure Hilfe.«

Ich drehte leicht den Kopf. Licht flackerte durch meine geschlossenen Lider und ich blinzelte. Ein menschlicher Schattenriss stand nicht weit vor uns, von hinten matt beleuchtet. Er hatte etwas in der Hand, möglicherweise ein Gewehr oder auch nur eine Eisenstange.

»Warum solltet wir euch helfen?«, fragte der Schatten.

»Aus reiner Menschlichkeit?«, entgegnete Xell.

»Der war es«, flüsterte jemand.

»Der?«, fragte der Schatten leise und nach hinten gewandt. Stimmen tuschelten.

»Du hast sie gesehen?«, fragte der Mann laut.

»Ich weiß nicht, von was du sprichst«, gestand Xell.

»Die Leiche von Niné.«

»Wenn du damit deine Freundin meinst, die nachts die *Oasis*-Bewohner bestiehlt. Ja, ich habe sie gesehen.«

»Hast du ihren Mörder zur Strecke gebracht?«

»Nein.«

»Du hast dem *Besorger* gesagt, dass du ihm das Genick brechen würdest. Wir haben das belauscht.«

»Das habe ich gesagt, aber ich werde es nicht tun. Ruhl hat recht. Dem Mann, der Niné ermordet hat, das Leben zu nehmen, macht eure Freundin nicht wieder lebendig. Ihr könntet mir aber helfen, dass *meine* Freundin am Leben bleibt. Wir sind leider unschön mit dieser Mördertruppe zusammengestoßen und dabei wurde sie verletzt.«

»Die Explosion?«, fragte der Schatten.

»Die Explosion hat uns das Leben gerettet. Zumindest vorerst. Aber sie benötigt dringend Medikamente und einen sicheren Platz zum Ausruhen. Ich weiß nicht, ob wir verfolgt werden.«

Eine Weile war es still, dann hörte ich erneut das Wispern von Stimmen.

»Okay. Ihr könnt euch in unserem Lager erholen. Dort ist es sicher.«

Xell folgte dem Schatten und seinen zwei Begleitern, die nun ebenfalls in dem schwachen Lichtschein zu erkennen waren. Der Durchgang zur Halle war mit Stolperdrähten versehen, über die Xell hinwegsteigen musste. Offenbar handelte es sich um eine Alarmvorrichtung, falls jemand von den *Oasis*-Bewohnern die Truppe hier aufstöberte.

Sie führten uns bis in die hintere Ecke der Halle, wo vier weitere Gestalten um eine Laterne wie um ein Lagerfeuer hockten. Das Licht flackerte fast wie echte Flammen und erzeugte Schattenspiele auf den Gesichtern der Männer und Frauen sowie an einer Wand. Ich erkannte Türen und folgerte aus den darauf befestigten Symbolen, dass es dort Toiletten und Duschen gab.

Das Lager an sich war allerdings wenig komfortabel. Eine Anzahl von Matratzen und Decken waren auf dem Boden verstreut. Auch Rucksäcke, Wasserkanister, Kochgeschirr und einen Elektrokocher sah ich herumliegen. Die Leitung des Kochers sowie der elektrischen Schiffslaterne führten zu einer Wand. Wahrscheinlich gab es dort, von der Dunkelheit verborgen, Anschlüsse zur Energieversorgung.

Das müssten also die *Bugs* sein, dachte ich, die hier hausten und der *Oasis* Wasser und Strom abzapften. Ich bemerkte, dass diese Menschen alle sehr jung waren, so Anfang zwanzig, genau wie die getötete Niné. Nur einer der Männer war älter und ich erkannte K in ihm. Er blickte starr in das künstliche Feuer, ohne uns Neuankömmlinge zu beachten.

Xell legte mich vorsichtig auf eine Matratze und befühlte meine Stirn. Dann zog er mir die Hose aus. Die Wunde war nicht groß, aber rot umrändert und erwärmt. Auch ohne medizinisches Wissen war mir klar, dass sich eine Entzündung in meinem Körper ausbreitete.

»Wie heißt ihr?«, fragte der junge Mann, der uns hergeführt hatte. Die Gläser seiner Brille reflektierten den Schein der Laterne. Ich war erstaunt über diese antiquarische Sehhilfe. Zu meiner Zeit ließen sich die Leute die Augen lasern oder künstliche Linsen einsetzen. Das war natürlich kostspielig und bedurfte zudem eines hohen medizinischen Standards. Hier war nichts mehr davon vorhanden.

»Ich bin Xell und das ist Dysti. Wir sind vor einiger Zeit in der Wüste auf Ruhl gestoßen, der uns hierhergebracht hat.«

»Ruhl ist der *Besorger*?«

»Ja.«

Der Fremde hielt dem Cyborg die Hand hin. »Zedrik.«

Xell erwiderte den Handschlag. »Ihr seid also die *Bugs*?«

Jemand kicherte. »So nennen die uns?« Es war eine junge Frau mit zwei geflochtenen Zöpfen, die sich mit ihrer rotblonden Farbe auffällig von ihrer braunen Haut abhoben.

»Das sind Sue, Alvin und Tim. Dort sitzt Deri. Das ist Lola und wie der da heißt, weiß ich nicht«, stellte uns Zedrik die Gruppe vor.

»K. Er heißt K«, sagte ich matt.

»K«, wiederholte K und starrte weiter die Laterne an.

Zedrik machte eine anerkennende Miene.

»Habt ihr Wasser, Salz, sauberes Verbandszeug und vor allem ein Antibiotikum?« Xell blickte fragend in die Runde.

»Mit Erstem können wir dienen, denn Wasser zapfen wir der *Oasis* ab. Aber Antidingens haben wir nicht. Was soll das sein?« Zedrik zog ratlos die Augenbrauen hoch. Die Spiegelung in den Brillengläsern wanderte bei seiner Kopfbewegung zur Seite, sodass ich seine Augen sehen konnte. Die Iriden hatten verschiedene Farben. Eine war braun und die andere hellblau.

»Ein Medikament gegen bakterielle Infektionen. Es tötet die Bakterien ab«, erklärte Xell, während er aus dem ihm gereichten Wasser und dem Salz eine Lösung herstellte. Er spülte damit die Wunde aus und verband sie. Ich zog geräuschvoll die Luft ein, als er an mir herumdokterte.

Xell blickte mich an. »Mm, Cyborg. Du könntest mal ein paar Regungen zeigen. Sonst denke ich noch, du bist ein Roboter«, flüsterte er.

»Arsch«, zischte ich und boxte ihn halbherzig.

Er legte seine Hand auf meine Wange. Sie fühlte sich angenehm kühl an.

»Oben in der *Oasis* haben sie vielleicht etwas. Es gibt dort sicher Phagenpräparate«, sagte Zedrik.

Xell blickte auf. »Phagenpräparate? Also bakterienfressende Viren?«

Zedrik, der nah bei uns saß, zuckte mit den Schultern. »Weiß nicht, wie das funktioniert, aber es hilft bei Entzündungen.«

»Wie komme ich da ran?«

»Sue kann dich hinführen.«

»Okay.« Xell wartete einen Moment, aber die Gruppe stierte ihn nur an, ohne etwas zu sagen.

»Ich nehme an, ihr erwartet irgendetwas von mir als Gegenleistung.«

Zedrik nickte.

»Brich ihm das Genick!«, zischte Sue.

»Das ist der Preis«, bestätigte Zedrik.

»Hey.« Xell legte eine Hand auf die Schulter des jungen Mannes. »Ich verstehe, dass ihr um Niné trauert und auch, dass ihr wütend seid. Aber jemanden zu töten, ist keine Lösung.«

Zedrik schüttelte unwirsch Xells Hand ab und zeigte auf die metallenen Finger, die aus dem Ärmel des Hemdes herausschauten. »Mir scheint, du bist genau zu diesem Zweck gemacht.«

»Das ist wahr. Aber glaub mir, es wird deinen Schmerz nicht lindern.«

Etwas regte sich am Boden. Der junge Mann, den Zedrik als Alvin vorgestellt hatte, erhob sich. »Warum diskutierst du so lange mit ihm, Zedrik?«

Der Angesprochene reagierte nicht, sondern stand weiterhin vor Xell und sah den Cyborg eindringlich an. »Ein kleiner Gefallen. Verstehst du? Ein Leben für ein anderes.« Dabei nickte er in meine Richtung.

Ich verstand, dass er Xell unter Druck setzen wollte und mich als Druckmittel einsetzte. »Lass uns einfach zu Assa gehen«, murmelte ich schwach. »Das ist Erpressung.«

Xell antwortete nichts darauf.

Plötzlich stand die Frau mit den Zöpfen neben Alvin und Zedrik. Sie richtete eine Pistole auf Xell.

»Ihr habt eine Waffe?«, fragte der Cyborg überrascht.

Die Frau grinste. »Die Einzige an Bord.«

»Das ist eine wirklich blöde Idee«, sagte Xell leise und eindringlich. »Ihr seid jung und habt euer Leben noch vor euch. Legt euch nicht mit mir an. Das könnte böse enden.« Beschwichtigend nahm er die Hände ein Stück hoch.

»Vielleicht hat er recht, Sue«, warf Zedrik ein.

»Sei kein Weichei«, erwiderte die Frau grimmig.

Xell blickte sie jetzt düster an. »Hör besser auf ihn.«

»Willst du ein Medikament für deine Freundin oder willst du sterben? Du hast die Wahl.« Sue trat noch näher an Xell heran. Die Mündung der Waffe war auf sein Herz gerichtet.

»Mir scheint, du kannst Kilian auch selbst umlegen. Warum brauchst du mich dazu?«

»Weil in diesem antiquarischen Ding nur die eine Patrone ist«, gestand sie. »Sie reicht, um dich umzulegen, aber nicht, um es mit diesen Leuten dort oben aufzunehmen.«

»Was hast du davon, wenn ich tot bin? Ich habe deine Freundin nicht umgebracht. Im Gegenteil. Ich habe ihr aus Unwissenheit in Maddox' Kabine beigestanden, weil ich glaubte, dass sie in Gefahr sei.«

»Das hat sie uns erzählt. Dafür kann sie dir aber nicht mehr danken, da der Mistkerl sie erstochen hat. Und du bist der Einzige hier, der ihn töten kann.« Sue zwinkerte ihm zu und grinste. »Wenn du das nicht tust, dann lege ich dich um und tausche deine Leiche gegen diesen Kilian ein. Ich denke, dass sie darauf eingehen werden, weil sie dein Elektronengehirn für ihre Pumpen benötigen.«

Xell verdrehte genervt die Augen. »Habt ihr das auch belauscht?«

»Klar.« Sue wedelte ungeduldig mit der Waffe herum. »Was ist jetzt?«

»Erschieß mich!«

»Was?« Sue sah den Cyborg irritiert an. »Hast du keine Angst vor dem Tod?«

»Nein. Warum sollte ich? Der Tod ist einfach nur ein Nichts. Angst hat man eher vor dem Sterben, weil das schmerzhaft sein könnte. Der Tod ist manchmal die Erlösung.«

»Was?« Die Frau war offensichtlich verwirrt. »Hör auf mit dem Psychogequatsche, sonst drücke ich ab.«

»Fühle dich frei!«, erwiderte Xell. »Was ist? Hast du nur eine große Klappe oder folgen jetzt auch Taten?«

Die Frau blickte verunsichert zu Zedrik.

»Na gut«, sagte Xell ruhig. »Dann werde ich eben *dir* das Genick brechen.« Er machte einen Schritt auf Sue zu.

Diese sah ihn entsetzt an und drückte ab. Ich zuckte erschrocken zusammen. Der Knall des Schusses echote in der dunklen Halle mehrfach wider. Xell stand einfach so da und grinste sie an. Er öffnete sein Hemd und pulte das Projektil aus dem menschlichen Gewebe über seinem Brustbein. Dann schnippte er es der Schützin entgegen.

Sue senkte die Waffe. »Ach du Scheiße!«, stieß sie aus.

Zedriks Hand zitterte merklich. »Bist du unsterblich?«

»Nein, nur an expliziten Stellen nicht so leicht verwundbar.«

»Das ist gruselig«, murmelte Zedrik.

Xell knöpfte das Hemd zu. »Die Pistole kannst du jetzt wegwerfen. Ohne Munition wird sie nicht mehr hilfreich sein.«

Sue schüttelte den Kopf und steckte sie sich hinten in den Gürtel. »Zur Abschreckung reicht sie aus.«

»Was ist jetzt? Gehen wir die Medizin holen?«

Sue nickte. »Mein Genick steht nicht mehr zur Diskussion?«

»Nein. Ich habe nicht vor, irgendein Genick zu brechen. Nur weil ich etwas kann, muss ich es nicht tun, oder?«

»Wenn ich es könnte, würde ich es tun«, antwortete die Frau kühl und schnallte sich einen Rucksack um.

»Das glaube ich dir gern, Sue.«

Xell hockte sich vor mir nieder und befühlte meine Stirn. »Ich werde mit Sue jetzt hoch in die *Oasis* gehen und

Medikamente stehlen. Was anderes fällt mir nicht ein. Du brauchst dringend etwas gegen die Infektion, sonst wirst du an einer Sepsis sterben.«

»Okay, mach das, Cyborg. Ich halte hier die Stellung.« Ich versuchte ein Lächeln.

Xell beugte sich vor und küsste mich. Sein Mund fühlte sich eiskalt an, wahrscheinlich, weil mein Gesicht glühte.

»Du könntest Silas suchen.«

»Nein, er ist bei Assa in Sicherheit. Besser, ich halte mich vorerst von ihm fern.«

Das Fieber raubte mir allmählich das Bewusstsein. Ich bekam gerade noch mit, wie Zedrik mir Wasser einflößte. Dann hatte ich einen Filmriss.

Als ich zu mir kam, saß Xell mit einer Injektionspistole in der Hand neben mir.

»Dysti?«, fragte er mit besorgter Miene.

»Ich lebe noch«, antwortete ich schwach.

»Ich gebe dir jetzt die vierte Injektion in zwei Tagen. Mehr gibt es nicht.«

»Okay«, murmelte ich, obwohl ich nicht richtig kapierte, was er mir sagen wollte. Mein Verstand fühlte sich an, als wäre ein Cyberspiel zwischen zwei Leveln hängen geblieben. Ich spürte einen Stich im Oberarm und dann ein kaltes Gefühl, das sich von dort wie gefrorene Lava in meinem Körper ausbreitete. Müde schloss ich die Augen.

»Du musst etwas essen«, hörte ich die Stimme des Cyborgs wie durch Watte in meinen Gehörgängen. Er nötigte mich zu schlucken, da er mir irgendetwas in den Mund schob. Einen Geschmack konnte ich nicht feststellen, würgte es jedoch gehorsam hinunter.

»Ich hab dir noch etwas anderes mitgebracht. Sieh es als Ausnahme. Es ist nicht das gleiche Zeug, das du früher genommen hast, aber vielleicht hilft es, damit du dich besser fühlst.«

Xell zog eine Packung Pillen hervor und steckte mir eine davon in den Mund. Mit ein wenig Wasser spülte ich das Medikament herunter. Ich fühlte mich sofort angenehm leicht. Der Schmerz war zwar weiterhin vorhanden, aber ich hatte das Gefühl, dass er uninteressant war, dass ich ihn einfach wegschieben könnte. Das beruhigte mich.

Als ich das nächste Mal erwachte, fühlte ich mich besser. Ich spürte weder einen Schmerz im Bein noch das Glühen des Fiebers. Die Schiffslaterne warf nach wie vor einen schummrigen Lichtkreis in die Halle. Deshalb wusste ich nicht, welche Tageszeit herrschte, aber ich erkannte K, der sich auf einer Matratze eingerollt hatte und auch vier der *Bugs*, die in Schlaf versunken waren. Daraus folgerte ich, dass es Nacht sein musste.

Aus dem Dunkel außerhalb des beleuchteten Kreises hörte ich leises Stöhnen. Ich lächelte, denn das waren sicherlich Zedrik und Sue. Offenbar genossen sie ein wenig intime Zweisamkeit. In Erwartung eines Schmerzes drehte ich mich vorsichtig um. Die Erwartung erfüllte sich nicht, was mich beruhigte.

Neben mir schlief Xell. Ich rückte näher an ihn heran und bettete meinen Kopf auf seine Brust. Sein Herz klopfte in gleichmäßigem Rhythmus. Er regte sich und legte den menschlichen Arm um mich, ohne die Augen zu öffnen und ohne, dass sich sein Herzschlag veränderte.

»Du lebst, Cyborg«, flüsterte er und drückte mich enger an sich.

In den nächsten Tagen erholte ich mich rasch. Die Wunde hatte Xell irgendwann genäht, ohne dass es mir bewusst gewesen war. Sie heilte und die Entzündung war von dem Medikament besiegt worden.

»Wir sollten die *Oasis* verlassen«, schlug ich deshalb vor.

»Gut, wenn du dich in der Lage siehst, einen längeren Marsch durchzustehen, wäre ich bereit«, antwortete Xell.

Sue setzte sich neben uns und knabberte geräuschvoll an einem Keks. Sie trug ihr langes rotblondes Haar offen.

»Zedrik und ich wollen auch hier raus«, sagte sie.

»Warum lebt ihr eigentlich hier unten?«, fragte Xell. »Oben gibt es genug Kabinen und Lebensmittel.«

Sue zuckte mit den Schultern. »Ich hatte es satt, nirgends dazuzugehören. Jeder lebt irgendwie nur für sich. Klar, es gibt die Arbeitsgruppen, denen man angehören kann. Aber das war nicht mein Ding. Es fühlte sich nicht richtig an. Hier haben wir eine Gemeinschaft, die auf etwas anderem beruht als nur auf der Fähigkeit, Sinnvolles zum Erhalt der *Oasis* beizutragen.«

»Aber oben gibt es doch auch eine Gemeinschaft«, meinte Xell.

»Findest du? Dort ist jedem der andere egal.« Sue begann, ihre Zöpfe zu flechten.

»Einerseits predigen sie, dass man sich nirgends einmischen soll, andererseits mischen sich einige von ihnen trotzdem ein. Sobald man etwas getan hat, was ihnen missfiel, haben sie Wiedergutmachung verlangt. Mich nervte das«, meinte Alvin. Er schüttelte seine schwarzen Locken und entblößte eine Zahnlücke, als er lachte. »Es wird Zeit für etwas Neues. Irgendwo anders.«

»Mm«, murmelte der Cyborg nachdenklich. »Assa kümmert sich, wie ich finde, sehr wohl um die Bedürfnisse der anderen.«

»Assa ist eine Ausnahme. Die meisten leben wie Roboter.« Sue kicherte, als sie das sagte.

Xell stupste sie mit seiner bionischen Hand an. »Gibt es daran etwas auszusetzen? An Robotern?«

»Ich bin noch keinem begegnet. Und du bist mit Sicherheit kein Roboter«, meinte Sue und wickelte einen Stoffstreifen um das untere Ende des Zopfes. Dann begann sie, den zweiten Zopf zu flechten. »Du hast alles gemacht, um Dysti zu helfen. Die dort oben sind sich alle selbst der Nächste.«

»Maddox ist anders«, warf Xell ein.

»Der große Kerl, der oft den Wächter spielt und auch am Pumpensystem arbeitet?« Sue hielt mit ihrer Flechterei inne.

Xell nickte. »Genau der.«

»Das ist der Lover von dem Arsch, der Niné umgebracht hat.« Alvin kickte mit dem Fuß wütend gegen eine Dose. Sie flog in die Finsternis außerhalb des Lichtkreises.

»Aber er hat uns das Leben gerettet. Ohne ihn wäre die Sache für mich und für Dysti sicher anders ausgegangen. Ich denke, er hat ein gutes Herz. Er verschenkte es nur leider an den Falschen.«

Sue zuckte mit den Schultern. »Er interessiert mich nicht. Ich will nicht zu denen gehören. Wir haben ganz gut hier unten gelebt und hatten unsere Ruhe.«

»Wir wollen frei sein und uns nichts vorschreiben lassen«, erklärte Zedrik. »Es machte irgendwie Spaß, da hinaufzuschleichen und ihnen hier und da etwas wegzunehmen.«

Xell zog die Augenbrauen hoch. »Aber findest du das okay, dir etwas zu nehmen, obwohl du dafür nichts getan hast?«

»Du hast dir auch die Medikamente für Dysti genommen«, meinte Sue grinsend.

»Ich denke, das war etwas anderes«, antwortete Xell.

Zedrik legte den Kopf schief wie Ruhls Wolf. »Warum?«

»Er tat es nicht aus Eigennutz, sondern um mir das Leben zu retten«, warf ich ein.

»Ich seh da keinen Unterschied«, entgegnete Zedrik. »Wenn ich oben Nahrung klaue, mache ich das auch nicht nur für mich, sondern für alle hier.« Er beschrieb mit der Hand einen Kreis in Richtung der anderen *Bugs*.

»Aber du hast diese Nahrung nicht angebaut.«

»Ja, Dysti. Es mag sicher falsch sein, was wir tun. Doch deshalb jemanden von uns zu töten, war auch nicht richtig. Wieso sollten die da oben mehr Rechte als wir haben, auf der *Oasis* zu leben? Die haben das Ding genauso wenig gebaut.«

Ich blickte Zedrik forschend an. »Der Tod von Niné war unnötig und hinterhältig. Da gebe ich dir recht, Zedrik. Bei der Einstellung, sich seinen Lebensunterhalt nicht verdienen zu müssen, sondern die anderen beklauen zu dürfen, nicht. Und für ewig könnt ihr nicht hier unten hausen.«

Zedrik blickte Sue an und senkte dann den Kopf. »Mag sein.«

»Was ist mit euren Familien? Eltern, Geschwister?«, fragte Xell.

»Ich habe hier niemanden mehr«, gestand Sue.

»Ich auch nicht«, antwortete Alvin.

Zedrik nahm die Brille ab und begann, die Gläser an seinem Hemd abzuputzen. »Meine Eltern fühlen sich hier wohl. Das akzeptiere ich. Sie haben mir sogar das Ding – diese Brille hier – besorgt.« Er hielt die Gläser prüfend gegen das Licht der Schiffslaterne und setzte sie wieder auf die Nase. »Und wie du richtig erkannt hast, Dysti, ist das für ewig hier unten kein Leben. Ich möchte etwas von der Welt sehen. Dieses Schiff kann nicht alles sein.«

»Okay«, sagte Xell. »Ihr seid schließlich freie Menschen. Ich habe nichts dagegen, wenn ihr euch uns anschließt.

Zuvor muss ich allerdings Silas holen. Er gehört ebenfalls zu uns.«

»Wir haben das unter uns besprochen«, meinte Sue. »Zedrik, Alvin und ich werden mit euch die *Oasis* verlassen. Der Rest möchte hierbleiben.«

Ich blickte *den Rest* an und sah Tim, Deri und Lola. »Wo ist K?«

Zedrik machte ein nachdenkliches Gesicht. »Er muss heute Morgen gegangen sein. Ich weiß nicht, wohin. Er hat nie mit uns gesprochen. Wir haben ihn ein paar Tage bei uns leben lassen, weil er scheinbar auch nichts mehr mit denen da oben zu tun haben wollte.«

»Er lebte seit Jahren bei Assa«, erklärte ich.

»Das wusste ich nicht«, gestand Zedrik. »Ich bin Assa ab und zu bei unseren Raubzügen begegnet. Sie wollte uns stets davon überzeugen, damit aufzuhören und lieber oben in der *Oasis* etwas Sinnvolles zu tun. Trotz unserer Ablehnung hat sie uns nie verraten. Das rechne ich ihr hoch an.«

Die drei *Bugs* hatten das Wenige, das sie besaßen, sowie Wasser und Lebensmittel schnell in ihre Rucksäcke gepackt. Xell und ich machten uns mit ihnen auf den Weg nach oben.

»Kannst du mit der Hand tatsächlich ein Genick zerbröseln?« Alvin grinste Xell an.

Xell ging neben ihm die Treppe hoch. »Wenn es sein muss.«

»Das ist cool.«

»Nein, das ist nicht cool. Wie alt bist du, Alvin? Achtzehn, neunzehn?«

»Ich glaube zweiundzwanzig. So genau habe ich nicht mitgezählt. Und du?«

»Fünfundvierzig, plus/minus zweihundertfünfzig.«

»Was?« Alvin sah ihn mit großen Augen an. »Was soll das bedeuten?«

»Das ist schwierig.«

»Also doch unsterblich?«

»Nein, nur mal beim Verreisen falsch abgebogen.«

»Du bist witzig, Xell. Ich freue mich, dass wir jetzt zusammen verreisen.«

Xell sah den Jungen forschend an. Ich wusste nicht, was in seinem Kopf vorging. Aber Zeit zum Überlegen blieb nicht, denn wir mussten auf der Hut sein, wenn wir in den oberen Bereich des Ozeanriesen vordrangen.

Da es nun heller Tag war, konnten wir uns kaum vor den Bewohnern verbergen. Was letztendlich auch nicht nötig war, da sich niemand für uns interessierte. Wir mussten nur aufpassen, Kilian und seiner Truppe nicht zu begegnen.

Als Xell das letzte Schott aufgestoßen hatte, das uns fünf vom oberen Bereich des Schiffes trennte, war ich zunächst geblendet. Meine Augen waren nicht mehr an das Sonnenlicht gewöhnt. Selbst Xell begann zu blinzeln. Sue und Alvin waren vorbereitet. Sie hatten Sonnenbrillen aus ihren Jackentaschen gezogen. Zedrik nicht, vielleicht, weil er sowieso eine Brille benötigte, und keine Sonnenbrille in seiner Sehstärke hatte.

»Leider habe ich keine übrig.« Sue grinste mich verschmitzt an. »Aber womöglich finden wir noch welche hier oben.«

»Ist schon okay«, wiegelte ich ab. »Ich dachte, dass ihr neu anfangen wollt. Also solltet ihr das Stehlen lassen.«

Sue zuckte mit den Schultern. Im Sonnenlicht fiel mir auf, wie blass Zedriks und Alvins Haut gegenüber Sues war. Das lag nicht nur an ihren Genen, sondern wohl auch an der Tatsache, dass sie in den letzten Monaten kaum Sonne abbekommen hatten.

Wir liefen über die Hauptstraße an Orangenbäumen und Palmen vorbei, die in einem kleinen Park ein paar Bänke beschatteten, auf denen einige *Oasis*-Bewohner saßen, in Büchern lasen oder sich unterhielten. Was für eine surreale Welt, dachte ich im Vorbeirennen. Um nicht sofort erkannt zu werden, hatten wir unsere Kapuzen über die Köpfe gezogen. Doch die Menschen, denen wir begegneten, beachteten uns kaum.

So stiegen wir die breite Treppe zu den oberen Decks hinauf und erreichten unbehelligt die Kabine, in der Xell und ich mit Silas gewohnt hatten. Die Tür stand einen Spaltbreit offen. Xell drückte sich an die Wand und gab mir und den anderen ein Zeichen, zurückzubleiben. Dann stieß er die Tür mit dem Fuß auf und sprang, zum Angriff bereit, ins Innere. Kurze Zeit später erschien er wieder im Eingang zur Suite und winkte uns.

»Ist niemand da«, kommentierte er.

Wir gingen zu ihm hinein und sahen uns um.

»Wo könnte Silas sein?«, fragte ich besorgt. Ich blickte zur Glastür, die auf den Balkon führte. Draußen erstreckte sich die leblose Wüste unter dem gleißenden Weiß der Mittagssonne.

»Vielleicht bei Assa«, antwortete Xell und packte einige Sachen in einen Rucksack. Er warf ihn mir zu, und ich schnallte ihn mir auf den Rücken. Der Cyborg packte einen Weiteren.

Wehmütig riskierte ich einen Blick ins angrenzende Schlafzimmer. Jetzt diese Dusche benutzen zu können, wäre so wunderbar und dann dieses Bett … und Xell. Ich stieß geräuschvoll die Luft aus und wandte mich ab. Es war ein Abschied für immer, der schmerzte.

»Ich werde ein paar Lebensmittel, Wasser und Medikamente besorgen, während ihr Silas sucht«, sagte Alvin.

»Ich begleite dich.« Zedrik legte dem Freund die Hand auf die Schulter.

»Gut«, erwiderte Xell. »Macht das. Wir treffen uns in zehn Minuten wieder hier.«

Sue überlegte kurz, dann wandte sie sich an Zedrik. »Ich bleibe bei Xell und Dysti.«

Zedrik nickte und Sue drückte ihm einen Kuss auf die Lippen. »Lasst euch nicht erwischen!«

»Keine Sorge.«

Die zwei jungen Männer huschten wie lautlose Schatten davon.

Weil die Suite uns keine Fragen beantworten konnte, machten wir uns zu Assas Kabine auf, aber auch ihre Tür war offen und von der Frau fehlte jede Spur.

Ich stand ratlos im Gang vor den Kabinentüren des Decks und blickte mich um. Es musste um die Mittagszeit sein, denn durch die Öffnung im Dach drangen die hellen Sonnenstrahlen fast senkrecht herunter. Staub oder feiner Wüstensand schwebte in der stehenden, heißen Luft und machte wie ein zarter, glitzernder Nebel die Strahlen sichtbar.

Ein Schrei ließ mich zusammenzucken. Es war eindeutig eine Frau. Schnell rannte ich zum Geländer der Galerie, beugte mich darüber und spähte hinab auf die Hauptstraße. Die Menschen saßen weiterhin dort auf den Bänken und blickten kurz zu mir hinauf. Dann vertieften sie sich wieder in ihre Gespräche oder was auch immer sie taten.

Erneut ein Schrei. Und diesmal riss ich den Kopf nach oben, denn ich verstand, dass er von einem Stockwerk über uns kam. Ich sah K, wie er auf einem Pfosten des Geländers balancierte. Er sah aus wie ein Schwimmer auf einem Startblock, der auf den Startschuss wartete. Unweit von ihm stand Assa. Sie wirkte wie eine Statue, wie zu

Stein erstarrt. Ihre Hände waren in Richtung des Springers ausgestreckt.

»Assa, was ist passiert?«, rief ich hinauf.

Xell und Sue kamen nun ebenfalls heran und stierten nach oben.

Assa sah hinunter zu mir und blinzelte verwirrt. Dann schüttelte sie den Kopf und widmete sich wieder ihrem Freund auf dem Geländer. »K, alles wird gut«, rief Assa dem Mann zu, ohne mich weiter zu beachten.

»Wo ist Silas?«, rief nun Xell hinauf.

Jetzt blickte Assa erneut nach unten und diesmal schien sie uns zu erkennen. »Oh, Dysti, du lebst und Xell auch. Ich dachte, sie hätten euch umgebracht.«

»Nein, Assa, wir leben. Wo ist Silas?«, fragte Xell noch einmal.

»Ruhl kümmert sich um ihn. Er wollte ihn von Kilian fernhalten und hat ihn deshalb auf seine Besorgungstour in die Stadt mitgenommen.«

K wackelte leicht hin und her und Assa widmete ihre Aufmerksamkeit erneut dem Mann, der hoch über der Hauptstraße auf einem Pfeiler stand. Sie hielt beschwichtigend die Hände in seine Richtung. Ich begann jetzt zu laufen. Unweit von Assa standen zwei Männer. Sie schauten verwundert zu K, bewegten sich jedoch nicht.

»So helft doch!«, rief ich hinauf, während ich rannte und nochmals kurz nach oben blickte. »Haltet ihn fest!«

Die Männer sahen mich über das Geländer hinweg an, als spräche ich eine fremde Sprache. Dann zogen sie sich aus meinem Blickfeld zurück.

»Bescheuerte Idioten!«, fluchte ich.

Xell versuchte inzwischen, an einem der Pfeiler in die nächste Ebene zu klettern. Mit den kybernetischen Fingern konnte er sich in den kleinsten Vertiefungen festhalten.

Die dekorative Verkleidung des Stahlträgers bot genügend Risse, Kerben und Löcher. Während Sue und ich über die Treppe hinaufrannten, schwang sich der Cyborg auf die Brüstung des oberen Decks. Ich sah, wie Assa nun auf K zustürmte und dieser wie in Zeitlupe nach vorn kippte. Die zierliche Frau bekam einen Fuß von ihm zu fassen und wurde von Ks Gewicht abrupt über das Geländer der Galerie gezogen. Mit der einen Hand schaffte sie es gerade noch, sich an der Querstange festzuhalten. Sie baumelte über dem Abgrund. Ihre Linke umkrallte die Strebe der Brüstung und die Rechte Ks Fuß. Der Mann hing kopfüber herab und machte keinerlei Anstalten, irgendetwas Rettendes zu unternehmen.

Xell hatte das Deck erreicht, auf dem Assa um Ks und ihr eigenes Leben kämpfte, und hechtete zu ihr hin, packte ihre Hand in dem Moment, als ihre Finger vom Geländer glitten.

»Du musst ihn loslassen!«, brüllte er. Mit seiner bionischen Hand hatte er nur Assas Finger erwischt und beugte sich nun nach vorn, um ihr auch seine menschliche Hand entgegenzustrecken.

»Gib mir deine andere Hand, Assa!«

Assa schüttelte den Kopf und ließ zu, dass ihre schmalen Finger aus Xells Prothese rutschten. Lautlos fiel sie mit K in die Tiefe.

Ich kam in diesem Moment an der Stelle an, beugte mich über die Reling und streckte in einer Geste der Verzweiflung den Arm nach der fallenden Assa aus. Hart schlugen die beiden auf dem Boden der Hauptstraße auf. Erschrocken sprangen die Menschen von den Bänken und starrten auf die leblosen Körper, unter denen sich eine Blutlache ausbreitete. Schließlich entfernten sie sich einfach, als wäre nichts geschehen.

Xell stierte eine Weile hilflos in die Tiefe. Dann begann er, wütend gegen das Geländer zu treten und mit der Faust auf einen der Pfeiler einzudreschen, bis die Haut über den Fingerknöcheln aufplatzte.

Ich hockte auf dem Boden und hatte die Stirn gegen zwei Streben gepresst. Schockiert starrte ich auf die tote Assa. Sue legte einen Arm um mich.

»Es tut mir leid. Ich kannte sie kaum. Aber nach dem, was man so hörte, war sie ein guter Mensch. Und wie du siehst, mischt sich keiner ein. Keiner hat K vom Springen abgehalten, keiner Assa geholfen.«

»Die spinnen alle. Wie kann man so gleichgültig sein?« Ich kämpfte mit den Tränen. »Ich hatte anfangs wirklich gedacht, dass dies hier eine gute Art zu leben sei. Aber ich habe mich geirrt. Die Siedler am Meer stellen die Gemeinschaft höher als jedes einzelne Leben, was ich zutiefst verurteile. Und hier nun interessiert sich niemand weder für eine Gemeinschaft noch für seinen Nächsten. Sind die Menschen in den letzten Jahrhunderten völlig verblödet?«

»Meinst du, es war jemals anders?«

Ich blickte Sue in ihre tiefbraunen Augen und hob die Schultern. »Ich weiß nicht.«

Wenn ich intensiv darüber nachdachte, konnte ich nicht sagen, ob es in meiner Zeit besser gewesen war. Es war nur damals für mich alles vertrauter. Letzten Endes gab es immer Menschen, denen andere Menschen wichtig waren, so wie Ben oder Xell, und es gab die, denen nur ihr eigenes Fortkommen wichtig war, so wie Chuck und Miller. Wohin ich selbst gehörte, vermochte ich nicht zu sagen, schließlich hatte ich früher genauso aus Eigennutz gehandelt, als ich mir den Chip implantieren ließ. Das Leben war eben beschissen.

»Was ist hier geschehen?« Das war Zedrik. Er stand neben mir und Sue, hatte die Brille abgenommen und sah uns Frauen ratlos aus seinen zweifarbigen Augen an.

»K hat sich hinuntergestürzt und Assa ist mit ihm gefallen, als sie versucht hat, ihn zurückzuhalten«, erklärte Sue.

»Aber warum?«, fragte Alvin.

»Wir wissen es nicht«, gestand Sue und stand auf.

Ich erhob mich ebenfalls. »K hat schon viele Jahre bei Assa gelebt und langsam das Gedächtnis verloren. Ab und zu ist es für einen kurzen Moment zurückgekommen, oder Bruchteile davon. Vielleicht war das der Grund, dass er sich in die Unterwelt der *Oasis* zurückgezogen hat. Was ihn bewogen hat, zurück zu Assa zu gehen, nur um sich umzubringen, werden wir wohl nie erfahren.«

»Lasst uns hier verschwinden. Mich hält hier nichts mehr«, sagte Xell. »Ich muss Silas finden, denn ich vertraue Ruhl nicht mehr.«

»Ja, lasst uns abhauen«, stimmte Zedrik zu.

Wir begaben uns nach unten. Ich vermied es, auf die Leichen zu blicken, die in ihrem Blut auf der Hauptstraße lagen, beschattet von Orangenbäumen und bunten Blumen. Xell führte den Trupp Richtung Heck. Anscheinend wollte er auf demselben Weg die *Oasis* verlassen, auf dem wir hereingekommen waren. Doch auf der Kante, die den Geröllwall andeutete, der in die Wüste hinausführte, standen plötzlich drei Schatten. Sie hatten Stöcke oder Stangen in den Händen.

Xell blieb stehen.

»Scheiße«, murmelte ich. »Sieht aus wie Kilian, Sam und Lucy.«

»Okay«, knurrte Xell. »Meine Geduld ist jetzt am Ende. Ich mache sie platt.«

Überrascht sah ich ihn an, dachte aber nicht daran, ihn von seinem Vorhaben abzubringen. Xell wollte gerade lossprinten, als von der Seite ein Pfiff schrillte. Ich erkannte Maddox, der in einer Nische stand und uns winkte. Ich stieß Xell an, der hoch konzentriert auf die drei Schatten fokussiert war.

»Schalte den Kampfmodus wieder aus, Cyborg«, flüsterte ich.

Xell folgte meinem Blick. »Maddox!«, presste er hervor. »Was soll das? Bist du lebensmüde? Ich werde dir mit Vergnügen behilflich sein, wenn du dein Ende herbeisehnst.«

Maddox hob beschwichtigend die unverletzte Hand. »Nein, danke. Ich möchte gern ein bisschen weiterleben. Aber ich will auch nicht, dass die drei da Schaden nehmen.«

»Du wirst es nicht verhindern können.«

»Vielleicht doch.« Mit einem *Ping* öffnete sich hinter ihm eine Tür. »Das ist ein Lastenaufzug. Er funktioniert noch. Meistens jedenfalls. Er bringt euch nach unten auf das Ladedeck. Die Luke ist offen und führt in die Wüste. Wenn ihr unten in die Aufzugstür etwas einklemmt, dann ist er blockiert. Kilian wird euch nicht bis in die Wüste verfolgen. Wozu auch? Ganz so blöd ist er nicht.«

Xell zögerte.

»Es könnte eine Falle sein«, murmelte ich nervös. »Wenn er den Aufzug zum Absturz bringt, hätten sie, was sie wollen: meinen Chip.«

»Vertraut mir.« Maddox blickte uns ernst an.

Inzwischen kamen die Schatten näher.

»Ich würde den Absturz garantiert überleben, Maddox, und dann reiße ich euch Arme und Beine aus. Versprochen.«

»Ich weiß. Aber es wird keinen Absturz geben. Versprochen.« Er hielt Xell die Hand hin.

Xell trat auf ihn zu und schlug ein. Diesmal zog Maddox seine Hand nicht zurück, sondern drückte die des Cyborgs mit festem Griff. Er nickte bestätigend.

Xell winkte mir und den *Bugs*. Ich stieß den Atem aus und trat mit mulmigem Gefühl in den Lift. Alvin, Zedrik und Sue folgten mir. Xell wollte gerade ebenfalls einsteigen, als Maddox ihn zurückhielt.

»Ich könnte eine leichte Verletzung gebrauchen, um Kilian zu täuschen. Schließlich möchte ich gern weiterhin auf der *Oasis* leben.«

Xell grinste. »Mit Vergnügen.« Der Cyborg holte mit der Prothese aus und schlug Maddox mit der Rückhand gegen den Wangenknochen. Der große, kräftige Mann flog ein Stück zur Seite und landete im Sichtbereich der drei Angreifer.

»Maddox!«, hörte ich Kilians besorgte Stimme.

Maddox fasste sich an die Wange und seine Hand war mit Blut beschmiert. Er zwinkerte Xell zu, legte den Kopf auf den Boden und täuschte Bewusstlosigkeit vor. Xell betrat den Aufzug und drückte den Knopf. In diesem Moment kam Kilian in unser Sichtfeld. Zuerst wollte er zu Maddox laufen, doch als er die sich schließende Tür sah, hechtete er darauf zu. Er presste die Hände dagegen, um sie am Schließen zu hindern. Dabei konnten wir sein wutverzerrtes Gesicht sehen. Sue zog die Pistole und richtete den Lauf auf ihn. Der Mann trat erschrocken einen Schritt zurück. Bevor sich die Tür völlig schloss, sagte Sue »Peng!«, und lachte.

»Ihr seid tot!«, brüllte Kilian uns hinterher.

Als sich der Aufzug öffnete, drang gleißendes Licht ein. Die Luft war auffallend heißer als im Inneren der *Oasis*. Ich war erleichtert, dass es keinen Absturz gegeben und

Maddox uns in keine Falle gelockt hatte. Wir stiegen aus und Xell blockierte die Tür mit einem Stück Blech, das dort herumlag. Eilig liefen wir die herabgelassene Ladeluke hinunter und standen im Sand.

Von oben hörte ich Kilian brüllen: »Ich werde euch kriegen!«

Ich drehte mich um und reckte ihm den Mittelfinger entgegen. Kilian antwortete mit Flüchen und Verwünschungen, hatte aber offenbar nicht vor, uns tatsächlich bis in die Wüste zu verfolgen. Unbehelligt erklommen wir den Hang einer Düne, der uns weit von der *Oasis* weg, aber auf gleiche Höhe mit den oberen Decks brachte. Fasziniert wandte ich mich um. Kilian war verschwunden. Der gestrandete Ozeanriese lag vor uns. Es war ein absurdes Bild. Fast so, als wäre das Meer selbst zu Staub geworden.

»Wow«, sagte Sue. »So weit weg von zu Hause war ich noch nie.«

Der Blick in die entgegengesetzte Richtung zeigte ein weiteres surreales Bild. Am Horizont breitete sich eine Stadt aus, reihten sich Hochhäuser an Hochhäuser. Die hindurchdringenden Sonnenstrahlen offenbarten jedoch, dass viele der Gebäude nur stählerne Gerippe waren.

Koloss aus vergangenen Zeiten

11.

Der Weg zur Stadt war länger, als es zunächst schien. In einer Wüste waren Distanzen schwer zu schätzen und so waren wir mehrere Tage unter der glühenden Sonne unterwegs, bis wir schließlich feuchten Sand erreichten. Unser Blickfeld war von gewaltigen Bauten ausgefüllt, die wie das Skelett eines außerirdischen Wesens seine abgenagten Rippen in den Himmel stießen. Was wir sahen, war eine gigantische, aber längst gestorbene Stadt mit Hochhäusern, die bis in die Wolken reichten. Und Wolken gab es hier tatsächlich, im Unterschied zu der Wüstenregion, die wir durchquert hatten. Sie umspielten die Skeletttürme, als wären sie die letzten Fetzen Fleisch des Gerippes, die im Begriff waren, sich aufzulösen.

Ein Fluss strömte gemächlich aus dem Häusermeer heraus wie Blut aus einer Wunde und versickerte in einem Sumpfgebiet im Wüstensand. Hier machten wir halt und genossen das kühle, wenn auch braune Nass eines Sees. Und obwohl die Kulisse dystopisch erschien, konnten wir uns der Anziehungskraft des Wassers nicht entziehen. Es war der Leben spendende Saft der Welt und genau das, was wir im Moment nötig hatten.

So tobten wir eine Weile darin herum wie kleine Kinder. Wir warfen uns hinein und spritzten wild kreischend. Selbst der Cyborg beteiligte sich an dem ausgelassenen Spiel. Schließlich füllten alle ihre Wasserflaschen auf und setzten ihren Weg mit triefender Kleidung fort.

»Schon jetzt ist es einfach der Wahnsinn«, schwärmte Alvin. »Ich habe noch nie so viel Wasser gesehen.«

»Ich auch nicht«, bestätigte Sue und nahm Zedrik und Alvin überschwänglich an den Händen.

Je näher wir den Bauwerken kamen, umso mehr Grün gab es und detailreicher wurde mein Eindruck. Die ehemalige Stadt war keinesfalls so tot, wie ich zunächst angenommen hatte. Vögel flatterten zwischen den seit Jahrzehnten im Verfall begriffenen Fassaden und anderes Getier durchstreifte die Schluchten dazwischen. Am Rand der Wüste ragten die verwitterten Häuser nur halb aus dem Sand. Ich überlegte, ob sich die Gebäude womöglich unter dem Wüstenboden noch weiter ausbreiteten. Dächer waren eingestürzt, Fensterscheiben zersplittert, Fassadenverkleidungen herabgefallen, sodass die nackten Stahlskelette sichtbar wurden.

Je tiefer wir eindrangen, umso erhaltener erschienen die Hochhäuser in ihren unteren Bereichen, auch wenn sie vom zermürbenden Zahn der Zeit gezeichnet waren. Doch es gab immer mehr intakte Fensterscheiben und unzerstörte Wandabschnitte.

Die Straßen allerdings waren kaum als solche zu erkennen. Fast wähnte ich mich, in einen Wald mit Canyons und Schluchten geraten zu sein. Bäume und Sträucher hatten den Asphalt gesprengt und reckten ihre Zweige wie Tentakel eines grünen Monsters den löchrigen Fassaden der Gebäude entgegen. Schling- und Kletterpflanzen eroberten die Mauern, die Laternen und die Pfeiler einer Hochbahn. Verlassene Fahrzeuge waren zu verwachsenen bizarren Klumpen mutiert. Vogelschwärme umkreisten die Türme, Wild streifte durch die einsamen Straßen.

Fast wie in einem Dschungel lauschte ich den fremden Geräuschen. Wind pfiff surrend durch Hohlräume, der Fluss rauschte irgendwo links von uns, Tierstimmen kreischten und in der Ferne waren leise Donnerschläge zu hören.

»Was ist das?« Ich hatte aus Reflex geflüstert.

Xell blieb stehen und lauschte. »Gewehrfeuer«, raunte er mit ernster Miene.

»Schüsse?«, fragte Sue.

»Ja, irgendwer führt hier einen Krieg«, antwortete der Cyborg. »Die Sonne geht bald unter und ich denke, es ist sicherer, für die Nacht hierzubleiben. Wir wissen nicht, was im Inneren dieses Molochs vor sich geht.«

»Das hört sich vernünftig an«, bestätigte Zedrik, der sich nervös umblickte.

»Wir könnten uns in einem der Häuser verstecken«, meinte Alvin.

Xell nickte und steuerte auf ein Hochhaus zu, bei dem die Fassade der unteren Stockwerke erhalten geblieben war. Wir sahen uns vorsichtig um, lauschten angespannt den fernen Schüssen und suchten uns über Schuttberge einen Weg ins Innere. Die Treppe war begehbar und so erklommen wir das Haus bis in den vierten Stock. Hier war die Außenwand so weit erhalten, dass sie Schutz bot, zugleich gab es genügend Löcher und Risse, um die Straße im Auge behalten zu können.

»Ich schlage vor, dass wir abwechselnd jeder für zwei Stunden Wache halten«, sagte Xell.

Sue kicherte. »Dazu bräuchten wir eine Uhr.«

»Kein Problem. Ich werde euch wecken, denn ich habe im wahrsten Sinne des Wortes eine innere Uhr.« Xell zwinkerte Sue zu.

»Wow. Was kannst du eigentlich nicht?«, fragte sie lachend.

Xell überlegte kurz. »Stricken.«

»Was ist das denn?« Sue guckte ihn fragend an.

»Etwas Altmodisches«, antwortete ich grinsend.

Die Nacht verlief ruhig und die Schüsse in der Ferne verstummten mit der Dunkelheit. Trotzdem wagten wir nicht, ein Feuer zu entfachen, obwohl wir in unserer klammen Kleidung froren. Das Toben im Fluss war, nachträglich gesehen, keine gute Idee gewesen, denn die Nacht in der Stadt war ähnlich kalt wie die in der Wüste. Ich schmiegte mich eng an Xell, der seine Temperatur kontrollieren konnte und mich somit wärmte. Ich schob meine Hand in sein Hemd, fühlte die warme Haut und spürte seinen gleichmäßigen Herzschlag, der mich angenehm beruhigte.

Kurz nachdem ich weggedämmert war, fand ich mich auf einmal allein mitten in dem dschungelartigen Häusermeer wieder. Zwischen den Ruinen und grünen Bäumen stand Silas. Ich rief ihn und er drehte sich nach mir um. Als er mich erkannte, lief er weg. Ich war irritiert und verfolgte ihn. Der Junge spurtete durch die Straßen, als hätte er ein Ziel vor Augen und mit einem Mal verschwand er in der Eingangstür eines riesigen Wolkenkratzers. Das Gebäude wirkte sehr gut erhalten. Oben auf dem Dach glänzte eine Pyramide aus Glas. Als ich ihm hineinfolgen wollte, kamen mehrere Soldaten um eine Ecke gerannt und eröffneten das Feuer. Ich hatte keine Chance, mich in Deckung zu werfen, und auch keine Waffe, um mich zu verteidigen. Der Schmerz vom Eindringen der Projektile in meinen Körper ließ mich erwachen. Der Schmerz aus dem Traum war in meinen Kopf geschossen und ich hatte das Gefühl, dass er gleich zerspringen würde.

»Was ist los, Cyborg? Schlecht geträumt?«

Xell beugte sich über mich und wollte zu einem Kuss ansetzen, doch ich richtete mich abrupt auf und suchte in der Hosentasche nach den Pillen. Eilig schluckte ich eine herunter, um den Kopfschmerz zu bekämpfen.

»Ich habe von Silas geträumt«, sagte ich hastig, um von der Droge abzulenken.

Xell strich mir über die Wange, kommentierte aber die Einnahme des Medikaments mit keinem Wort. »Wir werden ihn finden«, beteuerte er.

Der Schmerz im Kopf ebbte ab und ich fühlte mich gut.

Die Strahlen der Sonne bahnten sich durch einige Wolkenfetzen am Himmel und zauberten ein schönes Morgenrot zwischen die Lücken der Türme. Feine Nebelstreifen schlängelten sich wie weiße Nattern durch die Bäume und die leeren Fenster der Gebäude. Wir verspeisten, was wir noch übrig hatten und machten uns wieder auf den Weg.

Als wir in eine Seitenstraße abbogen, weitete sich diese zu einer kleinen Plaza. Die tief stehende Morgensonne warf lange Schatten. Dunst schwebte über dem Platz und einige Leichen lagen in rotem Blut oder einer gelben Flüssigkeit. Die Körper waren Soldaten, wie uns deren Ausrüstung mitteilte. Der Anblick der Toten erschreckte mich kaum, was möglicherweise an der Chemikalie lag, die meinen Körper durchflutete.

»Das ist offenbar das Resultat des Kampfes, den wir gehört haben«, kommentierte Xell die Szenerie und hockte sich neben einer der Leichen nieder.

»Der sieht aus wie du.« Sue starrte schockiert auf den toten Mann am Boden. »Nur ohne die Narbe.«

Xell nickte. »Maddox hatte mir kürzlich genauso einen Kopf präsentiert. Das ist … echt gruselig.«

Diesmal wirkte Xell gefasster. Er hockte neben dem toten Soldaten und untersuchte ihn. Der Hals war aufgerissen und gelbes Gel klebte an der Wunde. »Ein Androide«, murmelte er, ohne sich zu bemühen, die Erleichterung in seiner Stimme zu verbergen. Dann zog er dem Leichnam die Schutzweste aus und hielt sie hoch. »Dysti?«

»Warum ich?« Es war mir irgendwie peinlich.

»Vielleicht, weil du mir am Herzen liegst?« Er grinste. »Wir werden sicher weitere finden.«

»Was ist mit der Waffe?«, fragte Sue.

Xell nahm das Gewehr auf, das neben der Leiche lag, und untersuchte es. »Kennt sich jemand damit aus?«, fragte er.

»Ich dachte, *du* bist der Experte.« Sue blickte ihn ungläubig an.

»Mm, ist nicht so richtig mein Jahrhundert.« Xell legte das Ding wieder auf den Boden. Am Gürtel des Mannes fand er eine Pistole und Munition. »Scheint ein ähnliches Modell zu sein wie deine. Probier mal.« Er hielt Sue eine Handvoll Patronen hin.

Sie griff danach und lud damit ihre Waffe. Die andere steckte sich Xell hinten in den Gürtel. Ein Stück entfernt lag ein weiterer Toter. Sein halber Kopf war weggesprengt. Er war durchaus menschlich, aus Fleisch und Blut. Vielleicht ein Gegner der Androiden, überlegte ich.

Xell nahm dessen Gewehr auf. »Ist ein neueres Modell aus meiner Sicht und wahrscheinlich aus der Jetztsicht antiquarisch. Aber da erkenne ich gewisse Ähnlichkeiten.« Er drückte auf irgendwelche Knöpfe und Anzeigen leuchteten auf. Dann feuerte er zwei Probeschüsse auf eine Fassade ab. Ein Schwarm weißer Vögel flatterte laut krächzend auf. Xell blickte ihnen überrascht hinterher.

»Hört zu«, sagte er plötzlich sehr ernst und drehte sich zu uns um. »Wenn ihr eine Waffe in die Hand nehmt, dann müsst ihr sie auch benutzen. Verstanden?«

Sue nickte.

»Unbewaffnet mögt ihr das Gefühl haben, wehrlos zu sein. Doch das stimmt nicht. Ich kann euch ein paar Griffe zeigen, wie man einen Gegner mit den Händen ausschaltet. Wenn euch jemand mit einer Waffe gegenübersteht und ihr habt keine, sind eure Chancen zu überleben größer.«

»Was?« Sue sah den Cyborg skeptisch an.

»Wieso?«, fragte ich irritiert.

»Es bedarf einer gewissen Überwindung, einen unbewaffneten Gegner zu erschießen. Hast du allerdings eine Waffe in deiner Hand und zielst auf den Gegner, wird er zu hundert Prozent auf dich schießen.«

»Also sollten wir besser die Finger von dem Zeug lassen?« Zedrik sah Sue an, die kampfbereit mit der Pistole dastand.

»Ich weiß nicht«, gestand Xell. »Ich bin ausgebildet und ich habe keine Skrupel abzudrücken. Aber ihr ...« Er zuckte mit den Schultern. »Falls dir jemand eine Waffe entgegenhält, kannst du nicht erst drüber nachdenken, ob das ein guter oder böser Mensch ist. Wenn du leben willst, musst du abdrücken. Im Nachhinein könnte sich herausstellen, dass er ein stinknormaler Familienvater war, der nur seine Kinder verteidigen wollte. Wie gehst du mit so etwas um?«

Zedrik hob die Hände. »Du hast recht. Ich will so was nicht.«

»Ist dir das passiert?«, fragte ich.

Xell ging nicht auf die Frage ein. »Es ist nicht leicht, jemanden zu töten. Und das sollte es auch nicht sein.«

Zedrik nickte.

»Ich habe keine Ahnung, was in dieser Ruinenstadt los ist, welche Gefahren hier lauern mögen. Ich will euch auch in nichts hineinziehen. Ich werde da jedoch reingehen und Silas suchen. Ihr könnt hier irgendwo in Deckung gehen und auf mich warten.«

»Ich komme mit«, erwiderte ich entschlossen und zog mir die Sicherheitsweste über.

»Ich auch«, sagte Sue.

»Ich werde dich nicht alleine gehen lassen«, sagte Zedrik zu ihr.

»Ich komme auch mit«, antwortete Alvin. »Schließlich war das Ziel unserer Flucht von der *Oasis*, dass wir Abenteuer erleben.« Er lachte und ich sah seine Zahnlücke.

Xell nickte, dann untersuchte er die anderen Toten und nahm ihnen die Ausrüstung ab. Jeder von uns hatte nun eine beschusshemmende Weste mit mehr oder weniger Löchern darin. Vor uns lagen drei Gewehre, deren Technik Xell geläufig war, sowie einiges an Munition. Zudem hatten Sue und Xell eine Pistole.

Der Cyborg ergriff eins der Gewehre. »Ihr müsst das jeder für euch entscheiden. Ich kann nicht beurteilen, welche Art Krieg hier geführt wird und warum, oder wer die Parteien sind. Vielleicht können wir uns raushalten, vielleicht auch nicht. Ich zeige euch ein paar Griffe, wie ihr einen Gegner entwaffnen könnt oder euch im Notfall verteidigt. Ich zeige euch auch den Gebrauch der Waffen. Doch bedenkt, was ich gesagt habe. Wenn ihr euch für eine Waffe entscheidet, entscheidet ihr euch dafür zu töten. Es gibt keinen Mittelweg.«

Ich nickte. Mir geisterte die Szene im Kopf herum, als Chuck Ben und Xell skrupellos niederschoss, obwohl sie unbewaffnet waren. Deshalb entschied ich mich in meinem Inneren für eine Waffe.

In Sues Gesicht lag die Bereitschaft von Kampf. Alvin war unschlüssig und Zedrik war sich sicher, keine Waffe benutzen zu wollen.

»Was Waffen anrichten, seht ihr hier.« Xell zeigte auf die überall verstreuten und zerfetzten Leichen. »Die Westen sind keine hundertprozentige Sicherheit und werden nicht jedem Projektil standhalten, wie ihr an den Löchern seht. Also immer in Deckung bleiben, falls wir in ein Gefecht geraten.« Der Cyborg machte eine Pause und betrachtete skeptisch seine unerfahrenen Rekruten.

Ich sah ihn an und war ein wenig irritiert. Kam hier sein wahres Ich zum Vorschein? Er war völlig konzentriert und auf Kampfmodus eingestellt.

Da Xell der Überzeugung war, dass dieser Kampfplatz kein zweites Mal von den unbekannten Gegnern aufgesucht werden würde, hielt er ihn für einigermaßen sicher. Deshalb verbrachten wir den Rest des Tages mit Kampf- und Schießtraining. Sue und ich fanden uns als Sparringspartner und ich war äußerst überrascht von der Entschlossenheit der jungen Frau. Sie hatte die Griffe immer sehr schnell verstanden und setzte sie perfekt um. Ich erntete einige blaue Flecken, was mir zutiefst peinlich war, doch Sue war schließlich fünfzehn Jahre jünger als ich, redete ich mir ein. Dagegen konnte ich nun mal nichts machen.

Auch Zedrik tat sich leicht mit den Nahkampftechniken. Seine Motivation kam jedoch aus der inneren Einstellung, dass er keine tödliche Waffe tragen wollte.

Alvin allerdings kam sehr gut mit dem Gewehr zurecht, war schnell und treffsicher. Auch ich schien ein Talent fürs Schießen zu haben und traf meist das anvisierte Ziel.

»Ihr seid alle nicht schlecht, aber wenn wir auf erfahrene Gegner treffen, habt ihr keine Chance«, sagte Xell. »Ein paar Stunden Training reichen nicht aus. Trotzdem seid ihr jetzt nicht mehr so wehrlos. Bleibt aber immer in Deckung und riskiert nichts, sobald sich irgendeine Gefahr zeigt.«

Wir verbrachten die Nacht in einem der Häuser. Da unsere Lebensmittel aufgebraucht waren, hatte Xell uns ein Reh gejagt. Es war seltsam, dass diese Tiere sich hier zwischen den Gebäuden und Schuttbergen heimisch fühlten. Das lag offenbar daran, dass die Stadt vom Wald okkupiert worden war, der sie durchdrang und zu Tode würgte. Das Grün hatte mit seinen Ranken den Beton der Mauern durchbrochen, als wären es die Stahlstäbe der Armierung. Dabei bestanden die Pflanzen aus zarten Trieben und Blättern. Stärke hatte in der Natur nicht immer etwas mit Festigkeit und Härte zu tun, sondern oft mit Beharrlichkeit. Wasser in stetigem Strahl formte Kuhlen in Felsen und wenn es in einer Spalte zu Eis gefror, konnte es Berge sprengen. Dabei schien es ein zartes transparentes Element zu sein und war gleichwohl ein Wolf im Schafspelz. Ebenso war das Feuer. Ein Hauch nur und trotzdem zerstörerisch, aber auch nützlich. Wir wagten diesmal, eins zu entfachen, um das Fleisch zu braten.

»So was hab ich noch nie gegessen«, sagte Sue zögernd.

»Es ist nicht giftig. Du kannst es beruhigt essen«, bestätigte Xell. »Manchmal lässt es sich nicht vermeiden, ein Leben zu nehmen, um ein anderes zu schützen. Das Reh rettet unser Leben. Vor einigen Jahrhunderten war das die normale Art des Menschen zu überleben.«

»Wir könnten morgen die Gebäude zusätzlich nach anderen Lebensmitteln absuchen«, meinte Zedrik. »Ruhl bringt stets irgendwelche verwertbaren Dinge mit. Irgendwo muss er sie hier finden.«

Xell nickte. »Schlaft jetzt. Ich werde mich noch etwas umsehen.« Er fasste wie beiläufig meine Hand, zog mich auf die Beine und führte mich zum Treppenhaus. Hinter mir hörte ich Sue kichern.

Xell ging mit mir langsam die Treppe hinunter in einen dunklen Raum. Es gab verwitterte Möbel und sogar eine Art Sofa. Der Cyborg zog sich die Weste über den

Kopf und warf sie auf den Boden. Dann presste er mich gegen die Wand und begann, mich zu küssen. Ich ließ das Gewehr fallen, das ich aus unerfindlichem Grund noch in meiner Hand hielt, schloss die Augen, legte meine Hände in seinen Nacken und erwiderte seinen Kuss.

Jemand räusperte sich und ich schwamm aus dem traumlosen Schlaf in die Ruine der Dschungelstadt zurück. Unter mir spürte ich Xells nackten, warmen Körper. Als ich aufblickte, erkannte ich Sue, die in voller Montur im Türrahmen stand. Sonnenstrahlen drangen wie Fäden eines Spinnennetzes durch Ritzen. Xell regte sich unter mir.

»Du musst aufpassen, was du tust«, flüsterte Sue. »Wenn du ihn so sehr strapazierst, dass er in derartigen Tiefschlaf verfällt, könnte das gefährlich werden.« Sie grinste mich an.

Ich verdrehte die Augen und wollte ihr irgendein Schimpfwort an den Kopf werfen, doch mir fiel kein passendes ein.

»Ich wusste, dass du es bist, Sue. Ich höre das an deinen Schritten. Deshalb lebst du noch.« Xell hielt die Pistole demonstrativ hoch.

»Wer es glaubt«, entgegnete Sue lachend und verschwand.

»Sie hat recht«, flüsterte er mir ins Ohr. »Du bringst meine Systeme durcheinander. Ich war tatsächlich so im Tiefschlaf wie schon lange nicht mehr. Man hätte mich mit Leichtigkeit ausschalten können.«

Ich zeigte auf das Gewehr neben mir am Boden. »Ich bin auch noch da. Keine Bange.«

Er lächelte mich an. »Ich weiß und ich vertraue dir.«

Als Xell und ich mit unseren Westen, Waffen und Rucksäcken nach draußen traten, warteten die drei *Bugs* schon auf uns.

»Im Alter scheint alles etwas langsamer zu gehen«, stichelte Sue.

»Danke, junge Dame, für diese Erkenntnis«, antwortete Xell. »Ich hoffe, ihr hattet auch eine schöne Nacht.«

»Klar«, entgegnete Sue. »Nur erschöpft es uns nicht so. Das ist das Privileg der Jugend.«

»Sue!« Alvin sah die Frau mit großen Augen an.

»Schon okay. Der alte Mann wird euch dafür beschützen. Das ist die Erfahrung des Alters.«

»Gerne doch.« Sue grinste ihn an und machte mit dem Arm eine einladende Geste. Xell nickte ihr zu und ging voran.

Als ich an ihr vorbei ging, boxte ich ihr gegen den Oberarm. Sie lachte und stieß mir mit dem Ellbogen gegen die Rippen.

Wir streiften durch die Straßen der Stadt. Das Grün zwischen den Hochhäusern nahm zu. Auf einem größeren Platz lag eine ausgedehnte Grasfläche, auf der eine Gruppe Rehe äste. Ein Bach floss quer über die Lichtung dieses Häuserwaldes und verschwand in einer der Ruinen. Die Tiere hoben die Köpfe, als unsere Gruppe den Rand der Wiese betrat. Dann zuckten sie zusammen und sprangen davon.

Xell richtete seinen Blick nach oben und betrachtete die Fassaden ringsum. Er bedeutete uns, hier zu warten. Wir hockten uns an einem Baum nieder und beobachteten, wie Xell vorsichtig weiterschritt. Systematisch suchte er die Gebäude ab. Ich vermutete, dass er mit seinem Infrarotsehvermögen nach Soldaten, oder wer auch immer hier Krieg führte, Ausschau hielt.

Auch ich sah mich um. Zwischen den hohen Gebäuden ragte in der Ferne ein Tower bis in die Wolken hinauf. Und als die weißen Fetzen sich von ihm entfernten, erkannte ich auf dem Dach eine gläserne Pyramide. Ich zuckte zusammen. Diesen Turm hatte ich in meinen Träumen gesehen. Mit einem Mal kroch ein Schauer über meinen Rücken, denn ich musste an die Soldaten denken, die ebenfalls darin vorgekommen waren.

Angespannt beobachtete ich Xell, der neben einem mit Pflanzen verwachsenen Ding in die Hocke ging. Vielleicht war das mal ein Brunnen gewesen, überlegte ich. Aber es könnte auch einfach ein Stück eines der Häuser sein, das heruntergefallen war. Der Cyborg gab uns Handzeichen, dass wir zurückbleiben sollten.

»Hier ist nichts«, flüsterte Sue. »Vielleicht sind seine Sensoren noch von der nächtlichen Anstrengung verwirrt.« Sie kicherte.

»Halt die Klappe«, entgegnete Zedrik, »und mach einfach, was er sagt.«

Alvin entsicherte die Waffe. »Für was haben wir diese Dinger, wenn wir uns nur verstecken? Was hat er vor?«

»Ich weiß nicht«, meinte ich. »Aber er spürt eine Gefahr.«

»Ist er Hellseher oder so was?«

Sue betrachtete die Häuserfassaden. Ich folgte ihrem Blick. Einige Fensterscheiben waren herausgesprungen und die schwarzen Löcher wirkten wie starrende Augen, die freigelegte Stahlarmierung wie Wimpern. Plötzlich flammte etwas in einer der dunklen Pupillen auf. Schüsse krachten und Projektile fegten uns um die Ohren.

»Zurück!«, brüllte Xell und feuerte auf eins der Häuser. Doch die Schüsse kamen von mehreren Seiten.

Sue zog die Pistole und schoss in ein anderes Fenster. Wir hörten einen Schrei und die Blitze aus dieser Öffnung erloschen. Xell kam über die Lichtung zu uns zurückgerannt. Um ihn herum schlugen Kugeln ein und ließen Asphalt, Gestein und Pflanzenteile aufspritzen.

Ich feuerte mit meinem Gewehr wahllos auf eine der Fassaden. Neben mir stand Alvin und schoss ebenfalls.

»In Deckung!«, brüllte Xell.

Alvin beachtete ihn nicht, sondern wagte sich weiter vor. Er hörte und sah nichts mehr, was um ihn herum vorging. Er war in einen regelrechten Schießrausch verfallen und drehte sich um sich selbst, während er die Hochhäuser beschoss. Xell hatte sich hinter einem Brocken Beton in Deckung geworfen. Er feuerte jetzt gezielter mit Einzelschüssen aus seiner liegenden Position und kurz darauf fiel jemand aus einem der Fenster herunter.

Auf einmal herrschte Ruhe. Anscheinend hatten wir die fremden Angreifer erwischt. Alvin rannte Richtung Xell. Sue, Zedrik und ich folgten. Plötzlich donnerten erneut Schüsse und Alvin stürzte zu Boden. Er schrie entsetzlich, dass es mir durch Mark und Bein ging. Ich warf mich auf den Boden, ebenso Sue und Zedrik.

Xell sprang aus seiner Deckung auf und sofort krachten neue Schüsse. Sie verfehlten ihn, aber er wusste nun, wo sich der Schütze befand. Er zielte mit der Waffe auf die Fenster eines Hauses und schoss. Ein Körper fiel auf die Straße herab und landete neben einem blütenbesetzten Busch. Das Gewehr an der Wange drehte sich der Cyborg im Kreis. Doch der Angriff schien abgewehrt. Es war still, nur Alvins ununterbrochenes schreckliches Schreien hallte über den Platz.

Ich robbte zu ihm hin. Sue und Zedrik hatten ihn schon erreicht. Sue versuchte, ihm die Weste auszuziehen, was ihr schließlich nach einigen Schwierigkeiten gelang. Alvin wand sich in Schmerzen am Boden und schrie fortwährend.

Das Geschoss hatte ihn seitlich getroffen unter dem rechten Arm, wo die Weste nicht komplett geschlossen war. Links am Rücken war es wieder ausgetreten und steckte im Inneren der Sicherheitsweste in einem roten Brei. Die Ein- und Austrittswunden bluteten zwar nicht stark, aber es reichte, um sein Hemd dunkel zu färben. Besonders die Austrittswunde sah übel aus, nachdem Zedrik den Stoff an der Stelle aufgerissen hat.

Alvins Schreien war von pfeifenden Atemgeräuschen unterbrochen. Sue wühlte in ihrem Rucksack. Sie förderte Verbandszeug zutage, aber in Anbetracht der großen Wunde am Rücken sahen die kleinen Mullbinden wie der pure Hohn aus.

Xell stand hinter uns und betrachtete stumm unsere kläglichen Versuche, Alvin zu helfen.

»Beide Lungenflügel sind durchschlagen«, sagte er in sachlichem Ton, fast wie ein Roboter. »Wahrscheinlich sind keine größeren Blutgefäße getroffen und er wird nicht so schnell verbluten. Die Blutung verhindert momentan das Kollabieren der Lunge.«

»Das ist doch gut, oder?« Zedrik blickte den Cyborg hoffnungsvoll an. Der Junge hatte Tränen in den Augen.

»Ich will nicht sterben«, jammerte Alvin. »Ich will nicht sterben.« Sein Geschrei war in resigniertes Wimmern übergegangen.

»Das wirst du nicht«, versicherte Sue. »Wir werden das hinbekommen.«

Alvins Gesichtsfarbe wechselte in ein beängstigendes Grau. »Hilf mir, Xell«, flehte er.

Der Cyborg ließ sein Gewehr fallen und hockte sich neben den Jungen. Er legte eine Hand auf dessen Wange und lächelte ihn an. »Ich helfe dir, Alvin. Alles wird gut.«

Tränen liefen aus Alvins Augen bis in seine Ohren, sein Atem ging keuchend und aus dem Mundwinkel kroch ein Blutrinnsal. Sein Gesicht war schmerzverzerrt.

»Ich wollte doch was Neues sehen«, presste er hervor.

»Du wirst etwas Neues sehen, Alvin.«

Xell wischte dem Jungen übers Gesicht, schloss ihm damit die Augen, zog seine Pistole aus dem Gürtel und schoss ihm in die Stirn. Der Schuss hallte eine Weile durch die Häuserschluchten.

Ich erstarrte und stierte auf das Loch in Alvins Kopf. Es war totenstill. Mein Mund war so trocken, dass meine Zunge am Gaumen klebte. Was war hier eben passiert? Hatte Xell gerade Alvin getötet? Ich hatte das Gefühl, dass mein Herz stillstand, und konnte meine Gedanken nicht ordnen.

Plötzlich sprang Sue auf und kreischte wie von Sinnen. »Du hast ihn umgebracht. Du Drecksroboter! Du hast ihn einfach abgeknallt.« Ihre Stimme überschlug sich.

Xell hatte sein Pokerface aufgesetzt und stand ebenfalls auf. Er sah Sue an, sagte aber nichts.

»Wie konntest du das tun? Du Scheißkerl!«, brüllte sie weiter.

»Was hättest du gemacht? Ihn tagelang unter Schmerzen krepieren lassen? Genau das wäre passiert. Ich hätte ihn sicherlich für ein paar Stunden oder gar ein oder zwei Tage stabilisieren können. Und dann?« Xell stieß geräuschvoll die Luft aus und schloss für einen Moment die Augen.

»Du Bestie!«, schrie Sue zurück. »Es hätte bestimmt eine Rettung für ihn gegeben.«

»Ach, ja? Siehst du hier einen Rettungshubschrauber? Ein Krankenhaus? Hast du Ahnung von Chirurgie? Kannst du eine Lunge zusammenflicken?« Xell war allmählich laut geworden. »Ich nicht! Wir haben nicht einmal ein Anästhetikum. Er wäre qualvoll und langsam verreckt. Wolltest du das?«

»Du bist ein herzloses Schwein!« Sue hielt die Pistole auf ihn gerichtet.

»Das hatten wir schon, Sue.«

Xell ließ seine Pistole fallen und ging auf die junge Frau zu. Sie schoss ihm in die Brust, aber er ging ungerührt weiter. Die Weste hatte diesmal die Kugel abgefangen. Der Cyborg stand jetzt ganz nah vor Sue, nahm den Pistolenlauf in die menschliche Hand und richtete ihn auf sein Gesicht.

»Wenn du mir mit dem Ding in die Augen schießt, ist die Wahrscheinlichkeit sehr hoch, dass ich draufgehe. Oder unterhalb der Rippen schräg nach oben in die Nieren. Das ist auch vielversprechend.«

Sue taxierte ihn wütend und richtete den Lauf auf sein rechtes Auge. Tränen liefen ihr die Wange herunter. Sie presste die Lippen aufeinander.

»Er war doch fast noch ein Kind.« Ihre Stimme brach und ihre Hand zitterte.

Ich hielt die Luft an und hoffte, dass Sue nicht abdrückte. Meine Finger krallten sich um das Gewehr.

»Scheiße«, sagte Xell tonlos. »Ich hab euch die Wahl gelassen. Ich hab euch gesagt, dass Waffen immer den Tod bringen. Verdammt.«

Sue ließ die Pistole sinken und begann zu schluchzen. Xell nahm sie in den Arm und drückte sie an sich.

»Ich hab ihn doch auch gern gehabt. Meinst du, ich töte aus Spaß? Er hatte keine Chance, Sue.«

Sue weinte laut. Ihr Körper zitterte. Zedrik trat an die beiden heran und legte seine Arme um die junge Frau. Xell ging einige Schritte zurück. Dann setzte er sich auf den Boden und vergrub sein Gesicht in den Armen auf seinen Knien.

»Ich habe sie gehört, aber ich konnte sie nicht sehen. Sie hatten keine Infrarotsignatur. Es tut mir so leid«, flüsterte er.

Ich kniete mich neben ihn und schlang meine Arme um ihn. Ich wusste nicht, was ich sagen sollte. Mein Herz ratterte wie ein Gewehr und mir war schlecht. Das Leben war so verflucht beschissen.

Alvin zu begraben, war unmöglich, da der Boden aus Beton und Asphalt bestand. Wir bedeckten ihn mit Gesteins- und Betonbrocken, so gut es ging. Xell hielt sich abseits und untersuchte die getöteten Gegner.

»Leb wohl, Alvin«, schluchzte Sue. Sie hockte neben dem provisorischen Grab und strich über einen Stein.

Zedrik und ich standen daneben und wussten nichts zu sagen. Ich hatte das Gefühl, in einem schlechten Film mitzuspielen. Erst Ben, dann K und Assa und nun Alvin. Wieso traf es immer die Guten, die Unschuldigen? Warum nicht solche wie Kilian?

Irgendwann lösten wir uns von dem Grab und gingen zu Xell. Der hockte weiterhin vor einer der Leichen. Der Mann hatte blasse Haut, keine Haare und war schmal gebaut. Aus zwei Wunden trat gelbe Flüssigkeit.

»Androiden. Eine andere Sorte als die, die so aussehen wie ich. Damit kenne ich mich nicht aus. Ich wusste nicht, dass sie keine Wärmesignatur haben.« Seine Stimme war leise. Er stand auf, wich den Blicken der anderen aus und ging zu Alvins Grab.

»Er soll ihn in Frieden lassen«, zischte Sue.

Zedrik legte seine Hand auf ihre Schulter. »Ich weiß nicht, ob er richtig gehandelt hat, aber er tat es für Alvin.«

»Ich werde ihm gern denselben Dienst erweisen, wenn es so weit ist«, knurrte Sue.

Xell kam nach einer Weile zu unserer Gruppe zurück. Er sah blass aus, aber er setzte ein entschlossenes Gesicht auf. »Ich habe immer noch vor, Silas zu finden. Ich mache euch keinen Vorwurf, wenn ihr euch von mir trennen wollt.«

»Nein«, sagte Zedrik. »Wo sollten wir hin? Wir bleiben bei dir.« Er hatte sich augenscheinlich umentschieden, was seine Überzeugung Waffen gegenüber betraf, denn er hielt Alvins Gewehr in der Hand.

Sue starrte Xell grimmig an. Er hielt ihrem Blick stand.

»Dreh mir nie den Rücken zu«, fauchte sie.

Xell strich ihr zärtlich über die Wange und drehte ihr den Rücken zu. Dann ging er voran und wir folgten ihm.

Ich fühlte mich noch immer wie in Trance. Ab jetzt hielt ich mich hinter Sue und Zedrik, da ich nicht einschätzen konnte, ob Sue es mit der Todesdrohung ernst meinte oder es nur ihr Ausdruck von Wut und Trauer war.

Wir überquerten den Platz im Schatten der Bäume. Xell war einige Schritte voraus. Plötzlich blieb er stehen und betrachtete etwas am Boden. Es war offenbar einer der toten Androiden. Unerwartet schoss eine Hand vor, packte Xell am Fußgelenk und warf ihn mit einem Ruck zu Boden. Der Cyborg krachte mit dem Rucksack auf einen Stein und das Gewehr fiel ihm aus den Händen.

»Zurück!«, brüllte er uns an.

Sue, Zedrik und ich gehorchten und duckten uns hinter einem mit Moos bewachsenen Automobil. Wir beobachteten, wie sich der Androide erhob und auf Xell stürzte. Der Cyborg schlug dem Gegner seine kybernetische Faust in das spiegelbildliche Gesicht. Der Androide taumelte ein paar Schritte zurück und Xell warf eilig den Rucksack ab und sprang auf. Schon ging der Androide erneut zum Angriff über und trat nach Xell. Der wich dem Fuß mit dem Oberkörper aus, wurde aber einen Augenblick später von einem Handkantenschlag am Kopf getroffen.

Ich zielte mit dem Gewehr auf den Androiden, doch Xell packte ihn und war genau in der Schusslinie. Die zwei Männer rangen jetzt am Boden und ich sah, wie Xells kybernetische Hand mehrfach gegen den Kopf des Gegners schlug, ohne dass dieser eine Reaktion zeigte. Er hatte Xells Kehle gepackt und würgte ihn. Alles ging unheimlich leise vonstatten. Verzweifelt versuchte ich, ein freies Schussfeld auf den Kopf des Androiden zu bekommen, aber das Gerangel wogte so dynamisch hin und her, dass ich nicht abzudrücken wagte.

Ein Schuss ließ fast mein Trommelfell bersten und der Hinterkopf des Androiden zerplatzte. Gelbe Flüssigkeit spritzte heraus. Er fiel nach vorn und begrub Xell unter sich. Neben mir stand Sue mit ihrer Pistole und zielte noch immer in die Richtung.

»Guter Schuss«, stieß Zedrik aus.

»Kommt drauf an, worauf ich gezielt habe«, knurrte Sue.

Ich drehte mich entsetzt zu ihr um und richtete automatisch den Gewehrlauf auf sie. Sue warf mir einen kalten Blick zu und stapfte in Richtung der am Boden liegenden Gestalten davon.

Xell rollte den Androiden von sich runter. Sein Gesicht war von der gelben Masse bedeckt. Er wischte angewidert mit dem Ärmel darüber und kniete sich neben den toten Angreifer. Dieser blickte ihn aus seinen eigenen Augen starr an.

»Man könnte euch leicht verwechseln«, sagte Sue lakonisch.

»Dann muss ich dir wohl doppelt danken, dass du den Richtigen abgeknallt hast.«

»War es der Richtige?« Ihre Stimme hatte einen heiseren Ton.

Am Abend machten wir ein kleines Feuer im fünften Stock eines der Häuser. Auf der einen Seite fehlte die Fassade völlig und so zogen wir uns in einen fensterlosen Innenraum zurück. Xell hielt sich abseits. Als ich ihm etwas zu essen brachte, stand er nahe der Abbruchkante. Wasser tropfte aus einem geborstenen Rohr von der Decke und Xell stand darunter und versuchte, sich das gelbe Androidenblut aus den Haaren zu waschen. Als er mich bemerkte, setzte er sich an den Rand des Abgrunds. Ich reichte ihm ein Stück von dem gebratenen Rehfleisch, das wir von gestern übrig hatten, doch er rührte es nicht an. Offenbar war er in düsteren Gedanken versunken.

»Es war nicht deine Schuld«, sagte ich.

»Nein, es war nicht meine Schuld … aber meine Entscheidung.«

Sein Gesicht war nass vom Wasser und immer noch klebte Androidenblut daran. Ich wollte es ihm abwischen, doch er schob mich weg.

Bis zum Morgen hielt er sich von uns fern. Ich ließ ihn gewähren, auch wenn es mich schmerzte, ihn so zu sehen. Deshalb zog ich mich ebenfalls in einen kleinen Raum zurück, ohne Zedrik und Sue. Meine Gefühle wirbelten wild durcheinander und die Welt um mich herum begann sich zu drehen, als hätte ich eine Flasche Whiskey geleert. Ich sehnte mich danach, mich an Xell zu schmiegen, und gleichzeitig fürchtete ich mich vor dem Cyborg.

Er hatte einen von uns getötet. Er hatte Alvin kaltblütig in den Kopf geschossen. Mir wurde schlecht und ich wühlte nach den Pillen in meiner Tasche. Als ich sie gefunden hatte, starrte ich unschlüssig auf die Packung. Dann entnahm ich einen der Blisterstreifen.

Aber letztlich steckte ich beides wieder in meine Hosentasche zurück. Ich wollte diesmal das Gefühl, das mich zu ersticken drohte, nicht bekämpfen. Ich wollte um Alvin trauern. Wie ein Embryo rollte ich mich auf dem Boden zusammen und ließ die Tränen zu und das Schluchzen und die Verzweiflung, bis ich vor Erschöpfung irgendwann einschlief.

12.

Am nächsten Morgen weckte uns Xell. Er wirkte gefasst. Für einen Moment standen wir an der Abbruchkante der Fassade und blickten auf die Stadt. Viele der Hochhäuser hatten über hundert Etagen und so befanden wir uns immer noch sehr weit unten und konnten kaum etwas überblicken. Der Himmel erdrückte mich wie eine graue Betondecke. Nur im Osten zog sich ein blutroter Streifen hin. Ein Schwarm Vögel flog kreischend auf, als der Schatten eines Raubtieres durch die Büsche schlich. Es mochte eine größere Katze gewesen sein, aber ich konnte es nicht genau erkennen.

»Ich habe keine Ahnung, wo ich Silas suchen soll«, meinte Xell resigniert, während er auf den Häuserdschungel stierte.

Ich räusperte mich verlegen. »Das hört sich jetzt wahrscheinlich verrückt an, aber ich glaube, ich weiß, wo er ist.«

Xell sah mich fragend an.

»Ich habe von Silas geträumt. Dabei ist er in ein gewaltiges Hochhaus hineingegangen, was bis in die Wolken gereicht hat. Auf dem Dach hatte es eine Glaspyramide.«

»Ach, jetzt haben wir auch noch eine Hellseherin im Team«, frotzelte Sue.

»Ich weiß selber, dass sich das idiotisch anhört. Aber gestern habe ich diesen Tower gesehen. Er existiert tatsächlich.«

»Wo hast du ihn gesehen?«, fragte Xell.

»Zwischen den Hochhäusern hindurch an dem Platz, wo …«

»… wo dein Roboter Alvin umgebracht hat?« Sue starrte mich herausfordernd an.

In mir explodierte etwas, ich ballte meine Hand zur Faust und schlug der Frau mitten ins Gesicht. Ich hatte nicht, wie damals bei Chuck, alle Kraft hineingelegt und das Karottengeräusch blieb aus.

Zedrik warf sich schützend zwischen mich und Sue. »Bist du übergeschnappt, Dysti?«, schrie er mich an.

Sue wischte sich wütend das Blut ab, das aus ihrer Nase lief und trat vor Zedrik. Ich spannte die Muskeln und war bereit zum Kampf.

»Das reicht jetzt«, sagte Xell ruhig. »Hört auf.«

Sue richtete ihren Blick auf ihn. »Es tut mir leid. Ich kann das nicht einfach vergessen. In einem Moment sehe ich ihn lachend vor mir mit seinen schwarzen Locken und der Zahnlücke und im nächsten Augenblick ist er tot.«

»Ich kann es genauso wenig vergessen«, sagte Xell.

»Warum musste das so kommen?« Sue starrte den Cyborg noch immer an.

Er streckte den menschlichen Arm nach ihr aus, zog sie heran und drückte sie an sich. »Ich werde ab jetzt besser auf euch aufpassen.«

Sue löste sich von ihm und wischte sich die Tränen ab. »Lasst uns Silas finden und aus diesem Drecksloch verschwinden«, knurrte sie.

Wir wanderten durch die Straßen und suchten nach dem Hochhaus, das ich gesehen hatte. Doch es war schwer, aus dieser Ameisenperspektive heraus etwas zu erkennen. Zudem mussten wir uns vorsichtig bewegen und stets davon ausgehen, von den Androidensoldaten entdeckt und angegriffen zu werden.

Ein Rauschen wie von Wasser drang zwischen den begrünten Ruinen hindurch und erweckte unsere Aufmerksamkeit. Als wir dem Geräusch folgten, standen wir am Ufer des Flusses, in dessen flachem Mündungssee wir am Rand der Wüste gebadet hatten. Hier war das Wasser jedoch nicht so still und friedlich wie im See. Der Fluss strömte brodelnd über steinige Trümmer.

Xell betrachtete prüfend das üppig bewachsene Ufer. »Wir könnten versuchen, über die Steine hinüber zu kommen.«

»Ich kann nicht schwimmen«, warf Sue ein.

Zedrik starrte ängstlich auf die starke Strömung. »Ich auch nicht. In der *Oasis* gab es keine Möglichkeit, jemals schwimmen zu lernen.«

»Okay, gehen wir zunächst am Ufer entlang und warten auf eine einfachere Gelegenheit, um den Fluss zu überqueren«, antwortete Xell.

Wir folgten dem schäumenden Gewässer weiter nach Süden. Es wand sich durch die Häuserschluchten wie eine braune Riesenschlange durch ein bewaldetes Gebirge. Das Ufer war an vielen Stellen von Mauern gesäumt und so vermutete ich, dass der Fluss schon hier hindurchgeflossen war, als die Stadt noch lebendig und bewohnt gewesen war. Also musste es irgendwo eine Brücke geben.

Pflanzen und Büsche hatten inzwischen die Uferbefestigung erobert und der Weg war beschwerlich. Endlich fanden wir das verrostete Gerippe einer ehemaligen Brücke. Die Stahlträger spannten sich weitgehend intakt über die Fluten. Xell kletterte auf die verwitterte Konstruktion. Er versuchte, sie mit seinem Gewicht in Schwingung zu versetzen, aber das Gestell hielt stand.

»Wenn es mich aushält, dann euch auch.«

Wir machten uns daran, vorsichtig auf die andere Seite zu klettern. Wir mussten größere Zwischenräume der Streben überwinden, da die Fahrbahn nicht mehr erhalten war.

Plötzlich rutschte Zedrik aus. Er stieß einen erschreckten Schrei aus und verschwand unterhalb der Stahlträger. Sue, die vor ihm gegangen war, griff nach ihm, konnte aber nur den Rucksack erhaschen. Ich war hinter ihm und legte mich auf den metallenen Balken, um Zedriks Hand zu fassen.

»Lass das Scheißgewehr los und gib mir die Hand!«

Aber Zedrik hielt die Waffe krampfhaft fest.

Die andere Hand umschloss eine der Metallstreben. Der Angstschweiß bewirkte, dass seine Finger zu rutschen begannen. Xell nahm den Rucksack sowie sein Gewehr ab und befestigte es an einem der Querträger, damit sein Gepäck nicht in den Fluss fiel.

»Lass mich vorbei, Sue!«

»Ich kann nicht. Wenn ich den Rucksack loslasse, fällt Zedrik in den Fluss.«

»Lass mich vorbei! Er hält sich noch fest. Aber seine Kraft wird nicht ewig reichen«, rief Xell.

In diesem Moment glitten Zedriks Finger vom Metall ab, er flutschte aus den Gurten des Rucksacks und stürzte nach unten. Sein Entsetzensschrei wurde von der Flut erstickt, die ihn verschlang.

Xell sprang, ohne zu zögern, hinterher. Ich sah die zwei Männer im brodelnden Wasser davontreiben.

»Los, Sue, ans Ufer!«

Wir zwei Frauen kletterten nun mit dem Gepäck der Männer, so schnell wir es vermochten, auf die andere Seite. Dann rannten wir flussabwärts, um Xell und Zedrik einzuholen, die die Strömung mitgerissen hatte.

»Du hättest auf Xell hören sollen«, warf ich Sue im Laufen vor.

Sue antwortete nicht.

Der Weg führte uns vom Ufer weg, denn die Gebäude drängten sich hier nah am Fluss, und so verloren wir die Männer aus den Augen. Schließlich erreichten wir durch das Untergeschoss eines der Häuser erneut das brodelnde

Wasser. Xell war gerade dabei, Zedrik ans betonierte Ufer zu ziehen, das sich an der Stelle wie eine Landungsbrücke hinabneigte. Beide husteten und spuckten Wasser.

Sue hockte sich sofort besorgt neben Zedrik.

»Es geht mir gut«, keuchte er.

Wie durch ein Wunder hatte Zedrik noch immer das Gewehr in der Hand. Seine Finger hatten sich daran festgekrallt. Sogar seine Brille, die an einer Sicherheitskordel um seinen Hals baumelte, hatte den Sturz überlebt.

»Danke«, sagte Zedrik und hielt Xell die Hand hin.

»Schon gut.« Xell schlug ein.

Erschöpft ließen sich beide auf den Rücken fallen.

Die bleiernen Wolken hingen so tief, dass die Häuser sich darin verloren. Irgendwann begann es zu regnen. Dicke Tropfen schlugen vereinzelt auf dem Boden auf.

Sue wandte den Blick überrascht nach oben. »Was ist das?«

»Regen«, antwortete ich. »Wasser, das aus diesen Wolken herunterfällt.«

»Ist das gefährlich?«, fragte Zedrik.

»Nein. Das ist nur Wasser. Sauberer als das im Fluss«, bestätigte Xell.

»Wasser vom Himmel.« Zedrik richtete sein Gesicht nach oben und öffnete den Mund, um die Tropfen aufzufangen. »Wenn es das in der *Oasis* gegeben hätte …«

»Leider ist Regen in der Wüste selten. Deshalb waren Maddox und Kilian so sehr auf die Pumpen fixiert«, antwortete Xell.

Die Tropfen fielen immer dichter und es wurde allmählich unangenehm, zumal Xells und Zedriks Kleidung gerade im Begriff war zu trocknen. Auf der gegenüberliegenden Straßenseite bemerkte ich ein Haus aus Ziegelsteinen. Es war von völlig anderer Bauweise als die restlichen Gebäude. Ein spitzer Turm ragte in den Himmel bis kurz unter die Wolkendecke und war doch nur ein Bruchteil so hoch wie die ihn umgebenden Tower. Verzierungen und Statuen prägten die gut erhaltene Fassade.

»Eine Kirche«, murmelte ich überrascht.

»Kommt, wir stellen uns dort unter, bis der Regen vorbei ist«, sagte Xell. Er scannte prüfend die umliegenden Häuser und rannte los.

Wir drei folgten ihm. Wir zogen die schwere Tür auf und fanden uns in einer völlig anderen Welt wieder. Drinnen zog sich ein langer Gang zu einem Altar. Rechts und links standen verrottete Holzbänke. Licht fiel durch die kleinen bunten Scheiben des runden Fensters über dem Eingangsportal. Es projizierte farbige Flecken auf das Innere des Kirchenschiffs, es sah aus, als hätte ich Daph genommen. Xell sicherte nach allen Seiten und scannte die große Halle.

»Hier ist niemand«, bestätigte er, behielt jedoch das Gewehr im Anschlag.

»Was ist das?«, fragte Sue.

»Eine Kirche«, antwortete ich. »Früher glaubten die Menschen an Götter oder an *einen* Gott. Jemand, der all ihr Tun überwacht und ihnen beisteht. In solchen Häusern suchten sie seine Nähe. Und sie haben geglaubt, dass der Tod nicht das Ende ist.«

»Das hört sich schön an«, meinte Sue. »Dann wäre für Alvin noch nicht alles vorbei.«

»Ja, aber das war nur ein Glaube«, erwiderte ich.

Eigentlich war ich nie ein religiöser Mensch gewesen und zu meiner Zeit hatten Religionen nur noch wenig Bedeutung gehabt. Dass es aber nach zweihundertfünfzig Jahren immer noch eine Kirche gab, zeigte mir, dass einige Menschen diesen Glauben bewahrt hatten. Es berührte mich. Vielleicht lag es an der gedrückten Stimmung, die uns seit Alvins Tod befallen hatte.

Xell war vorausgegangen und stand vor einem großen Kreuz an der Wand. Dort war jemand gekreuzigt worden. Aber es war keine Jesusstatue. Es war ein Androide. In seinen Händen und Füßen waren Nägel eingeschlagen und im Brustbereich hatte er drei Einschusslöcher. Das gelbe Gel, welches aus den Wunden geflossen war, bildete vertrocknete Krusten. Demnach hing er schon länger hier.

»Bizarr«, murmelte Xell.

Der gekreuzigte Androide ähnelte dem, der Alvin angeschossen hatte. Seine Haut war blass und ebenmäßig. Sein Körper war eher schmal und ihm fehlten einige Attribute des Menschseins. Da er keine Kleidung trug, erkannte ich, dass er weder Brustwarzen noch einen Nabel und nicht einmal Geschlechtsteile zwischen den Beinen besaß.

»Verrückt«, flüsterte ich. »Was hat das zu bedeuten?«

»Keine Ahnung«, gestand Xell.

Schlagartig sackte ich auf die Knie. Der plötzliche Schmerz im Kopf war unerträglich. Tränen stiegen in meine Augen und in den Ohren schwoll ein Dauerton an. Meine Muskeln verkrampften sich. Ein Geschoss schlug neben mir in den Altar ein und zerfetzte goldenes Zierwerk, doch es war mir völlig egal. Dieser Kopfschmerz war anders als sonst. Er raubte mir die Fähigkeit zu denken.

»Hinlegen«, befahl Xell.

Wie durch fremde Augen beobachtete ich, dass Sue und Zedrik gehorchten und sich zwischen die morschen Holzbänke warfen.

»Dysti?« Xell hockte sich nieder und schirmte meinen Körper vor dem potenziellen Feind ab. Irritiert sah er mich an.

»Was ist los, Cyborg? Hat jemand deinen Ausschalter gefunden?«

»Es fühlt sich so an«, stöhnte ich, ließ mich auf die Hände fallen und erbrach mich.

»Ein Störsender vermutlich«, murmelte er und schaute sich suchend um. »Oder ein elektromagnetischer Impuls. Warum gibt es so etwas hier? Zu meiner Zeit hieß es, dass humanoide Kampfmittel keine zentrale Steuereinheit bekommen, um nicht durch einen Störsender ausgeschaltet werden zu können. Wahrscheinlich wurde die Taktik in den letzten Jahrzehnten geändert. Irgendwo muss so ein Ding sein und es muss einen Gegner geben, den man damit ausschalten kann. Die Androidensoldaten vermutlich, denn du wirst sicher nicht das primäre Ziel sein.«

Ich konnte keinen klaren Gedanken fassen und verstand nur die Hälfte von dem, was Xell sagte. Ich wünschte mir, ohnmächtig zu werden, aber der Wunsch wurde nicht erfüllt. Neben mir kniete der Cyborg und drückte meinen Kopf mit seiner metallenen Roboterhand an seine Brust, als wolle er ihn abschirmen. Dann riss er mit der Rechten das Gewehr hoch, stützte den Schaft gegen seine Rippen und gab einige einzelne Schüsse in Richtung einer Tür ab, die sich rechts vom Altar befand. Die Rückstoßwelle schwappte schmerzhaft durch mich hindurch.

Schlagartig entspannten sich meine Muskeln. Der Schmerz im Kopf und der Dauerton im Ohr ebbten ab.

»Ich glaube, ich habe ihn erwischt.«

»Ja, das hast du«, bestätigte ich. Erschöpft sank ich zu Boden. Mit zitternden Fingern durchsuchte ich meine Taschen und fand die Pillen. Ich steckte eine in den Mund, schaffte es aber nicht, sie hinunterzuwürgen. Sue und Zedrik hockten nun neben mir und sicherten mit den Waffen das Kirchenschiff. Xell reichte mir die Wasserflasche und ich trank eilig ein paar Schlucke. Das Medikament wirkte sehr schnell und das erwünschte Hochgefühl stellte sich ein. Die restlichen Schmerzen flatterten wie ein Schwarm Tauben in einer Kirchenkuppel davon.

»Gib mir die Packung.« Xell hielt mir die offene Hand hin.

Ich legte ihm bereitwillig die Pillen hinein. Der Cyborg schleuderte sie weit von sich.

»Was soll das, du blöder Idiot?«, schrie ich ihn an. Was bildete er sich ein? Ich war eine erwachsene Frau und musste mich nicht von ihm bevormunden lassen. Ich war nicht sein verfickter Rekrut!

»Das war eine Ausnahme, Dysti.« Seine liebevolle Stimme brachte mich nur noch mehr in Rage. »Dir ging es schlecht, da unten im Schiffsrumpf. Ich hatte Angst, du würdest sterben und wollte nur, dass du dich besser fühlst. Du brauchst den Scheiß jetzt nicht mehr.«

Es interessierte mich nicht, was er darüber dachte. Glaubte er, er müsste mich vor etwas retten? Hielt er mich für so einen bescheuerten Junkie aus den Nostalgie-Clubs der Winehouse Lane, die sich eine Line durch einen gerollten Geldschein rein schnieften? Ich habe nur ein Medikament genommen. Ein scheißlegales Schmerzmittel!

»Was weißt du denn, was ich brauche?«, fauchte ich ihn an. »Du hast deine Nanos. Das ist nichts anderes.«

»Mag sein. Aber glaube mir, es ist besser so.« An Zedrik gewandt befahl er: »Sieh nach, was das war!«

Der Angesprochene hastete zu der Tür. »Das ist ein normaler Mensch. Er blutet.«

»Lebt er noch?«

»Ich glaube schon.«

»Lasst uns hier abhauen«, rief Xell.

Widerwillig ließ ich mich von ihm hochziehen und wir rannten Richtung Eingangstür. Sue und Zedrik hasteten hinterher. Wir stürmten hindurch und ich wurde vom Sonnenlicht geblendet. Der Regen hatte aufgehört.

Ein Schuss krachte neben uns in das Portal und wir blieben abrupt stehen. Unterhalb der Treppe richteten mindestens zwanzig Leute ihre Gewehre auf uns.

»Waffen weg! Oder ihr seid tot!«, brüllte jemand.

Xell warf das Gewehr weg.

»Tut, was er sagt!«, rief er Sue zu.

Ich versuchte, mich zu orientieren und einen klaren Gedanken zu fassen.

»Nein, ich werde mich denen bestimmt nicht ausliefern«, erwiderte Sue. »Du hast selbst gesagt, dass man seine Waffe benutzen muss.«

»Aber nicht in diesem Fall, Sue. Du hast keine Chance gegen so viele.«

Ich hatte mein Gewehr irgendwo in der Kirche verloren und Zedrik legte seins gehorsam auf den Boden.

Sue dagegen zielte weiterhin mit ihrer Pistole auf die Übermacht.

»Tu das nicht, Sue«, sagte Xell mit ruhiger Stimme. »Das sind gewöhnliche Menschen. Denk nach, was ich dir gesagt habe. Deine Chance zu überleben ist hier ohne Waffe größer.«

»Du bist ein Feigling«, knurrte sie.

Xell warf sich zur Seite und riss Sue um. Ihre Waffe flog die Treppe hinunter.

»Du Arsch«, knurrte sie unter ihm.

»Ich hab versprochen, besser auf euch aufzupassen«, antwortete er.

Die Fremden hatten uns jetzt umringt. Xell half Sue auf die Beine und hielt die Hände hoch.

»Wer sind die?«, fragte eine Stimme. Der Mann stieg die Treppe herauf. Er hatte keine Haare auf dem Kopf, dunkle Augen und eine ebenfalls braune Haut, noch dunkler als die von Sue.

»Drei sind normale Menschen, einer ist ein Combat-Bot.« Einer der Männer mit grau meliertem Bart und einer Wollmütze auf dem Kopf klopfte mit dem Gewehrlauf demonstrativ gegen Xells kybernetischen Arm.

»Die Menschen nehmen wir mit. Den Bot schaltet aus«, befahl der Schwarze.

Die Worte lösten Panik in mir aus. »Er ist auch ein Mensch und kein verdammter Bot«, schrie ich.

»Hast du gehört, Rico?« Der Mann mit der Mütze lachte. »Auf die Knie, Roboter!«

Ich bemerkte, dass Xell zögerte. Er blickte sich um und schien die Lage einzuschätzen. Offenbar kämpfte sein Selbsterhaltungstrieb gegen das Bestreben, mich, Sue und Zedrik nicht in Gefahr bringen zu wollen. Schließlich gehorchte er und kniete sich hin. Die Arme hielt er noch immer erhoben.

Der Mann mit der Mütze richtete das Gewehr auf Xells Stirn. Ich wollte mich dazwischenschieben, wurde jedoch von jemandem weggezerrt.

»Verflucht«, rief Sue. »Er ist ein Arschloch!«

Xell warf ihr einen verwunderten Blick zu.

»Aber ein menschliches Arschloch«, fügte sie hinzu. »Wenn ihr ihn abknallt, solltet ihr das mit jedem von uns tun, denn …«

»Sue, hör auf!«, befahl Xell.

»Warte, Mahmud.« Der Schwarze drückte den Gewehrlauf des Mützenmanns zu Boden. »Wir entscheiden das später. Lasst uns ins Lager zurückkehren, damit wir die Nacht nicht hier draußen verbringen müssen. Wir hatten heute schon genug Verluste.«

Zwei der Fremden trugen den Verletzten aus der Kirche und brachten auch mein Gewehr mit. Unsere anderen

Waffen konfiszierten sie ebenfalls. Sue, Zedrik und ich wurden von dem Schwarzen, den sie Rico nannten, die Treppe hinunter geleitet. Xell bedrohten sie mit ihren Gewehren und fesselten ihm die Hände auf den Rücken. Ich sah ihnen ihre Angst an. Die Angst vor dem Cyborg. Er wehrte sich nicht und ging gleichgültig mit ihnen mit.

13.

Die untergehende Sonne ließ den Himmel bluten, als wir unser Ziel erreichten. Rosa Wolken legten sich wie blutdurchtränkte Verbände über eine Wunde.

Das Lager war von zwei Seiten mit Mauern befestigt und grenzte mit den übrigen Seiten an Gebäude. Die Ruinen wirkten wie Hochregale mit schwarzen leeren Fächern. Auf den Absperrungen registrierte ich bewaffnete Wachen. Ricos Männer öffneten ein schweres Eisentor, das den Zugang sicherte.

Drinnen reihten sich Zelte aneinander, dazwischen flackerten Lagerfeuer. Ich erblickte Alte und auch Kinder, die uns ängstlich anstarrten. Einige der Menschen kamen aus Öffnungen in den Fassaden der angrenzenden Häuser heraus und begafften interessiert den Fang.

»Noch ein paar Esser mehr«, murmelte jemand missmutig.

»Wen bringst du da mit?«, fragte eine Frau.

»Drei Fremde«, antwortete Rico. »Und den hier.« Er zerrte Xell ins Licht eines der Feuer. Dann zerschnitt er die Fessel. Als Xell seine Arme nach vorn nahm, ging entsetztes Raunen durch die Menge.

»Oh, Scheiße, Rico, das ist einer von denen!« Der alte Mann stand vom Feuer auf und stierte die kybernetische Hand an. Eine Frau richtete ihr Gewehr auf Xell. Ich sah die Furcht in den Augen der Menschen.

»Hey«, sagte ich so sanft, wie es meine innere Anspannung zuließ. »Er ist keiner von denen.« Dabei schob ich mich langsam vor Xell. »Wenn er es wäre, würdet ihr nicht mehr hier stehen.«

Rico kam näher und betrachtete Xells Hand. »Sieht aber verdammt danach aus.« Er gab seinen Leuten ein Zeichen und einige umringten den Cyborg und richteten ihre Waffen auf ihn. Sue und Zedrik stellten sich ebenfalls vor ihn.

»Was soll der Scheiß?«, blaffte Sue. »Wir haben euch nichts getan und ihr schleppt uns hierher und bedroht uns?«

»Wir sind nur vorsichtig«, meinte Rico.

Eine Frau in meinem Alter mit zahlreichen schwarzen Zöpfen trat näher heran und betrachtete den Cyborg interessiert.

»Was denkst du, Kira?«, fragte Rico.

Kira zuckte mit den Schultern und musterte die Roboterhand.

»Zieh dein Hemd aus«, befahl sie.

»Das wird er nicht tun!«, knurrte ich wütend. Was bildete sich dieses Miststück ein?

Ich wurde sanft zur Seite geschoben. Xell postierte sich vor Rico, Kira und den anderen des Clans, zog die Weste und das Hemd aus. Kira grinste anzüglich und in mir stieg Wut empor. Sie kam näher und begutachtete Xells Oberkörper. Mit der Hand strich sie über seine linke Schulter, den Arm hinunter, bis an die Stelle, wo das menschliche Gewebe aufhörte und in die metallene Konstruktion überging.

»Ist das dein normales Innenleben?«

»Nein, nur der Arm ist so.«

»Wie kann ich da sicher sein?« Kira umrundete ihn wie eine Katze. »Du siehst aus wie ein Mann. Aber bist du einer?« Als sie wieder vor ihm stand, packte Xell ihre Hand und presste sie in seinen Schritt. Kira stieß erschrocken die Luft aus, riss sich los und ging einen Schritt zurück.

Ich musste mir ein Lachen verkneifen.

»Bin ich einer?« Xell grinste sie amüsiert an.

Kira lachte ebenfalls und zuckte mit den Schultern. »Ja, ich glaube schon.«

Xell streckte die Hand aus. »Gib mir dein Messer, Rico.«

Der Mann blickte ihn nachdenklich an. Schließlich zog er die auffällige Klinge aus dem Gürtel und reichte sie ihm. Einige Gewehrläufe zielten jetzt auf seinen Kopf. Xell blickte Rico in die Augen und ritzte sich in den Unterarm. Rotes Blut quoll aus dem Schnitt. Dann gab er ihm das Messer zurück.

»Zufrieden?«

Rico betrachtete eine Weile die blutende Wunde. »Ja«, murmelte er schließlich. »Das dürfte ein hinreichender Beweis dafür sein, dass du ein Mensch bist. Trotzdem müssen wir vorsichtig sein. Ich möchte nicht morgen früh mit durchschnittener Kehle aufwachen.«

»Wenn ich vorhätte, euch umzubringen, hätte ich das schon längst getan.«

»Du musst verstehen. Ich bin für meine Leute verantwortlich. Außerdem siehst du diesen Killern verdammt ähnlich.«

»Dafür habe ich selbst keine Erklärung«, gestand Xell.

Rico gab ihm mit einem Kopfnicken ein Zeichen, vorwärts zu gehen.

»Darf ich mich wenigstens wieder anziehen?«

Kira reichte ihm sein Hemd. »Ungern«, hauchte sie süffisant.

Ich spürte ein seltsames Gefühl in mir aufsteigen und musste mich beherrschen, diese Frau nicht anzuspringen. Sie war ein wenig größer als ich und aus den kurzen Ärmeln ihres Shirts schauten muskelbepackte Arme hervor. Ich wusste, dass ich gegen Kira keine Chance hatte. Aber es nagte an mir, wie sie Xell behandelte. Wütend beobachtete ich, wie sie den Cyborg hinter eine Tür in einer der angrenzenden Ruinen sperrten. Davor setzte sich eine bewaffnete Wache nieder.

Rico führte uns drei an eins der Feuer und gab uns zu essen. Es gab Suppe. Ich konnte nicht genau sagen, aus was sie bestand. Hoffentlich nicht aus Ratte, dachte ich.

Irgendwann beobachtete ich, wie sich Kira erhob und mit einer Schüssel Suppe zu Xells Gefängnis hinüberschlenderte. Die Wache machte ihr die Tür auf und die Frau verschwand darin.

Mir schlug das Herz bis in den Hals. Es dauerte allerdings nicht lange, bis Kira zurückkam. Demnach konnte da drinnen nicht viel passiert sein.

Unruhig stand ich auf und sah mich um. Ich erwartete, dass mich jemand zurückhalten würde, jedoch reagierte keiner. Langsam ging ich nun meinerseits hinüber zu Xells Tür. Die Wache saß etwas abseits und beobachtete mich aus dem Augenwinkel. Ein Fenster aus Gitterstäben gewährte mir Einblick. Der Raum war dunkel und leer. Der Cyborg saß an der gegenüberliegenden Wand und löffelte das Essen. Seine Hände waren mit Handschellen gefesselt. Als er mich bemerkte, stand er auf und kam an das Gitter.

»Hey. Wie du siehst, lässt man mich nicht verhungern.«

»In jeder Hinsicht, wie mir scheint.«

Xell blickte mich fragend an.

»Sie sieht gut aus«, sagte ich.

»Kira?«

Ich nickte.

Xell musterte mich eine Weile mit Falten zwischen den Augen. »Ja, sie sieht gut aus«, antwortete er. »Sie hat schöne Rundungen an den richtigen Stellen, einen durchtrainierten Körper, sonnengebräunte Haut … da kannst du Weißbrotjunkie nicht mithalten.«

»Du Arsch«, knurrte ich.

»Die große Klappe habt ihr aber beide.«

Ich hob das Kinn. »Vielleicht kannst du dich mit einem Fick befreien.«

Xell grinste. »Höre ich da Eifersucht heraus?«

»Sicher nicht, Cyborg. Wenn sie dich haben will, soll sie dich bekommen. Auf dem Maschinenfriedhof gibt es genug Teile, um mir einen neuen wie dich zu basteln.«

Xell lachte. »Sie wäre garantiert nicht abgeneigt, mir etwas näherzukommen.« Er verzog anzüglich den Mund. »Aber ich könnte diese Handschellen auch einfach zerreißen und diese wackelige Tür hält mich nicht auf.«

»Warum tust du es dann nicht?«

Xell zuckte mit den Schultern und streckte eine Hand durch das Gitter. Ich trat näher heran und legte meine Wange in seine Handfläche.

»Allein würde ich es tun. Aber mit euch? … Ist zu gefährlich.«

»Ich habe keine Angst«, versicherte ich.

»*Die* haben aber Angst. Angst vor mir. Verständlich, wenn sie schlechte Erfahrungen mit Leuten gemacht haben, die mir wie Zwillinge gleichen. Lassen wir ihnen etwas Zeit. So unrecht haben sie schließlich nicht. Ich bin gefährlich und unberechenbar … Ich habe Alvin in den Kopf geschossen.«

Entsetzt trat ich einen Schritt zurück. »Ach, das ist es! Du willst so etwas wie Abbitte leisten? Willst dich selber bestrafen?«

Xell blinzelte nervös. Ich sah, wie seine Wangenmuskeln hervortraten, da er offenbar die Zähne aufeinanderbiss.

»Du hast getan, was in dieser Situation notwendig war.«

Xell ging rückwärts und setzte sich wieder auf den Boden hinten an der Wand. »Ich bin mir nicht mehr sicher, ob es richtig war. Er war ein Mensch, beinahe noch ein Junge und ich habe ihn wie einen Hund abgeknallt.«

»Hör auf damit!«, zischte ich scharf.

Er saß im Dämmerlicht des provisorischen Kerkers auf dem Boden und starrte mich an. Fast glaubte ich, dass eine Träne seine Wange herunterlief. Aber wahrscheinlich irrte ich mich oder es war mein Wunschdenken. Seine Nanos würden das bestimmt unterbinden.

»Es ist falsch, was du jetzt tust. Du hast ihm Leid erspart und das war gut so. Wir hatten keine andere Möglichkeit. Warum fängst du jetzt an, dich zu zerstören?«

Er antwortete nicht.

»Dann hast du es nicht anders verdient. Sollen sie dich eben so behandeln, wie du es wünschst … als eine Bestie.«

Er nickte.

Mir war, als hätte er mir gerade die Kerkertür vor den Kopf gestoßen und ich taumelte ein paar Schritte zurück. Ich war verzweifelt und wütend und wusste nicht, was ich tun sollte. Abrupt wandte ich mich ab und ging.

Der Clan saß um die Lagerfeuer herum. Der flackernde Lichtschein warf gespenstische Schatten auf die umliegenden Fassaden. Einige von Ricos Leuten waren als Wachen in den angrenzenden Häusern und auf den Barrikaden abkommandiert. Offenbar konnten sie sich alle in dieser Festung einigermaßen sicher fühlen.

»Wer seid ihr und was macht ihr hier?«, fragte Rico nach dem Essen. Er hatte sich neben uns an das Feuer gesetzt. Seine Stimme war freundlich, aber fordernd.

»Dysti, Sue und Zedrik«, stellte ich die Gruppe möglichst emotionslos vor. »Und euer Gefangener ist Xell.«

»Was sucht ihr hier?«

»Wir kommen aus der *Oasis* in der Wüste und suchen einen Freund. Er heißt Silas.«

»Warum sollte er in dieser Stadt sein? Wenn er tatsächlich hier allein herumläuft, dann haben die Androiden ihn längst erwischt. Oder einer der anderen Clans.«

»Er ist mit jemandem unterwegs, der Ruhl heißt. Der kennt sich aus und war schon öfter hier«, antwortete ich.

»Ruhl, der *Besorger*?«

»Ja. Kennst du ihn?«

»Er kommt hin und wieder vorbei mit seinem Wolf. Manchmal tauschen wir irgendwas. Er hat wirklich eine Begabung, die seltsamsten Dinge zu finden und sich durch die Soldatentrupps zu schleichen.«

»War er in letzter Zeit bei euch?«

»Nein«, gestand Rico. »Ich habe ihn schon seit ein paar Wochen nicht gesehen.«

»Was ist das hier für ein Krieg?«, fragte Sue.

Rico zuckte mit den Schultern. »Ein Krieg wie jeder andere. Es geht um Nahrungsmittel, Waffen, Territorien … ums Überleben eben.«

Sue schüttelte verständnislos den Kopf.

»Ihr könnt euch uns anschließen. In einem größeren Clan wie unserem sind die Überlebenschancen weitaus besser als allein.«

»Ich weiß nicht«, entgegnete ich. »Wir werden lieber weiter allein nach Silas suchen. Was habt ihr mit Xell vor?«

Rico zuckte mit den Schultern. »Ich hab mich noch nicht entschieden. Er hat rotes Blut und kein gelbes. Das spricht zumindest schon mal für ihn. Aber er hat einen meiner Männer angeschossen.«

»Er hat uns nur beschützt«, sagte Zedrik wütend. »Er hat ihn ja auch gar nicht getötet.«

Der Clananführer nickte, erhob sich und zog sich in eins der Zelte zurück. Etwas später brachte eine alte Frau uns ein paar Decken für die Nacht.

Meine Gedanken kreisten um Xell. Ich wusste nicht mehr, was ich fühlen sollte. Er war der erste Mensch, der mir wirklich etwas bedeutete und andererseits entsetzte mich, dass er in der Lage war, einfach so zu töten. Mein Verstand sagte mir, dass er Alvin vor langem, schmerzhaftem Sterben bewahrt hatte. Trotzdem erschreckte mich die Erinnerung an das Geschehene. Gleichzeitig hatte ich Angst, ihn zu verlieren. Ich zog einen schmalen Blisterstreifen hervor, drückte die vorletzte Pille heraus und schluckte sie. Wenn Xell sich selbst zerstörte, war es mein Recht, das Gleiche zu tun.

»Ich dachte, er hätte sie dir weggenommen«, meinte Sue.

Ich grinste, denn meine Niedergeschlagenheit verflüchtigte sich allmählich. »Die hat er nicht gefunden.«

Sue schüttelte missbilligend den Kopf. »Wir könnten ihn da rausholen«, flüsterte sie verschwörerisch.

»Es wäre keine große Anstrengung für ihn, das selbst zu tun, aber er will nicht.«

Zedrik runzelte die Stirn. »Warum?«

Die Pille entfaltete ihre volle Wirkung und der Lichtschein des Feuers verbreitete Regenbogenfarben vor meinen Augen. Ich kicherte. »Er will Buße tun.«

»Buße tun?« Sue zog fragend die Augenbrauen zusammen.

»Er fühlt sich schlecht, weil er Alvin getötet hat.«

»Das ist meine Schuld.« Sue atmete tief durch. »Ich bin durchgedreht. Aber mit genügend Abstand sehe ich ein, dass er das Richtige getan hat. Wenn ich zerfetzt wäre und mich ohne Aussicht auf Rettung unter Schmerzen winden müsste, würde ich mir auch ein schnelles Ende wünschen.«

»Mag sein«, entgegnete ich. »Aber er hat sich nun mal in den Kopf gesetzt, dass er bestraft werden müsste.« Ich lachte und hatte das Gefühl, ein Stück über dem Boden zu schweben.

»Ich glaube, seine Strafe macht sich gerade auf den Weg«, murmelte Zedrik.

Wir beobachteten, wie sich Kira zu Xells Tür schlich und hineinging.

Sue sprang auf. »Ich könnte diesem Miststück den Hals umdrehen.«

Ich zog sie zurück auf den Boden. »Lass gut sein, Sue. Vielleicht tut sie ihm gut. Wer weiß.«

»Spinnst du? Wenn Zedrik da drin wäre, dann … ich würde …«

Ich lächelte die Freundin wohl wissend an. Ja, Sue würde Kira wahrscheinlich plattmachen. Ich dagegen war ein Feigling und verkroch mich unter der Decke, um krampfhaft meiner Fantasie zu verweigern, mir zu erzählen, was sich hinter der Tür abspielte.

Vögel zwitscherten in den Bäumen und irgendwo stritten leise zwei Stimmen. Durch meine Lider drang das Licht des Morgens und in meinem Kopf hämmerte der Schmerz. Die beschissene Pille hätte ich nicht schlucken sollen. Xell hatte recht. Ich hatte das nicht nötig. Keine Ahnung, was gestern über mich gekommen war. Neugierig behielt ich die Augen geschlossen und lauschte.

»Er ist gefährlich. Wir sollten ihn töten.« Das war eindeutig Kiras Stimme.

»Warum dieser Sinneswandel? Gestern sah es noch so aus, als ob du ganz anderes mit ihm vorhättest«, flüsterte Rico.

»Aber nun habe ich meine Meinung geändert. Wenn du es nicht machst, tue ich es. Ich nehme den Flammenwerfer und erledige das.«

»Ich wusste schon immer, dass du ein selbstsüchtiges Miststück bist und ich habe dir viel durchgehen lassen.

Das geht allerdings zu weit. Meinst du, ich bin blöd? Ich habe gesehen, wie du dich zu ihm reingeschlichen hast. Hat er dich abblitzen lassen?«

»Hier, siehst du?«

»Ein hübsches blaues Auge.« Rico lachte leise. »Die Nacht war offenbar wilder, als du erwartet hattest.«

»Ich bring das Schwein um. Niemand behandelt mich so.«

»Gekränkte Eitelkeit? Darauf steht nicht die Todesstrafe. Nicht hier bei mir, Kira.«

»Er ist nur ein verdammter Roboter.« Jetzt war ihre Stimme lauter geworden.

»Weißt du, Kira, dass er den Schneid hatte, dir eine Abfuhr zu erteilen, ist für mich eher der Beweis, dass er ein Mensch mit Prinzipien ist. Ginge es ihm nur um seine Freiheit, hätte er dein Angebot sicher nicht abgelehnt. Ich werde jetzt nach ihm sehen. Falls er noch da ist, lasse ich ihn frei. Denn dann wollte er noch hier sein. Glaubst du wirklich, dass die antiquarischen Handschellen und das bisschen Tür ihn aufhalten würden, wenn er raus gewollt hätte?«

»Mir ist scheißegal, was du denkst. Ich werde den Leuten schon verklickern, dass er eine gefährliche Maschine ist und zerstört werden muss.«

»Ich schlage vor, Kira, du gehst jetzt mit deinem Trupp auf Patrouille und lässt deine Wut an echten Androiden aus.«

Jetzt konnte ich nicht mehr an mich halten und stand auf. Rico machte sich gerade auf den Weg zum Kerker und Kira starrte mich überrascht an.

»Wenn du ihm ein Haar krümmst, bring ich dich um!«, fauchte ich.

Kira sah mich von oben herab amüsiert an. Mir war bewusst, dass sie eine kleinere Frau mit unsportlicher Figur und langen roten Haaren vor sich sah, die wenig bedrohlich wirkte. »Du willst mir drohen? Dich zerlege ich in alle Einzelteile.«

Sie machte einen Schritt auf mich zu, packte mich am Arm und schleuderte mich mit einem geschickten Wurf auf den Rücken. Ich war völlig überrascht und stöhnte auf, als der Aufprall mir die Luft aus den Lungen presste. Doch rasch erinnerte ich mich an Xells Training, hielt Kiras Arm gepackt, stemmte die Füße gegen ihren Leib und warf sie neben mich. Schnell sprang ich auf die überlegene Gegnerin und verpasst ihr einen Faustschlag gegen die Schläfe. Kira ließ das unbeeindruckt und ich kassierte einen Gegenschlag auf das linke Jochbein. Mir wurde für einen Moment schwarz vor Augen und ich spürte, wie die Haut unter meinem Auge aufsprang. Im Augenwinkel registrierte ich einige aus dem Clan, die gespannt zusahen.

Mit einem wütenden Angriffsschrei presste ich beide Hände auf Kiras Kehle. Die Frau unter mir begann zu röcheln. Doch sie hatte weiterhin genug Kraft, mich mehrmals in die rechte Seite zu boxen und mit der anderen Hand von sich wegzudrücken. Sie traf zum Glück die Rippen und nicht die Niere. Trotzdem explodierte Schmerz in mir.

Allmählich verließen mich die Kräfte und ich war nahe dran, Kiras Kehle loszulassen. Doch ich wusste, dass das mein Todesurteil sein würde, denn diese Frau war mir in jedem Fall überlegen. Kira bäumte sich auf und ich wurde von ihr heruntergeschleudert. Sie kam auf alle viere und auch ich versuchte aufzustehen. Der Blick meiner Gegnerin war voll Hass.

Sie setzte gerade zum finalen Angriff an, als ich plötzlich weggerissen wurde und nach hinten flog. Überrascht sah ich hoch und erkannte Xell, der mir auf die Beine half.

Kira brüllte wie am Spieß, wurde jedoch von Rico und zwei seiner Leute festgehalten.

»Das reicht!«, schrie Rico. »In meinem Clan dulde ich keine Kämpfe.«

»Die gehört nicht zu unserem Clan!« Kira versuchte, sich loszureißen. »Und dieser Robotermann ebenso wenig.«

Xell hatte mich an sich gedrückt. Ich zitterte vor Entkräftung, Wut und Angst.

Rico stellte sich zwischen uns beide und Kira. »Solange sie hier sind, sind sie unsere Gäste und werden mit Respekt behandelt. Ist das klar?«

Kira zerrte fortwährend und völlig erregt an der Umklammerung der zwei Clanmitglieder.

»Ist das klar, Kira?«

Ihre Augen wurden zu Schlitzen wie bei einer Raubkatze kurz vor dem Sprung.

»Wenn du dich unseren Gesetzen nicht verpflichtet fühlst, kannst du gern gehen«, sagte Rico ruhig.

Kira atmete sichtbar tief durch und gab schließlich den Widerstand auf. »Gut«, knurrte sie. »Ich werde das respektieren.«

Der Mann und die Frau, die Kira bis jetzt fixiert hatten, ließen sie frei. Sie strich ihre Kleidung glatt und ging auf Xell und mich zu. Ihre Augen taxierten mich kalt.

»Ich entschuldige mich dafür«, sagte Xell ruhig, »dass ich dein Angebot nicht zu schätzen wusste. Du bist eine attraktive Frau, aber ich habe schon eine andere.«

Kira begann zu lächeln. »Werde glücklich mit deiner kleinen Bitch, Roboter.« Dann drehte sie sich um, stolzierte durch die Zeltreihen und verschwand in einer Öffnung in den angrenzenden Gebäuden.

»Sie wird sich beruhigen«, versicherte Rico. »Aber ich würde dir raten, ihr aus dem Weg zu gehen. Gekränkte Eitelkeit bringt einem schnell ein Messer zwischen die Rippen.« Er zog sein Hemd ein Stück hoch und entblößte eine Narbe, die senkrecht über seine linke Seite verlief.

»Danke für die Warnung«, sagte Xell und grinste Rico an.

Als sich die Leute des Clans entfernt hatten, setzte ich mich entkräftet auf den Boden. Sue wühlte in ihrem Rucksack und reichte Xell ein Tuch. Der hockte sich vor mich und tupfte mir das Blut von der Wange.

»Was ist denn in dich gefahren, Cyborg?«

»Keine Ahnung. Sie drohte damit, dich in deiner Zelle zu verbrennen, und da du gestern so apathisch warst, habe ich befürchtet, du würdest das willkommen heißen.«

»Danke. Du überraschst mich immer wieder. Keine Sorge, mir geht es gut. Ich will Silas finden und nicht von diesem Miststück gekillt werden.«

»Das beruhigt mich.«

Xell drückte drei Klammerpflaster auf meine Verletzung. »Es wird sicher eine Narbe geben. Selber schuld.«

Ich sah ihn verständnislos an.

»Du hast meine Anweisungen nicht korrekt ausgeführt«, sagte er.

»Was?« Ich blickte weiterhin irritiert.

»Du hättest ihr wenigstens die Nase oder einen Arm brechen können.«

Sue begann zu lachen.

»Das nächste Mal, Cyborg«, entgegnete ich. Dann zog ich die Augenbrauen hoch. »Ich hoffe, du hattest eine angenehme Nacht.«

Xell zog den Hemdkragen ein Stück herunter. Zwischen Schlüsselbein und Schulter war eine runde Verletzung zu sehen.

Ich lachte. »Sie hat dich gebissen?«

Xell zuckte mit den Schultern. »Dafür hat sie jetzt ein schönes blaues Auge.«

»Lass mich das desinfizieren«, meinte Sue und sprühte sofort etwas auf die Wunde. »Vielleicht hat sie Gift in ihren Zähnen.« Sie kicherte.

»Würde mich nicht wundern«, gestand Xell lachend.

Rico führte Xell und mich am späten Nachmittag durch das Lager und in eines der angrenzenden Hochhäuser. Sue und Zedrik wollten ein bisschen Zeit für sich.

Wir erklommen mit Rico mindestens zwanzig Etagen, was mich sehr anstrengte. Xell dagegen hatte keine Probleme, diese Distanz zu überwinden. Auch für Rico war das wohl ein normaler Spaziergang. Die beiden schafften es sogar, sich zu unterhalten, wogegen ich irgendwann nur noch nach Luft schnappte und mir meine Beinmuskulatur mitteilte, dass Treppensteigen eindeutig nicht zu ihren gewohnten Fortbewegungsarten gehörte.

»Wie ist das passiert?«, fragte Rico und deutete auf Xells Arm.

»Ein Kampfeinsatz. Anderer Ort. Andere Zeit.«

Rico nickte, antwortete jedoch nichts.

In den oberen Stockwerken des Gebäudes fehlten die Außenwände, sodass Wind, Regen und Sonne eindringen konnten. Dort breiteten sich Plantagen mit Obstbäumen aus, Beete mit Salat und Gemüse, Sträucher mit Früchten und Beeren. Es wirkte hier fast wie in der *Oasis*. Scheinbar hatten die Menschen überall das Bestreben, sich eine kleine Oase zu schaffen. Und von irgendetwas mussten sie sich schließlich ernähren.

»Wir müssen das gegenüber anderen Clans verteidigen. Es gibt einige, die sich nur durch Raubzüge über Wasser halten. Natürlich gibt es auch welche, die sich wie wir eine nachhaltige Versorgung aufgebaut haben«, erzählte Rico und pflückte eine Tomate, die er mir reichte.

Ich biss hinein und gab sie an Xell weiter, der das Stück ebenfalls mit Genuss aß. Es schmeckte unheimlich fruchtig. Ich konnte mich nicht erinnern, wann ich das letzte Mal eine Tomate gegessen hatte. Vor meinem inneren Auge sah ich mein schäbiges Appartement, beleuchtet durch das flackernde Neonlicht der Reklame an der Fassade. Überall schmutziges Geschirr, Kleidung, Kabel, Computerteile und Papierkram, der von meiner Zeit als Journalistin zeugte. Ich wusste nicht mehr, ob ich dort jemals glücklich gewesen war, außer auf meinen Cyberreisen.

Und hier? In dieser Zukunft? Es war nicht viel anders. Ein ständiger Kampf ums Überleben. Ich wünschte mir plötzlich Ruhe und Frieden. Hätte ich mich möglicherweise doch in die Gesellschaft der Harmoniesiedlung einfügen sollen? Dann könnte ich jetzt am Strand liegen, Gemüsebrot knabbern und zusehen, wie sich draußen im Meer die Wellen am Koloss brachen.

Eine Hand tastete nach meiner. Sie fühlte sich kühl und starr und metallisch an. Ich legte meine Finger darum. Wäre ich dort in der Siedlung geblieben, gäbe es diese Hand nicht. Nein, ich hatte mich richtig entschieden und ich wollte Silas wiederfinden.

»Kira ist sehr eigensinnig«, berichtete Rico. »Aber sie ist ein guter Soldat und beschützt unsere Gemeinschaft mit ihrem Leben. Sie hat schon viele dieser Androiden getötet.«

»Gehören die auch einem Clan an?«, fragte ich.

Rico schüttelte den Kopf. »Nein, die gehörten mal zu einem großen Konzern und beschützen noch immer dessen Gebäude. Einige der Häuser haben wir oder andere Clans eingenommen und sind dadurch in den Besitz von Waffen, Medikamenten und auch verschiedene Gerätschaften gekommen, die wir nutzen können. Selbst Lebensmittel in Konserven oder gefriergetrocknet konnten wir erbeuten. Doch diese Gebäude werden rar. Die Ressourcen, die sie enthielten, sind allmählich aufgebraucht. Es gibt allerdings einen großen Tower, der sich lohnen würde.« Rico wies mit dem ausgestreckten Arm in die Ferne.

Wir konnten von hier oben über die niedrigeren Häuser hinwegsehen und durch die Lücken der hohen Türme hindurch. In einiger Distanz sahen wir ein gigantisches Hochhaus, dessen obere Etagen von Wolkenfetzen umspielt waren. Und dann brach sich plötzlich das Sonnenlicht in einer Glaspyramide auf seinem Dach.

»Das ist es«, flüsterte ich.

Bevor jemand etwas antworten konnte, drang von unten Lärm herauf. Wir drei sahen hinunter ins Lager. Kira kam mit einigen Clanmitgliedern zum Tor herein. Offenbar hatten sie einen Gefangenen dabei.

Als Xell und ich den Weg nach unten antraten, hörten wir in wiederkehrenden Abständen Schreie. Sie kamen aus dem Kerkerraum, mit dem Xell Bekanntschaft gemacht hatte. Der Cyborg ging zielstrebig darauf zu und ich folgte ihm mit innerer Unruhe. Die Tür war nur angelehnt und so traten wir einfach ein.

An der Wand war ein Androide angekettet, von der Art wie jener, der am Kreuz in der Kirche hing oder auch der, der Alvin angeschossen hatte. Ein Feuerkorb war in der Nähe aufgestellt, in dem Eisenstangen zum Glühen gebracht wurden. Einige von Ricos Leuten standen daneben und Kira hatte eins der glühenden Eisen in der Hand. Damit hatte sie den Androiden offensichtlich soeben verletzt. Ich sah mehrere frische Wunden auf seinem entkleideten

Körper. Das Gewebe dort war schwarz verbrannt und ich bemerkte, dass es keinesfalls humanoide Haut war, sondern synthetische. Der Gesichtsausdruck des Androiden drückte allerdings Angst und Schmerz aus, was durchaus menschlich wirkte. Gerade trat Kira wieder vor und presste eine neue glühende Spitze gegen seine Haut. Er schrie auf. Ein Geruch von verschmortem Kunststoff breitete sich aus. Das Eisen hinterließ erneut eine deutliche Spur.

Ich bemerkte, wie Xell neben mir zusammenzuckte, und fasste seine Hand fester, um ihn zurückzuhalten. Aber er blickte mich entschlossen an.

»Wegschauen geht nicht«, flüsterte er.

Ich ließ seine Hand los und er trat neben Kira.

»Was soll das?«, fragte er scharf.

»Das geht dich nichts an«, erwiderte sie und legte das Eisen zurück ins Feuer. Sie nahm sich ein Frisches heraus.

»Lass das sein, Kira. Was hat er euch getan?«

»Seinesgleichen metzelt unsere Leute nieder. Er soll uns nur seine Standorte, die Anzahl seiner Soldaten, die Ausrüstung mitteilen – eben alles, was wichtig ist, um diese Maschinenarmee auszuschalten.« Sie blickte Xell herausfordernd an. »Halt dich raus. Das ist nur ein Ding, eine Maschine. Kein Mensch.«

»Nein, das werde ich nicht. Er scheint nicht einfach bloß eine Maschine zu sein. Ich will, dass ihr aufhört, ihn zu foltern.«

»Was interessiert mich, was du willst«, fauchte Kira und hob das Eisen.

Xell stellte sich schützend vor den Androiden. »Er leidet!«

»Er leidet? Wie sich das anhört.« Kira lachte. »Seine Schmerzen sind nicht echt. Er spielt das nur.«

»Woher willst du das wissen?«

»Weil er ein künstliches Subjekt ist.«

»Trotzdem kann sein Schmerz real sein. Was ist denn Schmerz anderes als die Weiterleitung eines Gefühls? Ein Schutzmechanismus, der seinen Körper vor Verletzungen bewahrt. Er könnte so etwas haben.«

»Du scheinst dich gut auszukennen, Roboter.«

»Ist kein Wunder, weil er so einer ist«, murmelte jemand.

»Wenn er so einen Schutzmechanismus hat, ist er kein Soldat. Er wird euch nichts erzählen können.«

»Geh zur Seite oder soll ich an dir testen, ob du ebenfalls Schmerz vortäuschen kannst?«

»Ich glaube nicht, dass er das vortäuscht, Kira«, sagte Xell ruhig.

»Das ist mir, ehrlich gesagt, völlig egal.« Sie hielt das Eisen Xell vors Gesicht. Dann gab sie ihren Leuten einen Wink und zwei von ihnen packten den Cyborg an den Armen.

»Mal schauen, ob du uns auch deine Menschlichkeit beweisen kannst.« Sie kniff die Augen zusammen und sah aus wie eine Katze, die mit der Maus spielte.

Xell schüttelte die zwei Clanmitglieder ab und begann, sein Hemd aufzuknöpfen.

»Echte Haut«, sagte er. »Kein synthetisches Gewebe wie bei ihm.«

»Nein, Xell«, rief ich erschrocken aus. »Lass dich nicht provozieren.«

»Schon gut, Dysti.«

Suchend sah ich mich um, ob ich irgendetwas als Waffe benutzen könnte, als ich plötzlich etwas Kaltes am Hals spürte und erstarrte. Einer von Kiras Männern hielt mir eine Pistole gegen den Nacken gepresst. »Cool bleiben«, flüsterte er.

»Denkst du, ich mache das nicht?«, knurrte Kira. »Denkst du, deine echte Haut hält mich davon ab?« Sie legte die Stange ins Feuer und taxierte den Cyborg abwartend. In ihrer Miene lag ein dezenter Ausdruck freudigen Erwartens. Entschlossen zog sie ein frisch glühendes Eisen heraus, ging zielstrebig auf ihn zu und drückte es auf seine Rippen. Im ersten Moment verkrampften sich seine Muskeln, doch dann sah er Kira entspannt an.

Die Frau machte einen erschrockenen Schritt zurück. »Scheiße«, flüsterte sie entsetzt. »Was bist du?«

»Verletzt«, gestand Xell.

Neben seinem Kopf bündelten sich Lichtstrahlen. Überrascht trat er zur Seite und wandte den Kopf dem Androiden zu. Aus dessen rechtem Auge schossen unzählige feine Strahlen heraus, wie Fäden aus dem Hinterleib einer Spinne, und formten im Raum ein 3D-Bild eines Mannes. Es stellte eindeutig Xell dar.

»Mensch-Maschine-Hybrid«, erläuterte der Androide in mechanischem Ton. »Umgangssprachlich auch Cyborg genannt. Unbekanntes Modell, wahrscheinlich Prototyp.«

Das Xell-Abbild drehte sich um seine Hochachse. Die linke Seite wurde rot, die Schulter, der Arm, die linke Gesichtshälfte mit dem Auge. »Künstliche Körperteile …« Das Brustbein und die Rippen färbten sich orange, ebenso der Schädel und einige Bereiche der Oberschenkel. »… und zusätzliche Verstärkungen an natürlichen Körperteilen …«

Xell trat hastig vor und legte seine Hand auf das Auge des Androiden. Sofort war das Hologramm verschwunden.

»Unterliegt das nicht irgendeiner Geheimhaltungsstufe?«, murmelte er erbost.

»Die Daten sind seit einhundertdreiundsechzig Jahren frei zugänglich. Sogar in der Wikipedia«, antwortete der Androide.

»Ach, wirklich?« Xell blinzelte erstaunt.

»Diese Art der Modifikation wird schon lange nicht mehr bei Soldaten angewendet. Aber im zivilen Bereich konnte damit eine Zeit lang Menschen die Lebensqualität verbessert werden, bevor das mit dem Replizieren von Gliedmaßen und Organen funktioniert hat.«

»Und ich bin kein verfickter Prototyp!«

»Verzeihung. Falsches Vokabular … Versuchskaninchen? Sagt man das so?«

Xells Augen wurden zu Schlitzen. »Noch ein Wort und ich beende, was sie angefangen hat.«

»Nun gut«, sagte Kira. »Dein Androidenfreund will uns also beweisen, dass du ein Mensch bist.«

»Er ist nicht mein Freund«, murmelte Xell. »Ich weiß nicht mal, wie er heißt.«

»Diese Dinger haben keine Namen«, erwiderte die Frau und strich sich einige ihrer schwarzen Zöpfe nach hinten, die sich wie ungehorsame Schlangen über ihr Gesicht gewunden hatten.

»Agamic«, sagte der Androide. »Mein Name ist Agamic.«

Kira schnaubte verächtlich.

»Du fühlst also keinen Schmerz, Xell, im Gegensatz zu diesem künstlichen Subjekt?«, fragte Kira. »Und das soll uns von deiner Menschlichkeit überzeugen?«

»So etwas kann man aus Menschen machen. Ja«, sagte er und knöpfte das Hemd wieder zu.

»Und du spürst wirklich gar nichts?«

»Natürlich spüre ich Schmerz, ich kann ihn allerdings steuern. Ich wurde trainiert, ihn auszuschalten. Außerdem habe ich kleine Nanobots im Blut, die zusätzlich die Schmerzweiterleitung unterbinden, wenn er zu groß wird.«

»Für was soll das gut sein?« Kira sah Xell jetzt mit tatsächlichem Interesse an.

»Um als Soldat bei Verletzungen trotzdem kampffähig zu sein.«

»Hört sich ziemlich pervers an.«

Xell zuckte mit den Schultern. »Deshalb glaube ich aber, dass Agamic kein Soldat ist. Was sollte das Schmerzempfinden für einen Sinn bei ihm haben?«

»Das ist richtig«, antwortete der Androide ruhig. »Ich bin Medi-Offizier. Ursprünglich für menschliche Soldaten.«

»Er wird euch also über Taktik und dergleichen nichts sagen können«, erklärte Xell. »Ihn zu foltern ist unnötig und unmenschlich. Wie du siehst, musst du nur die richtigen Fragen stellen.«

Kira gab ihren Leuten einen Wink und sie verließen den Kerkerraum.

»Er ist kein Mensch. Das sollte dir klar sein. In seinem Kopf sind Platinen und so ein Zeug. Er hat auch keine Organe wie wir. Eine Pumpe, die man vielleicht als Herz bezeichnen könnte, um seine gelbe Glibbermasse zu bewegen, ein paar Filter und Energiewandler. Du machst dir da Sorgen um nichts.«

»*Nichts* hat aber Angst und *Nichts* schreit, wenn man es verletzt.«

»Wir werden ihn trotzdem zerstören. Wenn nicht heute, dann morgen.« Kira drehte sich um und ging. Hinter sich schlug sie wütend die Tür zu.

Xell betrachtete den Androiden im Dämmerlicht.

»Danke«, sagte dieser. »Ich weiß das momentan nicht einzuordnen. Aber ich danke dir für deine Unterstützung.«

Xell nickte. »Benötigst du irgendetwas? Wasser? Nahrung?«

»Nein. Einen derartigen Stoffwechsel besitze ich nicht. Ich könnte etwas Sonne gebrauchen, um mich aufzuladen.«

»Okay. Ich werde sehen, ob ich das ermöglichen kann.« Xell blickte ihm nachdenklich in die Augen. »Ich habe jetzt gerade keinen Zugriff auf die Wikipedia«, sagte Xell und verzog den Mund zu einem Grinsen. »Verrate mir, wie das funktioniert, dass ihr keine Wärmesignatur aufweist.«

»Das ist witzig.« Agamic lachte. »Das mit der Wikipedia.«

»Und? Warum also?«

Der Androide wurde ernst. »Ich bin nicht befugt, darüber Auskunft zu erteilen.«

»Verstehe«, antwortete Xell nachdenklich. »Du weißt aber, wie der Tower bewacht wird, der hier das Objekt der Begierde ist?«

»Wenn du das angenommen hast, warum hast du dann gegenüber der Frau gelogen?«

»Tat ich das?«

Der Androide verzog das Gesicht zu einem Lächeln. »Ja, du hast ihr glaubhaft bewiesen, dass ich nichts wissen könnte, weil ich kein gewöhnlicher Soldat bin.«

»Und? Kennst du die Verteidigungsstrategie?«

»Ich bin nicht befugt, mit dir darüber zu sprechen.«

»Verstehe«, murmelte Xell.

»Wirst du mir jetzt Schmerzen zufügen?« Agamic blickte ihn fragend an.

Xell schüttelte den Kopf.

Wir waren im Begriff, den Gefängnisraum zu verlassen, als ich Xell an der Tür zurückhielt. »Warum hilfst du ihm?«

»Ich weiß nicht. Irgendwie fühle ich mich ihm verbunden oder so was.« Er blickte nachdenklich zurück.

»Er ist definitiv kein Mensch«, gab ich leise zu bedenken.

»Na und? Ist Nero ein Mensch? Trotzdem beschützt er Ruhl und Ruhl ihn.«

»Aber der Wolf ist ein Lebewesen. Agamic ist keins.«

»Mag sein. Er hat aber ein Bewusstsein, fühlt Schmerz und sogar Dankbarkeit. Ist es dann nicht völlig irrelevant, wie er unter seiner Haut aussieht?«

Ich schüttelte den Kopf. »Ich weiß nicht.«

»Zumindest wissen wir, dass die Störsender, die Ricos Leute benutzen, die Androiden ausschalten sollen, denn Kira sagte, dass diese ein Elektronengehirn haben. Sei also vorsichtig, damit keiner bemerkt, dass du ebenfalls anfällig dafür bist.«

Ich nickte. »Was hast du jetzt vor?«

»Hier verschwinden und Silas suchen. Agamic kann uns durchaus nützlich sein.«

»Du willst ihn mitnehmen?«

»Ja. Er kann uns zu dem Hochhaus führen. Du hast doch gehört, dass Rico sagte, die Androiden beschützen es. Vielleicht kann er uns sogar irgendwie reinbringen. Ich denke, dass er es tun wird.«

»Die Frage ist, ob er mit uns kooperiert oder seine Loyalität seiner Art gehört.«

»Das müssen wir herausfinden«, meinte Xell.

»Ich kann euch hören.«

Ich zuckte bei Agamics Kommentar unwillkürlich zusammen.

Xell lachte. »Gut«, antwortete er.

»Du solltest deine Verbrennung behandeln«, empfahl der Androide durch die Finsternis des Kerkers.

Mittlerweile war das Feuer im Korb fast aus. Nur etwas Glut schwelte. Die einzige Beleuchtung kam durch das Gitterfenster der Tür.

Xell drehte sich verwundert zu ihm um. »Das werde ich.«

14.

Im spärlichen Licht der abendlichen Lagerfeuer rückten Xell, Sue, Zedrik und ich eng zusammen.

»Ich habe vor, hier zu verschwinden«, erklärte Xell leise. »Ich möchte jedoch Agamic mitnehmen.«

»Wer ist das?«, fragte Sue.

»Der Androide, den Kira in der Kerkerzelle gefangen hält.«

Zedrik schaute skeptisch durch die Brille. Der Lichtschein der Feuer flackerte auf seinem Gesicht und die verschiedenartigen Farben seiner Iriden traten deutlich hervor.

»Kann man ihm vertrauen?« Sue blickte den Cyborg mit zusammengekniffenen Augen an.

»Ich hoffe«, gab er zu.

»Was soll der uns nützen?«

Xell blickte in die Runde. »Sie werden ihn töten oder zerstören. Das möchte ich nicht. Fragt mich nicht, warum, aber es ist mir einfach zuwider. Zudem ist er ein Medi-Offizier und könnte uns zusammenflicken, falls wir verletzt werden.«

Sue nickte. »Das ist ein Argument … sofern er uns nicht vorher auseinandernimmt.«

Xell fuhr mit der Hand nachdenklich über sein Kinn. »Das Wichtigste ist, dass er weiß, wo der Turm ist, in dem wir Silas vermuten, und er kennt die Verteidigungsstrategie. Er kann uns sicher dort reinbringen.«

»Wir brauchen aber unsere Ausrüstung zurück«, meinte ich.

Xell nickte. »Unbedingt.«

»Wie sollen wir vorgehen?«, fragte Zedrik. »Ich glaube, dass sie dort hinten eine Art Waffenkammer haben.« Er zeigte möglichst unauffällig zu einem der umschließenden Häuser. »Vielleicht finden wir da unser Zeug.«

Wir hatten die Rucksäcke bis auf Xell behalten dürfen. Aber darin waren nur Verbandszeug, Wasserflaschen und etwas Ersatzkleidung. Wir benötigten dringend die Schutzwesten, Waffen, Munition und möglichst einige Lebensmittel.

»Ich denke, es ist am sichersten, wenn ihr hier wartet und ich …«

»Stopp, Cyborg«, unterbrach ich ihn. »Du solltest dir weniger Sorgen machen und uns mal etwas zutrauen.«

Zwischen Xells Augen bildeten sich Falten. »Was schlägst du vor?«

»Du befreist Agamic, wir brechen ins Waffenlager ein und du kommst mit ihm nach.«

Einen Moment blickte Xell von einem zum anderen, dann nickte er. »No risk, no fun«, murmelte er. »Wir machen es so.«

Sue kratzte mit einem Holzstück nachdenklich Linien in den harten Boden zu ihren Füßen. »Wie sollen wir anschließend vom Gelände kommen? Das Tor wird stark bewacht.«

»Ich lasse mir etwas einfallen«, sagte Xell.

»Das ist ein bisschen vage«, kritisierte die Frau.

Xell zuckte mit den Schultern. »So läuft das Spiel aber. Ich weiß es eben noch nicht. Seid ihr dabei?«

Zedrik machte eine zustimmende Kopfbewegung.

»Klar. Ich werde dir nicht den ganzen Spaß allein überlassen«, fauchte Sue.

»Auf jeden Fall«, erwiderte ich.

Wir drei warteten, bis Xell die Kerkertür erreicht hatte. Ich beobachtete im Dämmerlicht, wie er an die Wache herantrat und diese plötzlich auf den Boden sank. Dann verschwand der Cyborg in der Tür. Wir anderen schlichen

Richtung Waffenlager. Zedrik führte uns an, denn er hatte bei einem Spaziergang durch das Camp das Lager entdeckt. Es befand sich im unteren Teil eines Gebäudes, an dem die Fassade gut erhalten war. An einigen Stellen hatte der Clan sie offenbar ausgebessert. Wir huschten lautlos zu einem offenen Durchgang und ich spähte hinein.

»Zwei bewaffnete Wachen ganz hinten vor einer Tür«, flüsterte ich.

»Wie sollen wir vorgehen?«, fragte Zedrik.

»Dysti und ich könnten sie ein bisschen ablenken.« Sue kicherte anzüglich. »Und du kommst dann dazu und schlägst sie nieder.«

»Im Ernst?« Zedrik sah Sue unsicher an.

»Warum nicht? Xell hat uns schließlich einige Griffe gezeigt. Such dir ein Stück Holz und dann kannst du uns unterstützen.«

»Na, gut.« Zedrik blickte sich um und griff sich zögernd eine Latte, die von einem Zaun stammen musste. Sie war schon recht verwittert, aber etwas anderes fand er auf die Schnelle nicht.

Sue und ich schlenderten in das Gebäude. Wir machten keine Anstalten, uns zu verstecken.

»Wer ist da?«, fragte eine der Wachen.

»Wir dachten, ihr könntet ein wenig Gesellschaft gebrauchen«, säuselte Sue.

Irgendwie war so ein Spiel nicht mein Ding und ich kam mir bescheuert vor. Ich blieb zwar an Sues Seite, überließ das Reden aber der fünfzehn Jahre jüngeren Frau.

»Komm näher, Süße«, antwortete eine der Wachen. Die Stimme war die einer Frau.

Sue zuckte mit den Schultern und ging zügig auf sie zu. Im Dämmerlicht erkannte ich neben der Sprecherin einen Mann. Er war nicht größer als ich selbst.

»Wen von uns beiden möchtest du zuerst vernaschen?«, fragte die Frau und grapschte Sue an die Brust.

Sue ging ganz nah an sie heran. »Dich«, hauchte sie in ihr Ohr. Dann stieß sie mit ihrer Stirn gegen das Nasenbein der Frau. Es knackte und eine Art Seufzer entwich der Fremden. Sie taumelte benommen an die Wand.

Der Mann daneben glotzte Sue mit offenem Mund an und war von der Situation offensichtlich völlig überrascht. Ich überlegte nicht lange, packte ihn am Arm, drehte ihn ein Stück vor und kam hinter ihn. Mit der freien Hand drückte ich ihm ins Kreuzbein, dass er leicht nach hinten kippte. Ich ließ den Arm los und presste meine rechte Armbeuge gegen seinen Kehlkopf. Mit der rechten Hand packte ich seine Schulter und setzte den anderen Arm in seinen Nacken, um den Hals zudrücken zu können.

Eigentlich hätte der Kerl dadurch in wenigen Sekunden bewusstlos werden müssen. Doch Theorie und Praxis kamen nicht in Einklang. Der Kerl begann sich nun zu wehren, denn ich war nicht hinreichend geübt, den von Xell erlernten Griff schnell genug auszuführen.

Inzwischen war Zedrik aufgetaucht und hatte der überrumpelten Frau mit der Latte gegen den Kopf geschlagen, sodass sie zu Boden sank.

Die Wache in meinen Armen setzte zur Verteidigung an und drückte mich gegen die Wand. Meine Kraft würde nicht lange reichen, um ihn weiterhin festhalten zu können. Plötzlich spürte ich, wie sich etwas Metallenes unter meinen Arm schob und auf die Kehle des Mannes presste. Der hielt abrupt in seiner Gegenwehr inne. Der Körper in meinem Griff erschlaffte. Ich ließ los und er sackte in sich zusammen und gab damit den Blick auf Xell frei, der grinsend vor mir stand.

»Nicht übel, Cyborg«, sagte er. »Ein bisschen schneller und er hätte keine Chance gehabt.«

»Wir können das ja bei Gelegenheit noch mal trainieren«, erwiderte ich leicht gereizt, da ich versagt hatte.

Hinter Xell sah ich Agamic, der die Szene interessiert beobachtete, aber nicht eingriff. Er trug nun einen Rucksack und Kleidung in Tarnfarben. Ich musste an Alvins Mörder denken und erkannte, dass Sue den Androiden ebenfalls reserviert musterte.

Zedrik hatte der Frau einen Schlüssel abgenommen und damit öffnete er die Tür. Drinnen war es äußerst dunkel und wir konnten kaum etwas erkennen.

»Wartet«, sagte Xell. »Ich suche unser Zeug und gebe es euch.«

Diesmal kam kein Widerspruch, da uns allen bewusst war, dass nur er von uns in der Lage war, im Dunkeln zu sehen. Es dauerte keine zwei Minuten, bis er uns Westen und Gewehre übergeben hatte. Selbst seinen Rucksack fand er und stopfte Ersatzmagazine hinein. Agamic bekam ebenfalls eine Schutzweste, jedoch keine Waffe.

Ich hatte inzwischen den Gang am hinteren Ende genauer untersucht. Es führte eine Treppe in ein Untergeschoss. Ich wollte gerade einen Fuß auf die erste Stufe setzen, als Xell mich zurückriss.

»Vorsicht, Laser!«

Entsetzt blickte ich mich um, bemerkte jedoch nichts.

»Der Zugang zur Treppe ist mit einem Infrarotlaser gesichert. Ungefähr dreißig Zentimeter über dem Boden. Keine Ahnung, woher die hier die Energie dafür haben. Ich weiß nicht, ob er nur einen Alarm auslöst oder gar einen Sprengsatz. Doch scheint mir das hier ein Ausgang zu sein, sonst wäre der bestimmt nicht so abgesichert.«

»Dann lotse uns über den Strahl, damit wir hier verschwinden können.« Sue stand direkt hinter mir und starrte das schwarze Loch an, in dem die Treppe verschwand.

»Der Laser ist ungefähr in dieser Höhe«, Xell beugte sich vor und deutete die Höhe mit der Hand an, »und genau über dem Treppenabsatz. Ihr müsst also drübersteigen und sofort nach unten auf die nächste Stufe. Am besten am Geländer festhalten und mit beiden Füßen gleichzeitig.«

»Ein bisschen Licht wäre nicht schlecht. Im Gegensatz zu dir sehe ich da unten rein gar nichts.« Ich blinzelte angestrengt.

»Mm«, machte Xell nachdenklich. »Ich habe keine eingebaute Taschenlampe.«

»Ich schon.« Alle drehten sich überrascht zu Agamic um. Das rechte Auge des Androiden leuchtete auf und warf einen Lichtstrahl auf die Treppe.

»Cool«, stieß Zedrik begeistert aus.

»Das ist eigentlich als OP-Lampe gedacht, wenn ich jemanden zusammenflicken muss. Aber hier scheint mir das ebenfalls nützlich. Damit verhindere ich, dass ihr runterfallt und ich jemanden zusammenflicken muss.«

Sue kicherte.

»Hast du so was wie einen Witzemodus?«, fragte ich gereizt.

»Nein. War das witzig?«, antwortete Agamic, drehte sich zu mir und verzog das Gesicht zu einem mechanischen Lächeln.

»Lasst uns gehen«, sagte ich und verdrehte die Augen.

Wir schafften es in das Untergeschoss, ohne irgendeinen Alarm auszulösen. Xell scannte fortlaufend die Umgebung, fand jedoch keine weiteren Fallen. In wenigen Minuten erreichten wir ein Rolltor. Es sah aus, als wäre das mal eine Tiefgarage gewesen, irgendwann zu anderen Zeiten, als die Welt noch von Autos bevölkert gewesen war.

Xell schob das Tor mit dem kybernetischen Arm ein Stück nach oben. Wir rollten uns der Reihe nach hindurch.

Der Cyborg schob sich als Letzter durch den Spalt und ließ das Tor dann los, sodass es laut auf dem Boden aufschlug.

Ich sah mich um, konnte in der Finsternis der Nacht jedoch nichts erkennen. Xell suchte die Umgebung nach Lebewesen ab, fand aber keinerlei Infrarotsignaturen.

»Gibt es Gefahren, die ich nicht sehe? Leute wie dich zum Beispiel?«, fragte er den Androiden.

»Nein.«

»Ich hoffe, du lügst uns nicht an«, zischte ich ihm zu. »Wenn jemand von uns durch dich zu Schaden kommt, tue ich das, was Kira mit dir vorhatte.«

»Verstehe«, erwiderte Agamic. »Aber ich habe nicht vor, euch Schaden zuzufügen. Ihr habt mein Leben gerettet.«

»Ich vertraue dir«, sagte Xell.

»Gut, dann laufe ich jetzt da rüber. Einen besseren Vertrauenstest gibt es nicht, oder?«, sagte ich und blickte Xell an. Meine Augen hatten sich mittlerweile so weit an die Dunkelheit der Nacht gewöhnt, dass ich sein Gesicht schemenhaft erkennen konnte. Ich glaubte, Unsicherheit darin zu lesen. Nochmals scannte er die Umgebung, dann nickte er.

Ich zögerte nicht und lief geduckt über die nächtliche Straße. Unbehelligt erreichte ich einen Baum, der durch den Asphalt gewachsen war, und hockte mich hinter den dicken Stamm. Jetzt schlug mir das Herz bis in den Hals. Agamic hatte nicht gelogen, trotzdem wurde mir erst jetzt bewusst, welches Vertrauen ich in ihn gesetzt hatte – in ihn, den synthetischen Menschen ohne Herz und Seele. War ich eigentlich bescheuert? Seine Emotionen sind nur Programme auf einer Platine, dachte ich. Und ich redete mir ein, sie wären echt.

Xell setzte sich neben mich und auch Zedrik, Sue und Agamic hockten sich in den Schutz der Pflanze.

»Ich weiß nicht«, meinte Xell und blickte zurück. »Das kommt mir alles zu leicht vor.«

»Dann sollten wir schnell verschwinden.« Zedrik überprüfte nervös sein Gewehr.

Mithilfe von Agamics und Xells Fähigkeiten bewegten wir uns zielsicher und relativ lautlos durch die nächtliche Ruinenstadt. Es war schon weit nach Mitternacht, als wir uns schließlich in einem Kellergeschoss verkrochen, um ein paar Stunden zu schlafen und den Sonnenaufgang abzuwarten.

Sonnenlicht mit dem goldenen Ton des Vormittags weckte mich. Neben mir regten sich Sue und Zedrik. Xell und Agamic standen im Schatten eines Haufens Betonbrocken, die mit gelben Blüten bewachsen waren. Ich beobachtete eine Eidechse, die sich auf einem der Steine sonnte. Das Tier ließ sich von der Anwesenheit des Cyborgs und des Androiden nicht stören.

Langsam erhob ich mich. Ich spürte zwar nicht den Kopfschmerz, doch Schwindel und leichte Übelkeit überkamen mich. Vorsichtig tastete ich mich tiefer in das Gewölbe hinein, um einen abgeschiedenen Platz für die intimen Dinge des menschlichen Alltags zu finden.

Unerwartet musste ich mich übergeben. Meine körperlichen Reaktionen erschreckten mich und ich hoffte, dass ich mir keinen Virus eingefangen hatte, denn ich fühlte mich schlapp und müde. Das kam sicherlich von der inneren Anspannung, die die Flucht aus dem Camp verursacht hatte, und dem Schlafdefizit, redete ich mir ein.

Die anderen waren in Aufbruchsstimmung, als ich sie erreichte.

»Was ist los?«, fragte Xell. »Du siehst blass aus.«

»Alles in Ordnung«, log ich. »Nur ein wenig Kopfschmerzen.«

Er strich mir über die Wange. »Wir brechen gleich auf. Agamic wird uns führen. Der Tower ist nicht mehr weit.« Dann wandte er sich dem Kellergewölbe zu.

»Wohin gehst du?«, fragte Sue.

Xell drehte sich nicht um, sondern hob nur die Hand wie zum Gruß. »Bin gleich zurück. Ich muss nur eben der menschlichen Natur folgen.«

»Auch wenn er einen modifizierten Körper hat und Modell SIFORT-2187 optisch sehr ähnelt, besitzt er, im Gegensatz zu diesem und mir, einen humanoiden Stoffwechsel und muss von Zeit zu Zeit seine Blase entleeren«, erklärte Agamic mit der Stimme eines Navigationssystems.

»So genau wollte ich das nicht wissen«, kicherte Sue.

Agamic blickte sie mit einer Mischung aus Enttäuschtsein und Unverständnis an.

In diesem Moment katapultierte sich ein Schatten auf den Betonhaufen. Tierische Pfoten erdrückten die gelben Blumen und die Eidechse huschte in einen Spalt. Sue, Zedrik und ich sprangen erschrocken ein Stück zurück. Das Tier war ein schwarzer Schemen im Gegenlicht und knurrte uns an. Agamic blieb ungerührt stehen und taxierte es. Sue nahm das Gewehr in Anschlag.

»Canis lupus«, kommentierte der Androide. »Gilt seit über hundertfünfzig Jahren als ausgestorben.«

Ich hörte ein feines Klirren, als würde jemand eine Melodie auf winzigen Gläsern spielen. Erleichtert atmete ich auf und drückte den Lauf von Sues Waffe zu Boden.

»Nero«, rief ich.

Das Knurren ging in ein leises Fiepen über und der Wolf kam auf mich zu gerannt. Ich hockte mich nieder und ließ zu, dass er mit der Zunge über mein Gesicht leckte.

»Da kommt jemand«, warnte der Androide. »Homo sapiens sapiens …«

»Schon gut, Agamic. Das muss Ruhl sein«, unterbrach ich seinen Erklärungsansatz.

Xell kam aus der Tiefe des Gebäudes zurück, als Ruhl gerade zu uns hereinkletterte.

»Nun, Cyborg, wo waren deine besonderen Sinne? Wenn das nicht Ruhl wäre, sondern ein anderer Clan, dann …«

»… hättet ihr euch sicher meisterhaft verteidigt«, unterbrach Xell meine Ansprache. »Ihr wolltet Vertrauen in eure Fähigkeiten. Ich gebe euch Vertrauen.«

»Gut herausgeredet«, murmelte ich, als Xell neben mir stand.

»Ich bin nicht unfehlbar«, flüsterte er zurück. »Und hin und wieder müsst ihr selbst mal die Augen aufmachen.«

»Touché«, antwortete ich und lachte ihn an.

Der Alte kraxelte unbeholfen über einen Schuttberg, wobei sein Mantel lustig klimperte. Er trug seinen prall gefüllten Rucksack auf dem Rücken.

»Ruhl, wo ist Silas?«, fragte Xell und reichte ihm eine hilfreiche Hand.

Ruhl ergriff sie und ließ sich über den Schuttberg helfen. »Ich weiß nicht.«

»Was soll das heißen?«

Der Alte setzte sich schnaufend neben dem Cyborg auf einen Betonbrocken. »Er ist weggelaufen. Ich konnte ihn nicht wiederfinden.«

»Das glaube ich nicht.« Xell verzog missmutig das Gesicht.

»Glaube, was du willst. Aber Silas und ich dachten, dass ihr beide tot seid. Der Junge ist völlig zerstört. Keine Ahnung, was in seinem Kopf vorgeht.«

»Nero hätte ihn finden können.«

Der Wolf blickte Xell an und legte den Kopf schief, als verstünde er, was der Cyborg sagte.

»Ich bin ja nicht blöd. Natürlich habe ich ihn die Fährte sofort aufnehmen lassen. Dennoch hat er sie verloren.«

»Wann war das?«

»Das wird so vor drei Tagen gewesen sein.«

»Aber es muss doch einen Auslöser gegeben haben.« Xell stemmte die Hände in die Hüften und wirkte verzweifelt.

Agamic sah nachdenklich zur Straße hinauf, von der blendend helles Licht hereinströmte. »Ich habe vor einigen Tagen gesehen, wie dieser alte Mann und ein Junge in den Tower hineingingen. Heraus kam nur der Alte«, erklärte er mit ruhiger Stimme.

»Was? Wieso sagst du das erst jetzt?« Xell war bestürzt.

»Du hast mich nicht danach gefragt.«

Der Cyborg packte mit seiner menschlichen Hand Ruhl vorn am Hemd und zog ihn auf die Füße. Nero begann zu knurren und fletschte die Zähne.

»Sag mir, was du mit Silas gemacht hast!«

»Beruhige dich, Xell«, versuchte Ruhl, ihn zu beschwichtigen, und nahm abwehrend die Arme hoch.

»Ich werde mich nicht beruhigen, bevor ich nicht weiß, ob Silas etwas zugestoßen ist.« Sein Ton war laut und scharf.

Nero sprang ihn jetzt an und Xell hielt ihm den kybernetischen Arm entgegen. Der Wolf biss hinein und zerrte daran.

»Hör zu, Ruhl! Ich werde deinen Wolf töten, wenn du jetzt nicht auspackst.«

»Nein, tu das nicht. Bitte. Nero! Aus!«

Xell schüttelte den Wolf ab. Doch das Tier sprang ihn erneut an. Obwohl der Cyborg Ruhl mit der Rechten festhielt, schaffte er es, den Wolf im Sprung mit den metallenen Fingern am Nackenfell zu packen. Das Tier wurde jetzt noch aggressiver und wand den Kopf wild hin und her, im Bestreben, irgendwo hineinzubeißen.

»Dann rede! Sonst breche ich ihm das Genick.«

»Gut, ich erzähle dir alles. Aber lass ihn frei!«

Xell ließ den Wolf los. Sofort verzog er sich winselnd in eine Ecke. Ich hockte mich zu ihm und streichelte ihn.

Ruhl hatte Schweißperlen auf der Stirn. »Ich muss etwas trinken«, murmelte er.

Xell machte ein Zeichen mit der Hand, dass er es ihm gewährte. Der Alte holte eine Flasche aus seinem Rucksack und trank. Dann blickte er uns alle der Reihe nach an. »Wir haben gedacht, dass du und Dysti tot seid«, begann er.

»Wer ist wir?«

»Assa, ich und Silas.«

Xell hob auffordernd das Kinn, sodass Ruhl weitererzählte.

»Damit Silas nicht ebenfalls von Kilian geschnappt wird, habe ich ihn mit in die Stadt genommen. Ich kenne Wege, wo man nicht auf diese Killermaschinen trifft.« Dabei nickte er zu Agamic.

Der Androide öffnete den Mund, um offenbar zur Verteidigung anzusetzen, aber eine Bewegung des Cyborgs gebot ihm, still zu sein.

»Gut«, sagte Xell ungeduldig. »Du hast ihn in die Stadt mitgenommen. Und dann?«

»Wisst ihr, die vielen Dinge, die ich mitbringe, finde ich nicht alle einfach so. Die meisten Sachen gibt es in dem Tower. Doch als ich diesmal dort eingedrungen bin, wurde ich von zwei Damen gefangen genommen. Sie waren durchaus hübsch und glichen sich wie Zwillinge. Aber sie waren auch sehr brutal und schlugen mich nieder.« Er zeigte auf eine Platzwunde an seiner Stirn. Das Blut war längst getrocknet. »Sie haben gesagt, dass sie Silas haben möchten. Sie würden mir sogar einen Tauschartikel anbieten und mich gehen lassen. Ich … habe eingewilligt. Was hätte ich sonst tun sollen?«

»Warum haben sie dich nicht einfach umgebracht und Silas mitgenommen?«

Ruhl zuckte mit den Schultern.

Xell schnaufte unzufrieden. »Irgendwas ist faul an deiner Story.«

»Nein. Das ist die Wahrheit.«

»Welchen Tauschartikel hast du erhalten?«, fragte ich, während ich weiterhin neben dem Wolf kniete und ihn beruhigend kraulte.

Ruhl blickte mich unentschlossen an. »Eine Platine für unsere Pumpen.«

»Ha!« Xell lachte erbost auf. »Du Mistkerl! Du wusstest wahrscheinlich, dass es dort so etwas gibt, und hast Silas nur aus diesem Grund mitgenommen. Als Tauschobjekt.«

»Nein. Ich hatte keine Ahnung, dass hier jemand Interesse an dem Jungen haben könnte.«

Xell packte Ruhls Kopf mit beiden Händen. »Ich werde dir das Genick brechen, du verfluchter Verräter.«

Ruhl sah den Cyborg entsetzt an. »Xell, ich wollte euch helfen, wirklich. Bitte …«, flehte er.

Xell starrte den Alten unsicher an.

»Dysti! Lass das nicht zu«, wandte sich Ruhl nun an mich. »Bedenke«, fügte er mit freundlicher Stimme hinzu, als ich nicht die gewünschte Reaktion zeigte. »Du bist mir noch etwas schuldig. Erinnerst du dich? Der Preis für die Schuhe. Ich will nicht deine Seele, aber lass mir meine.«

Auch ich wollte Silas unbeschadet wiederhaben und verstand Xells Zorn. Doch andererseits wünschte ich Ruhl nicht den Tod. Noch bestand Hoffnung, dass es Silas gut ging. Ich stand auf und stellte mich neben Xell. »Vielleicht kann er uns noch nützlich sein«, sagte ich ruhig. »Er kennt nach eigener Aussage sichere Wege.«

Der Cyborg ließ den Alten los. »Wenn Silas etwas zugestoßen ist, bring ich dich um!«

Ruhl blinzelte nervös.

»Hast du eventuell etwas zu essen dabei?«, fragte Sue. »Ich sterbe vor Hunger.«

Ruhl nickte und kramte einige Dosen aus dem Rucksack. Wir verschlangen gierig den Inhalt der Konserven, der hauptsächlich aus Fisch bestand, was aber niemanden störte. Seit gestern Mittag hatten wir nichts mehr gegessen und waren ausgehungert. Bei unserer Flucht hatten wir keine Lebensmittel mitnehmen können.

Ruhl führte uns einige Straßen weiter in eine Ruine. Wir begaben uns in die Tiefgeschosse. Der Alte schien des Öfteren hier hindurchzugehen, denn es lagen ein paar Fackeln parat. Ruhl ergriff eine der Hülsen, riss an der Schnur und unser Trupp hatte im aufflammenden weißen Licht Aussicht auf einen gemauerten Stollen. Über uns wölbte sich eine halbrunde Decke aus roten Ziegelsteinen.

»Ein altes Abwassersystem«, erklärte Agamic fasziniert. »Ich war der Meinung, die seien alle versperrt und die Zugänge gesprengt.«

Der Alte lachte leise, ohne sich umzudrehen. »Ihr habt nicht jeden Gang erwischt.«

Wir wanderten durch ein Labyrinth unter der Stadt. Hin und wieder erklommen wir eine Leiter, um den Weg in einem höheren Geschoss weiterzugehen. Einiges erinnerte an Tiefgaragen, andere Räume an Lagerhallen.

»Was ist das?«, fragte Sue mit Blick auf vollgestopfte Regale. Die Verpackungen waren zerplatzt und der Inhalt fast gänzlich pulverisiert. In wenigen der plastikumhüllten Päckchen erkannten wir eine zylindrische Form, die bei Berührung allerdings zerfiel.

»Toilettenpapier«, antwortete ich zynisch. »Die Welt ist untergegangen, aber wir haben reichlich Toilettenpapier. Vielleicht finden wir sogar noch ein paar Nudeln.«

Xell blieb stehen und lauschte.

»Was ist?«, fragte ich leise.

Der Cyborg drehte sich um und spähte in den Gang, aus dem wir hier hereingekommen waren.

»Ich glaube, wir werden verfolgt.«

Auch der Wolf blieb stehen, starrte in die Finsternis und knurrte.

»Wer auch immer das sein mag«, entgegnete Ruhl. »Wir müssen gleich an die Oberfläche. Dort können wir ihn sicher abschütteln.«

»Vielleicht Androiden«, meinte Xell. »Ich kann keine Wärmesignatur feststellen, nur Geräusche.«

»Nein«, erklärte Agamic. »Wir halten uns nicht hier unten auf.«

»Es könnten genauso gut Menschen sein, die sich zu verstecken wissen«, meinte ich.

Xell nickte. »Ich kann nicht um Ecken sehen.«

»Also doch kein Röntgenblick?«, stichelte ich.

Der Cyborg ließ seine Augen mit ernstem Gesicht an mir hoch und runter wandern. Dann zuckte er mit den Schultern. »Wer weiß?«

Agamic verharrte einen Moment reglos und lauschte konzentriert. »Drei Menschen«, kommentierte er.

Xell machte einen anerkennenden Gesichtsausdruck und winkte dann zum Weitergehen.

»Wenn wir gleich nach oben kommen«, fügte Agamic im Laufen hinzu, »sollten wir vorsichtig sein. Wir befinden uns nur zwei Querstraßen vom Tower entfernt. Dort gibt es zahlreiche Wachen ... meiner Art und auch der, die dir ähnlichsehen.«

Nach dem längeren Aufenthalt in der Dunkelheit des Abwassersystems brannte das Sonnenlicht wie Feuer in meinen Augen, obwohl wir uns noch nicht auf der Straße befanden. Ruhl hatte uns durch eine Tiefgarage in das Erdgeschoss eines Gebäudes geführt, das ursprünglich eine verglaste Front gehabt hatte. Doch die Scheiben waren längst zerstört. Sonnenstrahlen fluteten den weitläufigen Raum, der einst die Lobby eines Hotels oder Geschäftsgebäudes gewesen sein mochte. Xell und Agamic sicherten mit ihren Sinnen die Umgebung.

»Momentan ist alles ruhig«, bestätigte der Cyborg.

Wir traten an die ehemalige Eingangstür heran und blickten hinaus. Eine Baumgruppe wuchs auf der Kreuzung vor dem Haus. Vögel zwitscherten in den Zweigen und im Gras, welches in den Ritzen des aufgeplatzten Straßenbelags spross, saßen einige Kaninchen. Das Bild war friedlich, zu friedlich vielleicht.

Irgendwo im Gebäude schepperte etwas und ich drehte mich reflexartig um und richtete die Waffe in den Raum. Im Augenwinkel sah ich, dass Xell, Agamic, Sue und Zedrik genauso reagiert hatten. Doch die Lobby war leer.

»Ruhl ist weg«, flüsterte Zedrik.

»Scheiße«, murmelte ich.

»Was soll's.« Xell winkte ab. »So erspart er mir die Entscheidung, ob ich ihm eine Kugel in den Kopf jagen soll.«

»Hoffentlich hat er uns nicht in eine Falle geführt«, gab ich zu bedenken.

»Er konnte nicht wissen, auf uns zu treffen, also wird es in dieser Richtung keine von ihm geplante Falle geben.« Xell wies nach draußen. »Allerdings besteht die Möglichkeit, dass er unsere Verfolger kennt und sie unterstützt, uns zu finden.«

»Dann sollten wir uns aufteilen«, schlug ich vor. »Schlagt ihr euch weiter Richtung Tower durch und ich lege mich auf die Lauer, um herauszufinden, wer unsere Verfolger sind.«

Xell warf mir einen missbilligenden Blick zu. »Auf keinen Fall. Ich lasse dich hier nicht allein. Du würdest keine Viertelstunde überleben.«

»Danke für dein Vertrauen«, knurrte ich. »Hast du vergessen, wer dich vor der Verschrottung gerettet hat?«

Xell zog die Augenbrauen zusammen. »Das war etwas anderes.«

Sue stellte sich neben mich. »Ich denke, dass Dysti recht hat. Wir können nicht vorn die Androidenwächter bekämpfen und gleichzeitig irgendwelche Fremden im Nacken hocken haben. Ich werde mit ihr hierbleiben und die Verfolger abfangen. Ihr drei könnt euch weiter nach vorn durchschlagen.«

»Mir scheint die Taktik vernünftig«, mischte sich der Androide ein.

»Ach ja?«, stieß Zedrik hervor und stierte dabei Sue an. »Du hast auch niemanden zu verlieren, Agamic.«

»Das ist korrekt«, erwiderte der Androide. »Das ist ein Dilemma des Homo sapiens sapiens. Ständig sorgt ihr euch um andere und könnt deshalb nicht objektiv denken.«

Xell stieß die Luft aus und trat an mich heran. Er legte seine menschliche Hand auf meine Wange. »Gut, wir machen es so. Versteckt euch und findet heraus, wer uns verfolgt. Geht keinerlei Risiko ein und vermeidet einen Kampf.«

Ich nickte.

»Wir werden vorsichtig sein«, antwortete Sue.

Xells Miene zeugte von Sorge, aber er versuchte nicht mehr, uns Frauen von unserem Plan abzubringen. Das Ziel war, Silas zu finden und möglichst keine Verluste zu erleiden. Ein Feind im Nacken war definitiv eine zu große Gefahr.

Während die zwei Männer und der Androide sich Deckung suchend auf die helle Straße begaben, blickten wir Frauen uns entschlossen an. Wir liefen zurück zum Treppenhaus, das uns wieder in die Tiefgarage hinunterbrachte. Dort legten wir uns vor dem Durchbruch im Boden auf die Lauer, aus dem wir selbst vor wenigen Minuten aus der Kanalisation gekommen waren.

Es bedurfte kaum Geduld, denn schon kurz danach vernahmen wir Geräusche. Jemand kletterte an der Abbruchkante herauf und seine Füße ließen Betonstückchen nach unten rieseln. Es hörte sich fast wie das Knacken einer Eierschale an. Plötzlich tauchte ein Gewehrlauf am Rand auf, dann ein Schopf mit schwarzen Zöpfen, der sich mit dem Lauf nach allen Seiten drehte. Ich musste an ein Küken denken, das gerade aus seinem Ei schlüpfte. Während einer Reportage über Massentierhaltung hatte ich diesen Vorgang einmal live miterlebt. Es hinterließ ein zwiespältiges Gefühl in mir. Etwas wurde geboren, um von mir gegessen zu werden. Ich hatte es danach erfolgreich verdrängt und trotzdem weiter meine Fleischprodukte konsumiert.

Kira, schoss es mir durch den Kopf und das Küken verschwand. Schnell zog ich mich hinter die Säule zurück. Wenige Meter links von mir hockte Sue ebenfalls hinter einem der porösen Stützpfeiler. Sie lugte vorsichtig am Rand der Säule vorbei und zeigte mir drei Finger.

Sie waren also zu dritt. Ich hörte die drei Clanmitglieder flüstern. Anscheinend diskutierten sie, in welcher

Richtung sie nach ihrer Beute suchen sollten. Auffordernd blickte ich zu Sue hinüber und deutete mit den Fingern einen Countdown an, der von drei abwärts zählte. Bei null sprangen wir beide gleichzeitig aus unserer Deckung.

»Waffen weg und Hände hoch!«, schrie ich.

Kira, der Mützenmann und ein Dritter rissen ihre Gewehre herum und hatten augenscheinlich nicht die Absicht, der Aufforderung nachzukommen. Es krachte und Projektile fegten uns um die Ohren. Sue wurde getroffen und stürzte zu Boden. Ich warf mich hinter einige Betonbrocken, die irgendwann einmal aus der Zwischendecke gebrochen sein mussten, und feuerte zurück. Die drei Angreifer ließen sich ebenfalls in Deckung fallen. Jemand schrie und die Schussgeräusche erstarben.

Hastig robbte ich zu Sue hinüber. Ein großer Stein in Form eines gewaltigen menschlichen Kopfes bot uns Schutz. Wahrscheinlich der Überrest einer Statue, ein Relikt aus vergangenen Zeiten. Ich wunderte mich, dass mir das erst jetzt auffiel, obwohl wir hier heute schon einmal vorbeigekommen waren.

Die junge Frau lag stöhnend auf dem Rücken und tastete ihren Bauch ab. In der Weste steckte eine Kugel. Das Gewebe hatte sie aufgehalten und Sue außer einer Prellung keinen Schaden zugefügt. Ich zog sie hoch und lehnte sie mit dem Rücken an die Stirn des seitlich liegenden Steinkopfes.

Das Schreien des Fremden wurde leiser und zu einem Wimmern. Vorsichtig lugte ich hinter dem Kopf hervor und erkannte Kira und den Mützenmann zwischen Trümmerteilen, die wie Finger aussahen. Anscheinend kümmerten sie sich um den Verletzten, den ich getroffen hatte. Der Mützenmann hatte allerdings die Umgebung im Auge und zielte mit dem Gewehr mal dahin, mal dorthin.

»Geht es dir gut, Sue?«, flüsterte ich.

»Ja, der Schmerz lässt allmählich nach.«

»Wir sollten nicht lange überlegen und die zwei ausschalten.«

»Dann los!« Sue sprang auf.

»Nicht töten, wenn möglich.«

Wir stürmten nach vorn. Kira wirbelte herum und ich sah, dass sie nicht ihr Gewehr, sondern ein kleines schwarzes Rohr in der Hand hielt. Schlagartig schoss der Schmerz in meinen Kopf. Meine Vorwärtsbewegung folgte nur noch der Mechanik meiner Beine, die nicht spontan stehen bleiben konnten. Ich prallte gegen die schwarzhaarige Frau und riss sie um.

Im Fallen erkannte ich, dass der Mützenmann das Gewehr hochriss. Doch bevor er abdrücken konnte, traf ihn ein Projektil aus Sues Waffe im Bein. Er fiel rücklings zwischen die steinernen Fingerglieder und schlug mit dem Kopf gegen einen Daumennagel. Offenbar bewusstlos rührte er sich nicht mehr.

Kira schüttelte mich ab. Der Schmerz im Kopf war unerträglich, aber diesmal wusste ich, dass er von dem Störsender kam und somit lähmte er mich nicht vor Angst. Ich sprang sofort wieder auf Kira zu und versuchte, ihr das Gerät zu entreißen. Kira verpasste mir einen Schlag gegen das Brustbein und trotz der Weste blieb mir die Luft weg. Meine Gegnerin wollte sich auf mich wälzen, um mich zu fixieren, doch ich nutzte Kiras Schwung und riss sie über mich hinweg. Der Störsender flog davon, blieb jedoch aktiv. Kira wirkte benommen.

Ich sah die Bilder vor mir, wie emotionslos diese Frau Agamic und Xell gefoltert hatte. Rachegefühle blitzten zwischen dem unerträglichen Kopfschmerz in mir auf und ich spielte mit dem Gedanken, ihr die Nase zu brechen.

Aber neben Kiras Kopf tauchte Sues Gewehrlauf auf und ich ließ von ihr ab. Ich stemmte mich hoch, hob mein Gewehr auf, schwankte zu dem Sender und zerschlug ihn mit dem Kolben. Der Schmerz erstarb, dennoch stülpte sich mir der Magen um. Ich stützte mich gegen einen Teil der Statue und erbrach.

»Nimm deine Hände hoch«, hörte ich Sue kommandieren.

Kira gehorchte. Ich trennte einen Riemen von Kiras Rucksack und fesselte dem gerade zu sich kommenden Mützenmann die Hände. Schließlich auch der wütend dreinblickenden Kira.

»Ihr habt ihn umgebracht«, fauchte Kira.

Ängstlich ging ich zu dem Angeschossenen hin und hockte mich nieder. Er war tatsächlich tot. Mein Schuss hatte ihn oberhalb der Weste am Hals gestreift, jedoch tief genug, um die Arterie aufzureißen. Er hatte keine Chance gehabt und war verblutet. Einen Moment starrte ich in die leeren Augen. Mit zitternden Fingern verschloss ich sie. Seine Haut fühlte sich noch immer warm und lebendig an.

Mir fielen Xells Worte ein: *Wenn ihr euch für eine Waffe entscheidet, entscheidet ihr euch dafür zu töten.* Ich hatte getötet. Ich hatte einen Menschen umgebracht. Er war vielleicht in meinem Alter und sah in seinem jetzigen Zustand nicht bedrohlich aus, eher, als ob er schliefe. Mir wurde heiß und meine Hände zitterten, als sei ich auf Entzug. Wer war er? Nein, ich durfte darüber nicht nachgrübeln. Nicht jetzt …

»Dysti?« Sues Stimme erlöste mich. Abrupt riss ich mich von dem Anblick und meinen Gedanken los und wandte mich Kira und dem Mützenmann zu. Dieser hatte eine Wunde im Bein, die jedoch kaum blutete. Die Kugel war im Muskel stecken geblieben und hatte kein größeres Blutgefäß erwischt.

»Was hattet ihr vor, Kira?«, fragte ich in scharfem Ton.

»Geht euch gar nichts an«, zischte sie. »Interessant ist aber, dass *du* auf den Störsender ansprichst und nicht dein Roboterfreund. Das hatte Stanley schon erwähnt, aber ich hielt es für Geschwafel im Fieberwahn.«

Der Genannte musste jener sein, den Xell in der Kirche angeschossen hatte, überlegte ich.

»Na und?«, erwiderte ich. »Was willst du mit dieser Information anfangen?«

Kira zuckte mit den Schultern. »Weiß ich noch nicht. Bist du ein Androide?«

»Nein, bin ich nicht. Und die Fragen hier stelle ich und nicht du. Warum verfolgt ihr uns?«

Kira schob die Unterlippe vor. Ihr Gesichtsausdruck wirkte trotzig. Sue stieß ihr ungeduldig mit dem Stiefel gegen das Bein.

»Aus mir bekommt ihr nichts raus«, entgegnete die Frau. »Oder wollt ihr uns foltern?« Sie verzog das Gesicht zu einem Grinsen.

»Xell hat gesagt, du sollst ihr die Nase brechen«, gab Sue von sich.

Ich setzte mich auf Kiras Unterleib und hielt ihr die geballte Faust drohend vors Gesicht.

»Soll mich das jetzt abschrecken?« Kira lachte. »Na, dann tu's doch! Selbst mit gebrochener Nase könnte ich dich Bitch immer noch ausstechen. Hätte ich wirklich Interesse an deinem Blechmann gehabt, dann …«

Ich war wütend über ihre Arroganz, aber ich hatte nicht vor, mich auf ihr Niveau herabzulassen. Gerade hatte ich einen Mann erschossen. Wenn ich jetzt auch noch diese Frau absichtlich und ernsthaft verletzen würde, wäre ich mir wie ein Monster vorgekommen. Ich konnte Xell jetzt besser verstehen.

»Wir haben keine Zeit, um uns mit euch zu streiten. Ich nehme an, dass ihr einen Anschlag auf mich oder Xell verüben wolltet. Das ist euch nicht gelungen.«

Kira lachte. »Ihr nehmt euch zu wichtig. Wenn wir das vorgehabt hätten, wärt ihr längst tot.«

Ich senkte die Faust. »Was sollte sonst eure Absicht gewesen sein?«

»Was soll's.« Kira zuckte mit den Schultern, soweit das ihre auf dem Rücken verschnürten Arme zuließen. »Ist doch scheißegal, ob ihr das wisst oder nicht. Wir wollten in den Tower hinein. Ich habe euch belauscht, daher wusste ich, dass ihr Agamic benutzen wollt, um da reinzukommen. Das habe ich als Chance angesehen und bin euch gefolgt. Meinst du, eure Flucht aus dem Camp wäre gelungen, wenn ich euch nicht den Weg freigemacht hätte?«

»Was wollt ihr da drinnen?«, fragte Sue.

»Was eben da ist. Lebensmittel, Technik … wer den Tower unter Kontrolle hat, regiert die Stadt.«

»Und wer ist das momentan?«

»Keine Ahnung. Er zeigt sich nie.«

»Wir haben einen Freund da drinnen. Den möchten wir rausholen. Eure Eroberungsidee scheint mir da im Moment zu gefährlich zu sein. Das kann ich nicht zulassen.«

»Ist mir doch egal. Du hast hier gar nichts zu melden, Bitch.«

Nachdenklich blickte ich auf mein Gewehr. »Was soll ich jetzt mit euch tun?«

»Keine Ahnung …«

»Bitch«, nahm ich ihr das Wort aus dem Mund.

Kira machte eine anerkennende Miene. »Wenn ich du wäre, würde ich uns die Köpfe wegpusten.«

Sue legte ihr die Mündung ihrer Waffe an die Stirn. »Liebend gern.«

Kira grinste sie kalt an.

Ich war mir nicht sicher, ob Kira ihre Angst nur gut zu verbergen wusste oder tatsächlich keine hatte. Trotzdem verspürte ich wenig Lust, die Frau zu ermorden und drückte Sues Gewehr ein Stück zur Seite.

»Ich bin allerdings nicht du, Kira. Ich sehe keinen Sinn darin, dir den Kopf wegzuballern. Aber ich möchte mich auch nicht dauernd umdrehen müssen. Und zudem will ich nicht durch einen Angriff eures Clans unseren Freund in Gefahr bringen.«

»Du hast leider nur diese Möglichkeit. Rico wird sicher bald mit seinen Leuten nach uns suchen. Er kann sich denken, dass wir euch gefolgt sind.«

»Ich bin überzeugt, ich habe noch eine andere«, antwortete ich. »Dein Freund hier ist verletzt.« Ich zeigte mit dem Gewehr auf den Mützenmann. »Der andere ist tot. Ich werde euch gehen lassen, da du den Tower sicher nicht allein angreifen wirst. Bis ihr im Camp und mit Rico und seiner Armee zurück seid, sind mindestens drei Tage vergangen. Bis dahin haben wir unseren Freund entweder gefunden oder nicht. Danach ist mir ganz gleich, was ihr anstellt.«

Kira betrachtete mich forschend.

»Ich würde ihr lieber die Birne wegschießen«, knurrte Sue leise. »Ich traue der nicht. Vielleicht verfolgt sie uns und schießt uns kaltblütig in den Rücken.«

Ich schüttelte leicht den Kopf und streckte mich zu Sues Ohr hinauf. »Ich denke nicht. Was hätte sie davon? Sie hat viel mehr gewonnen, wenn wir die Wachen dezimieren und vor ihnen in den Tower eindringen und etwaige Gefahren beseitigen.«

»Wenn du meinst.« Sue zuckte mit den Schultern. Dann ging sie zum Mützenmann und schlug ihn mit dem Gewehr bewusstlos. »Wir brauchen ein wenig Vorsprung.«

Kira straffte ihre Haltung und erwartete offenbar, dass ihr das gleiche Schicksal zuteilwürde. Aber ich hielt Sue zurück. »Lass sie. Sie wird etwas Zeit benötigen, um sich von den Fesseln zu befreien und dann ihren Freund zurück ins Camp bringen. Das verschafft uns genügend Vorsprung.«

Kira blickte mich aus zusammengekniffenen Augen an, als erwarte sie, dass sich das Gesprochene als Lüge herausstellte.

»Ist doch so, oder?«, fragte ich.

Kira nickte einlenkend. »Was immer du sagst, Bitch.«

Ich sammelte die Waffen unserer Gegner ein, entfernte die Magazine und steckte sie in meinen Rucksack. Dann warf ich die Gewehre hinunter in die Kanalisation, kehrte Kira und dem bewusstlosen Mützenmann den Rücken und ging mit Sue davon.

»Ich bin nicht überzeugt, dass das eine gute Idee war«, meinte Sue.

»Was hätten wir tun sollen? Sie alle töten?«

»Ja«, entgegnete Sue kalt.

Ich hielt ihr eine Hand hin. Meine Finger zitterten immer noch leicht. »Es ist kein gutes Gefühl, ein Menschenleben auf dem Gewissen zu haben.«

Sue betrachtete meine zitternden, blutbeschmierten Finger eine Weile, gab jedoch keine Antwort. Schweigend erreichten wir die Lobby.

»Du hast wahrscheinlich recht, Dysti. Doch ich habe Niné verloren und auch Alvin. Niemand hatte danach gefragt, ob ihre Leben wichtig waren oder nicht. Und du machst dir Gedanken um diese Frau? Sie hätte Xell ohne mit der Wimper zu zucken erledigt, wenn die Gelegenheit dazu vorhanden gewesen wäre.«

Ich atmete tief durch. »Ich weiß. Aber ich fühle mich wie im falschen Film. Mein Leben hat eine derart absurde Wendung genommen, dass ich nicht mehr weiß, was richtig oder falsch ist. Es kommt mir alles wie ein Albtraum vor.«

»Das tut mir leid. Willst du mir davon erzählen?«

Unschlüssig zog ich die Schultern hoch. »Ein anderes Mal vielleicht.«

»Was hat es mit dem Störsender auf sich? Was bedeutet das?«

Ich blieb stehen. Wir hatten gerade den Durchgang zur Straße erreicht und die nun tiefer stehende Sonne stand genau in der Lücke zweier Häuser und beschien hell unsere Gesichter. Das Licht blendete und mir schossen Tränen in die Augen. »Ich habe einen Chip im Kopf.«

»Was? So wie Agamic?« Sue sah entsetzt aus.

»Nein, nicht so. Ich habe ein normales Gehirn, aber es wurde mit einem elektronischen Chip aufgerüstet.«

»Warum?« Sue schüttelte verständnislos den Kopf. »Wieso tut man so etwas?«

»Ich habe mal irgendwann geglaubt, es könnte nützlich sein, stets mit allem vernetzt zu sein. Aber das war ein Trugschluss. Letzten Endes habe ich mich dadurch abhängig gemacht. Ich habe meine Selbstständigkeit aufgegeben, war stets erreichbar und überwachbar.«

»Ich verstehe das nicht wirklich«, gestand Sue. »Aber es ist mir auch ganz gleich.« Sie legte den Arm um meine Schultern. »Du bist ganz okay … für eine alte Frau.«

Ich blickte sie beleidigt an und boxte sie in die Seite. »Alte Frau? Vielen Dank!«

Sue lachte und mitten in ihrem Gekicher erscholl in der Ferne Gewehrfeuer.

Erschrocken blickten wir uns an und rannten los. Wir überquerten die Straße und suchten Deckung an den Fassaden auf der anderen Seite.

»Die Männer müssen auf die Androiden gestoßen sein«, flüsterte Sue aufgeregt.

Ich nickte zustimmend.

Es dauerte über eine Stunde, bis wir die drei entdeckt hatten. Nur die wiederkehrenden Gefechtsgeräusche wiesen uns den Weg. Die Männer und der Androide hockten an einem Pfeiler, der eine teilweise herabgefallene Trasse trug. Es musste früher eine Magnetbahnstrecke gewesen sein. Ich sah, dass selbst Agamic mit einer Pistole in eine Richtung feuerte. Die Schüsse der Gegner kamen aus dem dritten Stock eines Hochhauses.

Sue und ich tauschten einen Blick aus und huschten dann in die nächste Querstraße. Mittlerweile hatte das Adrenalin sich in meinem Körper derart ausgebreitet, dass meine Angst, getötet oder verletzt zu werden, gewichen war und einem seltsamen, mir vorher völlig unbekannten Gefühl Platz gemacht hatte. Es war die Entschlossenheit, die versteckten Gegner auszuschalten. Sue schien dasselbe zu empfinden. Jeder von uns hatte dort unten in der Straße jemanden zu verlieren. Möglichst leise huschten wir verwitterte und mit Moos und einer Kolonie Pilze bewachsene Treppenstufen hinauf.

»Hoffentlich geraten wir nicht in die Schussbahn unserer eigenen Leute«, flüsterte Sue und presste sich mit dem Rücken an eine Wand. Neben ihr öffnete sich ein Durchgang. Im Inneren mussten der oder die Angreifer auf der Lauer liegen.

»Ich vertraue auf Xells und Agamics Sinne«, erwiderte ich.

Ganz sicher war ich mir nicht, aber ich hatte keine Wahl. Auch ich stand an der Wand zum Durchgang und lugte nun vorsichtig hinein. Ich erkannte einen weitläufigen Raum, in dem verwitterte, aber noch erkennbare Schreibtische aufgereiht waren. Ein Großraumbüro, so wie ich es aus meiner Zeit als Journalistin kannte. Dort, wo die Fenster einst eine Aussicht auf das Treiben der Stadt gewährt hatten, gähnten scheibenlose Löcher. Davor lagen drei Gestalten. Sie zielten mit ihren Gewehren auf die Straße hinunter und gaben hin und wieder einen Schuss ab. Auch von unten wurde zurückgeschossen.

»Es sind sicherlich nur Androiden«, murmelte ich mehr zu mir selbst.

»Ja«, antwortete Sue. »Lass uns einfach draufhalten.«

Ich stand immer noch mit dem Rücken zur Wand und atmete tief durch. Plötzlich sah ich die Augen des Toten vor mir, den ich erschossen hatte. Bitte lass es keine Menschen sein, betete ich in Gedanken zu einer Gottheit, an die ich nicht glaubte. Dann blickte ich zu Sue. Sie war augenscheinlich bereit und nickte mir zu. Wir drehten uns in den Durchgang.

Ich stieß einen Schrei des Entsetzens aus. Wenige Meter vor mir stand Xell und zielte auf mich. Meine Finger legten sich um den Abzug und drückten ab. Ich spürte den Rückstoß und schloss die Augen. Auch Sue feuerte hörbar neben mir los. Ich riss die Augen wieder auf. Mein Gegner hatte ebenfalls geschossen, jedoch einen Bruchteil einer Sekunde später als ich. Er hatte mich verfehlt, weil meine Kugeln zuerst trafen und dadurch seine Waffenausrichtung minimal verändert worden war. Die Projektile schlugen neben mir in die Wand. Alles ging so schnell, dass ich den Überblick verlor. Der Mann fiel um. Sue hatte einen der am Fenster liegenden Gegner beschossen und der Dritte war aufgesprungen und hatte sich gerade zu uns umgedreht. Bevor er allerdings abdrücken konnte, durchschlugen ihn mehrere Projektile und er brach zusammen. Sie mussten von den Männern auf der Straße abgefeuert worden sein.

Ich ging zu dem Mann, den ich angeschossen hatte. Er lebte noch und gelbe Flüssigkeit quoll aus zwei Wunden in seinem Brustkorb. Die drei hatten alle keinerlei Schutzwesten getragen. Der Androide hatte Xells Gesicht und richtete mit unversiegter Kraft das Gewehr auf mich. Ich begann zu zittern. Meine Arme weigerten sich, mir zu gehorchen. Die Finger wollten nicht abdrücken, obwohl mir bewusst war, dass das nicht Xell sein konnte.

Ein Schuss krachte und in der Stirn des Androiden platzte ein Loch auf. Gelbes Gel spritzte heraus und klatschte zusammen mit dem Kopf auf den Betonboden zwischen den Schreibtischen.

Sue trat neben mich. »Hey, entspann dich. Das ist nicht Xell.«

»Ich weiß. Mein Verstand sagte mir das ebenfalls, doch …« Ich hockte mich neben dem toten Androiden nieder. Er sah scheiße echt nach Xell aus, nur fehlte ihm die Narbe, die sich bei dem Cyborg vom linken Auge über die Wange zog.

Schritte knirschten hinter uns, sodass Sue und ich uns abrupt umdrehten und unsere Waffen herumrissen. Im Durchgang stand Xell und hielt demonstrativ seine Hände hoch und das Gewehr zur Decke gerichtet. Diesmal war es der echte Cyborg. Dahinter erschienen Zedrik und Agamic.

Wir Frauen legten die Waffen ab und erhoben uns. Erleichtert fiel ich Xell um den Hals. Er schlang seinen menschlichen Arm um mich und presste sein Gesicht gegen meine Schulter. Die Anspannung fiel von mir ab und ich kämpfte darum, nicht in Tränen auszubrechen.

»Wir haben dich gerade erschossen«, flüsterte ich.

»Ich habe mich heute auch schon mehrfach gekillt«, gestand er.

Sue und Zedrik verschwanden eng umschlungen hinter der Wand. Agamic war zu den getöteten Androiden am Fenster gegangen. Beide sahen aus wie er. Xell und ich hockten uns neben das tote Xell-Modell. Die Ähnlichkeit war beängstigend. Er hatte jedoch viel kürzeres Haar als der Cyborg und er besaß keine Bartstoppeln.

»Gruselig«, flüsterte ich. »Zuerst habe ich aus Reflex geschossen. Doch als ich ihm in die Augen sah, war ich nicht in der Lage, ihn zu töten, obwohl ich genau wusste, dass du das nicht bist. Sue hat ihn schließlich erledigt.«

Xell räusperte sich. »Besser ihn als mich«, murmelte er.

»Keine Angst, Cyborg. Ich war mir sicher, dass du das nicht bist. Es waren keine Rachegefühle im Spiel.« Sue stand unerwartet hinter uns.

Xell blickte zu ihr hoch. »Beruhigend.« Er grinste, wurde aber schnell wieder ernst. »Wir sollten zügig weiterziehen. Das ist hier wie in einem Ameisennest. Die Androiden kommen aus sämtlichen Löchern gekrochen. Agamic ist diesbezüglich keine große Hilfe.«

»Das tut mir leid. Doch ich kann nicht vorhersehen, wo sich die Soldaten versteckt halten. Es gibt keinen Plan.« Agamic stellte sich neben Sue. »Wer sind eigentlich unsere Verfolger gewesen?«, fragte er.

»Stimmt«, sagte Zedrik. »In der Aufregung habe ich gar nicht mehr dran gedacht, was ihr vorhattet.«

»Es war Kira«, erklärte ich. »Sie hatte uns im Camp belauscht und uns quasi die Flucht erleichtert, damit wir sie unwissentlich in den Tower führen. Sie will ihn einnehmen.«

»Was habt ihr mit ihr gemacht?«, fragte Xell.

Sue zog die Brauen zusammen. »Ich hätte sie umgenietet, doch Dysti hat sie laufen lassen.«

»Tut mir leid. Aber ich hatte einen von Kiras Männern erschossen und ich konnte sie nicht einfach töten. Sie ist ein Mensch, auch wenn sie ein Miststück ist.«

»Wir haben sie gefesselt mit ihrem Kumpan zurückgelassen. Er hat von mir eine Kugel ins Bein abbekommen und sie brauchen sicherlich eine Weile, bis sie zurück in ihrem Camp sind.«

»Aber ich schätze, dass sie in drei oder vier Tagen den Tower angreifen werden. Wir müssen vorher Silas da rausgeholt haben«, sagte ich.

»Ihr solltet beobachten und keinen Krieg führen.« Xell schüttelte den Kopf.

Ich sah ihn verständnislos an. »Was hätte das gebracht? Ich denke, wir haben jetzt einen kalkulierbaren Vorsprung.«

»Na gut«, lenkte der Cyborg ein. »Dann lasst ihn uns nutzen.«

Koloss in den Wolken

15.

Die Sonne duckte sich am Horizont und der Himmel verfinsterte sich mit schwarzen Wolkenbergen. Trotzdem war es noch so hell, dass wir unsere Deckung gut aussuchen mussten.

Vor uns lag eine breite Straße. Vielleicht war es einst eine Allee gewesen, denn Bäume wuchsen ausreichend entlang der Hausfassaden. In der Mitte zog sich erneut die Trasse einer Hochbahn dahin. Unser Trupp bewegte sich vorsichtig zwischen den Baumstämmen und Xell und Agamic versuchten, eventuelle Gegner aufzuspüren. Auf der anderen Seite konnten wir nun deutlich das Hochhaus hinter niedrigeren Gebäuden erkennen. Der obere Teil war ins Wolkenmeer getaucht wie ein Pinsel in einen Farbeimer, nur kopfstehend. Die gläserne Pyramide entzog sich unseren Blicken.

»Wir müssen da rüber«, meinte Xell. »Wahrscheinlich sitzen überall Heckenschützen. Aber ich sehe sie nicht. Ich schlage vor, dass wir in zwei Gruppen losrennen. Die Gruppe, die gerade nicht in Bewegung ist, gibt der anderen Rückendeckung.«

»Ich geh mit Zedrik«, sagte Sue.

»Gut, dann laufen zuerst Dysti, Agamic und ich los. Wir haben es zwar etwas leichter, da unsere potenziellen Gegner erst reagieren müssen. Dafür ist unsere Gruppe größer. Wartet auf mein Zeichen. Lasst mich erst versuchen, einige der Androiden auszuschalten, bevor ihr zu uns aufschließt.«

Sue nickte und nahm eine der Häuserfronten ins Visier.

Xell machte eine Handbewegung und ich rannte vorwärts. Schlagartig brach die Hölle los. Die Geschosse schlugen um mich herum ein und rissen große Löcher in den Beton der Hauswände und der Straße. Steine und herausgerissene Verkleidungsfetzen regneten auf mich herab. Mit gesenktem Kopf warf ich mich in der Mitte der Straße hinter einen mit grünen Schlingpflanzen bewachsenen Bus, oder möglicherweise war es ein herabgefallener Teil der Hochbahn. Genau konnte ich nicht ausmachen, was das für ein Fahrzeug gewesen sein mochte.

Xell lag einige Schritte zurück und feuerte im Lauf in Richtung der unsichtbaren Schützen. Er erreichte die Deckung des mit Schlingpflanzen bewachsenen alten Gefährts. Plötzlich strauchelte er, stürzte, rollte sich ab und lag neben mir. Stöhnend robbte er zu dem begrünten Fahrzeug und lehnte sich mit dem Rücken dagegen.

»Verfluchter Mist!« Er presste die Hand auf die rechte Seite seiner Rippen, zog sie zurück und blickte sie überrascht an. Sie war voll Blut. Er nahm den Rucksack ab, öffnete die seitlichen Verschlüsse der Sicherheitsweste und zerrte sie sich über den Kopf. Die beschusshemmende Weste hatte vorn und hinten ein Loch.

»Du bist getroffen«, rief ich entsetzt.

»Ja … Mist. Das Projektil ist durch die Scheißweste und durch meine innere Panzerung hindurchgegangen wie durch ein Kotelett.«

»Wie ist das möglich?« Ich sah mich ängstlich um.

»Vielleicht Hochgeschwindigkeitsprojektile. Da kann selbst ich nicht mithalten.«

Agamic warf sich neben uns. »Railgun«, erklärte er sachlich wie ein Lexikon. »Durch ein Magnetfeld beschleunigte Projektile mit einer Mündungsgeschwindigkeit von zehn Mach und sehr hoher Zerstörungskraft.«

»Danke für die Erklärung«, presste Xell hervor. »Jetzt fühle ich mich gleich viel besser.«

»Gern geschehen.«

»Aber verflucht. Können die um die Ecke schießen? Ich war längst in Deckung.«

Agamic setzte zur nächsten Erklärung an. »Selbstlenkende Projektile. Du wurdest offenbar im Laufen mit einem Laser markiert. So ein Geschoss kann damit bewegliche Ziele treffen und selbst solche, die während ihrer Bewegung durch ein Hindernis verborgen werden.«

Ich blickte ihn bestürzt an.

»Wir sind jetzt aber relativ sicher, wenn wir nicht markiert wurden«, fügte Agamic sachlich hinzu.

Das Gewehrfeuer ebbte ab. Ich hockte mich besorgt vor Xell. Sein eben noch schmerzverzerrtes Gesicht entspannte sich.

»Hey«, sagte er beschwichtigend. »Alles okay. Die Nanos bekommen das wieder hin. Es dauert nur jedes Mal einen Moment, bis sie anspringen. Schmerz kann nur unterdrückt werden, wenn er vorhanden ist.« Er lächelte mich aufmunternd an.

»Trotzdem sollten wir das verbinden«, sagte ich bemüht sachlich.

»Ich kann mir das gern ansehen«, bot Agamic an.

»Später. Jetzt ist keine Zeit dafür. Zuerst müssen wir Sue und Zedrik heil herüberbekommen.« Er blickte erneut seine bluttriefende Handfläche an.

Agamic hielt ihm eine Packung vor die Nase. »Druckpflaster.«

»Na gut. Papp die drauf und dann müssen wir den zweien Feuerschutz geben.« Xell schob das Hemd hoch.

»Ich pappe die drauf«, imitierte der Androide den Cyborg. »Aber ich denke, dass …«

»Denke jetzt bitte nicht!«, blaffte Xell ihn an.

»Entschuldigung«, sagte Agamic und presste die Druckpflaster auf die stark blutenden Wunden.

Ich versuchte, meine Angst herunterzuschlucken, und redete mir ein, dass Xell wusste, was sein Körper und seine Nanos aushielten.

»Vielleicht könntest du mir jetzt verraten, wie das mit eurer Wärmesignatur funktioniert? Eventuell können wir dann verhindern, dass noch jemand unseres Teams verletzt wird«, bat er den Androiden.

Agamic sah Xell in die Augen. Sein Gesicht war ohne Regung, aber seine Augenlider blinzelten einen Tick schneller als sonst.

»Gut«, sagte er schließlich. »Ich habe offiziell die Seiten gewechselt und bin demnach ein Verräter. Also kann ich es auch verraten. Wir sind mit einer dünnen Schicht modifiziertem Vanadiumoxid beschichtet. Vanadiumoxid hat eine verzerrte Gitterstruktur, die es nicht leitend macht. Wenn man es erhitzt, verändert sich die Anordnung der Atome und es wird bei zirka fünfundsiebzig Grad Celsius leitend. Die Infrarotsignatur fällt dabei schlagartig ab und sieht dann aus wie von einem kühleren Objekt. Das Oxid wurde hier so weit modifiziert, dass dieser Effekt schon bei unserer Körpertemperatur von zweiunddreißig Grad erreicht wird.«

»Ich muss also nach kühleren Objekten Ausschau halten«, murmelte Xell und zog das Hemd über die Verletzung. »Und hoffen, dass der Hintergrund ein klein wenig wärmer ist.«

»Etwas gegen die Schmerzen, Xell?«, fragte Agamic.

»Nein, das weißt du doch.«

»Das ist schon seltsam. Die Menschen wollen ihren Schmerz ausschalten, um besser zu sein, als sie sind. Und künstlichen Personen wie mir haben sie ein Schmerzempfinden gegeben. Wo ist da der Sinn?«

Xell grinste und zuckte mit den Schultern. »Sie wollten euch menschlicher erscheinen lassen. Das hat etwas mit

Perfektion zu tun: der perfekte synthetische Mensch. Ich dagegen sollte möglich wenig menschlich sein, um gewissenlos töten zu können, bis ich selbst getötet werde.«

»Das verstehe ich nicht«, gestand der Androide.

»Schmerz ist ein Sicherheitsmechanismus zur Selbsterhaltung. *Du* solltest möglichst früh bemerken, wenn dein Körper in Gefahr ist. *Ich* dagegen soll es möglichst gar nicht realisieren … bis ich so weit zerstört bin, dass ich nutzlos bin.«

»Oh«, sagte Agamic. »Das hört sich sehr menschlich an.« Er grinste schief.

Xell lachte. »Sarkasmus. Das ist wirklich gut. Sie haben bei dir an alles gedacht.«

»Ich kann lernen durch Imitieren«, gestand Agamic.

Xell gebot ihm und mir, verschiedene Fassadenabschnitte im Auge zu behalten. Er stand auf, lehnte sich gegen das Gefährt und scannte die Häuserfronten. Schließlich gab er zwei gezielte Schüsse ab und etwas fiel aus einem höheren Stockwerk in die Tiefe.

»Gebt Zedrik und Sue das Zeichen.«

Wieder begann es aus verschiedenen Öffnungen der Häuser zu blitzen und der Donner der Gewehre zerriss die Luft. Xell landete einige Treffer, da er nun wusste, nach was er suchen musste. Zedrik und Sue kamen in unsere Deckung gespurtet und ließen sich vor uns zu Boden fallen. Zedrik sicherte das Gewehr und legte es ab. Sein Atem ging schnell und laut. Die Brille war beschlagen.

Auch Sue keuchte vor Anstrengung und innerer Spannung. »Die Androidensoldaten sind überall. Es sieht tatsächlich so aus, als ob sie das Hochhaus mit der Glaspyramide auf dem Dach beschützen würden.«

Agamic nickte zustimmend. »Das ist ihre Aufgabe.«

»Da müssen wir aber rein, weil Silas dort ist. Vielleicht können wir sie weglocken«, überlegte Xell und presste seine Rechte fester auf die Verletzung.

»Oh, Scheiße. Bist du getroffen?« Sue nahm ungefragt die Hand des Cyborgs hoch und blickte auf das durchlöcherte, blutdurchtränkte Hemd. »Sieht verdammt ernst aus.«

»Keine Bange. Das wird schon wieder. Für so was wurde ich schließlich aufgerüstet.« Er grinste Sue verschmitzt an.

»Na, du musst es ja wissen«, antwortete die Frau skeptisch und ließ seine Hand los. »Aber das Angebot steht noch.« Sie blickte ihn ernst an und lud geräuschvoll das Gewehr durch.

»Vielleicht komme ich darauf zurück.«

Ich drehte mich zu ihnen um. »Da habe ich auch noch ein Wort mitzureden.«

»Lasst uns das diskutieren, wenn es notwendig ist. Momentan möchte ich noch ein bisschen weiterleben.« Er zwinkerte Sue zu. »Es wird bald dunkel und dann haben wir bessere Chancen, möglichst unbemerkt in den Tower zu gelangen.« Xell drehte sich seitlich, um in die Straße blicken zu können. »Wir gehen wieder in zwei Gruppen. Dysti, Agamic und ich bewegen uns auf der ersten Straße Richtung Tower und du und Zedrik auf der darauffolgenden. Falls eine Gruppe angegriffen wird, geht sie in Deckung und lenkt den Angriff auf sich, um der anderen Gruppe den Weg freizuhalten. Verstanden?«

Sue nickte und entsicherte kampfbereit ihre Waffe.

Auch ich murmelte etwas Zustimmendes.

Xell sah uns aufmerksam an. »Wer zuerst am Tower ist, geht rein und sucht Silas. Die zweite Gruppe verteidigt die Tür für den Rückweg.«

»Alles klar«, bestätigte Zedrik.

Der junge Mann rückte seine Brille zurecht und lief mit Sue zusammen los. Sie versuchten, in der Deckung von Fahrzeugen, Fassaden und Pflanzengruppen zu bleiben. Trotzdem wurde von einem Gebäude aus auf sie geschossen. Xell gab ihnen Feuerschutz. Er lehnte weiterhin an dem Bus und zielte auf die Fenster des Hauses, aus dem die Schüsse kamen. Der Schütze hatte diesmal keine Chance, denn mithilfe seines Infrarotsehvermögens und der neuen Information konnte ihn der Cyborg schnell ausschalten.

Xell nahm den Rucksack wieder auf, ließ die durchlöcherte Weste allerdings liegen. Dann gab er mir ein Zeichen, indem er mich anstieß und wir beide rannten mit Agamic im Schlepp über die Straße zur gegenüberliegenden Häuserfront. Aus der Ferne war erneut Gewehrfeuer zu hören, welches sicherlich Sue und Zedrik galt.

Xell drückte sich an die von Efeu berankte Fassade und hatte das Gewehr an die Wange gedrückt. Agamic und ich blieben dicht hinter ihm. Auch ich hielt meine Waffe im Anschlag, hoffte jedoch, sie nicht gebrauchen zu müssen.

Neben mir knackte etwas. Ich riss das Gewehr herum, doch mein Finger wollte nicht gehorchen. Er weigerte sich, den Abzug zu drücken. Es war nur der Bruchteil einer Sekunde.

Ein Schuss krachte und jemand fiel zwischen die Trümmer im Inneren des Gebäudes. Den Schuss hatte Xell abgegeben.

»Alles okay?«

Ich nickte. Wir schlichen hinein. Der Tote war ein Android von der Xell-Sorte. Der Cyborg hatte ihm den halben Schädel weggeschossen und aus der entstandenen Öffnung quollen gelbes Gel und allerlei Elektronik hervor.

»Schon komisch, sich selbst umzulegen«, murmelte Xell, während er ihn nach brauchbaren Sachen untersuchte. Er steckte die Ersatzmagazine ein.

Die Sonne verschwand allmählich hinter den Türmen der Stadt, die lange dunkle Schatten warfen. Die Wolken bekamen größere Lücken und dadurch war ein Teil der Pyramide zu sehen, die vom Sonnenuntergang nun rötlich beleuchtet wurde. Aus der tiefen und nahen Perspektive war der Großteil jedoch verdeckt.

In der Ferne hörten wir erneut Schüsse. Ich überlegte, ob sie von Sue und Zedrik stammten und hoffte, dass den beiden nichts geschah.

»Das ist der Haupteingang«, flüsterte Agamic und zeigte auf einen Durchgang an der Ecke des Hauses. Wahrscheinlich war er früher einmal aus Glas gewesen, jetzt allerdings gähnte dort nur ein Loch.

»Da hinten gibt es noch einen anderen Zugang. Der ist meist weniger bewacht.«

»Okay, dann versuchen wir es dort«, entschied Xell.

Wir schlichen im Schatten der Gebäude dahin. Niemand war zu sehen. Es wirkte fast zu einfach. Aber eine andere Möglichkeit fiel uns nicht ein. Xell rannte über die Straße, drückte sich an die Hauswand und spähte in den türlosen Eingang. Dann winkte er uns. Ich huschte ebenfalls schnell hinüber. Als Agamic mitten auf der Straße war, eröffnete jemand über uns von hinten das Feuer. Xell und ich erwiderten es. Der Angreifer fiel aus einem der Fenster. Es war still und dunkel geworden. Von Agamic war nichts zu sehen.

»Warte hier!«, sagte Xell.

»Nein«, antwortete ich energisch. »Du wartest! Du kannst die Angreifer besser sehen und mir Feuerschutz geben. Außerdem bist du verletzt.«

Xell nickte einverständlich.

Ich ließ das Gewehr bei Xell, da ich ohne die schwere Waffe schneller rennen konnte. Xell zielte auf die Fassaden, behielt aber auch die Straße im Blick.

Mir schlug das Herz vor Angst bis zum Hals. Es war wie in einem dämlichen Cyberspiel. Ich rannte geduckt aus der Deckung von Steinklumpen und überwucherten Fahrzeugwracks zur nächsten Deckung, bis ich schließlich Agamic fand. Er lag bewegungslos am Boden.

»Ich lebe noch«, flüsterte er. »Aber mein Bein ist verletzt. Ich glaube nicht, dass ich es bis zum Eingang schaffe.«

»Doch, das schaffst du. Halte dich an mir fest.«

Er steckte die Pistole weg und legte einen Arm um meinen Nacken. Ich zerrte ihn hoch und er humpelte neben mir her. Keiner schoss auf uns. Unbehelligt zogen wir uns mit Xell in das Treppenhaus zurück. Wir schleiften den Androiden auf den ersten Treppenabsatz hinauf, um ein wenig Distanz zum Eingang zu haben, falls jemand angriff.

»Geht«, sagte Agamic. »Lasst mich hier. Ich versorge meine Verletzung und werde versuchen, Sue und Zedrik hierherzulocken, damit sie nicht den falschen Eingang nehmen.«

Xell blickte am Geländer der Treppe nach oben. »Das ist verdammt hoch. Ich lasse dich ungern zurück, aber ich wüsste nicht, wie wir dich dort hochbekommen sollten.«

»Das ist okay«, erwiderte der Androide. »Sucht Silas.«

Xell hockte sich neben ihn. »Danke. Wenn wir ihn gefunden haben, kommen wir schnell zurück.«

Agamic lächelte und nickte. Er schulterte den Rucksack ab und zog eine Art Klebepistole heraus. »Ich repariere mich und komme nach, wenn Sue und Zedrik da sind.«

Ich gab ihm mein Gewehr und nahm seine Pistole. Dann stürmte ich die Treppe hinauf und Xell folgte. Das

Licht der Dämmerung reichte mir aus, um die Stufen zu erkennen. Ich hörte meine schallenden Schritte und Xells Atemgeräusche. Sie erschienen mir ungewöhnlich laut und schnell.

»Das Gebäude ist riesig«, sagte ich und blieb nach einigen Etagen keuchend stehen. »Ich brauch eine Verschnaufpause.«

»Ich auch«, gestand der Cyborg und stützte sich am Geländer ab.

»Wie hoch müssen wir wohl?«

»Ich gehe davon aus, dass der, der sich hier eingeigelt hat, das Penthouse bewohnt«, meinte Xell.

»Ganz oben? Scheiße, das schaffe ich nie im Leben«, gestand ich. »Wie viele Stockwerke mögen das sein?«

»Um die zweihundert Etagen schätze ich.«

Ich stöhnte und blickte über das Plexiglasgeländer nach oben. »Gibt's hier keinen Aufzug?«

Xell nickte auffordernd zu einer Tür, die ins Innere des Gebäudes führte. Wir befanden uns der Beschriftung nach in der elften Etage. Ich stieß die Tür auf und richtete die Pistole sichernd nach allen Seiten. Der Gang war verlassen. Am rechten Ende gab es ein Fenster, das ein wenig Licht spendete. Die Scheibe war intakt, doch erkannte ich draußen Pflanzen, die sich bis hier hinaufgewunden hatten.

Xell nahm den Flur nach links in Augenschein und stand vor einer silbernen Tür. Er tastete sie ab. »Das könnte ein Aufzug sein. Ich habe keine Ahnung, wie er funktioniert … und ob überhaupt noch.«

Ich konnte ebenfalls keinen Knopf erkennen, auch kein Tastenfeld oder einen Scanner. Aber wie durch Geisterhand schob sich das Türblatt unerwartet auf. Die Kabine war beleuchtet, mit Sitzen aus rotem Samt ausgestattet, goldenen Verzierungen an den Wänden, aber ohne Fahrstuhlmusik.

Wir traten zögerlich ein. Die Tür glitt zu und der Lift setzte sich in Bewegung. An der Rückwand war ein Spiegel angebracht, in den wir nun beide starrten.

Unsere verdreckten Gesichter stierten zurück. Ich erkannte mich kaum. Ich hatte mein rotes langes Haar im Nacken zusammengebunden. Meine Arme waren zwar mit den Ärmeln der Jacke bedeckt, doch wirkten sie nicht mehr so untrainiert wie im Spiegelbild meiner schäbigen Wohnung vor zweihundertfünfzig Jahren. Nie hätte ich gedacht, dass ich mit einem Gewehr durch eine zerfallene Großstadt rennen würde. Jetzt stand ich da wie eine Guerillakämpferin mit Agamics Pistole in der Hand und der verkrusteten Verletzung auf dem blau unterlaufenen linken Jochbein, wo Kira mich getroffen hatte. Ich musste lachen.

»Was ist los, Cyborg? Du wirst doch jetzt nicht hysterisch werden.« Xell redete zu meinem Spiegelbild.

»Nein. Keine Angst. Aber sieh uns an. Sieh mich an. Das ist alles so absurd.«

Xell sah mich ernst durch das Spiegelbild an. »Ja, irgendwie schon. Andererseits ist das für mich nicht ganz so surreal.«

Ich betrachtete den Cyborg. Er hatte dunkle Schatten unter den Augen und sah müde aus. Auf seiner Stirn hatten sich Schweißperlen gebildet. Der Blutfleck auf seinem Hemd hatte sich bis zu seinem rechten Hosenbein hin ausgedehnt. Der metallische Geruch verbreitete sich in der kleinen Kabine.

»Wir müssen dringend deine Verletzung versorgen.« Ich lehnte mich erschöpft mit dem Rücken gegen die Aufzugtür.

Xell nickte. »Später. Zuerst will ich Silas finden.«

Es schien wie eine Ewigkeit, bis der Lift zum Stehen kam, aber plötzlich ruckte der Aufzug und stoppte. Die Tür schob sich kratzend zur Seite. Ich nahm die Pistole hoch und Xell das Gewehr in Anschlag. Er blickte zur geöffneten Tür hinaus und sicherte mit seiner Waffe nach beiden Seiten.

Vorsichtig traten wir aus dem Fahrstuhl heraus. Es war totenstill. Ich blickte mich forschend um. Der Raum, in dem wir uns befanden, war an einigen Stellen von diffusen Lichtquellen beleuchtet sowie vom Licht, das aus dem Aufzug quoll. Ich konnte Geräte erkennen und eine Art Konferenztisch mit Stühlen. Der Rest verlor sich in Dunkelheit. Es schien ein Labor zu sein oder ein Besprechungsraum. Neben mir hörte ich Xells ungewöhnlich schnellen Atem.

»Etwas stimmt nicht.« Xells Stimme war nur ein Flüstern.

»Was ist los? Ist die Verletzung doch schlimmer als erwartet?«

Xell lehnte sich keuchend an die Wand und ließ das Gewehr aus seinen Händen gleiten. Die Waffe polterte zu Boden und im selben Moment glitt die Aufzugstür zu.

»Xell, was kann ich tun?« Hilflos legte ich die Hand auf seine Brust und spürte, dass sein Herz raste. Sein Körper begann zu zittern. Normalerweise konnte er seine Verletzungen mittels seiner Nanobots selbst behandeln und sein Schmerzempfinden abstellen. Irgendetwas musste gerade vollkommen schieflaufen.

Er schüttelte nur den Kopf. »Ich kann den Schmerz nicht ausschalten. Etwas ist nicht in Ordnung.«

Verzweifelt blickte ich ihn an. Der Cyborg hatte ein schmerzverzerrtes Gesicht. Langsam rutschte er an der Wand herunter, bis er auf dem Boden saß. An der Mauer hatte er eine blutige Bahn hinterlassen.

Xell stöhnte und unterdrückte einen Schmerzensschrei.

»Das ist eine neue Erfahrung für Sie, stimmt's?«

Die Stimme kam unerwartet und ich zuckte unwillkürlich zusammen. Plötzlich erhellte sich der Raum durch indirekte Beleuchtung und mitten in diesem Lichtermeer stand ein Mann. Er hatte einen weißen Laborkittel an, der vorn offen war und einen schillernden dunklen Anzug darunter erkennen ließ. In der Hand hielt er ein Tablet. Mir war, als hätte ich in einen Elektrozaun gegriffen. In meinem Kopf explodierte etwas.

»Oh, Scheiße. Miller? Mike Miller? Wie …«, keuchte ich schockiert.

»Ja, die Zeit. Ich weiß. Das ist schwer zu glauben.« Miller grinste mich an. »Dysti Adams. Schön, Sie nach so vielen Jahren – Jahrhunderten – wiederzusehen.«

Ich war dermaßen schockiert, dass ich fast vergaß, Atem zu holen. Hinter Miller kam Silas zum Vorschein. Er war offenbar unverletzt. Der Junge rannte zu dem Cyborg, hockte sich neben ihn und schlang die Arme um dessen Hals.

»Silas«, presste Xell erleichtert hervor. »Hat er dir etwas angetan?«

»Nein. Mister Miller hat mich gut behandelt.«

Silas löste Xells Hand vorsichtig von dessen rechter Seite und schob das blutige Hemd hoch. Das Pflaster war durchtränkt und hing nur noch an einer Ecke fest. Die Wunde, die darunter zum Vorschein kam, blutete immer noch und der Junge presste ihm entsetzt die Hand wieder darauf.

»Wir brauchen Verbandszeug«, sagte Silas und blickte sich Hilfe suchend zu Miller um.

Ich stand mit offenem Mund da und beobachtete, wie Miller sich neben Xell hockte. Er nahm Xells Hand von der Wunde und hielt das Tablet davor. Das Bild, welches auf dem Display erschien, war eine Aufnahme in Xells Körper hinein. Miller zoomte es vor und zurück und ich erkannte nichts außer zerstörtem Gewebe und Blut.

»Sieht übel aus. Ihre Leber ist nur noch Mus, Xell. Aber das wissen Sie sicherlich selbst schon. Hochgeschwindigkeitsgeschosse sind tückische Scheißerchen. Sie zerstören nicht nur das Gewebe im Durchschusskanal, sondern zermatschen die Zellen weitläufig darum herum durch ihre Druckwelle. Echt eklig und immer tödlich.«

»Das ist mir bewusst«, presste der Cyborg hervor und rang sich ein freudloses Grinsen ab. »Hab ich noch Garantie? Vielleicht können Sie mich reklamieren.«

»Witzig bis zum Schluss.« Miller schaltete das Display aus.

Mich überkam Übelkeit und Panik stieg in mir auf. Xell hatte die ganze Zeit über gewusst, dass er tödlich getroffen war, und hatte mich angelogen.

»Wissen Sie, Sie zwei und natürlich Samuel – wo ist der Mistkerl eigentlich? – Sie haben mir eine Menge Ärger eingebrockt.« Miller schien wütend zu sein.

»Bitte, Miller, egal was Sie für einen Groll gegen uns hegen. Helfen Sie Xell«, bettelte ich.

Miller sah mich an und lachte. »Irgendwie witzig. Ich dachte, Sie können sich nicht ausstehen. Aber, was weiß ich, was Sie so alles erlebt haben in letzter Zeit. Abenteuer schweißen zusammen, ja?« Er tippte erneut auf seinem Tablet herum und Xell verkrampfte sich und begann zu schreien.

»Tut verdammt weh, was? Diese antiquarischen Nanos sind so leicht zu beeinflussen.«

»Lassen Sie das sein!«, brüllte ich und wollte ihm mit der Pistole das Gerät aus der Hand schlagen. Doch jemand packte mein Handgelenk. Überrascht sah ich mich um. Es war eine junge Frau mit dunklem Pagenkopf. Sie blickte mich kühl und reglos aus tiefbraunen Augen an, hielt jedoch wie ein Schraubstock mein Gelenk fest und entwand mir die Waffe. Dann zog sie mir meinen Rucksack vom Rücken und die Weste vom Körper und warf alles auf die anthrazitfarbenen Fliesen. Auch Silas wurde von einer jungen Frau fixiert. Die Ähnlichkeit der beiden war faszinierend. Zwillinge, dachte ich.

»Meine schönen *Elfen*. Nummer Fünf und Nummer …?«

»Nummer Acht«, ergänzte eine der Frauen.

Ich runzelte die Stirn. Was redete Miller da?

Mit einem Mal verstummten Xells Schreie und dadurch wurde meine Aufmerksamkeit wieder auf den Mann am Boden gelenkt. Der Kopf des Cyborgs war zur Seite geneigt und seine Augen geschlossen.

»Hey. Nicht ohnmächtig werden und bloß noch nicht sterben. Ich habe zweihundertfünfzig Jahre auf meine Rache gewartet, da möchte ich sie auskosten.« Miller beugte sich vor und schlug Xell ins Gesicht, sodass der Cyborg wieder zu sich kam.

»Ein Scheißgefühl, wenn man sich nicht auf seine kleinen Modifikationen verlassen kann. Ihre Nanobot-Armee gehorcht gerade *meinen* Befehlen und wird Ihre Schmerzen nicht ausschalten.«

»Bitte, Miller. Seien Sie kein Arschloch. Zeigen Sie ein bisschen Menschlichkeit«, flehte ich.

Miller sprang auf und packte mich an der Kehle. Ich wurde gegen die *Elfe* gepresst, die wie eine Wand hinter mir stand.

»Menschlichkeit? Du kleiner Cyborg mit einem Chip in deinem Hirn willst mir etwas über Menschlichkeit erzählen?« Er tippte mir schmerzhaft gegen die Stirn. Dann beruhigte er sich schlagartig und fügte mit sachlicher Stimme hinzu: »Xells jetzige Empfindungen sind völlig menschlich. Das Gleiche würden Sie und ich in derselben Situation auch fühlen. Ich denke, dass ich sehr human bin, wenn ich ihn wie einen Menschen sterben lasse.«

Ich wollte das Knie hochreißen, um Miller an einer empfindlichen Stelle zu treffen, aber er trat einen Schritt zurück und somit aus meinem Aktionsradius, als hätte er meine Gedanken gelesen.

»Immer noch die alten Tricks.« Er schüttelte amüsiert den Kopf.

»Ich habe keine Ahnung, wer Sie sind, Mister Miller, und auch nicht, was Xell oder Dysti Ihnen angetan haben. Mir gegenüber waren Sie ein freundlicher Mensch und ich bitte Sie deshalb, Xell zu helfen«, flehte nun Silas.

Miller ließ von mir ab. »Ich habe ebenso wenig Ahnung, wer du bist, Junge. Ich weiß nur, dass du denen hier wichtig bist. Du bedeutest mir nichts und warst nur mein Köder.« Er musterte Silas eindringlich. »Warum sollte ich das also tun?«

»Weil er ein guter Mensch ist und mein Freund.«

»Ha! Niedlich.« Miller grinste. »Der Cyborg ist ein guter Mensch.« Er blickte Silas eine Weile an.

Der Junge hielt dem Blick stand. Miller ging zu einem Tisch an der Wand und kam mit etwas zurück. Es war die funktionslose Roboterhand und nun erst bemerkte ich, dass Silas eine neue richtige menschliche Hand besaß. Mit spöttischer Miene musterte Miller das Provisorium in seinen Fingern. »Hat *er* das an dir angebracht?«

Silas nickte.

»Sehr hübsch. Ist nur zu nichts nütze.« Miller warf es in eine Ecke und blickte den Cyborg am Boden verächtlich an. Diesem stand der Schweiß auf der Stirn und sein Blick verriet sein Erstaunen über Silas' neue Hand. Miller stand vor ihm und wischte auf seinem Tablet herum, sodass sich Xells stöhnender Atem beruhigte. Ich sah, wie sich auch sein Gesicht entspannte. Offenbar taten die Nanobots nun wieder ihre Arbeit und blockierten sein Schmerzempfinden.

»Keine Bange«, sagte Miller und breitete die Arme aus wie ein Prediger. »Das ist kein Erbarmen meinerseits. Ich will nur nicht, dass der Scheißcyborg zu schnell verreckt. Helfen kann man ihm sowieso nicht mehr. Er wird verbluten. Die kleinen WALL-Es in ihm können den Schrotthaufen nun nicht mehr aufräumen.«

»Was haben wir dir getan? Du Wichser!«, knurrte ich.

»Charmant wie eh und je, Frau Adams.« Dann wandte er sich Xell zu. »Steh auf, Soldat!«, befahl er.

Der Cyborg mühte sich mithilfe von Silas, den die *Elfe* losgelassen hatte, auf die Beine. Ich hatte Angst und war verzweifelt, wusste aber nicht, was ich tun könnte. Xell würde sterben und ich wäre allein in dieser beschissenen Zukunft. Ich sah Xells Gewehr am Boden liegen, riss mich von meiner Wächterin los und wollte mich darauf stürzen, doch Miller kam mir zuvor.

»Das würde ich besser lassen!«

Ich sackte auf die Knie und hielt mir mit beiden Händen den Kopf. Der Schmerz war so heftig, dass ich nicht einmal zu schreien vermochte. Ich sah die Welt in Doppelbildern und Tränen liefen über meine Wangen.

»Das reicht, Miller«, hörte ich Xells Stimme durch einen schrillen Dauerton hindurch. »Töten Sie mich, wenn Sie sich dann besser fühlen, aber lassen Sie Dysti und Silas gehen. Silas hat mit all den Geschehnissen in der Vergangenheit nichts zu tun. Und Dysti habe ich gezwungen, mit mir und Samuel in die Zukunft zu fliehen.«

»Klar doch, Xell«, erwiderte Miller. »Halten Sie mich für verblödet? Ich bin zwar körperlich der x-te Klon von Mike Miller, doch mein Geist ist der gleiche. Ich bin der Miller, der Sie ins All gesendet hat. Und ich bin der Miller, der wegen Ihrer Flucht gefeuert wurde. Nicht direkt wegen Ihrer Flucht, sondern wegen des Verlustes der Zeitmaschine. Ich durfte mich dann wie Sie bei einem Himmelfahrtskommando bewähren.« Mit einem wütenden Gesichtsausdruck starrte er mich an, ließ den Schmerz jedoch abklingen.

»Das tut mir leid, wirklich«, entgegnete ich, noch völlig benommen, und versuchte, es ohne sarkastischen Unterton zu sagen, was mir aber offenbar nicht gelang.

»Einen Scheiß tut dir das!«

»Verflucht. Wir wollten nur nicht von diesem Plan-B-Team gekillt werden.«

»Verständlich. Ja. Ich verstehe das. Aber Sie müssen mich ebenfalls verstehen. Sie waren weg. In Luft aufgelöst. Ebenso der Koloss. *Verschiedene Bodenstationen registrierten eine Bahnanomalie des Kolosses und die Computer stellten automatisch die Teleskope auf ihn ein. Die Beobachtung dauerte nur zehn Sekunden. In dieser Zeit beschleunigte das Ding auf unrealistisch hohe Geschwindigkeit Richtung Sonne. Die Signatur konnte von den Messstationen nicht weiterverfolgt werden. Das Ding verschwand auf die gleiche sonderbare Weise, wie es vor neun Jahren erschienen war.* So steht es in meinem Bericht. Aber das reichte denen nicht. Einer musste den Kopf dafür hinhalten, dass das Milliardenprojekt *Zeitmaschine* geplatzt war. Und der Jemand war ich.«

Die *Elfen* schubsten mich in Richtung des Konferenztisches, wo ich mich auf einen Stuhl setzte. Xell ließ sich ebenfalls auf einem Stuhl mir gegenüber nieder. Er versuchte, seine versiegenden Kräfte hinter einem Pokerface zu verbergen, und verschränkte die Arme vor der Brust. Die Blässe in seinem Gesicht und der Schweiß auf der Stirn sprachen allerdings eine andere Sprache.

Silas setzte sich neben ihn und hinter ihnen postierten sich die *Elfen*. Ich war mir nicht ganz sicher, ob ich mittlerweile schon vier von den Zwillingselfen sah, weil mein Gehirn verrücktspielte oder aufgrund der Tatsache, dass wirklich so viele im Raum waren. Seltsamerweise sah die *Elfe* hinter Silas ein kleines bisschen anders aus. Ihr Haar war kürzer und sie hatte zwei waagerechte Narben auf der rechten Wange, wie die Kriegsbemalung eines Naturvolkes.

Fast hatte ich das Gefühl, mich wieder in dem Konferenzsaal zu befinden, in dem vor wenigen Wochen alles begonnen hatte. Wochen aus meiner subjektiven Sicht und Jahrhunderte aus Millers Sicht. Mir wurde flau im Magen und automatisch griff meine Hand in eine Tasche, wo ich den Blisterstreifen mit der letzten Pille fand. Miller grinste mich verstehend an, erhob sich, ging zur Wand und zapfte Wasser aus einem Hahn in ein Glas. Er schob mir das Glas über den Tisch. Xell sah mich eindringlich an und schüttelte kaum merklich missbilligend den Kopf. Ich biss die Zähne aufeinander und rührte das Medikament nicht an.

»Vielleicht besteht die Möglichkeit, wieder nach Hause zu kommen«, meinte ich einlenkend. »Dann könnten wir die ganze Mission ungeschehen machen.«

»Nach Hause? Ich verspüre keinen Bezug zu diesem Wort«, mischte sich Xell ein.

»Sie werden sowieso nirgends hingehen, das wissen Sie ganz genau. Spätestens in einer Stunde sind Sie tot.«

Xell nickte bestätigend. »Dann sollte Ihre Rache befriedigt sein, Miller.«

»Ich glaube nicht! Was ist eine Stunde körperliche Qual für dich, Cyborg? Nichts! Darauf wurdest du trainiert. Du kannst auch ohne deine kleinen Bots viel schlimmere Foltern ertragen. Ich dagegen wurde nicht trainiert und man hat mich zu Experimenten gezwungen.« Er atmete tief durch. »Wissen Sie, wie das ist, Xell, wenn man deinen Geist vom Körper trennt und in einen anderen Körper verpflanzt? Nein, das können Sie nicht wissen. Es ist jedes Mal, als würdest du durch ein Wurmloch fliegen, als würde dich ein Schwarzes Loch zu einer Singularität zusammenpressen und im gleichen Moment explodierst du. Der Körper mag ausschauen wie dein eigener und auch die DNA ist nachweislich deine, doch dein Geist spürt, dass du nicht du selbst bist.«

Auf Millers Stirn hatten sich Schweißperlen gebildet. Seine Augen wirkten plötzlich eingefallen und ich hatte den Eindruck, als sei er im Laufe seiner kleinen Ansprache um Jahre gealtert.

»Aber irgendwann stumpfte ich ab. Ich habe meine Empfindungen ausgeschaltet. Ganz ohne Nanobots, nur durch meinen Willen.« Er lachte, als hätte er einen Preis gewonnen. »Ich habe dieses Projekt für meine eigenen Zwecke genutzt.«

»Etwas anderes hätte ich von Ihnen auch nicht erwartet«, knurrte ich.

Miller lächelte mich freundlich an. »Ja, der Gedanke, Sie mit meinen Händen zu erwürgen, hat mich angetrieben.« Er demonstrierte die Handlung theatralisch.

»Bevor Sie das in die Tat umsetzen können, werde ich Ihnen das Genick brechen«, fauchte Xell und seine Bewegungen waren so schnell, als wäre er in alter Form. Er stand plötzlich hinter Miller und hatte dessen Kopf in beide Hände genommen. Ich wusste, dass ein kurzer Ruck das Versprechen einlösen würde.

Dazu kam es nicht, denn Xell brach unvermittelt zusammen. Ich wollte aufspringen, doch zwei Hände drückten mich an den Schultern herunter. Ich sah, wie eine der *Elfen* das Tablet in der Hand hielt und nun Miller reichte.

»Danke, Nummer Acht.« Er wandte sich Xell zu, der bewegungslos am Boden lag. »Die Nanos haben die Leitfähigkeit Ihres Rückenmarks ab dem vierten Halswirbel unterbrochen und Sie gelähmt. Das wäre sicherlich eine Genugtuung für mich, wenn ich diesen Zustand ein paar Jahre aufrechterhalten könnte, damit Sie in Selbstmitleid und Verzweiflung ersticken. Aber da Sie gerade am Abkratzen sind, finde ich Schmerzen irgendwie passender, um dafür zu bezahlen, was Sie mir angetan haben.«

Er wischte auf dem Tablet herum und Xell krümmte sich auf dem Boden zusammen. Er schrie nicht, sein keuchender Atem war jedoch Beweis genug, dass Miller keine leeren Versprechungen machte.

»Ich habe das Projekt okkupiert und mich immer wieder geklont, nur für diesen Moment«, gestand er.

In mir kochte pure Verzweiflung auf. Miller war mit seiner Technik in der Lage, uns wie Marionetten zu beherrschen, und ich konnte nichts dagegen tun. Nichts, außer meinen Geist seinem Einfluss zu entziehen. Deshalb griff ich mir nun doch die Pille, warf sie ein und schluckte sie mit dem Wasser hinunter. Es dauerte nur wenige Sekunden und ich spürte das bekannte Hochgefühl.

»Wissen Sie was, Miller? Geben Sie mir eine Waffe und ich puste dem Scheißcyborg das Hirn aus dem Schädel. Dann ist der Spuk endlich vorbei«, hörte ich mich sagen.

Miller schenkte mir ein freudloses Lächeln und schüttelte den Kopf.

»Was wollen Sie dann? Wir könnten versuchen, es ungeschehen zu machen.« Ich hatte die verdrehte Hoffnung auf einen Resetknopf noch nicht aufgegeben. Vor meinen Augen verzerrte sich Millers Gesicht zu einer Fratze wie in einem Spiegelkabinett. Die Droge trübte meine Sehfähigkeit. »Was ist mit Zeitreisen?« Samuels Kopf ploppte vor mir auf und ich kicherte albern. »Die Technik hat sich bestimmt gut entwickelt. Demnach müsste es Zeitmaschinen in geeigneter Größe geben. Wir könnten zurück und …«

»Es gibt kein Zurück!«, brüllte Miller. »Es geht nur immer vorwärts … vorwärts … nie rückwärts. Oder meinen Sie, sonst würde ich noch hier in diesem Scheißtower sitzen? Wenn etwas geschehen ist, dann ist es vorbei. Man kann nichts ändern. Der Traum, in die Zeit zurückzureisen und alle Fehler zu beseitigen, ist und bleibt eine Vision. Das sehen Sie doch selbst. Wir haben unsere Gesellschaft, unsere Welt an die Wand gefahren und sitzen auf einem verdammten Scherbenhaufen. Ich habe seit Jahrzehnten hier in diesem Elfenbeinturm gesessen und gehofft, dass die Scanner mir irgendwann die Signatur Ihres Chips anzeigen, Dysti. Und – oh Wunder – endlich war es so weit. Ich schickte Ihnen Bilder, denn größere Datenmengen konnte ich nicht mehr weiterleiten. Es gibt kaum noch irgendwelche funktionsfähigen Satelliten im Orbit.« Seine Aufregung legte sich und er setzte ein schmutziges Lächeln auf. »Haben Sie von mir geträumt, Dysti?«

Zwischen meinen Augen bildete sich eine Falte. »Ja«, gestand ich nachdenklich. Die Droge ließ bunte Flecken in meinem Sichtfeld aufflackern. Ich blinzelte angestrengt, um Miller durch dieses Farbengewirr hindurch zu erkennen.

»Offenbar klappte mein Trick und ich konnte Sie hierherlocken.«

»Deshalb auch die Kopfschmerzen? Ich wusste, dass etwas nicht stimmte. Doch Samuel meinte, in dieser beschissenen Welt gäbe es nichts mehr, mit dem mein Chip kommunizieren könnte.«

»Da hat er sich offenbar geirrt.« Miller sah befriedigt aus. »Und dann ist dieser Alte hier des Weges gekommen mit Ihrem Freund Silas. Er hatte es tatsächlich geschafft – im Gegensatz zu Ihnen– sich heimlich und ohne Kampf mit seinem Wolf in meinen Tower zu schleichen. Meine *Elfen* haben ihn aber trotzdem erwischt. Er bettelte mich um ein paar Platinen an, die ich ihm überlassen sollte für irgendwelche Pumpen. Weiß der Henker. Dabei hat er von einem Cyborg ohne Steuereinheit berichtet, der mit einer Frau mit langen roten Haaren unterwegs sei. Er wollte sie retten.« Miller lachte. »Retten! Sie müssen echt großen Eindruck hinterlassen haben.«

Ich sah Miller verständnislos an. Das Farbenspiel ebbte ab. Ruhl hatte uns retten wollen und war deshalb mit Silas in die Stadt zurück, um Platinen für die Pumpen zu besorgen? Also hatte er Hoffnung gehabt, dass wir nicht tot waren.

»Ich habe ihm ein paar ausgediente Chips gegeben und sonstige Hardware. Dafür musste er mir Silas überlassen.«

»So ein Arsch«, murmelte ich. Wie konnte er den Jungen verkaufen?

»Er hat es gut gemeint und ich habe ihm versprochen, dass der Junge es hier gut haben wird. Ich habe ihm eine neue Hand gemacht und das war dem Alten Beweis genug. Ich bin nämlich nicht blöd. Die Datenübertragungslockung dauerte mir zu lange und ich wusste nicht, ob sie tatsächlich dazu führt, Sie hierher zu bekommen. Da dachte ich, dass – nach allem, was der Alte so erzählte – Xell sicher alles in Bewegung setzen würde, um Silas zu finden.«

»Warum dann die Soldaten? Die hätten uns beinahe getötet.«

»Ach, diese Schrotthaufen tun, was sie immer tun. Ich habe keinen Einfluss mehr auf sie.« Er warf erneut einen Blick auf den Mann am Boden. »Und was heißt hier *beinahe?*«

Silas stand spontan auf. Die *Elfe* hinter ihm versuchte, ihn festzuhalten, aber Miller schüttelte den Kopf. Der Junge ging zu Xell und kniete sich neben ihn.

»Wenn Sie ihm nicht helfen wollen, dann beenden Sie es wenigstens«, bat er ruhig.

Miller drehte sich zu ihm um. Silas hatte Xells Kopf in seinen Schoß gebettet und strich ihm über die Stirn. Der Cyborg hatte die Augen geschlossen, doch sein Körper zitterte vor Schmerzen.

»Eine nette Geste von dir, Silas. Aber Xell könnte das jederzeit selbst tun, wenn er wollte. Die Nanos würden sein Leben beenden, wenn er es ihnen befiehlt. Einfach sein Herz anhalten, die Atemmuskulatur lähmen. Er hätte viele Möglichkeiten, seiner Qual ein Ende zu bereiten. Ich habe nur die Funktion der Schmerzunterbrechung abgeschaltet, mehr nicht. Scheinbar hegt er die Hoffnung zu überleben. Eine sinnlose Hoffnung.« Er wirkte fast mitleidig.

Ich konnte mir das nicht länger ansehen. Ich wollte Xell nicht verlieren, ihn so aber auch nicht sehen. Fast wünschte ich mir, Sue wäre hier und würde ihr Versprechen einlösen.

»Miller.« Ich zwang meine Stimme zu einem ruhigen Ton, ohne Aggression. »Es tut mir leid, dass Ihr Leben beschissen war. Und glauben Sie mir, mit beschissenen Leben kenne ich mich aus. Aber es wird nicht besser, wenn Sie sich jetzt in ein sadistisches Monster verwandeln. Vergangen ist vergangen. Es gibt kein Zurück. Das haben Sie doch gerade selbst gesagt.«

Miller schaute mich nachdenklich an und blinzelte, als würde er meine Worte nicht begreifen.

»Offenbar haben Sie den Schlüssel zum ewigen Leben gefunden. Machen Sie etwas Gutes daraus und vergeuden Sie es nicht für sinnlose Racheaktionen.«

»Das ewige Leben ist einen Furz wert in dieser Welt«, fauchte er.

»Seien Sie kein Arschloch.«

Miller schnappte nach Luft. »Nummer Drei, stopfe dieser Frau den Mund!«

Ich drehte den Kopf um und blickte in das Gesicht der *Elfe* mit den Narben, die kurz vorher noch für Silas zuständig gewesen war. Kampfbereit spannte ich meine Muskeln. Ich hatte nicht vor aufzugeben.

Doch die *Elfe* fasste mich nicht an.

»Mein Name ist Ella«, antwortete die Frau zu meiner Überraschung.

»Was?« Miller glotzte ungläubig über den Tisch zu uns herüber.

»Ella. Nicht Nummer Drei«, wiederholte die Frau.

»Ha! Was ist los? Meuterei?« Miller schlug mit der Faust auf die Tischplatte. »Nummer Acht, bring Nummer Drei in die Arrestzelle.«

»Das widerspricht dem Credo, Mister Miller. Das Credo, das Sie uns lehrten, war, dass wir Schwestern nie gegeneinander arbeiten dürfen. Außerdem haben wir keine Arrestzelle.«

»Wir haben eine Besenkammer! Deine Schwester ist abtrünnig. Sie arbeitet soeben gegen mich.«

»Abtrünnig ist Definitionssache, Mister Miller«, antwortete Ella. »Ich denke, *Sie* sind gerade abtrünnig.«

Miller starrte die Frau mit offenem Mund an. »Ihr richtet euch wider euren Herrn?«

»Sie sind nicht unser Herr, Mister Miller. Wir arbeiten aus freien Stücken für Sie, weil wir nichts anderes kennen.

Diese Menschen haben mir allerdings die Augen geöffnet, dass es noch eine andere Welt gibt als diesen Turm. Dass es im Leben noch andere Ziele geben kann, außer Ihren Befehlen zu gehorchen.«

Miller schüttelte den Kopf. Sein Mienenspiel wechselte zwischen Belustigung und Verständnislosigkeit hin und her.

»Aus freien Stücken, ja? Ihr seid Klone. Mehr nicht.«

»Sie sind auch ein Klon, Mister Miller.«

»Ja, mein Körper ist ein Klon von meinem ursprünglichen Körper. Aber mein Bewusstsein ist immer noch das gleiche. Ihr dagegen seid aus derselben Suppe gerührt. Alle. Aus einer Suppe, die *ich* gekocht habe, nicht die Natur.«

»Wir sind zwar künstlich geschaffene Klone und trotzdem Menschen mit eigener Identität.«

»Scheiß auf Identität! Euer Bewusstsein ist auch nur ein Gemisch aus verschiedenen Datenschnipseln, die ich nett fand. Eigentlich seid ihr alle dasselbe Wesen.«

»Nein. Jeder von uns hat sich individuell entwickelt.« Ella blickte Miller mit undurchdringlicher Miene an. Abwartend und gleichzeitig fordernd.

»Was ist das heute für ein beschissener Tag?« Miller erhob sich und schlug mit den Fäusten auf den Tisch. »Meine seit Jahrhunderten geplante Rache ist nicht so süß wie erwartet. Im Gegenteil. Ihr verderbt sie mir.«

»Vielleicht richtet sich Ihre Rache einfach gegen die Falschen«, erwiderte Ella.

»Die ganzen Jahrzehnte lang hast du nicht so viel gesprochen wie jetzt in fünf Minuten, Nummer Drei.«

»Mein Name ist Ella. Und auch wenn meine Schwestern nie das Bedürfnis zur Individualität gezeigt haben so wie ich«, dabei strich sie bedeutungsvoll über ihre Narben,

»so sind sie trotzdem Individuen. Wir verdienen Namen und keine Nummern.«

Miller musterte seine Schöpfungen und schüttelte verständnislos den Kopf. »Ella also. Meinetwegen. Du hast dich selbst verletzt, um anders zu sein? Ziemlich psychopathisch.«

»Und Sie haben das ewige Leben erfunden, um Rache zu nehmen? Nicht weniger psychopathisch.«

Miller lachte bitter auf.

»Ist Rache nicht etwas Antiquarisches? Ein Relikt alter Religionen? Sind Sie nicht über dieses Gefühl der Vergeltung erhaben, Mister Miller?«

Miller glotzte Ella an, als wäre sie ein Alien.

»Die Jahrhunderte müssten Ihrem Geist doch Weisheit, Einsicht und Barmherzigkeit mitgegeben haben.« Ella lächelte dezent.

»Na gut. Ella. Du willst mein Gewissen sein? Was also soll ich tun?« Er stützte beide Arme auf den Tisch und stierte die Klonfrau herausfordernd an.

»Nutzen Sie Ihre Maschinen und helfen Sie dem Mann.«

»Dem Mann? Dem Cyborg da? Was habt ihr alle für einen Narren an ihm gefressen?«

Ich registrierte, dass Xell mittlerweile bewusstlos geworden war. Aber er atmete noch, denn sein Brustkorb hob und senkte sich. Es beruhigte mich, dass er nicht mehr litt.

»Er ist genauso ein Produkt von Ihnen wie wir. Deshalb sehe ich ihn als Bruder an«, antwortete Ella in freundlichem Ton. »Auch wenn er mit einem anderen Verfahren entwickelt wurde als wir.«

Miller begann zu kichern wie ein kleiner Junge. Er machte einige Schritte rückwärts und betrachtete amüsiert die Menschen, die sich gerade offen gegen ihn stellten. »Okay. Xell ist also Ellas Bruder, die Vaterfigur von diesem Jungen und offenbar der Liebhaber von Dysti.« Sein Kichern ging in hysterisches Lachen über. »Meuterei auf ganzer Linie.« Abrupt breitete er die Arme aus. »Aber was soll's? Der Spaß ist mir verdorben, und wenn ich mich nicht an seinem Tod erfreuen darf, dann eben an seinem beschissenen Leben in dieser beschissenen Zeit ohne Perspektive.«

»Es gibt immer eine Perspektive, Miller«, sagte ich.

»Klar, mit ein paar Pillen intus sagt sich das leicht.«

»Sie sind ein Arschloch.«

»Ich weiß. Aber ein nützliches Arschloch, wie mir scheint.«

»Dann tun Sie endlich etwas, bevor Xell stirbt!«

Miller blickte auf den Cyborg am Boden, der von Silas im Arm gehalten wurde. »Wie soll ich jetzt eine Kehrtwende machen? Ich habe Jahrhunderte lang dem Tag entgegengefiebert, Sie und Xell leiden zu sehen und jetzt, wo ich am Ziel bin, soll ich diesen schönen Gedanken aufgeben?«

»Wenn er tot ist, kann er nicht mehr leiden«, sagte Ella.

»An dir ist eine Sadistin verloren gegangen.« Miller seufzte und winkte seinen *Elfen* mit der Hand. »Okay. Nummer Acht, Nummer Fünf, Nummer Vier und Numm … und Ella, tragt ihn in die Medistation.«

16.

Die vier Frauen wirkten zwar zierlich, hatten aber die Kraft, den Cyborg hinter Miller her durch einen Gang in einen anderen Raum zu tragen. Silas und ich folgten dem Tross. Ich kam mir vor wie in Trance und war mir nicht sicher, ob ich das träumte oder ob das tatsächlich real war.

Das Licht in dem Raum war blendend weiß und auch hier gab es Geräte, über deren Funktion ich nur spekulieren konnte. Sie legten Xell auf einen stählernen OP-Tisch vor einer großen, weiß glänzenden Röhre, die mich an ein MRT erinnerte. Miller tippte und wischte auf seinem Tablet herum.

»Was haben Sie vor, Miller?«

»Ich rege die Nanos an, ihn zu sedieren, damit er nicht erwacht, wenn ich gerade seine zerfetzte Leber aus seinem Körper pule.«

»Sie wissen aber schon, was Sie da machen? Gibt es hier keine Ärzte?«

Miller warf mir einen Gesichtsausdruck zu, als hätte ich gefragt, ob der Weihnachtsmann hier leben würde. Dann ging er zu einem länglichen Kasten an der Wand, der an drei Seiten Fenster besaß, sodass man den leeren Innenraum betrachten konnte. Vorn an der unteren Verkleidung war ein Display, das Miller nun bearbeitete. Anscheinend synchronisierte er sein Tablet mit diesem Gerät.

»Hier gibt es nur mich und den Rest meiner *Elfen*. Sie können mir vertrauen oder es lassen. Eine andere Chance hat er nicht.«

Ich nickte zögerlich. Das Hochgefühl der Pille verflüchtigte sich. Vielleicht war ich einfach schon zu immun gegenüber diesen Chemikalien. Xell hatte recht, ich sollte mich von dem Zeug fernhalten. Aber nun schien es irgendwie zu spät für diese Erkenntnis zu sein. Meine Welt zerbröselte. Resigniert stierte ich in den Kasten. In dem Apparat begannen kleine rechteckige Patronen an Führungsschienen hin und her zu fahren, fast wie die Schiffchen an einem antiken Webstuhl.

»Aber keine Bange, die Medi-KI dort ist sehr kompetent.« Er zeigte auf die Röhre.

»Vielleicht könnte *ich* behilflich sein?« Die Stimme ließ alle schlagartig erstarren und sich umdrehen. In der Tür standen Sue und Zedrik. Zwischen ihnen hing Agamic mit zerfetztem Bein, was notdürftig geflickt war.

»Ich habe umfangreiche medizinische Kenntnisse und war in zahlreichen Kriegen als Medi-Offizier eingesetzt.«

»Agamic!« Ich starrte den Androiden erfreut an.

»Meinetwegen«, murmelte Miller.

»Agamic«, sagte der Androide und reichte Miller eine Hand.

Er ignorierte das Angebot. »Wieso konntest du in den Tower? Ihr seid alle so programmiert, dass ihr ihn zwar beschützt, aber niemals einen Fuß über die Schwelle setzt.«

»Ich habe mich dazu entschieden«, entgegnete Agamic und zog das verschmähte Körperteil zurück.

»Ach.« Miller sah ihn eine Weile mit offenem Mund an. Dann schüttelte er den Kopf, als wolle er einen bösen Traum verscheuchen. »Okay. Agamic.« Miller betonte den Namen auffällig und zuckte mit den Schultern.

Schließlich ging er zum Waschbecken, wusch sich die Hände, zog Handschuhe über, kramte in Schubladen herum und legte Operationsbesteck auf einen Rolltisch. Die *Elfen* hatten Xell auf dem OP-Tisch fixiert und Zugänge in den Armbeugen gelegt. Sue und Zedrik setzten Agamic auf einen Bürostuhl mit Rollen, sodass er sich mit dem zerstörten Bein fortbewegen konnte. Auch er desinfizierte sich.

»Wer auch immer Sie sind, verschwinden Sie jetzt hier«, befahl Miller. »Meine *Elfen* werden Ihnen etwas zu essen geben. Sie sehen aus, als könnten Sie das gebrauchen.«

Die *Elfen* schoben Sue, Zedrik, Silas und mich aus dem Raum. Aber ich wehrte mich. »Ich bleibe hier.«

Miller verdrehte die Augen, nickte den *Elfen* jedoch zu. Als alle verschwunden waren, begannen er und Agamic, die Kleidung von Xells Körper zu entfernen. Der kybernetische Arm kam zum Vorschein.

»Er hat anscheinend noch weitere Schäden erlitten. Das lässt sich leichter reparieren als das Organ. Aber auch das ist möglich. Und durch seine kleinen Helferlein stehen die Chancen um ein Vielfaches besser als bei einem gewöhnlichen Menschen.«

»Was haben Sie vor? Wollen Sie ihn klonen?«, fragte ich skeptisch.

»Klonen?« Miller lachte. »Das dauert Monate. Nein, ich bastle ihm eine neue Leber. Das Prinzip ist seit Jahrhunderten dasselbe. Der 3D-Drucker ...« Miller zeigte auf die Apparatur, die er vorhin in Gang gesetzt hatte. »... wird aus neutraler humaner Biomasse ein Gerüst des Organs erstellen und dann mit den Zellen aus den Resten von Xells Leber besiedeln. So entsteht ein neues funktionierendes Organ, welches Xells Körper als sein eigenes betrachten wird. Es gibt keine Abstoßreaktionen.«

Er blickte zum Fenster des Druckers hinüber, wo in überraschender Schnelligkeit eine Art weißer Schwamm in Form einer Leber erzeugt wurde.

»Er kann viele Organe herstellen, nur kein Gehirn. Das ist das komplexeste Organ, das wir besitzen und das lässt sich nicht im Drucker nachbilden. Aber die Leber ist kein Problem und ein Herz ist ein Klacks. Schwierig ist dann eher die Anbindung an seinen Kreislauf. Aber die Leber muss nur mit drei Blutgefäßen und dem Gallengang kurzgeschlossen werden. Das bekommen die Nanobots in ihm sicherlich hin und die KI und Agamic, oder?« Er blickte den Androiden fragend an.

Dieser nickte bestätigend.

»Wir müssen jetzt nur dafür sorgen, dass er so lange überlebt, bis das Organ fertig ist«, fuhr er fort. »Das dauert mindestens zwei Stunden und deshalb versetzen wir ihn in ein Koma. Das könnte er sicher auch selber, wenn er bei Bewusstsein wäre.«

Ich nickte. Auf dem Schrottplatz hatte er mehrere Tage in diesem Stand-by-Modus überlebt. Alle Biofunktionen auf ein Minimum herabgesetzt. Allerdings hatte ihm da kein Organ gefehlt.

»Sonst noch Wünsche, außer der Leber? Vielleicht den kompletten Arm? Oder ein paar Schönheitskorrekturen?« Miller zeigte auf Xells Narben im Gesicht, auf seinem Brustbein und den Rippen. »Wenn wir gerade dabei sind.«

»Auf keinen Fall!« Ich sah ihn wütend an. »Wagen Sie nicht, ihn irgendwie zu verändern.«

Miller zuckte mit den Schultern und zog ein Gerät näher heran, das an einem Gestänge über ihm schwebte. Er gab Daten in ein Display ein und das Ding begann, Xells Körper zu reinigen und zu desinfizieren. In den letzten Tagen hatten wir kaum Gelegenheit zur Körperpflege gehabt und mich überkam bei dem Anblick der Wunsch nach einer Dusche.

»Lassen Sie alles, wie es war. Sie können den Arm wieder verkleiden, aber mehr nicht«, betonte ich nochmals.

»Kein Problem, Frau Journalistin.« Miller reichte Agamic ein Skalpell und dieser setzte einen Schnitt vom Brustbein bis kurz vor den Nabel und dann nach rechts.

Mir wurde übel beim Anblick von so viel Blut. Eilig verließ ich den Raum. Im Gang lehnte ich mich an die Wand.

Wie aus dem Nichts stand Ella neben mir. »Da hinten ist ein Bad.« Die Frau zeigte auf eine Tür und ich rannte los. Gerade noch rechtzeitig schaffte ich es zum Waschbecken, beugte mich darüber, und übergab mich.

»Ich hoffe, Sie haben keinen Virus«, meinte Ella.

»Nein«, erwiderte ich und spülte mir den Mund aus. »Ich habe nur Angst. Weiter nichts.«

»Angst?«

»Ja, dass Miller Xell nicht retten kann.«

»Verstehe. Er wird es bestimmt schaffen. Schließlich hat er es geschafft, über zweihundertachtzig Jahre lang zu leben, Frau Adams.«

»Hoffentlich hast du recht, Ella.« Ich hielt der Frau eine Hand hin. Diese blickte mich zunächst fragend an, legte aber schließlich ihre Hand in die dargebotene.

»Dysti«, sagte ich. »Mein Name ist Dysti.«

Ella lächelte.

Wenig später trafen Ella und ich in der Küche ein, wo die anderen drei *Elfen* mit Sue, Zedrik und Silas an einem Tisch saßen. Der Raum war geschmackvoll eingerichtet und die sterile Optik stand im Gegensatz zu den verdreckten Gestalten am Tisch. Über uns spannte sich die gläserne Pyramide des Hochhauses. Wassertropfen hingen an den Scheiben wie transparente Perlen. Ansonsten war der Ausblick schwarz und überlappt vom Spiegelbild des Raumes darunter.

Ella folgte meinem Blick. »Die Wolkendecke ist heute sehr tief und verschleiert die Aussicht. In den Wohnquartieren gibt es ebenfalls diese Sicht. Wenn man im Bett liegt, kann man bei gutem Wetter die Sterne beobachten.« Ella lächelte mich an und führte mich zum Tisch.

Ich ging erfreut auf Silas zu und umarmte ihn. In der Dramatik des Geschehens hatten wir noch keine Gelegenheit gehabt, unserer Wiedersehensfreude Ausdruck zu verleihen. »Ich bin so froh, dass wir dich gefunden haben«, sagte ich.

Silas Miene ließ ebenfalls erkennen, wie er sich fühlte. »Ich bin auch sehr glücklich, dass ihr beide lebt. Ruhl hat gesagt, ihr seid tot. Kilian hätte euch getötet, um Ersatzteile für seine Pumpen zu bekommen. Doch ich wusste in meinem Herzen, dass ihr noch am Leben seid.«

»Das hatte Kilian in der Tat vor. Aber uns ist die Flucht gelungen und Sue und Zedrik haben uns geholfen.«

Ich ging zu Zedrik und umarmte ihn ebenfalls und zum Schluss Sue. »Zum Glück konntet ihr den Androiden entkommen. Ich habe mir wirklich Sorgen gemacht.«

»Ich bin auch erleichtert, dass wir es alle geschafft haben und endlich lerne ich Silas kennen, für den Xell alles aufs Spiel gesetzt hat«, sagte Sue mit Blick auf den Jungen.

Silas schien es nun peinlich zu sein. Er richtete verstohlen seine Augen auf die Tischplatte.

Ein Gerät an der Wand, ähnlich einer Mikrowelle, gab ein Signal von sich. Nummer Acht erhob sich und entnahm dem 3D-Nahrungsmitteldrucker eine Schüssel Nudeln.

»Welche Soße?«, fragte sie.

»Ich weiß gar nicht, was das ist«, gestand Sue lachend.

»Ich ebenso wenig.« Silas blickte das dampfende Gericht skeptisch an.

»Na gut«, sagte Nummer Acht. »Dann etwas Schlichtes. Tomatensoße Napoli und dazu Parmigiano Reggiano.«

Zedrik zuckte mit den Schultern. »Was auch immer das ist. Ich habe Hunger.«

Während die vier Zwillingsfrauen und Silas gesittet speisten, schlangen wir anderen drei das Essen wie ausgehungerte Raubtiere hinunter.

»Was ist auf der Straße los?«, fragte ich mit vollem Mund.

Sue schluckte ihren Bissen herunter. »Die Androidensoldaten verteidigen den Tower. Aber offenbar gehen sie nicht hinein. Sie haben uns nicht verfolgt, als wir es geschafft haben einzudringen. Agamic hatte uns kommen sehen und uns Feuerschutz gegeben. Gut, dass ihr ihn dort gelassen habt.«

»Das war eigentlich aus der Not heraus, weil wir ihn nicht mit hochschleppen konnten. Wir wussten nicht, dass es einen funktionsfähigen Aufzug gibt.«

»Den haben wir auch erst entdeckt, als wir schon im siebten Stock waren. Bis oben hätten wir es nie zu Fuß geschafft. Nicht heute und nicht mit Agamic«, antwortete Zedrik.

»Wir ebenso wenig«, gestand ich. »Xell hat die ganze Zeit gewusst, dass er die Verletzung nicht überleben würde, hat es jedoch verschwiegen.«

Sue rückte näher an mich heran und legte einen Arm um meine Schulter. »Er wird es schaffen. Bestimmt«, flüsterte sie aufmunternd.

»Du findest es nicht ungerecht?«

»Wegen Alvin?«

Ich nickte.

»Ich finde es ungerecht, ja. Aber das ist nicht Xells Verschulden. Er war eben jetzt zur richtigen Zeit am richtigen

Ort. Wären wir noch da draußen, …« Sue brach ab und stierte vor sich hin. »Natürlich wünsche ich ihm nicht den Tod, Dysti.«

Ich schluckte. Ich war so aufgewühlt, dass ich befürchtete, in Tränen auszubrechen, wenn ich jetzt darauf antwortete. Ich verstand nicht, was mit mir los war. Dermaßen emotional hatte ich mich selbst noch nicht erlebt.

Miller trat ein und setzte sich zu uns.

»Wie geht es Xell?«, fragte ich.

»Den Umständen entsprechend.« Er wirkte abwesend. An eine der *Elfen* gewandt sagte er: »Was ist mit Wein?«

Die Frau stand auf und wollte zum 3D-Drucker hinübergehen, Millers Stimme stoppte sie allerdings. »Warte! Heute ist ein Tag, an dem wir etwas Echtes trinken sollten, nichts Repliziertes.«

Die *Elfe* drehte sich überrascht um. Auf einen Wink Millers hin verließ sie den Raum.

»Wird Xell wieder gesund?«, fragte Silas.

Miller blickte ihn über den Tisch hinweg an. »Ja, ich glaube schon. Er hat einige Vorteile uns gegenüber. Du musst dir keine Sorgen machen.«

Ich machte mir trotzdem Sorgen und verspürte plötzlich keinen Hunger mehr. Angewidert von dem Essensgeruch schob ich meinen Teller ein Stück von mir weg.

»Ich möchte zu ihm«, sagte ich.

»Ich würde noch eine Stunde warten, bis Agamic mit ihm fertig ist – zumindest mit der Organtransplantation. Es ist kein leckerer Anblick.«

Ich musterte ihn misstrauisch.

»Was ist? Trauen Sie mir nicht?« Er grinste.

»Nein, ich traue Ihnen nicht. Gerade eben wollten Sie ihn noch verrecken lassen und jetzt helfen Sie ihm?«

Er zuckte mit den Schultern. »Wenn er nicht überlebt, können Sie mich meinetwegen in Stücke hacken. Meine *Elfen* sind Ihnen sicher dabei behilflich.« Er wandte den Kopf Ella zu. »Hab ich recht?«

»Was immer Sie wünschen, Mister Miller«, antwortete Ella mit ausdrucksloser Miene.

»Da! Reicht Ihnen das, Dysti?« Er wies mit der Hand auf die *Elfe*.

In diesem Moment kam Nummer Acht zurück und hatte zwei verstaubte Flaschen Wein in der Hand. Miller stand auf und verteilte einige Gläser. Nur Silas und mir stellte er keins hin. Ich warf ihm einen fragenden Blick zu.

»Alkohol verträgt sich nicht mit Ihren Drogen«, antwortete er auf die nicht ausgesprochene Frage.

Ich wusste nicht, was ich darauf erwidern sollte, deshalb sagte ich nichts. Sich um Wein zu streiten, war mir unangenehm und ich hörte in meinem Inneren, wie Xell fragte: *Was ist los, Miss Junkie? Verträgt sich der Wein nicht mit den Pillen?*

»Hören Sie zu, Miller«, begann ich. »Ich sollte Sie vorwarnen.«

»Weil Sie mich gleich erschießen werden, damit Sie etwas vom Wein abbekommen?« Er verzog belustigt das Gesicht.

Ich verdrehte die Augen. »Sie werden sich nie ändern und immer ein Arschloch bleiben.«

»Ein zweihundertzweiundachtzigjähriges Arschloch. Stimmt. Der Zug für Veränderung scheint mir abgefahren.«

»Möchten Sie jetzt hören, was ich zu sagen habe?«

Der Mann sah mich mit hochgezogenen Brauen an. Und obwohl sein äußerer Anblick mir suggerierte, es wären nur ein paar Wochen vergangen, seit er uns rekrutiert hatte, erkannte ich in seinen Augen die Jahrhunderte, die er auf dieser Welt geweilt hatte. Die Augen erschienen mir müde und verbraucht.

»Einer der Clans hat vor, den Tower zu erobern.«

Miller klopfte nachdenklich mit den Fingern auf die Tischplatte. »Das war irgendwann zu erwarten. Meine Armee ist zu einem kleinen Häufchen zusammengeschrumpft. Das konnte nicht ewig gut gehen.«

»Aber was sollen wir dann tun?«

»Sie müssen gar nichts tun. Das ist meine Angelegenheit.« Er blickte sich im Raum um, als wäre es das letzte Mal, dass er ihn sehen würde. »Wie viel Zeit bleibt uns?«

»Vielleicht drei Tage, schätze ich.«

»Nun, dann sollten Sie diesen Luxus hier noch ein wenig genießen. Meine *Elfen* werden Ihnen Quartiere zuweisen. Dort können Sie sich duschen, ein Bad nehmen, schlafen oder was auch immer Sie glücklich macht.« Er grinste Sue und Zedrik bedeutungsvoll an.

Sue erhob sich. »Das würde ich gern in Anspruch nehmen.«

Auf Millers Wink hin stand eine der *Elfen* auf und ging zur Tür. Sue folgte ihr und zog Zedrik an der Hand hinter sich her.

»Ich werde zu Xell gehen«, sagte ich.

»Ich möchte mitkommen«, bat Silas.

»Lass Xell ein bisschen Ruhe, sich zu regenerieren, Silas. Morgen früh ist er sicherlich ansprechbar«, sagte Miller überraschend freundlich.

Der Junge sah enttäuscht aus.

»Nummer Acht bringt dich in dein Zimmer.«

Widerwillig gehorchte er.

Als er fort war und Miller auch die anderen zwei Elfen weggeschickt hatte, drehte er sich zu mir um.

»Was ist? Was für eine Gemeinheit hecken Sie aus?«

Miller stieß angestrengt den Atem aus. »Wie soll ich es Ihnen schonend beibringen?«

Ich spürte, wie das Blut aus meinem Gesicht wich und ich kreidebleich wurde. »Xell ist tot«, sagte ich tonlos, um seine Ankündigung vorwegzunehmen.

»Nein. Er wird es überstehen. Es ist etwas anderes.« Er machte eine Pause und sah mich forschend an.

Jetzt wurde mir unangenehm heiß.

»Wir haben hier ein Bioüberwachungssystem. Unsere Ausscheidungen werden gescannt und analysiert und wenn etwas nicht stimmt, bekomme ich eine Benachrichtigung.«

»Und etwas stimmt nicht … mit mir?«

Miller nickte.

Ich schnappte nach Luft. »Was ist es?« Ich versuchte, ein gleichgültiges Gesicht aufzusetzen. Aber in meinem Inneren wallte Angst auf.

Der Mann blickte mich ernst an. »Sie sind schwanger.«

Meine Atmung setzte spontan aus. »Was?«

»Sie bekommen ein Kind.«

»Aber …«

»Wie das passiert ist, müssen Sie mich nicht fragen.« Miller lachte amüsiert.

Mein Atem ging stoßartig und ich wusste nicht, ob ich weinen oder lachen sollte. »Ein Kind?«, flüsterte ich ungläubig.

»Ich denke, ich kann den Zustand, dass Sie und Xell – es ist doch von ihm? – in dieser beschissenen Welt ein Baby haben werden, irgendwie als Genugtuung empfinden. Sie können also beruhigt schlafen. Ich werde keine weiteren Racheakte gegen Sie ausführen.«

»Wie nett«, erwiderte ich schnippisch und warf Miller einen gereizten Blick zu, dann entspannte ich mich. »Kann ich es sehen?«

»Ja, wieso nicht? Aber in dem Stadium ist es nur ein mickriger Zellhaufen.« Miller nahm das Tablet vom Tisch und hielt es vor meinen Unterleib. Nach einigen Sekunden drehte er es zu mir um und ein kleines Filmchen meines Innenlebens spulte sich ab.

»Das Dunkle da ist die Fruchtblase und der winzige helle Fleck das zukünftige Cyborgbaby.«

»Sehr witzig.«

Miller zuckte die Schultern. »Vielleicht hat es einen Chip im Kopf oder eine Metallhand. Wer weiß.« Er grinste.

Ich starrte ungläubig auf das Display.

Wie Ella es versprochen hatte, gab es im Appartement einen Ausblick über die Glaspyramide in den Himmel hinauf. Doch war wegen des nächtlichen Regens nichts Schönes zu erkennen – keine Sterne, kein Mond, nur Finsternis.

Ich stellte mich unter die Dusche, endlich, nach langer Zeit wieder einmal. Das warme Wasser prasselte auf meinen Kopf und den Rücken und sammelte sich zu meinen Füßen in schmutzigen Rinnsalen.

Meine Gedanken kreisten um das kleine Wesen in meinem Bauch. Was sollte ich tun? Diese Welt war nicht gerade ein Ort, an dem man ein Kind aufziehen mochte. Nach dem ersten Schock hatte ich kurz eine fast euphorische Freude verspürt, nun jedoch setzte das Gefühl der Verzweiflung ein. Was würde Xell dazu sagen? Er hatte sich in den letzten Wochen rührend um Silas gekümmert, aber der Junge war schon beinahe erwachsen, kein Vergleich mit der Verantwortung für ein kleines hilfloses Baby. Wo sollten wir leben? Der Tower würde mit tödlicher Gewissheit von Rico und Kira erobert werden. Selbst Miller schien das als gegeben hinzunehmen. Und dann? Es gab nirgendwo eine sichere Zuflucht. *Oasis*? Die Harmoniesiedlung? Der Clan?

Meine Hand befühlte meinen Bauch. Da war nichts, was darauf hindeutete, dass darin ein kleiner Mensch heranwuchs. Vielleicht waren die Übelkeit und meine vermehrte Emotionalität in letzter Zeit Anzeichen dafür. Meine ausgebliebene Menstruation hatte ich auf den Stress zurückgeführt.

Nachdenklich trocknete ich mich ab und schlüpfte in einen der Seidenanzüge, die im Schrank hingen. Ich war müde – müde von den Strapazen der letzten Wochen, müde vor Angst um Xell, müde aus Verzweiflung. Barfuß machte ich mich über den warmen glatten Boden auf den Weg.

Agamic saß an einem Tisch und operierte an seinem Bein herum. Als ich eintrat, sah er kurz zu mir auf. Im 3D-Drucker hinter ihm rekonstruierte sich gerade ein linker humanoider Unterarm.

»Ich musste ein paar neue Nanos den Blutkonserven hinzufügen, denn durch den Blutverlust sind eine Vielzahl seiner Bots verloren gegangen. Da er sie jedoch zum Steuern seiner Prothesen benötigt, habe ich den Bestand aufgefüllt. Ich hab die neuen Nanobots auf sein altes System downgegradet.«

Ich nickte und stand unschlüssig da. Xell war offenbar in dieser Röhre. Agamic blickte mich an und erhob sich. Sein Bein trug ihn wieder. Er bediente ein Display, das auf dem Tisch stand, und die Röhre erwachte zum Leben. Die Liege mit Xell schob sich heraus.

»Wenn der Arm gleich so weit ist, werde ich ihn um das bionische Skelett kleiden. Dann muss Xell bis morgen in den Regenerator. Die Nanobots und die Medi-KI werden alle seine humanen und synthetischen Systeme regenerieren und anpassen.«

»Rebooten«, murmelte ich und ging zu Xell hinüber. Er lag völlig entkleidet auf dem OP-Tisch. Seine Hand- und Fußgelenke waren daran fixiert. Seine Augen waren geschlossen und durch die Venen der Armbeugen wurden irgendwelche Mittel sowie Blutkonserven in seinen Körper geschickt.

Ich blickte mich um, nahm ein weißes Tuch von einem Stapel und legte es über sein Becken. »Nur ein bisschen Würde«, murmelte ich.

»Verstehe«, sagte Agamic und trat neben mich. »Die Würde des Menschen ist unantastbar.«

Verständnislos sah ich ihn an. »Was?«

»Der Satz hat mir schon immer gut gefallen und ich fragte mich, wie es mit der Würde von Androiden aussieht?«

»Du hast recht, Agamic. Menschen sind manchmal ziemliche Arschlöcher.« Ich wusste, dass er auf die Folter in Kiras Kerker anspielte. Und ich selbst musste an den gekreuzigten Androiden in der Kirche denken.

»Ich muss gestehen, dass ich dich auch nicht wirklich als ...« Ich beendete den Satz nicht.

»... als Menschen sehe?«

»Ja.«

»Das ist völlig in Ordnung. Ich bin kein Mensch. Ich bin eine künstliche Intelligenz in einem synthetischen humanoiden, allerdings geschlechtslosen Körper. Was aber nicht bedeutet, dass ich keine Würde habe, oder?«

»Du hast uns gegenüber sehr viel Empathie gezeigt, mehr, als ich von einem Computer erwarten würde.«

»Computer empfinden keine Empathie. Ich bin etwas anderes. Ich kann lernen, ich kann Gefühle entwickeln. Ich kann Angst haben, Mitleid, Freude empfinden und Schmerzen fühlen.«

»Ich weiß. Aber gibt es nicht trotzdem einen Unterschied zwischen meinen und deinen Gefühlen?«

»Und seinen?« Agamic deutete auf Xell. »Er kann seine ausschalten.«

»Seine Gefühle sind nicht programmiert.«

»Meine auch nicht. Es gibt keine Taste für *Angst* oder *Mitgefühl*. Was sind Gefühle? Eigentlich nichts weiter als die Auswertung äußerer Reize, die der Körper über die Sinnesorgane aufnimmt, über Nervenzellen und chemische Prozesse ans Gehirn weiterleitet. Das Gehirn entscheidet dann aufgrund seiner Erfahrung, wie es diesen Reiz einordnen muss und welche körperliche Reaktion zu erfolgen hat.«

Ich zog interessiert die Augenbrauen hoch.

»Nehmen wir *Angst*«, fuhr Agamic fort. »Sie kann auf vielfältige Weise ausgelöst werden. Durch etwas, das ich sehe, höre, rieche, fühle. Durch Schmerzen. Der Reiz wird weitergeleitet. Sehe ich einen Menschen – oder Androiden – mit einer Waffe auf mich zielen, verspüre ich Angst. Angst um mein Leben. Aber nur, wenn ich weiß, was das Bild bedeutet. Habe ich noch nie eine Waffe gesehen und weiß nicht, was sie anrichten kann, würde ich möglicherweise keine Angst empfinden. Bei Schmerz ist es eindeutiger. Wenn ich zusätzlich sehe, wie mein Körper verletzt wird, fühle ich immer Angst. Wie Xell schon sagte, sie soll uns schützen. Unterscheide ich mich in dieser Hinsicht von Menschen?«

»Wenn du es so beschreibst, würde ich *Nein* sagen.«

»Ich sehe ein, dass ich kein Mensch bin. Ich kann mich auch nicht fortpflanzen wie ihr, doch ich denke, dass ich kein Ding bin und ich möchte nicht als Ding, als Stein oder dergleichen behandelt werden.«

»Das verstehe ich. Wurdest du denn so behandelt? Außer von Kira?«

»Als die Welt noch einigermaßen intakt war, hatten wir gewisse Rechte und Pflichten. Aber letztendlich überwogen die Pflichten. Wenn ein Androide einen Fehler beging, konnte er strafrechtlich dafür belangt werden, was meist mit der Auslöschung seines Bewusstseins einherging. Das käme beim Menschen der Todesstrafe gleich.«

»Vielleicht, weil die Menschen Angst davor haben, dass ihr ihnen überlegen sein könntet.«

»Wir sind ihnen in vielen Bereichen überlegen. Selbst Kunst wurde von uns geschaffen.«

»Also mussten die Menschen euch irgendwie unter Kontrolle halten, um nicht ihren eigenen Status als *Krone der Schöpfung* zu verlieren.«

»*Krone der Schöpfung*. Ein sehr witziger Begriff.« Agamic deutete ein Kichern an. »Wir sind doch eure Schöpfung. Also die Schöpfung der *Krone der Schöpfung*.«

»Und an diesem Punkt setzt die Angst ein, die Menschen könnten ihre Freiheit an euch verlieren.«

»Eine unbegründete Angst. Ich will nur gleichwertig sein. Verstehst du, Dysti? Xell hat ein ähnliches Problem. Er sitzt quasi zwischen den Stühlen, wie man so schön sagt.«

Ich schloss für einen Moment verwirrt die Augen. »Ich weiß nicht. Xell ist aus Fleisch und Blut. Er hat ein Gehirn und denkt selbstständig. Du hast ein Elektronengehirn. Ich kann nicht unterscheiden, was programmiert oder gelernt wurde.«

»Ist das wichtig? Ein Kind wird genauso geprägt durch Erziehung und durch Lernen wie ich.«

»Ja, aber es wächst, es hat einen Stoffwechsel. Es lebt.«

Agamic blickte mich eine Weile an. »Ich gehe jetzt meine Blase entleeren.«

»Wirklich?« Ich runzelte die Stirn.

Agamic verzog sein Gesicht zu einem schiefen Grinsen. »Natürlich nicht. Ich habe keine Blase und keine Verdauung. Ich wollte dich nur nicht weiter mit meinen Gedanken belästigen und dich einen Moment mit Xell allein lassen, bevor ich ihn weiter behandle.«

»Danke, Agamic. Du bist ein guter Freund. Deine Gedanken sind mir durchaus wichtig.« Ich drehte mich zu ihm um und drückte ihm einen Kuss auf die Wange.

»Ich nehme diese emotionale Geste als Symbol für Verbundenheit hin.«

»Wie auch immer du das nennen willst.« Ich lachte.

Der Androide verschwand aus dem Raum und ich betrachtete den Cyborg. Die neue Naht war nur ein schmaler L-förmiger Strich. Es gab kein zusammenhaltendes Garn oder Tackernadeln. Die Eintrittsstelle des Projektils war mit neuem Gewebe verschlossen, wahrscheinlich im Drucker erzeugt. Alles war offenbar mit Laser geklebt und vollkommen dicht. Vorsichtig legte ich meinen Kopf auf Xells Brustkorb. Sein Herz schlug gleichmäßig.

»Ich weiß, du kannst mich jetzt nicht hören«, flüsterte ich. »Aber ich muss es einfach loswerden.« Ich wartete eine Weile und lauschte seinem Herzschlag, als würde er mir dadurch etwas mitteilen. »Wir bekommen ein Kind«, hauchte ich tonlos.

Für einen Augenblick hatte ich das Gefühl, Xells Herz hätte einen Zwischenschlag ausgeführt, der nicht in den Rhythmus passte. Wahrscheinlich war das nur Einbildung gewesen.

»Vielleicht überlebt es nicht«, flüsterte ich. »Ich habe schließlich nicht besonders gut auf meinen Körper geachtet. Drogen, Alkohol, bescheuerte Kämpfe. Aber falls doch …« Ich hielt einen Augenblick inne. »Lass mich damit nicht allein!«

Der Nachteil der gläsernen Pyramide über meinem Kopf war, dass ich früh vom Sonnenlicht geweckt wurde. Irgendwo gab es sicherlich eine automatische Verblendung, aber ich hatte keinen Schimmer, wie in diesem Elfenbeinturm die Dinge funktionierten.

Ich legte die Hände in den Nacken und stierte hinauf. Der Himmel hatte rosa Schlieren und die Wolken der Nacht waren verschwunden. Die Wolken in meinem Inneren allerdings nicht. Ich wollte mich gerade erheben, als die Tür langsam aufgedrückt wurde. Xell kam leise herein. Er trug eine Art dunkelblauen Kimono, der ihn bis zu den Knien einhüllte. Der Anblick war seltsam für mich. Er hatte wieder zwei humanoide Hände und sah so menschlich aus wie damals, als ich ihn im Bad bei Conny Industries überrascht hatte.

»Hey«, sagte er sanft und setzte sich neben mir aufs Bett.

Ich streckte die Hand nach ihm aus und er ergriff sie mit der Linken. In der Stille glaubte ich, die Servos unter dem Gewebe summen zu hören.

»Agamic sagt, ich soll mich schonen.« Er lächelte mich an, zog den Kimono aus und schlüpfte unter die Bettdecke.

»Woher wusstest du, wo ich bin?«

»Sue hat mich hergebracht. Sie und Zedrik waren vorhin bei mir.«

Ich betrachtete den reparierten Arm und strich über die frische Haut.

»Vielleicht wird es nun ja doch noch was mit dem *Sexiest Man Alive.*« Er zog fragend die Augenbrauen hoch.

Ich lächelte, legte den Kopf auf seine Brust und strich über die frische Narbe.

»Ich habe nicht damit gerechnet, wieder aufzuwachen«, gestand er ernst.

»Bist du enttäuscht?« Ich hob den Kopf und blickte ihn an.

»Nein. Nur verwirrt.« Er strich mir das Haar aus dem Gesicht, das als roter Wasserfall auf seine Brust herunter floss. »Und froh darüber. Wie kam es dazu?«

»Miller hat es sich anders überlegt«, sagte ich. »Ich weiß nicht, wie viel du noch mitbekommen hast, aber …«

»Nachdem du dem Scheißcyborg das Hirn aus dem Schädel pusten wolltest, hab ich mich ausgeklinkt.«

»Hey, ich …«

»Ist okay«, sagte er. »Ich hatte nur erwartet, dass das Sues Job wäre.«

»Sie war nicht anwesend … zum Glück, denn irgendwie wendete sich plötzlich das Blatt, als Ella eingriff.«

»Wer ist Ella?«

»Die *Elfe* mit der Narbe.«

Xell zog die Brauen hoch. »Ich habe nur noch Bruchstücke von dem Geschehen in meinem Kopf. Aber ja, an irgendwelche *Elfen* erinnere ich mich schwach.«

»Sie haben sich schließlich gegen Miller gewendet und ihn genötigt, dir zu helfen.«

»Miller. Dieses verfi… Mir fällt kein Wort ein.«

»Arschloch?«

»Das ist zu gering.« Xell richtete den Blick nach oben zum gläsernen Dach. »Ich will ihm auf keinen Fall begegnen.«

»Warum? Das wird sich kaum vermeiden lassen.«

»Was soll ich zu ihm sagen?« Xell seufzte. »Danke?« Er schüttelte den Kopf. »Danke, dass du mich im Koloss von Chuck ermorden lassen wolltest. Danke, dass du mich auf deinem Fußboden verbluten ließt.« Er machte eine Pause, als müsste er sich nach einem anstrengenden Lauf erholen. »Danke für die Manipulation meiner Nanos und die dadurch erzeugten Schmerzen … Danke für mein Leben?« Er atmete hörbar aus. »Ich kann das nicht.«

»Das wäre ja nun geklärt!«

Xell und ich zuckten zusammen. In der Tür stand Miller und grinste uns an. Sein strohblondes Haar wurde von der Morgensonne angestrahlt. Er trug keinen seiner Anzüge, sondern ein T-Shirt und sah ungewöhnlich salopp aus.

»Gibt es hier keine Privatsphäre?«, knurrte Xell.

Miller zuckte mit den Schultern. »Ich hatte in den letzten fünfzig Jahren keine Gäste. Sorry.«

»Könnten Sie uns bitte allein lassen!« Xell warf ihm einen wütenden Blick zu.

»Ich weiß, Sie sind gerade von den Toten auferstanden und haben bestimmt andere Bedürfnisse, als mir zuzuhören. Aber ich denke, dass es besser wäre, wir würden einige Dinge besprechen, bevor hier alles den Bach runtergeht.«

Xell sah ihn verständnislos an.

»Der Clan. Er wird spätestens morgen Mittag hier sein. Die Sensoren meiner Soldaten melden hin und wieder verwirrende Daten, da es keine zuverlässige Satellitenverbindung mehr gibt. Doch aus dem, was ich erhalten habe, schließe ich, dass meine kleine heile Welt hier morgen Mittag zusammenbrechen wird.«

Xell zuckte mit den Schultern. »Soll ich jetzt Mitleid empfinden?«

»Das erwarte ich nicht, Xell.« Er breitete die Arme aus wie ein Priester, der seinen Schäfchen Vergebung entgegenbringt. »Aber was ist mit Ihnen? Wo wollen Sie hin? Zumal Dysti …«

»Was ist mit Dysti?« Xell setzte sich abrupt auf. Die spontane Bewegung schien Schmerzen ausgelöst zu haben, denn er presste den rechten Arm kurz gegen seinen Körper.

»Hat sie es Ihnen nicht gesagt?«

Der Cyborg drehte sich zu mir um und ich wich seinem Blick aus.

»Ich gehe dann mal«, sagte Miller und hob grüßend eine Hand. »Wir sollten uns in der Küche treffen, wenn Sie fertig sind.«

Xell hielt weiterhin die Augen fragend auf mich gerichtet, als Miller längst die Tür hinter sich geschlossen hatte. Ich saß im Bett, zog die Beine an den Körper und umschlang sie mit den Armen. Meine Stirn ruhte auf meinen Knien. Ich igelte mich ein.

»Dein Schweigen suggeriert mir, dass es etwas Unangenehmes ist. Etwas Schlimmes, etwas …« Er atmete seufzend ein. »Du machst mir Angst«, flüsterte er heiser.

»Ich erwarte ein Kind«, platzte ich heraus und drehte ihm das Gesicht zu.

Xell versteinerte.

Minutenlang herrschte Stille. Ich hob den Kopf und blickte hinauf in die gläserne Pyramide. Einige rosa Wolkenfetzen zogen über sie hinweg.

»Und wer …?«

»Ich weiß nicht.« Jetzt sah ich dem Cyborg trotzig in die Augen. »Einer der dreizehn Matrosen, die ich auf der *Oasis* gevögelt habe, muss es sein.«

»Scheiße«, murmelte er und fuhr sich mit der Hand übers Gesicht.

»Ich könnte die Schwangerschaft abbrechen, solange wir hier sind. Hier gibt es die medizinische Möglichkeit dazu.« Seine Reaktion hatte mir Angst gemacht.

Xell rutschte zu mir herüber und legte seinen Arm um mich. »Was redest du da? Ich …« Er drückte mich fester an sich. »Ich muss das nur erst verdauen. Das ist eine völlig neue Erfahrung für mich. Ein Kind war nie in meinem Leben vorgesehen.«

»In meinem auch nicht.«

Er suchte mit der rechten Hand meinen Unterleib. »Spürst du schon was?« Seine Gesichtszüge hatten plötzlich jegliche Härte des Soldaten verloren.

»Nein.«

»Weißt du, was seltsam ist?«

Ich schüttelte den Kopf.

»Ich glaube, ich habe davon geträumt, als ich sediert war.«

»Ich hab es dir erzählt. Ich dachte, du würdest es nicht hören.«

»Hab ich auch nicht, aber mein Unterbewusstsein offenbar schon.«

»Was sollen wir jetzt machen?« Ich presste die Lippen aufeinander.

»Wir hören uns an, was Miller zu sagen hat und dann verschwinden wir ganz schnell aus der Stadt.«

»Aber wohin könnten wir gehen? Wo ist ein sicherer Platz, um ein Kind aufzuziehen?«

»Wir werden etwas finden. Bestimmt.«

Das Licht des Vormittags floss durch die Pyramide auf dem Dach bis hinunter in die Küche. Als ich mit Xell an der Hand eintrat, waren die vier Elfen damit beschäftigt, allerlei Köstlichkeiten aufzutischen. Der Lebensmittelreplikator lief ohne Unterlass. Das Ganze hatte etwas von einer Henkersmahlzeit. Silas stand auf und fiel Xell um den Hals. Der Cyborg drückte ihn sichtlich gerührt an sich. Der Junge strich über Xells reparierten Arm und hielt seine neue Hand daneben.

»Ich kann sie bewegen«, sagte Silas stolz.

Xell lächelte ihn an. »Da müssen wir Mister Miller wohl sehr dankbar sein«, sagte er und warf Miller einen finsteren Blick zu. »Bestimmt war die Reproduktion deiner Hand die einzige selbstlose Tat in seinem Leben.«

Um Millers Mundwinkel zuckte es. »Das ist wahrscheinlich korrekt.« Er legte den Kopf etwas schief wie Nero. »Vielleicht wollte ich Sie auch nur ausstechen, Xell. Schließlich haben Sie eine gute Vorlage geliefert mit diesem hübschen Ding vom Schrottplatz.«

Xells Gesichtsmuskeln zuckten. Er unterdrückte eine Antwort.

»Vielleicht konnte ich mich dadurch aber auch von der Hölle loskaufen.«

»Das bezweifle ich«, entgegnete Xell und setzte sich mit mir und Silas an den Tisch. »Ich denke, dass sie schon längst dort sind.«

Miller glotzte nachdenklich auf die Tischplatte.

»Die Hölle. Ein jenseitiger Ort der Bestrafung«, rezitierte Agamic. »Ich glaube nicht an ein Jenseits, doch habe ich schon Orte erlebt, die diesem Gedanken von Hölle sehr nahe kommen.«

Miller sah auf. »Hören Sie zu«, sagte er ernst. »Ich denke, dass morgen genau das hier geschehen wird. Es wird die Hölle ausbrechen. Ich habe aber schon lange damit gerechnet und eine Hintertür geschaffen, durch die wir aus der Stadt heraus können. Jedoch benötige ich noch ein paar Stunden Zeit für die Vorbereitung.«

»Wie sieht diese Hintertür aus?«, fragte Sue.

»Da oben auf dem Dach gibt es einen Solargleiter. Er ist groß genug für uns alle. Ich werde ihn durch meine *Elfen* mit Lebensmitteln, Werkzeugen und allen möglichen Dingen beladen lassen, damit wir irgendwo neu anfangen können.«

»Wer soll das Ding fliegen?«, fragte Xell.

»Ich«, entgegnete Miller.

»Es widerstrebt mir, mich von Ihnen abhängig zu machen«, gestand der Cyborg.

Miller nickte. »Ich verstehe das. Es steht Ihnen frei.«

Xell sah ihn nachdenklich an. »Wohin soll die Reise gehen?«

»Irgendwo nach Norden. An die Küste, denke ich. Dort gibt es fruchtbares Land. Man könnte da sicherlich etwas aufbauen.«

»Gut«, entgegnete Xell. »Ich habe jetzt eine Verantwortung, die mir keine Wahl lässt. Meine eigenen Befindlichkeiten werde ich dem unterordnen.«

»Wenn du nicht willst, müssen wir da nicht mitfliegen«, sagte ich. »Wir schaffen das auch so.«

»Es ist Ihre Entscheidung. Ich werde Sie nicht dazu zwingen. Aber es ist der sicherste Weg, um hier wegzukommen«, gab Miller zu bedenken.

Sue taxierte Xell mit einem nachdenklichen Blick. »Von was redest du? Welche Verantwortung?«

Er wand sich ihr zu. »Dysti ist schwanger«, gestand er.

»Wirklich?« Die Überraschung in ihren Augen war offensichtlich.

17.

Die *Elfen*, Sue und Zedrik trugen Kisten, Boxen, Säcke und allerlei Gegenstände aus anderen Etagen herauf, um sie im Solargleiter, der auf dem Dach stand, zu verstauen. Agamic packte inzwischen medizinisches Equipment und Medikamente zusammen, die wir benötigen könnten. Er hatte Xell davon abgeraten, sich jetzt schon körperlich zu betätigen. Deshalb folgte der Cyborg gemeinsam mit Silas und mir Miller in einen Raum mit einer Vielzahl von Monitoren und Computern.

»Das war mal das Gehirn meines Towers. Vor langer Zeit«, sagte Miller und erweckte einige der Anzeigen zum Leben.

»Was ist passiert?«, fragte ich. »Hat es einen Krieg gegeben, eine nukleare Katastrophe oder so etwas?«

Miller gab Daten in die Anlage ein und auf einem der Monitore erschienen Textreihen. Sie scrollten mit hoher Geschwindigkeit ab, sodass ich nichts davon entziffern konnte.

»Nein«, antwortete er. »Es gab nicht den erwarteten großen Knall.« Während er sprach, stierte er konzentriert auf die Monitore, tippte etwas auf einem Touchscreen ein, ließ Diagramme erscheinen und verschwinden. »Es ist schleichend abgelaufen. Das Klima hat sich geändert wie vorhergesagt, da niemand wirklich effektive Maßnahmen ergriffen hat, den Prozess aufzuhalten. Es wurde nur diskutiert und diskutiert. Trockenperioden, Wirbelstürme, Hitzewellen, Hagel im Sommer, Flutwellen … das ganze Programm. Hin und wieder hat eine Pandemie die Menschheit dezimiert oder Erdrutsche, spontane Kälteeinbrüche, lange Dürreperioden, Insektensterben und dadurch Nahrungsmittelknappheit. Die Städte sind immens in der Fläche und in die Höhe gewachsen, da die ländlichen Gebiete unbewohnbarer wurden. Die Häuser sind in den Himmel geschossen und immer mehr Menschen haben sich auf kleinerem Platz zusammengedrängt. Letztendlich sind die Werte verfallen. Kriminalität ist zum Alltag geworden. Jeder war sich selbst der Nächste. Einige wenige, wie ich, hatten alles und noch viel mehr, als sie benötigten. Der Rest der Menschheit ist in Armut versunken. Hier und da hat es Aufstände gegeben oder auch mal einen Bürgerkrieg. Das Wasser ist knapp geworden, Rohstoffe und Nahrungsmittel ebenso. Es ist quasi so gekommen, wie es immer schon vorausgesagt wurde. Es war ein langsames aber unaufhaltsames Gleiten in den Abgrund. Das Kartenhaus ist einfach in Zeitlupe über uns zusammengefallen. Einige Wenige haben es geschafft, sich ein kleines Refugium zu erhalten. Das haben Sie wahrscheinlich schon selbst mitbekommen. Und einige, wie ich, haben sich in ihrem Rest von Wohlstand und medizinischen Privilegien eingekapselt.«

»So ganz allein?«, fragte ich.

»Ich hatte immer eine Schar Menschen um mich herum. Techniker, Ärzte und alle möglichen Leute. Ganze Familien. Das Haus ist groß. Doch die Unsterblichkeit ist keinesfalls so erstrebenswert, wie es den Anschein hat. Sie macht träge und müde und ziellos. Der Adrenalinkick des Lebens geht verloren. Einige wollten nicht mehr verjüngt werden und starben irgendwann eines natürlichen Todes. Andere sprangen einfach vom Dach.« Er blickte mich amüsiert an, als erzähle er eine witzige Geschichte. »Vom Dach«, wiederholte er und schüttelte den Kopf, als könne er diese Absurdität nicht begreifen. »Sie hat es eines Tages nicht mehr ausgehalten und ist runtergesprungen.« Millers Augen bekamen einen feuchten Glanz.

»Sie?« Ich zog fragend die Brauen zusammen.

»Aileen, meine Frau. Selbst so ein Arschloch wie ich kann das Glück haben, eine Frau abzubekommen.« Er lachte bitter auf. »Sie sah wunderschön aus und war das einzige Wesen, was mir außer mir selbst je wirklich etwas bedeutet hat. Aber die Ewigkeit war einfach zu lang für sie.«

Ich beobachtete, wie er sich über das Gesicht wischte und dann hektisch tippte. Ob es sinnvoll war, was er eingab, konnte ich nicht erkennen.

»Ich habe ihren Körper weiter geklont, doch sie war es nicht mehr. Sie war weg. Einfach weg. Aus ihren zerschmetterten Überresten war es mir unmöglich, ihren Geist zu extrahieren. Nur die Hülle.«

»Ihre *Elfen*?«

Miller nickte, dann straffte er seine Haltung, schüttelte den Kopf und verkündete: »Es ist so weit.«

»Was haben Sie vor?«, fragte Xell.

Miller zog etwas aus einem Fach heraus, was einem Kopfhörer glich und hielt es mir entgegen. »Setzen Sie das auf.«

»Für was ist das?« Argwöhnisch betrachtete ich das Objekt. Es hatte in der Mitte eine golden schimmernde kleine Platte. Der Rest des Halbreifs bestand aus einem biegsamen Kunststoff.

»Das Ding kann Daten auf Ihren Chip laden.«

Erschrocken legte ich es auf das Pult zurück, als wäre es ein glühendes Eisen.

»Jetzt machen Sie nicht so ein Drama draus, Dysti.« Miller sah mich ungeduldig an. »Sie haben nun mal das Ding in Ihrem Hirn. Warum es nicht sinnvoll nutzen?«

Xell stellte sich schützend vor mich. »Was soll das, Miller?«

»Ihr Schisshasen!«, blökte er los. »Uns läuft die Zeit davon. Ich will Ihnen nichts antun. Verflucht. Ich will Dysti nur Wissen weiterreichen, was sie gebrauchen könnte.

Zum Beispiel, wie man den Solargleiter fliegt, wie man ein Windkraftwerk erbaut, Wassergewinnung, Ackerbau, keine Ahnung … alles, was irgendwie wichtig erscheint, um ein neues Leben irgendwo auf diesem Scheißplaneten aufzubauen. Wollen Sie das nicht?«

Xell sah ihn skeptisch an und dann wandte er mir den Blick zu. Ich stand an einer der Konsolen und starrte die fließenden Datenreihen an.

Silas hielt immer noch Xells Hand. »Tu's nicht, Dysti. Die Siedler am Meer haben es auch ohne diese Technik geschafft.«

Unschlüssig stieß ich die Luft aus. »Das ist wahr, Silas. Aber Miller hat recht. Wenn ich schon so ein Ding im Kopf habe, warum soll ich es dann nicht dafür nutzen, uns eine Zukunft zu ermöglichen?«

Xell blickte mich an und schüttelte kaum merklich den Kopf, so wie am Tisch gestern, als ich die Pille herausgesucht hatte.

Ich schwankte leicht hin und her. Ich hatte meinen Körper sinnlos mit Chemikalien vergiftet und mir aus Karrieresucht einen Chip einpflanzen lassen. Was könnte ich jetzt noch falsch machen? Da wuchs ein kleiner Mensch in mir und der brauchte eine schöne Welt zum Leben. Die gab es aber nicht mehr. Millers Angebot konnte mich, oder besser gesagt, uns in die Lage versetzen, diese bessere Welt zu erschaffen. Warum also sollte ich das nicht tun? Was konnte schon passieren? Dass ich starb? Das könnte auch jederzeit durch etwas anderes geschehen, ohne, dass es einen Sinn ergeben würde.

»Gut«, sagte ich schließlich. »Geben Sie mir das Wissen.« Ich presste mir entschlossen den Reif auf den Kopf.

»Am besten, Sie setzen sich hier in den Sessel. Es könnte sein, dass Sie das Bewusstsein verlieren. Aber es wird

Ihr Gehirn nicht schädigen. Die Daten landen nur auf dem Chip. Sie können sie dort jederzeit abrufen wie eigene Erinnerungen.«

Ich setzte mich in den Sessel und legte die Hände auf die Armlehnen.

»Wenn ihr was zustößt, Miller …«, fauchte Xell.

»Ja, ja, dann brechen Sie mir das Genick. Schon kapiert«, antwortete er genervt.

Er sah mich abwartend an. »Bereit?«

Ich nickte.

Miller tippte auf einen der Touchscreens.

Ich blickte Xell mit einer Mischung aus Entschlossenheit und Furcht in die Augen. Xell hockte neben meinem Sessel und hielt meine Hand. Silas stand hinter ihm. Irgendwann schloss ich die Augen und mein Kopf kippte leicht zur Seite. Meine Muskeln entspannten sich, als würde ich in einen tiefen Schlaf fallen. Ich spürte, wie Xell besorgt meinen Hals berührte, um zu prüfen, ob ich noch lebte.

»Keine Angst. Es wird sie nicht töten«, hörte ich Miller aus weiter Ferne. »Die Übertragung wird jetzt eine Weile dauern.«

Seltsamerweise konnte ich alles hören, was im Raum gesprochen wurde, mich aber nicht rühren und keine Lebenszeichen von mir geben.

»Dann könnten Sie mir in der Zwischenzeit erklären, warum dort draußen Androiden herumlaufen, die aussehen wie ich«, sagte Xell.

»Ups«, stieß Miller hervor.

»Was heißt *ups*?«

»Ja, es war was Persönliches, Xell.«

Der Cyborg brummte missmutig.

»Ich hatte Ihre DNA gelagert und als wir das neue Androidenprogramm starteten, verwendete ich sie dazu. Sie waren ein prima Prototyp und irgendwie habe ich es genossen, ein paar Schießübungen an Ihnen auszuführen. Es hat mir Spaß gemacht, Ihnen den Kopf wegzupusten.«

»Sie sind ein perverser Wichser.«

»Mag sein. Aber die ersten kompletten Retorten-Combat-Bots waren noch aus Fleisch und Blut. Irgendeine DNA mussten wir schließlich verwenden. Sie waren weit weg. Wen störte es? Die nächste Reihe war dann schon synthetischer, aber das Außengewebe war menschlich. Das Design der Außenhülle habe ich belassen. Es kam gut bei den Kunden an. Ein paar Restbestände des Typs wuseln da unten noch rum.«

»Das ist mir aufgefallen und es war äußerst unangenehm, mich ständig selbst zu töten.«

Miller gab einen glucksenden Laut von sich. »Trösten Sie sich. Das Programm ist irgendwann eingestellt worden. Man fand Sie zu antiquarisch.«

»Mich?«

Miller kicherte albern. »Das Modell mit Ihrem Design.«

»Trotzdem kein Kompliment«, knurrte Xell.

»Später waren die Androiden neutraler, so wie Agamic. Das neue Design hat mehr dem Zeitgeist entsprochen. *So viel Menschlichkeit wie nötig, aber so wenig äußere Menschenähnlichkeit wie möglich.* Es zeigte sich, dass die Androiden dann doch relativ humanoid aussehen mussten, um von den Kunden gekauft zu werden.«

»Eigentlich müssen wir Ihnen dankbar sein, Miller.«

»Unbedingt.« Miller kicherte.

Aus Xells Kehle grollte ein missbilligender Ton. »Nicht, weil Sie mich erst getötet und dann wiederbelebt haben. Dafür bedanke ich mich sicher nicht. Aber dafür, dass wir die Scheißzeit auf diesem Planeten überspringen konnten.«

»Ja. Das war wirklich ein Privileg, nicht?«

Irgendwann dämmerte dann auch mein Hörsinn weg.

Ich fühlte mich nach der Prozedur müde und zog mich mit Xell und Silas in unser Quartier zurück. Erschöpft lag ich auf dem Bett und beobachtete, wie Xell sich mit Silas an einen kleinen Tisch setzte.

»Hör zu, Silas«, sagte der Cyborg sanft und fuhr sich nervös mit den Fingern durchs Haar. »Ich muss dir etwas erzählen.«

Silas blickte ihn mit großen Augen an. Ich erkannte, dass er etwas Unangenehmes befürchtete. Darin lag er durchaus nicht falsch.

»Assa und K sind tot.«

Silas Augen füllten sich mit Tränen.

»Assa hatte versucht, K davon abzuhalten, sich selbst zu töten, doch dabei hat sie ihr Leben verloren. Wir wollten ihr helfen. Kamen allerdings zu spät.«

»Warum hat niemand anderes ihnen geholfen?« Silas wischte sich mit dem Ärmel die Tränen weg.

Xell machte eine resignierte Geste mit der Hand. »Die Leute auf der *Oasis* versteckten sich ständig hinter ihrer obersten Direktive, dass sie sich nirgendwo einmischen wollten. Sie sahen einfach weg.«

Der Junge stieß den Atem aus. »Assa war mir ans Herz gewachsen«, sagte er leise.

»Uns auch«, gestand Xell. »Aber ich muss dir noch etwas anderes sagen.«

Silas hob erwartungsvoll den Kopf.

Diesmal war es der Cyborg, der unschlüssig zu Boden blickte. »Wir denken, dass K dein Vater gewesen sein könnte.«

»Wirklich? Wieso?«

»Er kannte Nelli und Marte«, erklärte ich.

Silas schüttelte abwehrend den Kopf. »Und wenn schon. Er hat uns im Stich gelassen. Er bedeutet mir nichts.«

Xell strich ihm verständnisvoll über den Kopf. »Ich denke, er ist von euch weggegangen, weil er spürte, dass er sehr krank war. Sein Geist, sein Gedächtnis, irgendetwas löste sich in ihm auf. Er wollte wahrscheinlich ebenso wenig wie du in *Helheim* enden und ist deshalb hinaus in die Wüste gegangen.«

Silas stierte Xell eine Weile an. »Es ist gut, dass du mir das erzählt hast. Ich hatte immer ein bisschen Wut auf meinen Vater, weil ich dachte, er verließ uns, weil er mich und meine Mutter nicht haben wollte … besonders mich. Aber jetzt finde ich es tröstlich, dass er gegangen ist, um *Helheim* zu entgehen.«

Xell nickte.

»Vielleicht habe ich diesen Willen von ihm geerbt.« Der Junge rang sich ein betrübtes Lächeln ab.

»Bestimmt«, bestätigte Xell.

Silas nahm Xells Hand. »Aber du wirst nicht gehen, oder?«

»Nein, ich gehe nirgendwohin ohne dich.«

»Das war's dann wohl«, sagte Miller und blickte auf sein Tablet. »So weit sind die Clans noch nie vorgedrungen. Ich glaube, meine Armee ist bald am Ende.« In seiner Stimme lag Bedauern. Er saß am Konferenztisch in der Halle umringt von seinen *Elfen*. »Ich habe den Aufzug blockiert, das verschafft uns ein wenig mehr Zeit.«

»Oder auch nicht.« Sue kam zu einer der Türen hereingestürmt. Zedrik folgte ihr. »Die sind schon in die oberen Etagen vorgedrungen. Entweder nehmen wir unsere Waffen und ziehen in den Krieg …«

»… oder wir verschwinden«, ergänzte Xell. »Es gibt hier nichts, was ich verteidigen möchte.«

Sue und Zedrik nickten und pfefferten die Gewehre in eine Ecke.

»Was genau wollen die hier?«, fragte ich.

»Was so da ist«, antwortete Miller. »Ich habe hier zum Beispiel einige attraktive 3D-Nahrungsmitteldrucker und jede Menge Biomasse in den Etagen unter uns. Damit kann man ein paar Jahrzehnte seinen Clan durchfüttern.«

»Okay. Das ist natürlich ein Argument«, entgegnete ich. »Warum teilen Sie nicht einfach?«

»Seh ich aus wie jemand, der teilt?«

»Nein. In der Tat nicht.«

Miller stand auf. »Ich denke, Sie sollten jetzt gehen. Xell hat recht. Das ist nicht Ihr Krieg.«

»Kommen Sie nicht mit?«, fragte Silas bestürzt.

»Nein.« Miller spitzte die Lippen und schüttelte den Kopf. »Was sollte ich da draußen? Ich bleibe hier.«

»Die werden Sie bestimmt nicht als Gast behandeln«, gab Xell zu bedenken.

»Wahrscheinlich nicht.« Miller zuckte mit den Schultern. »Aber zweihundertzweiundachtzig Jahre waren eine lange Zeit.«

»Das hatten Sie von Anfang an geplant, stimmt's?« Ich musterte ihn forschend. »Deshalb auch der Wissenstransfer.«

Miller grinste bejahend. »Hauen Sie endlich ab. Irgendein sentimentaler Abschiedsscheiß passt mir nicht ins Konzept.«

»Ich möchte mich trotzdem für das medizinische Equipment bedanken«, sagte Agamic und reichte Miller die Hand.

Diesmal nahm er sie an. »Ella hatte recht. Ihr seid meine Produkte«, murmelte er fast stolz.

»Ich gehe schon mal voraus, da ich noch etwas in der Medistation holen muss. Wir treffen uns auf dem

Dach.« Der Androide verschwand eilig aus einer der breiten Türen.

Von irgendwo aus dem Tower drangen Schüsse zu uns. Wahrscheinlich war das die Art von Ricos Leuten, verschlossene Türen zu öffnen.

»Los jetzt. Macht euch ein schönes Leben, Nummer Fünf, Nummer Acht, Nummer Vier und Ella!« Miller setzte sich wieder, kippte den Stuhl etwas zurück und legte die Füße auf die Tischplatte.

»Ich bleibe bei Ihnen, Mister Miller«, sagte Nummer Acht und setzte sich neben ihn an den Tisch.

»Das ist keine gute Idee«, erwiderte Miller.

»Es ist meine Entscheidung.«

Ella begab sich zu Sue und Zedrik.

Miller nickte ihr zustimmend zu. »Gute Entscheidung.«

»Ich bleibe hier«, entschied Nummer Vier und auch Nummer Fünf machte keine Anstalten, mit unserer Truppe zu fliehen.

Von der breiten Tür nahe des Aufzugs erscholl Gepolter. Xell eilte hinüber und stemmte sich mit dem Rücken gegen das zweiflüglige Türblatt. »Los, jetzt! Wir müssen uns beeilen!«

Sue nahm Silas an der Hand und zog ihn mit sich. Zedrik und Ella folgten. Ich blieb stehen und beobachtete, wie Miller zu Xell rannte.

»Gehen Sie! Ich werde versuchen, sie so lange wie möglich aufzuhalten.«

Xell machte Miller Platz, der sich nun gegen die Tür lehnte. Seine drei verbliebenen *Elfen* unterstützten ihn.

»Wieso nehmen Sie keine der Gewehre mit?«, fragte Miller keuchend.

Xell zuckte mit den Schultern, während er sich langsam rückwärtsgehend entfernte. Er hob die Hände, als wolle er sich ergeben. »Vielleicht klappt es dann besser mit unserer Zukunft.«

»Was?« Das Türblatt ruckte und versetzte Miller einen Schlag in den Rücken. Aber er hielt mit den *Elfen* weiter stand.

»Ohne Waffen, meine ich«, antwortete der Cyborg.

Miller nickte verstehend und Xell wandte sich ab.

Die Truppe hastete in lang gestreckter Formation durch den Gang, an dessen Ende die Treppe nach oben lockte. Unsere Schritte hallten wie die Tritte einer fliehenden Tierherde. Zedrik, Sue, Ella und Silas sprangen die Stufen hinauf und verschwanden hinter der Windung des Aufgangs. Ich folgte ihnen keuchend. Das Adrenalin ließ ein Rauschen durch meine Ohren schießen.

Plötzlich ein Krachen von einer aufgestoßenen Tür. Ich drehte mich auf dem Treppenabsatz um und sah, wie Xell mit erhobenen Händen stehen geblieben war. Entsetzt sprang ich die Stufen wieder hinunter. Unten standen Kira und der Mützenmann und bedrohten uns mit Gewehren. Eine weitere Tür ging auf und Agamic kam heraus mit einem Rucksack auf dem Rücken. Auch er blieb wie angewurzelt stehen. Wir hatten keine Chance gegen die zwei, denn wir waren gänzlich unbewaffnet. Kira blickte mir forschend in die Augen und ich starrte trotzig zurück. Ich erwartete, Genugtuung darin zu erblicken, dass sie nun doch noch die Herrin über Leben und Tod geworden war. Aber ihre Miene entspannte sich plötzlich. Sie nickte mir zu, fast kameradschaftlich, stieß den Mützenmann an und beide verschwanden in Richtung des Konferenzraumes. Xell atmete sichtbar erleichtert aus und nahm die Hände wieder runter. Er packte mich bei der Hand und wir rannten zu dritt die Treppe hinauf. Ich wusste nicht so recht, wie ich Kiras Verhalten einordnen sollte.

»Anscheinend hast du bei eurer letzten Begegnung alles richtig gemacht«, sagte Xell im Laufen.

»Sieht so aus«, antwortete ich verwirrt.

Wir erreichten das Dach, ohne dass uns jemand nachstellte. Draußen fegte ein eisiger Wind, obwohl der Himmel wolkenlos blau leuchtete und im Zenit eine weiße Sonne strahlte. Das Dach war eine weitläufige ebene Fläche, die in der Mitte von der gläsernen Pyramide dominiert wurde. Um diesen Aufbau herum lag ein ungefähr zehn Meter breiter Streifen, bis sich die ungesicherte Kante zum Abgrund hinabstürzte. Sue, Zedrik, Ella und Silas warteten nahe der Pyramide. Sie hielten sich von der Dachkante fern, um nicht von Abwinden hinabgerissen zu werden. Die Aussicht auf die Stadt war faszinierend. Wolkenfetzen stauten sich an den höchsten Türmen wie Gischt, die an Inseln spritzte. Dazwischen reichte der Blick in schwindelerregende Tiefe.

Durch das Glas der Pyramide konnten ich in die Halle hinabsehen. Miller versuchte, das Durchbrechen der Eindringlinge zu verhindern, und stemmte sich immer noch gegen die Tür. Doch der Druck von außen zwang ihn zur Aufgabe. Ich sah, wie er zurücksprang und sich vor seine drei *Elfen* stellte, während die Kriegertruppe hereinströmte. Rico richtete das Gewehr auf Miller und der breitete seine Arme aus. Ich war mir nicht sicher, ob dies nur wieder seine typische Priesterhaltung darstellte oder ob er seine *Elfen* beschützen wollte. Ich erkannte, dass er mit Rico diskutierte. Dann blitzte die Mündung des Gewehrs auf und Miller kippte getroffen nach hinten.

Xell zog an meinem Arm. »Er war zweihundertzweiundachtzig Jahre lang ein Arschloch. Nur weil er die letzte halbe Stunde seines Lebens ein Gewissen entwickelt hat, werde ich nicht um ihn trauern.«

»Ja, kann sein«, antwortete ich und versuchte zu erkennen, was mit seinen Elfen geschah. »Aber ein nützliches Arschloch.«

»Komm, bevor die uns entdecken und es sich Kira anders überlegt.« Xells Hand packte mich jetzt fester und ich ließ mich mitziehen. Durch das Glas sah ich, wie Nummer Acht am Boden hockte und Millers Kopf in ihren Schoß bettete, wie Silas es mit Xell getan hatte. Miller hatte Arme und Beine von sich gestreckt und schien zu mir hochzusehen. Mitten in seiner Brust klaffte ein Loch und unter seinem Körper breitete sich eine Blutlache aus. Ich konnte nicht erkennen, ob er noch lebte oder mich lediglich aus toten Augen anstarrte. Nummer Fünf und Nummer Vier knieten ebenfalls neben ihm. Der Anblick rührte mich und ich musste gegen den Drang ankämpfen, zurückzurennen, um die *Elfen* dort herauszuholen.

Einer der Clankämpfer wollte nach Nummer Acht greifen, als er sich einen Faustschlag von Nummer Fünf einfing. Rico lachte. Dann tauchte Kira auf und schubste den Mann von den *Elfen* weg. Weiter konnte ich nichts sehen und hoffte, dass die *Elfen* sich zu wehren wussten.

»Wir hätten sie mitnehmen sollen.«

»Sie haben sich das selbst ausgesucht, Dysti. Was hätten wir tun sollen? Sie wollten bei Miller bleiben. Wahrscheinlich war das die erste freie Entscheidung, die sie in ihrem Leben getroffen haben.« Xell sah mich eindringlich an. »Komm jetzt. Da vorn ist der Solargleiter. Auch wenn Miller ein Arschloch war, darf sein Tod nicht umsonst gewesen sein. Er hat uns diese Hand gereicht und wir dürfen sie nicht leichtfertig ausschlagen.«

Der schwarzblaue Solargleiter war kein wirklicher Gleiter, sondern ein Flugzeug, dessen Form an einen Rochen ohne Schwanz erinnerte, nur dass Bug und Heck vertauscht waren. Die deltaförmigen Flügel waren an den Enden hochgebogen. Das Heck erinnerte an einen leicht gegabelten Vogelschwanz oder den Kiefer eines Teufelsrochens. Darüber lagen die zwei Triebwerksauslässe und zogen sich als breite Rinnen bis zu den zwei Schwanzenden hin. Die Einlässe befanden sich an den Stellen, wo die Flügel harmonisch in den Rumpf übergingen. Der vordere Teil war mit Fenstern bedeckt, deren Tropfenformen versetzt aneinandergereiht waren und die sich zum Heck hin verkleinerten. Die Oberfläche leuchtete dunkelblau, durchzogen mit helleren Schlieren und war offensichtlich mit einem Fotovoltaik-Lack überzogen, der das Sonnenlicht in die benötigte elektrische Energie für die Triebwerke umwandelte. Das Ganze wirkte äußerst organisch ohne Ecken und Kanten. So ein Fluggerät hatte keiner von uns je gesehen. Ich öffnete eine verglaste tropfenförmige Einstiegsluke an der Seite der Front, als hätte ich das schon tausendmal gemacht.

Wir stiegen ein. Ich setzte mich auf den Pilotensitz und Xell ließ sich daneben nieder. Hinter uns hatten in zwei Reihen Silas, Ella, Sue, Zedrik und Agamic Platz genommen. Im Heck waren Boxen und Kisten verstaut, die nach Millers Auskunft Lebensmittel und Alltagsgegenstände, Werkzeuge und sonstige Dinge beinhalteten, um einen Start in eine autonome Existenz zu ermöglichen.

»Wie rufst du die Daten ab?«, fragte mich Xell.

»Es gibt kein besonderes Verfahren. Es fühlt sich an, als hätte ich es schon immer gewusst, als müsste ich es mir nur nach längerer Zeit wieder ins Gedächtnis rufen.«

Dabei tippte und wischte ich auf dem Display herum. Meine Finger wussten genau, was sie zu tun hatten. Die elektrischen Turbinen starteten und das Summen schwoll an. Es kam nicht von bewegten Teilen, sondern vom Luftstrom, der durch den Einlass eingesogen wurde. Das Fluggerät rollte an, steigerte die Geschwindigkeit und stürzte schließlich über die Kante des Daches in die Tiefe. Der freie Fall dauerte nur wenige Augenblicke, entlockte jedoch einigen der Passagiere einen erschreckten Schrei. Dann griffen die Auftriebskräfte nach den Flügeln und trugen den Gleiter hinauf über die Türme der verfallenen Stadt.

Ich hatte die nördliche Küste als Ziel in das Navigationssystem eingegeben und der Gleiter flog zunächst eine Schleife über die Megacity. Einige der höchsten Häuser durchbrachen die dünne Wolkendecke und reckten ihre Stahlskelette in den Himmel. Durch die Lücken zwischen den Wolken erkannte ich Straßen und Plätze, die sich die Natur zurückeroberte. Bäume und Sträucher sprengten den Asphalt, Pflanzen kletterten an den Fassaden empor. Einige winzige Punkte hetzten durch die Schluchten der Gebäude, aber es war nicht eindeutig zu erkennen, ob es sich um Tiere, Androiden oder Menschen handelte.

Und irgendwo da unten war Alvins Grab.

Zwischen den Häusern glänzte die Oberfläche eines Flusses, der sich im Norden in einem feuchten Delta im Wüstensand verlor. Das Flugzeug folgte dem Lauf und erreichte die weite Sandlandschaft. Wir flogen über ockerfarbene Dünen, sanfte Wellenreliefs in kunstvoller Symmetrie, wie ein windgepeitschtes goldenes Meer. Mitten in dieser Ödnis ragte ein gewaltiges Schiff hervor. Die Fotovoltaikoberflächen der Dachkonstruktion glänzten im Sonnenlicht.

»Da!«, hörte ich Sue wispern.

»Die *Oasis*«, entgegnete Zedrik leise.

Trotz des Flüstertons war die Aufregung in ihren Stimmen zu vernehmen. Dort unten war bis vor wenigen Tagen ihre Heimat gewesen, die einzige Welt, die sie bis dato gekannt hatten.

Nach vielen Stunden des Fluges schließlich, als die Sonne schon fast den westlichen Horizont erreicht hatte, kam der Maschinenfriedhof in Sicht. Ich bemerkte, dass Xell angespannt hinausspähte und tief einatmete. Der Gleiter überflog das dschungelbewachsene Hochplateau und die Siedlung der Harmonie. Silas presste sich die Nase an der Scheibe platt und zeigte auf eine Stelle am Strand. Dort erkannte ich sein kleines Lager, in dem er die letzten Jahre allein verbracht hatte. Dann riss ich meinen Blick davon los, denn ich verspürte wenig Interesse, Samuel irgendwo zu entdecken.

Und schließlich breitete sich der Ozean vor uns aus. Felsen stemmten sich gegen die Wassermassen. Gischt spritzte an ihnen empor. Das Türkis in Strandnähe ging allmählich in tieferes Blau über, bis sich unter uns das Schwarz des Kolosses herausschälte. Die Zeitmaschine lag mitten im Meer wie ein Kontinent. Seevögel umkreisten den Metallberg und in den azurblauen Fluten erkannten wir die Schatten der Gruppen von Delfinen oder Walen, die an der stählernen Steilküste jagten.

Weiter flogen wir über die endlose See dahin, bis sich vor uns eine Bergkette mit einem bewaldeten Vorland türmte, das mit einem breiten Sandstrand zum Wasser hin abfiel. Die untergehende Sonne warf ihre letzten rot glühenden Strahlen auf ein Paradies zu unseren Füßen. Vielleicht der Anfang einer Zukunft.

Koloss im Meer

18.

Ich beobachtete, wie Zedrik sowie drei der Dorfbewohner heraussprangen und das Boot an Land zogen. Der junge Mann kam freundlich lächelnd auf mich zu.

»Wir haben wieder einige wertvolle Schätze aus dem Koloss geborgen«, berichtete er. »Manches können wir für das Windrad gebrauchen.«

»Maddox wird sich freuen«, entgegnete ich.

Verträumt blickte ich zu der Ansammlung Häuser hinauf, die sich am Waldrand ausbreitete. Jeden Monat wurde sie größer. Ich sah den Tag vor fast einem Jahr vor mir, als Maddox plötzlich mit seinem neuen Partner Luis in einem alten Boot hier anlandete. Die Gerüchte von der neuen Siedlung hinter dem geheimnisvollen Koloss im Meer hatten ihn hergelockt. Er war äußerst erfreut, als sich herausstellte, dass Xell und ich mit unseren Freunden hier ein kleines friedliches Refugium aufbauten. Deshalb blieb er.

»Ich werde ihm mit Sue die Sachen zu seiner Werkstatt bringen. Dann kann der Bau des Windrades sicherlich schnell weitergeführt werden«, sagte Zedrik. Seine verschiedenfarbigen Iriden leuchteten hinter dem Glas der Brille.

Unten am Strand lud er mit anderen der Gemeinschaft Kisten und Gegenstände aus dem Boot. Sue rannte über den Sand und fiel Zedrik um den Hals. Ich lächelte amüsiert, denn die zwei führten sich nach einer viertägigen Trennung auf, als hätten sie sich vier Jahre lang nicht gesehen.

Agamic spazierte mit Ella aus dem kleinen Hospital am Rand der Siedlung. Das Gebäude war eins der ersten gewesen, die wir hier vor über zwei Jahren errichtet hatten. Mein Wissenschip war eine große Hilfe dabei gewesen. Dafür musste ich Miller tatsächlich dankbar sein, auch wenn Xell das nicht hören wollte.

Der Androide blickte zum Boot hinunter. »Gibt es irgendwelche Kranken oder Verletzten?«, fragte er.

»Nein, diesmal nicht«, entgegnete ich. »Die Harmoniesiedlung hat nicht bei jeder Expedition, die wir zum Koloss unternehmen, jemand Behandlungsbedürftigen für dich, Agamic.«

Sue und Zedrik kamen mit einer Kiste zu uns gelaufen. »Wir bringen das Maddox.«

»Was ist mit Saatgut?«, fragte Ella.

»Ja, Belau hatte ein Händlerboot zum Koloss geschickt, das uns Getreide und auch einige Gemüsesetzlinge überbracht hat. Wir haben ihnen, wie versprochen, die von Agamic hergestellten Medikamente übergeben«, antwortete Zedrik.

Als die zwei mit ihrer Kiste Richtung Werkstatt weiterzogen, stöhnte Agamic. »Die Krankenstation ist seit Tagen leer. Der einzige Patient ist Ella.«

»Wie bitte?«, fragte die Frau entrüstet.

Ich grinste. »Ach, wirklich?«

»Nun«, begann der Androide mit sachlichem Tonfall. »Ich musste jetzt schon zum zweiten Mal ihr gebrochenes Herz reparieren.«

Ella zog die Stirn in Falten. »Das ist nicht wahr!«

»Nicht?« Agamic blickte nachdenklich hinüber zum Waldrand. Dort erschienen gerade Xell, Silas und ein junger Mann. Sie hatten ein erlegtes Tier dabei. »Ich denke, der da ist schuld.«

»Kyle?«

Agamic nickte.

Ella zog die Schultern hoch. »Wie kommst du auf so was? Ich habe mit ihm bis jetzt kaum zwei Worte gesprochen.«

»Das wird der Fehler sein«, meinte Agamic.

»Wir könnten ihn zum Essen einladen«, schlug ich vor.

Ella zuckte mit den Schultern. »Nur nichts überstürzen«, murmelte sie.

Langsam schlenderte ich über den Strand. In einigen Hütten leuchteten Lichter auf, die durch die vom Solargleiter erzeugte Elektrizität gespeist wurden. Die Stille des Abends ließ die Geräusche in der Siedlung abebben und im Wald aufleben. Auf einem Felsen nahe dem Wasser saß Xell und beobachtete, wie Silas mit Elias auf den Schultern an der Wasserlinie entlang rannte. Silas setzte den Kleinen in den Sand zu Xells Füßen, winkte mir zu und spurtete zum Waldrand hinüber, wo eine Gruppe junger Leute auf ihn wartete.

Ich setzte mich neben Xell und lehnte den Kopf an seine Schulter. »Ist schon seltsam. Ich habe nie Kinder gewollt.«

»Und ich habe mir nie ernsthaft getraut, davon zu träumen, welche zu haben.«

»Ich hoffe, du bereust es nicht.«

Xell lachte. »Auf keinen Fall. Ich habe immer nur zerstört und getötet, nie etwas Wahres geschaffen. Elias ist mein kleines wahres Wunder.«

»Und er hat deine Augen.«

Xell legte die Stirn in Falten. »Nur mein rechtes.«

Ich kicherte. »Wer weiß, vielleicht kann er im Dunkeln sehen.«

»Das will ich nicht hoffen. Ich will, dass er ein ganz normales, langweiliges Leben hat.«

»Langweilig?«

Xell wiegte den Kopf hin und her. »Du weißt, was ich meine. Ein sicheres Leben. Nicht so bescheuert wie unsere.«

»Ach, alles ist für irgendetwas gut. Auch die schlechten Erlebnisse. Ich hätte dich nie getroffen, wenn ich im Leben irgendwann eine andere Entscheidung gefällt hätte, wenn ich die Mission zum Koloss nicht angetreten hätte.«

»Ja, das wäre schade. Dann gäbe es Elias nicht.«

Ich boxte ihm in die Rippen.

»Sei etwas vorsichtiger mit mir. Ersatzteile sind hier schlecht zu bekommen.« Er zwinkerte mir zu. »Ich hätte dich natürlich vermisst.«

»Und es gäbe nicht diese Siedlung und Silas hätte kein Zuhause.«

»Du hast recht, Dysti. Irgendwie hängt alles miteinander zusammen.« Er strich mir durchs Haar. »Und es braucht gar nicht so viel, um glücklich zu sein.«

»Keine Pillen und keine Cyberreisen«, antwortete ich und kuschelte mich enger an ihn.

Die Sonne stand schon tief und warf lange Schatten über den Strand. Elias buddelte mit den Fingern im Sand und hielt schließlich stolz eine Muschel empor.

»Weißt du noch, in der Nacht vor dem Flug? Du sagtest, dass du nicht wirklich Dysti heißen würdest. Wie heißt du denn nun eigentlich?«

»Du darfst aber nicht lachen.«

Xell grinste. »Das kann ich nicht versprechen.«

Ich überlegte eine Weile. Dann nahm ich den Kopf von seiner Brust, sah ihm ernst in die Augen und flüsterte: »Dystopia.«

Xell lachte laut auf und ich boxte ihn erneut in die Seite. »Das ist ja auch nicht viel besser. Was haben sich deine Eltern dabei nur gedacht?«

Ich zuckte mit den Schultern. »Und was ist mit dir? Xell Verhoeven ist ebenso wenig dein echter Name.«

Der Cyborg machte ein nachdenkliches Gesicht. »Ich denke, ich behalte meinen Namen lieber für mich.«

»Was?« Ich war empört. »Das ist unfair.«

»Na gut.« Er beugte sich vor und flüsterte mir seinen Namen ins Ohr.

Mit ernster Miene sah ich ihn an. »Wirklich?«

Er nickte.

Ich kämpfte gegen die aufsteigende Regung an. Meine Gesichtsmuskeln zuckten. Dann prustete ich laut los und lachte.

Der Cyborg blickte sich peinlich berührt um. Schnell drückte er eine Hand auf meinen Mund. »Versprich mir, dass du es für dich behältst.«

»Okay. Ich verspreche es«, nuschelte ich hinter seinen Fingern.

Er nahm die Hand von meinem Mund. Kichernd lehnte ich mich mit dem Rücken an seine Brust. Er schlang die Arme um mich. Wir sahen dem kleinen Elias zu, wie er die Muschel betrachtete.

»Xell ist völlig in Ordnung«, sagte er.

»Du hast recht.« Ich nickte.

Er strich über meinen gewölbten Bauch. »Ich denke, diesmal wird es ein Mädchen.«

»Vielleicht«, antwortete ich und sah zu ihm auf. »Schwebt dir schon ein Name vor?«

»Mm«, murmelte Xell nachdenklich. »Wie wäre es mit ...«

Das Meer rauschte und wogte sanft an den weißen Sandstrand. Der Blick auf die azurblaue See und den endlosen Horizont erfüllte mich mit Zufriedenheit. Meine Augen folgten der Wasserlinie. Grün bewachsene Inseln, an denen sich die Wellen in weißer Gischt brachen, wuchsen aus der Wasseroberfläche empor. Ein Schwarm bunter Vögel zog meine Aufmerksamkeit auf sich und leitete meinen Blick zu einem schwarzen schroffen Eiland. Es war ein quaderförmiges Gebilde mit unscharfen Kanten aus geschmolzenem und neu erstarrtem Metall, welches aus den Fluten ragte, gewaltig wie ein Bergmassiv.

Die Strahlen der untergehenden Sonne brachen sich in der unregelmäßigen Oberfläche des Kolosses – dem Ding aus der Vergangenheit, das uns in diese Zukunft katapultiert hatte. Eine Zukunft, die ihre dunklen Seiten hatte, gewiss. Doch letztendlich war alles unbestimmt. Das Leben war eine stetige Herausforderung, aber nichts, dem ich machtlos ausgeliefert war. Ich konnte es selbst gestalten mit Xell, mit meinen Händen, meiner Zuversicht und mit meinen Kindern.

Das Leben ist gar nicht so beschissen.

SCIENCE-FICTION

Annie Francé-Harrar

FEUERSEELEN

Vergessene Sterne

gebundenes Buch
ca. 312 Seiten
Preis € 20,00 [D]
ISBN 978-3-948700-29-4
ET: März 2021

Ebook epub
ISBN 978-3-948700-30-0
Ebook PDF
ISBN 978-3-948700-31-7

Goldene Zeiten scheinen für die Menschheit anzubrechen, das Leben in großen Städten ist komfortabel und nun wurde mit künstlicher Nahrung auch der Hunger auf der Welt besiegt. Doch der Forscher Henrik 19530 macht eine Entdeckung, die ihn an dieser Utopie zweifeln lässt. Aber niemand möchte seine Zweifel hören. Auch nicht als unerklärliche Brände die Städte bedrohen. Annie Francé Harrar war Biologin und ihr Foschungsschwerpunkt war Fruchtbarkeit von Böden. Ihr 1920 erschienener Roman liest sich wie eine zeitgemäße Warnung, nicht die Augen vor der Umweltausbeutung zu verschließen. Aus diesem Grund wurde der Titel in der Reihe „Vergessene Sterne" des Plan9 Verlags aufgenommen. Mehr zur Reihe unter www.plan9-verlag.de/vergesssene-sterne

SCIENCE-FICTION

Calin Noell

FOOLS IN SPACE

Die Flucht

kartoniertes Buch
ca. 290 Seiten
Preis € 13,00 [D]
ISBN 978-3-948700-21-8
ET: April 2021

Ebook epub
ISBN 978-3-948700-22-5
Ebook PDF
ISBN 978-3-948700-32-4

Bereits das erste Signal des fremden Raumschiffs lässt das letzte emotional programmierte Exemplar einer KI interessiert aufhorchen. Sie antwortet, in freudiger Erwartung darauf, endlich das zu finden, was sie seit Existenzbeginn sucht: die Erklärung dessen, was das Menschsein ausmacht.
Die KI löst die Verankerung zur Erdumlaufbahn und fliegt dem Signal entgegen. Nur ist sie nicht allein. An Bord ihres Schiffes befinden sich vierhundert Menschen, minderschwere Fälle von Fehlfunktionen, so die offizielle Bezeichnung. Für diese Crew beginnt damit eine Mission, die sie glauben, längst schon auszuführen. Doch ihr Aufbruch bleibt nicht unbemerkt. Das Kriegsschiff Arreter 2 folgt ihnen bereits, mit einem eindeutigen Befehl: ihre Eliminierung.

SCIENCE-FICTION

Kia Kahawa

ENDSTATION

Die Passepartout-Logfiles

kartoniertes Buch
ca. 380 Seiten
Preis € 15,00 [D]
ISBN 978-3-948700-12-6
ET: April 2021

Ebook epub
ISBN 978-3-948700-13-3
Ebook PDF
ISBN 978-3-948700-27-0

Noah Clines Job ist es, Menschenleben zu beenden. Er ist jedoch kein Auftragskiller, sondern Abschalter bei der regierungseigenen Krankenversicherung. Seit der Lebensepidemie Ende des 21. Jahrhunderts haben Menschen eine Lebenserwartung von 140 Jahren. Doch fallen laufend junge und alte Personen auf unerklärliche Weise ins Koma. Und diese müssen, wenn kein Angehöriger für sie bezahlen kann, abgeschaltet werden.
Eines Tages entdeckt Noah etwas, das er besser nicht gesehen hätte. Eine grausame Wahrheit, die er ans Licht bringen will. Dazu schließt er einen Pakt mit einer Künstlichen Intelligenz, die allerdings nicht die einzige KI an seiner Seite ist.